MICHELLE JACKSON
Havanna für zwei

Buch

Sechs Monate nach dem plötzlichen Tod ihres Ehemannes findet die junge Witwe Emma eine Überraschung in ihrem Briefkasten: zwei Tickets für eine Reise nach Kuba. Emma ist gerührt, und es scheint ihr wie ein Wink des Schicksals: Vielleicht findet ihr Herz in Havanna Heilung. Kurzentschlossen bittet sie ihre jüngere Schwester Sophie, sie nach Kuba zu begleiten. Emma ahnt nicht, dass ihr Mann die Reise eigentlich ohnehin mit Sophie geplant hatte – und nicht mit seiner Ehefrau …

Die überraschende Auszeit zeigt tatsächlich heilende Wirkung: Auf Kuba trifft Emma den sanften Felipe, der ihr sein Land zeigt, wie es Touristen sonst nicht zu sehen bekommen – Salsa-Musik, Rumcocktails und romantische Tropennächte inklusive. Sophie hingegen bändelt mit Greg, einem kanadischen Kunsthändler, an. Unterdessen kümmert sich die dritte Schwester im Bunde, Louise, in Dublin um Emmas kleinen Sohn – und um die Rettung ihrer Ehe.

Und die unverhoffte Reise nach Kuba stellt das Leben der drei ungleichen Schwestern völlig auf den Kopf.

Autorin

Michelle Jackson arbeitete als Textildesignerin und als Kunstlehrerin an einer weiterführenden Schule, bevor sie das Schreiben für sich entdeckte. Sie lebt mit ihrem Mann und ihren zwei Kindern in Howth, Irland.

Michelle Jackson

Havanna für zwei

Roman

Übersetzt
von Antje Althans

GOLDMANN

Die Originalausgabe erschien 2010
unter dem Titel »One Kiss in Havanna«
bei Poolbeg Press Ltd, Dublin.

Verlagsgruppe Random House FSC-DEU-0100
Das FSC®-zertifizierte Papier *München Super* für dieses Buch
liefert Arctic Paper Mochenwangen GmbH.

1. Auflage
Deutsche Erstveröffentlichung September 2012
Copyright © 2010 by Michelle Jackson
Copyright © der deutschsprachigen Ausgabe 2012
by Wilhelm Goldmann Verlag, München,
in der Verlagsgruppe Random House GmbH
Umschlaggestaltung: UNO Werbeagentur, München
Umschlagbild: Getty Images/Peter Gridley
Redaktion: Frauke Brodd
LT · Herstellung: Str.
Satz: omnisatz GmbH, Berlin
Druck und Bindung: GGP Media GmbH, Pößneck
Printed in Germany
ISBN: 978-3-442-47562-9

www.goldmann-verlag.de

*In aller Ernest-haftigkeit
Hemingway und Che Guevara
gewidmet.
Zwei inspirierenden Männern,
die Kuba berührt hat!*

Die Handlung dieses Romans ist frei erfunden. Die darin vorkommenden Namen, Personen und Ereignisse entspringen der Fantasie der Autorin. Jede Ähnlichkeit mit Lebenden oder Toten, wahren Begebenheiten oder tatsächlich existierenden Orten ist rein zufällig.

Prolog

Und die Sonne geht auf, und die Sonne geht unter.
Prediger 1, Vers 5

3. SEPTEMBER

Emma erwachte, als der erste Morgenstrahl durch den Spalt zwischen den Schlafzimmervorhängen fiel. Sie rieb sich die Augen und hob, um ihren Mann nicht zu wecken, behutsam ihren rabenschwarzen Schopf vom Kissen. Sie kämpfte mit einer Schreibblockade, und in aller Herrgottsfrühe aufzustehen war ihr jüngster Versuch, neuen Schwung zu finden. Emma war von Natur aus eine Nachteule und kam morgens um sechs nur schwer in die Gänge. Sie tapste hinunter ins Arbeitszimmer, warf ihren Laptop an und wartete, während die Icons nach und nach auf dem Bildschirm erschienen. Sie hatte ihr Leben lang davon geträumt, ihren ersten Roman zu schreiben, doch jetzt fragte sie sich, ob das alles gewesen war, was sie zu der Welt der Worte beisteuern würde. Ihr Mann Paul war sehr geduldig mit ihr, unterstützte sie, wo er nur konnte, und gab ihr den Raum, den sie brauchte, um ihren zweiten Roman fertigzustellen. Nebenbei arbeitete sie halbtags weiter als Journalistin, nahm jedoch nur Aufträge von Magazinen und Fachzeitschriften an, die sie interessierten. Ihr war durchaus bewusst, dass sie eine Freiheit genoss, von der die meisten Schriftsteller nur träumen konnten.

Sie organisierte ihre Dokumentenordner neu und ging

ins Internet, um ihre E-Mails abzufragen. Dann tippte sie ein paar Worte, und im Handumdrehen war es halb acht und somit Zeit, die Männer des Hauses zu wecken.

Obwohl Finn leise vor sich hin schnarchte, schlich sie sich in sein Zimmer, um sich davon zu überzeugen, dass er tief und fest schlief. Als sie sah, wie sich seine Brust hob und senkte, lächelte sie mit einer Zufriedenheit, wie sie nur Mütter empfinden, die ihre Kinder beim Schlafen beobachten. Er würde nicht mehr lange Kind sein – er ging schon in die vierte Klasse.

Zuversichtlich, dass ihr Sohn noch ein paar Minütchen liegen bliebe, zog sie los, ihren Mann zu wecken. Nachdem sie fast zwei Stunden am Computer gesessen hatte, war sie hellwach, fühlte sich begehrenswert und hatte spontan beschlossen, ihm mitten in der Woche ein Extravergnügen zu bereiten.

Sie legte die Hand auf seine Stirn, die sich erstaunlich kalt anfühlte. Sanft drückte sie ihm einen Kuss auf die Wange, und in dem Moment bemerkte sie, dass etwas Schreckliches passiert war.

Louise war gerade dabei, die Rinde von den Sandwiches zu schneiden und die ordentlichen kleinen Schinkenbrotquadrate in Plastiktüten zu packen; sie fragte sich, wie sie das früher alles hingekriegt hatte, als sie sich jeden Morgen sputen musste, um nicht nur die Kinder für Schule und Kita fertigzumachen, sondern auch selbst noch pünktlich auf der Matte zu stehen, um als Lehrerin Musik zu unterrichten.

Sie lief zwar noch im Schlafanzug herum, war im Hause Scott aber erst als Zweite aufgestanden. Donal war schon auf dem Weg zur Arbeit; er fing morgens gern zeitig an, um abends früher Schluss machen zu können und noch vor dem

Stoßverkehr wieder aus der Stadt heraus zu sein. Im Sommer und Frühherbst nutzte er die gewonnene Zeit, um nach Feierabend zum Yachtclub hinauszufahren und vor Einbruch der Dunkelheit noch eine Runde zu segeln.

Plötzlich schrillte das Festnetztelefon, was Louise erschreckte, weil es sonst morgens nur selten klingelte. Um diese Uhrzeit riefen nur die Mütter an, die sie von der Schule her kannte, um Mitfahrgelegenheiten für ihre Kinder zu arrangieren oder Verabredungen zum Spielen für sie zu treffen, doch die benutzten ihre Handynummer. Als sie abnahm, war ihre Schwester dran.

»Louise!«, schluchzte Emma. »Hilf mir! Es ist Paul! Er atmet nicht mehr!«

Einen Becher Starbucks-Kaffee in der Hand, rauschte Sophie mit einem freundlichen Nicken an der Empfangssekretärin vorbei. Der heutige Tag würde großartig werden – doch für Sophie waren die meisten Tage großartig. Kaum hatte sie an dem Schreibtisch in ihrem kleinen, aber feinen Designbüro Platz genommen, zog sie schon die Schublade auf und kramte ihren Spiegel heraus, um nach dem kurzen Fußmarsch zur Arbeit ihr Aussehen zu überprüfen. Ihre rotblonden Locken hielten perfekt ihre Form, und ihre weichen Lippen glänzten. Sie tippte auf die Maus ihres hochmodernen Apple-Computers und wartete, bis ihre E-Mails auf dem Bildschirm erschienen. Sie überflog sie rasch, auf der Suche nach einer Nachricht von *ihm*, und checkte die Liste noch einmal. Sie traute ihren Augen nicht. Sonst schickte er ihr vor der Arbeit immer eine E-Mail! Als ihr Handy plötzlich klingelte, durchwühlte sie hektisch ihre Handtasche, so groß war ihre Begierde, seine Stimme zu hören.

Aber er war es nicht.

»Sophie, Louise hier.«

Sophie hörte ihrer älteren Schwester schon an der Stimme an, dass etwas nicht stimmte, und holte tief Luft.

»Ja?«

»Es ist Paul. Ich bin auf dem Weg ins Krankenhaus. Er hatte einen Herzanfall.«

Sophie spürte, wie ihr alles Blut aus dem Gesicht wich.

»O Gott! Wie schlimm ist es?«

»Es ist schlimm, Sophie.«

»Was? Er wird doch wieder, oder?«

»Er ist im Krankenwagen. Sie versuchen, ihn wiederzubeleben.«

»Was soll das heißen?«

»Ich glaube, er ist tot. Ich ruf dich an, sobald ich mehr weiß.«

Sophie war außerstande zu antworten. Ihr Magen krampfte sich vor Schock zusammen, und sie fürchtete, sich gleich übergeben zu müssen. Sie schloss die Augen, um nicht ohnmächtig zu werden. Das konnte nicht sein – nicht ihr geliebter Paul! Schließlich war er ihr Lieblingsschwager. Ihr Fels in der Brandung. Und ihr Liebhaber.

Kapitel 1

20. MÄRZ

Ostern lag dieses Jahr früh, und Louise wollte dafür gewappnet sein, wie in letzter Zeit für alle Feste und Feiertage. Als sie noch berufstätig gewesen war, hatte sie sich vorgestellt, wie entspannt ihr Leben wäre, wenn sie nicht jeden Tag in der Schule antreten und jedes Mal, wenn es zum Unterricht läutete, Haltung annehmen müsste. Aber nur Hausfrau zu sein hatte sich nicht als das erträumte Zuckerschlecken entpuppt. Um nur einen Aspekt zu nennen: Seit sie nicht mehr arbeitete, löcherte Donal sie mit schöner Regelmäßigkeit, was sie den ganzen Tag so anstellte, worauf sie ihm nicht immer eine befriedigende Antwort geben konnte. In Wahrheit ertappte sie sich oft dabei, wie sie sich große Umstände mit belanglosen Dingen machte, die sie früher, ohne groß nachzudenken, rasch noch vor oder nach der Arbeit erledigt hatte. Doch jetzt machte sie sich vieles schwerer als nötig, indem sie sich grundsätzlich für die zeitintensivere Lösung entschied. So hätte sie heute Morgen nicht extra in die Dubliner Innenstadt zu fahren brauchen, nur um Ostereier zu kaufen.

Die Türen zum Waggon der DART-Schnellbahn glitten auf, und Louise setzte sich gleich rechts auf einen Platz. Die Tüten mit den Schokoladeneiern stellte sie vor ihren Füßen ab, ohne auf den Mann mit der Lederjacke zu achten, der ihr gegenübersaß.

Er sagte als Erster etwas.

»Louise?«

Erschreckt blickte sie auf.

»Ich bin's, Jack!«, sagte der junge Mann.

Louise fiel die Kinnlade herunter. Er war es wirklich! Sein blondes Haar war inzwischen eher sandfarben, doch seine Augen hatten noch immer dieses unverkennbare durchscheinende Blau. Fassungslos starrte sie auf seine perfekt geformte Nase und die weiche Linie seiner Wange – zu keiner Antwort fähig.

Emma schloss den Briefkasten auf. Die meisten Schreiben waren an Paul adressiert. Erst jetzt, wo er nicht mehr da war und sie die Post selbst öffnen musste, fiel ihr auf, in welchem Umfang ihre gemeinsame Korrespondenz an ihn gerichtet war. Der Großteil bestand aus Rechnungen und Geschäftsbriefen, was ihr nicht viel ausmachte, doch wenn jemand, der erst jetzt von seinem plötzlichen Tod erfahren hatte, ihr ein paar persönliche Zeilen schrieb, war es sehr schwer für sie.

Doch kein Schreiben, das sie bisher geöffnet hatte, sollte sie so erschüttert zurücklassen wie der Inhalt des eleganten weißen Kuverts, das sie nun in der Hand hielt.

Sie lief zurück in den Flur und weiter in die Küche. Eine innere Stimme sagte ihr, dass sie eine Tasse Tee brauchte, wenn sie das Kuvert öffnete. Auf der Vorderseite war das Logo der Grafikfirma Evans aufgeprägt, Pauls ehemaliger Arbeitgeber.

Die letzten sechs Monate waren wie im Fluge vergangen. Unmittelbar nach Pauls Tod waren sechs schlimme Nächte pro Woche für sie normal gewesen. Doch ganz allmählich hatten sich die schlimmen Nächte in gute verwandelt. Nur letzte Nacht war sie wieder um sieben Minuten nach eins aufgewacht und, am ganzen Körper zitternd, aus dem Bett geflüchtet. Sie hatte sich in ihren Morgenrock gekuschelt und war in Finns Zimmer gelaufen, um nachzusehen, ob er noch atmete. Eigentlich hatte sie damit aufgehört, als er zwei wurde, doch nachdem sie an jenem strahlenden Septembermorgen seinen Vater tot aufgefunden hatte, nahm sie nichts mehr als selbstverständlich hin. Wenn sie sich jetzt wieder ins Bett legte, würde sie zu grübeln anfangen und sich stundenlang mit der Frage quälen, warum Paul beschlossen hatte, sie und ihren Sohn zu verlassen, wo er doch so viel hatte, wofür es sich zu leben lohnte.

Deshalb tat sie, was sie immer tat, und rief mitten in der Nacht ihren Freund David in Sydney an. Bis auf ihren Schwager Donal war er der einzige Mensch, der wusste, dass Paul unter so düsteren Umständen gestorben war. Es war ungefährlich, es jemandem anzuvertrauen, der so weit weg lebte, dass er es niemandem aus ihrer Familie weitererzählen konnte.

Nach dem Telefongespräch hatte sie ein bisschen im Internet gesurft. YouTube bot ihr genügend Ablenkung, bis sie gegen Viertel vor vier von der nächsten Welle der Verzweiflung überrollt wurde. Danach war es Zeit, wieder ins Bett zu gehen, eine Klopapierrolle in Reichweite, um sich die Tränen zu trocknen, bis Finn aufstand und zur Schule musste.

Der Vormittag war ganz gut verlaufen, bis die Post kam. Sie schaltete den kleinen Wasserkocher aus rostfreiem Edelstahl an, der kurz rauschte, bevor er eine Dampfwolke ausstieß und sich von selbst wieder abschaltete. Sie fragte sich, wie oft sie das am Tag wohl tat. Der Wasserkocher war ihr allerbestes Stück. Emma trank am liebsten Tee. Heiß und stark, nur mit einem Hauch Milch. Paul wusste genau, wie sie ihn haben wollte. Das war eine der vielen Eigenschaften an ihm, die sie vermisste.

Finn war in der Schule und sah seine Mutter zum Glück

nie so aufgelöst. Er war jetzt in dem Alter, wo er lieber mit seinen Freunden zusammen war. Obwohl sie wusste, dass er sie über alles liebte und ihr gegenüber einen ausgeprägten Beschützerinstinkt hatte, war ihr auch klar, dass sie den normalen Prozess des Erwachsenwerdens eines Neunjährigen nicht aufhalten konnte. Schon bald würde sie mit den Schwierigkeiten konfrontiert, mit denen allein erziehende Mütter von Teenagern zu kämpfen hatten, und hoffte, dass sie damit klarkäme.

Emma goss heißes Wasser aus dem Wasserkocher über den Teebeutel im Porzellanbecher. Sie zog sich einen Stuhl heran, der dabei über die Terrakotta-Fliesen schrammte, und setzte sich. Ohne viel Federlesens riss sie das Kuvert auf und zog ein zweites heraus, auf das oben links in der Ecke das Sonnenuntergangs-Emblem eines Reisebüros gedruckt war. Darin steckten drei zusammengefaltete Papierbogen, die wie ordentlich getippte Dokumente aussahen. Ein Prospekt fiel heraus und blieb auf der Tischplatte liegen. Er war knallbunt, mit einer dekorativen Umrandung, und ganz oben prangte das Wort KUBA. Schon wieder Reklame, dachte Emma und hätte den ganzen Kram fast in den Müll geworfen. Stattdessen faltete sie die Briefbogen auseinander und überflog die Dokumente. Bestimmte Schlüsselwörter sprangen ihr ins Auge: *Vielen Dank – Buchung – Tickets – beiliegend – Beschränkungen – Visum.* Dann eine Reiseroute für zwei Personen. Diese Papiere waren alles, was man für einen zehntägigen Urlaub im sonnigen Kuba brauchte, Abflug in sechs Tagen.

Emma blinzelte verwundert und las sich die Dokumente noch einmal durch – diesmal sorgfältiger. Die oben auf der Seite aufgedruckten Namen lauteten Mr P. Condell und Ms S. Owens. Ihr Anfangsbuchstabe war falsch. Sie wünschte, dort stünde Mr und Mrs Condell. Damals, nach Finns Geburt, als sie ihren Pass verlängerte, hätte sie den Namen auf ihrem Ausweis ändern sollen ... Es war nur ein winziges Detail, doch jetzt, wo sie Paul verloren hatte, verspürte sie den Wunsch, dass sein Name auf ihren Dokumenten stünde. Davor war das nicht wichtig gewesen. Das Buchungsdatum lag sieben Monate zurück – nur wenige Tage bevor Paul ihr so plötzlich genommen worden war. Sie nahm das kleinere Kuvert in die Hand. Es war an Evans adressiert. Wenn Paul veranlasst hatte, ihm die Unterlagen in die Firma zu schicken, musste er es als Überraschung für sie geplant haben ... Das war genau die Aufmerksamkeit für Details, die Paul bei allem, was er tat, ausgezeichnet hatte. In seinem Job als Grafikdesigner arbeitete er exakter und präziser als alle Kollegen, ein Charakterzug an ihm, der Emma zur Weißglut gebracht hatte. Doch wie glücklich wäre sie jetzt, die vielen Situationen noch einmal zu durchleben, in denen er kleinlich und pingelig gewesen war, und ihn, der doch auch so süß sein konnte, in den Arm nehmen zu können und noch ein bisschen Zeit mit ihm zu verbringen.

In den letzten Jahren hatte Emma sich sehnlichst gewünscht, nach Kuba zu reisen und La Finca Vigía zu besichtigen, Ernest Hemingways Haus vor den Toren Havannas, in dem er angeblich die glücklichsten Jahre seines Lebens verbracht hatte. Wie wunderbar von Paul, das für sie zu arrangieren! Doch jetzt würde er nie erfahren, wie sehr sie sich über dieses wundervolle Geschenk freute. Gefühle übermannten sie, die sie nicht mehr verspürt hatte, seit sie ihn an jenem Morgen im September kalt und leblos im Bett gefunden hatte.

Das Telefon klingelte, aber sie konnte sich nicht dazu durchringen ranzugehen. Alles, was sie tun konnte, war, ihren Teebecher zu nehmen, die Treppe hinaufzusteigen und im Bett Zuflucht zu suchen, bis Finn aus der Schule nach Hause kam.

Louise hörte zu, wie das Telefon am anderen Ende der Leitung einmal, zweimal, dreimal klingelte, bevor es auf den Anrufbeantworter umschaltete.

Hallo, Sie sind bei den Condells gelandet. Wir können im Moment nicht rangehen, aber wenn Sie Ihren Namen und Ihre Nummer hinterlassen, rufen wir zurück.

Der westirische Klang der tiefen Männerstimme war Louise vertraut. Sie hatte Emma zwar nicht vorgeschlagen, Pauls Ansage zu löschen, fragte sich aber, ob es zum Trauerprozess ihrer Schwester gehörte, sie draufzulassen, oder ob es nur ein Versehen war. Vielleicht war es keine gute Idee, ausgerechnet ihre Schwester anzurufen. Sie war viel zu sehr mit ihrem eigenen Schmerz beschäftigt, um zu verstehen, wie aufgewühlt Louise nach der kurzen Fahrt mit der DART-Bahn vorhin war.

Jack Duggan. Im Laufe der Jahre, als die Kinder kamen und sie voll und ganz in ihrer Mutterrolle aufging, hatte sie ihn völlig vergessen. Sie und Donal waren mit zwei Kindern vollauf zufrieden gewesen und umso glücklicher, weil sie mit Molly auch noch ein Mädchen bekommen hatten. Toms Ankunft zwei Jahre später war nicht geplant gewesen. Mit drei Kindern hatte es sich für Louise als schwierig erwiesen, voll zu arbeiten und nebenher noch ein Baby und einen fünfjährigen Schulanfänger unter einen Hut zu bringen. Eine Zeit lang hatte sie es mit Jobsharing versucht, schließlich aber eine Berufspause eingelegt, um sich voll und ganz den Kindern zu widmen. In ihrer neuen Rolle fiel es ihr schwer, etwas zu finden, das sie intellektuell stimulierte. Einkaufen, Kochen und Putzen hatten auf Louises Prioritätenliste nie besonders weit oben gestanden. Das passte einfach nicht zum Lebensstil einer unkonventionellen Musikerin. Andererseits war es schon sehr lange her, dass sie das eine oder das andere gewesen war. Der unkonventionelle Teil ihrer Persönlichkeit war im Klassenraum von ihrer Rolle als Lehrerin mit der Zeit erstickt worden. Und jetzt spielte sie nicht einmal mehr auf ihrem Klavier.

Doch als sie Jack Duggan vor ein paar Stunden in der DART-Bahn gesehen hatte, war die Erinnerung an das erste Mal zurückgekehrt, als ihr bewusst geworden war, dass sie sich in ihn verliebt hatte. Seit ihrem Hochzeitstag war sie nicht mehr so verzweifelt gewesen wie jetzt.

Sie erinnerte sich, wie sie damals in ihrem Elternhaus vor dem hohen Spiegel mit dem Eichenholzrahmen gestanden und sich darin betrachtet hatte.

»Schön siehst du aus«, hatte Emma so aufrichtig zu ihr gesagt, dass Louise ihr fast glaubte. Doch sie fühlte sich nicht schön, und eine vereinzelte Träne war ihr über die Wange gekullert.

Emma schnappte sich ein Papiertaschentuch und wischte sie ihr weg. »Wir können doch nicht zulassen, dass du dir an deinem großen Tag dein Make-up ruinierst«, meinte sie mitfühlend.

Louise hatte erleichtert geseufzt, weil sie wusste, dass es jemanden gab, der verstand, was sie durchmachte. Sie fragte sich, ob sie im umgekehrten Fall genauso mitfühlend gewesen wäre.

Sie hatte nicht geplant, sich nur sechs Monate vor ihrer Hochzeit in eine Affäre mit Jack Duggan zu stürzen. Es hatte als harmloser Flirt begonnen, wie es am Arbeitsplatz häufig vorkam. Doch eines Abends im Mai hatte sich ihr Verhältnis subtil verändert, als sie erfuhr, dass Jack schon sehr bald wegginge und sie ihn vielleicht nie wiedersehen würde. Sie wussten beide, dass das, was sie taten, falsch war, waren aber wehrlos dagegen.

Jack damals ziehen zu lassen war die richtige Entscheidung gewesen. Sie hatte sich Donal gegenüber anständig verhalten, sich in den letzten vierzehn Jahren an ihr Ehegelübde gehalten und ihm drei wunderhübsche Kinder geboren, die in ihrem Leben den absoluten Vorrang hatten. Warum also plagten sie solche Schuldgefühle, weil sie in der Schnellbahn mit Jack Duggan gesprochen hatte?

Verdammt, dachte Louise. Sie zitterte innerlich. Ihr Kopf war so voll mit Bildern von Jack und ihr, als sie sich liebten, dass sie sich nur schwer konzentrieren konnte. Ihr Magen schlug Kapriolen bei der Erinnerung an seine Augen; an das Gefühl, als blicke er bis auf den Grund ihrer Seele. Wenn sie allein zu Hause blieb, bis es Zeit war, die Kinder abzuholen, würde sie noch durchdrehen.

Sie hatte sonst keinen, mit dem sie darüber sprechen konnte. Vielleicht war Emma doch zu Hause und bloß nicht ans Telefon gegangen. Also schnappte sie sich Handtasche und Autoschlüssel und knallte die Tür hinter sich zu. Zum Glück wohnte ihre Schwester nur zehn Minuten Autofahrt entfernt, sodass sie bei ihr noch schnell die unglaublichen Neuigkeiten loswerden konnte, bevor sie Tom von der Schule abholte. Sie öffnete die Tür ihres Vauxhall Zafira MPV und ließ sich auf den Sitz gleiten. Sie tastete in ihrer Tasche nach der Visitenkarte, die Jack ihr vor ein paar Stunden gegeben hatte. Er war also gesund und munter und lebte in Dublin – nur wenige Meilen von ihr entfernt. Ihr schwirrte der Kopf, und sie musste sich zusammenreißen, um sich auf die Straße zu konzentrieren. Sie war sehr neugierig, mehr über ihn zu erfahren und darüber, wo er die Jahre verbracht hatte, in denen sie getrennt gewesen waren. Hatte er eine Ehefrau? Kinder? Spielte das eine Rolle? Natürlich nicht. Hatte sie nicht selbst Mann und drei Kinder? Sie musste mit Emma reden, und zwar schnell, sonst würden ihre Gedanken sie noch erdrücken.

Aufgrund von Bauarbeiten an der Howth Road dauerte die Fahrt fünf Minuten länger als sonst, und sie verfluchte jede Sekunde, die sie brauchte, um endlich nach Sutton zu kommen.

In der Hoffnung, dass die Frühlingssonne den Raum erwärmen würde, ließ Emma die Gardinen offen. Es gefiel ihr, dass man von ihrem Schlafzimmer aus auf die Bucht von Dublin blickte sowie auf die vertrauten Schornsteine des ESB-Elektrizitätskraftwerks in der Ferne, die den Eingang zum Dubliner Hafen markierten. Die Dubliner Berge im Hintergrund veränderten ihre Farbe mehrmals am Tag und hatten Paul und ihr vor all den Jahren bei der Entscheidung geholfen, das Haus zu kaufen.

»Aber ist es nicht zu teuer?«, hatte Emma ihn bei der ersten Besichtigung gefragt. Zweihunderttausend Pfund waren eine ganz schöne Stange Geld.

»Nicht so teuer wie in zwei oder drei Jahren!«, hatte Paul ihr versichert, und natürlich hatte er recht gehabt – wie in den meisten Fällen. Trotz des Preisverfalls auf dem Wohnungsmarkt war das Haus noch immer ein Schnäppchen.

Sie vermisste seine Unbeirrbarkeit, seinen Riecher für zukünftige Entwicklungen und seine Handhabung ihrer Finanzen.

Aber das war nicht alles, was sie vermisste. Sein Geruch auf seinem Kissen war inzwischen verflogen, obwohl sie das Waschen der Bettwäsche so lange wie möglich hinausgezögert hatte.

Es schellte an der Tür. Ein lautes, langes Klingeln, das ihr verriet, dass es nur ein Mensch auf der Welt sein konnte. Wenigstens war Louise daran gewöhnt, sie in diesem Zustand zu sehen, und würde sich nicht wundern. Doch ihre ungeduldige jüngere Schwester klingelte noch einmal, obwohl sie Emma bestimmt schon durch die Glastür gesehen hatte.

»Louise!«, seufzte Emma. »Komm doch rein.«

Louise stürmte an ihr vorbei in die Küche, wo sie sofort den Wasserkocher anknipste. Sie sah aus, als würde sie gleich platzen, und lehnte sich an die Kücheninsel mitten im Raum.

»Emma«, stieß sie hervor und fuhr sich hektisch mit den Fingern durch ihr langes braunes Haar. »Ich muss es jemandem erzählen! Ich hab ihn gesehen! Heute in der Schnellbahn!«

Wieder seufzte Emma, weil es so typisch für Louise war, mit schöner Selbstverständlichkeit zu erwarten, dass ihre ältere Schwester instinktiv wusste, wovon sie sprach.

»Wen?«

»Jack Duggan natürlich!«

Das kam mit solcher Überzeugung, dass Emma lächeln musste. »Wir haben seit wenigstens zehn Jahren nicht mehr von ihm gesprochen. Wie in Gottes Namen soll ich also wissen, wen du meinst?«

»Wegen wem sollte ich mich sonst so aufregen?« Louise reckte die Arme in die Luft und schüttelte die Handgelenke, sodass ihre Armreifen klimperten.

»Hey, ich hab dich auch schon so erlebt, wenn der Frisör dir die Haare kürzer geschnitten hatte, als du es wolltest!«

Louise schloss die Augen und atmete tief durch. »Das hier ist was anderes. Wir sprechen über Jack.«

Emma konnte heute nicht viel Geduld für ihre Schwester aufbringen. Jack Duggan war jemand aus ihrer sehr fernen Vergangenheit. Wo lag das Problem?

»Hast du mit ihm gesprochen?« Emma wusste, dass es in solchen Situationen am besten war, Louise einfach zuzuhören.

»Jaaa!«

Emma zuckte mit den Schultern. »Und weiter?«

»Du wirst es nicht glauben, aber er lebt schon seit zwei Jahren in Howth, ohne dass ich davon wusste!«

»Und wie sah er aus?« Emma kümmerte sich um den Tee, während ihre Schwester sich in weiteren Ausführungen erging.

»Noch genauso. Gott, er ist so toll! Ich hatte Herzklopfen, als ich mit ihm gesprochen habe. Sein Haar ist jetzt viel kürzer als damals und eher sandfarben. Er trug eine echt coole Lederjacke und Jeans.«

»Ist er verheiratet?«

»Ich hatte keine Gelegenheit, ihn danach zu fragen. Er ist an der Connolly Station eingestiegen, und ich musste in Killester raus.«

»Hat er dich nach deiner Nummer gefragt?«

Louise schüttelte den Kopf. »Aber er hat mir seine Visitenkarte gegeben. Wir waren beide so geschockt, dass wir nicht viel sagten. Es war peinlich. Aber er meinte, dass er sechs Jahre in den USA war und jetzt als Journalist für die *Times* arbeitet.«

Louise lief von der Kücheninsel zum Tisch und wieder zurück.

»Also ist er doch kein Rockstar geworden?«

»Anscheinend nicht. Ich hätte nie gedacht, dass er mal schreiben würde wie du!«

»Komm her und setz dich. Ich muss dir auch was erzählen.« Emma stellte die zwei Becher Tee auf den Tisch und ließ sich nieder.

Louise gesellte sich zu ihr und wirkte leicht ungehalten. Sie hatte nur Jack im Kopf.

»Heute war was in der Post, das mich ganz schön erschüttert hat«, erklärte Emma.

Louise nahm die zusammengefalteten Dokumente entgegen. »*Kuba*« war das erste Wort, das sie las. Dann überflog sie die gesamten Reisedokumente.

»Mein Gott, Emma – das war superlieb von ihm.«

Emma nickte traurig.

Louise las schweigend weiter. »Hey, hier steht, dass zum Abschluss des Urlaubs drei Tage in Havanna geplant sind!«

Emma nickte. »Hab ich gesehen – es wäre perfekt gewesen.«

»Was meinst du mit ›wäre gewesen‹?«, fragte Louise und blickte auf. »Was hält dich davon ab hinzufliegen?«

Emma schüttelte den Kopf. »So weit weg möchte ich nicht allein reisen.«

»Nimm doch Finn mit.«

»Du weißt doch, wie ungern er verreist. Letzten Sommer hat er im Flugzeug einen Kabinenkoller bekommen, dabei sind wir nur nach Bordeaux geflogen.«

Louise dachte kurz nach. »Wie wär's mit mir? Ich käme gern mit.«

»Du hast zu Hause drei Kinder sitzen, die in der Zeit Ferien haben.«

Louise überlegte. Sie sah förmlich, wie Emmas Gedanken rasten. Emma wurde immer ganz still, wenn sie über etwas nachgrübelte, und Louise glaubte zu wissen, was ihrer älteren Schwester durch den Kopf ging.

»Würdest du Finn gern bei mir lassen?« Louise fragte sich, warum sie die Frage überhaupt stellte; die Antwort lag auf der Hand, und Finn bliebe sowieso am liebsten bei ihr.

Auf Emmas Gesicht breitete sich ein erleichtertes Lächeln aus. Louises ältester Sohn Matt war Finns großes Vorbild.

»Ach, Louise, ginge das? Er betet Matt an. Das wäre großartig! Jetzt brauche ich nur noch jemanden, der mitkommt. Ich wette, Sophie wäre sofort dabei.«

Louise trafen die Worte wie ein Schlag, aber wirklich überrascht war sie nicht. Das Leben folgte bestimmten Mustern, und Sophie fiel grundsätzlich auf die Füße. Sie brauchte sich nie groß anzustrengen, um Anerkennung zu bekommen oder ihre Ziele zu erreichen, und jetzt flog sie eben mit Emma in einen Traumurlaub. Das Leben war so ungerecht! Aber besaß Sophie auch die Unverfrorenheit, tatsächlich mitzufahren? Wenn ja, wusste Louise nicht, ob sie Emma die Wahrheit noch länger verschweigen konnte. Oder würde Sophies Gewissen doch die Oberhand gewinnen?

»Ruf sie doch einfach an«, schlug sie vor und biss sich auf die Lippe.

»Okay. Ist sie heute nicht weg?« Emma stand auf und lief zum Telefon.

»Nein. Diese Woche nicht, soweit ich weiß«, antwortete Louise und versuchte, die Angst in ihrer Stimme zu unterdrücken.

Sie sah hilflos zu, während Emma loslegte.

»Ich bin's ... Wie geht's dir? ... Sophie, ich hatte heute einen ziemlichen Schock. In der Post war ein Brief mit Infos über einen Kuba-Urlaub, den Paul noch vor seinem Tod gebucht hatte ... Genau! ... Ich zittere immer noch ... Es war als Überraschung gedacht.«

Louise sah schweigend zu, während das einseitige Gespräch weiter vor sich hin plätscherte.

»Louise ist hier, und sie findet, dass ich fliegen soll ... Es ist in sechs Tagen, für zehn Tage ... Hör zu, Sophie, hast du

Lust mitzukommen? ... Ich wollte die Tickets verfallen lassen, aber Louise hat mich überredet, doch hinzufliegen ... Komm schon, Sophie, du bist der einzige Mensch, den ich kenne, der so kurzfristig wegkann ... Komm nach der Arbeit hier vorbei, dann besprechen wir alles ... Tschau.«

»Ich nehme an, das ist ein Ja von unserer kleinen Schwester?«, fragte Louise, der es nicht gelang, die Enttäuschung in ihrer Stimme zu verbergen.

»Ich musste ihr gut zureden, aber ich glaube, sie kommt mit. Macht es dir auch wirklich nichts aus, Finn zu nehmen?«

Louise lächelte. Egal, wie neidisch sie auch auf Sophie war, sie wollte wirklich, dass Emma die Reise genoss. Nach allem, was sie durchgemacht hatte, verdiente sie es, und sie selbst würde ihre Bedenken für sich behalten. Es war schon eine merkwürdige Fügung, dass Paul den Urlaub jetzt nicht mehr antreten konnte, dafür aber seine Frau und seine Geliebte, und zwar zusammen.

»Sorry, dass wir nicht über Jack reden konnten. Vielleicht ein andermal«, sagte Emma. »Aber jetzt muss ich noch ein paar Dinge erledigen, bevor ich Finn von der Schule abhole.«

»Schon gut, kein Problem.« Louise fügte sich, obwohl sie schwer enttäuscht war, dass sie nicht darüber hatte sprechen können, was sie mit ihren neuen Informationen über Jack anfangen sollte.

Doch der Gedanke an Sophie und Emmas Ehemann brachte sie unsanft in die Realität zurück. Louise gab Emma einen Abschiedskuss und stieg in ihren Wagen. Ihr Magen revoltierte, als sie sich an den schrecklichen Moment erinnerte, als die Affäre ihrer jüngsten Schwester mit ihrem Schwager ans Tageslicht kam.

Louise hatte sie nur wenige Wochen vor Pauls Tod ertappt. Sie war bei Emma vorbeigefahren, um ein Kleid zu holen, das sie Emma geliehen hatte und an jenem Abend selbst tragen wollte. Ihre Schwester war nicht zu Hause, weil sie sich mit einer Freundin ein lange überfälliges Wellness-Wochenende gönnte. Louise hatte mit dem Schlüssel aufgeschlossen, den Emma ihr einmal gegeben hatte. Eigentlich nur für Notfälle, aber Louise glaubte, ein leeres Haus zu betreten, da Pauls Wagen nicht draußen stand. Nichts hätte sie auf den Anblick vorbereiten können, der sich ihr gleich bieten sollte.

Zuerst dachte sie, die Geräusche im ersten Stock stammten von Einbrechern. Dann fielen ihr die Schlüssel auf dem Flurtisch auf und Pauls Jacke, die über dem Treppengeländer hing. Dann wurde ihr klar, dass jemand stöhnte, und in dem Glauben, ihr Schwager hätte Schmerzen, rannte sie die Treppe hinauf. Die Schlafzimmertür stand offen, und sie sah, wie sich Pauls Körper unter dem Bettzeug hob und senkte. Sie war verlegen und beschämt, als ihr dämmerte, dass er nicht allein im Bett lag, und ging davon aus, dass Emma früher nach Hause gekommen war. Doch dann verriet ihr die rotblonde Lockenmähne auf dem Kissen, wer die Frau war.

Plötzlich hielt das Paar inne, als Sophie spürte, dass jemand anwesend war. Sie schrie auf und zog sich das Laken über ihren nackten Oberkörper.

Paul zuckte zusammen und drehte sich um, um nachzusehen, was seine Geliebte erschreckt hatte.

»Louise!«, rief Paul entsetzt.

Louise war so schockiert, dass sie auf dem Absatz kehrtmachte und, so schnell sie konnte, die Treppe hinabrannte. Sie war schon zur Haustür hinaus, bevor Paul oder Sophie aus dem Schlafzimmer stolperte. Es erschütterte sie immer noch bis ins Mark, wenn sie an diesen Moment zurückdachte.

Sophie klickte auf ihrem Computerbildschirm auf *Speichern* und rollte mit ihrem Stuhl vom Schreibtisch weg. Sie hatte heute keine Lust mehr. Sie würde Rod sagen müssen, dass sie sich frei nehmen wollte. Zum Glück waren sowohl das Frühlings- als auch das Sommersortiment schon komplett; das würde es ihm schwer machen, ihr den Urlaub zu verwehren. Sie hatte genauso viele Bestellungen an Land gezogen wie im letzten Jahr, und in Zeiten der Rezession war das eine Riesenleistung. Sie musste früher Mittag machen, um den Kopf freizubekommen.

Sie fragte sich, wann ihre älteste Schwester herausfinden würde, was wirklich hinter dem Kuba-Urlaub steckte. In der Planungsphase hatte Paul sie wegen jeder Kleinigkeit gefragt, und jetzt, wo sie doch noch in den Genuss des Urlaubs kam, verspürte sie eine gewisse Genugtuung – eine Art Entschädigung dafür, ihn und das Leben mit ihm verloren zu haben, auf das sie sich so gefreut hatte.

Ihre älteste Schwester hatte es gut. Sie konnte offen um ihn trauern, während sie selbst ihren ganzen Schmerz für sich behalten musste, und es gab so vieles, was sie seit seinem Tod klaglos mit sich herumschleppte.

Sie beschloss, den Stier bei den Hörnern zu packen und direkt in Rods Büro zu marschieren, um ihn um Urlaub zu bitten. Jetzt, wo sie so gute Kontakte zu den US-amerikanischen Einkäufern aufgebaut hatte, würde er es nicht riskieren, sie zu verlieren; sie vertrauten ihr, und bei der letzten Kollektion war sie die Einzige, mit der die größeren Läden Geschäfte machen wollten. Eine Designerin war eben viel weniger einschüchternd als ein Vertreter. Wenn die nur wüssten, dachte sie mit eitler Selbstzufriedenheit. Sophie war Expertin in subtiler Manipulation; sie hatte sich schon von Kindesbeinen an darin geübt. Der Schlüssel ihres Erfolgs lag in ihrem Charme. Die Menschen gaben ihr nur allzu gern nach – vor allem ihr Vater und ihre Schwestern.

Affektiert strich sich Sophie die langen, rotblonden Locken aus dem Gesicht und lief mit großen Schritten über den Flur an ihren Kollegen vorbei. Sie war die erste Designerin in der Firma, die ein eigenes Büro bekommen hatte. Natürlich verdient, weil sie Rod versichert hatte, dass sie etwas Besonderes war und er sich glücklich schätzen konnte, sie in seiner Firma zu haben – und er glaubte ihr. Jetzt ließe er sich bestimmt auch überzeugen, dass er seiner unverzichtbaren Angestellten zehn Tage Urlaub gewähren musste. Selbst in der gegenwärtigen Rezession, wo Designer sich um jeden Job rissen, war Sophie unbesorgt. Sie würde ihren Urlaub kriegen, weil sie Sophie Owens war und immer bekam, was sie wollte.

»Hallo?«

»Louise, hier ist Donal.«

»Hi. Kommst du zum Abendessen nach Hause?«

»Kevin möchte, dass ich mir mit ihm ein Boot anschaue. Er glaubt, es könnte was für uns sein.«

Louise seufzte. Die Segelsaison hatte noch nicht mal begonnen, doch die Vorbereitungen und Ausreden waren schon wieder in vollem Gange. »Ich dachte, dieses Jahr wolltet ihr kein neues.«

»Wir sehen es uns nur mal an.«

Er wollte nur Zeit schinden, um noch nicht nach Hause zu müssen, und sie wussten es beide.

»Na schön. Du kannst dir dein Essen ja später in der Mikrowelle aufwärmen.«

»Ich esse vielleicht was im Club.«

Louise hätte vor Frust am liebsten geschrien. Was hatte

ihr Tag für einen Sinn gehabt? Sie war extra im Supermarkt gewesen, hatte aus frischen Zutaten ein Bœuf Stroganoff gekocht, und jetzt würde er es nicht mal essen. Als Lehrerin war sie wenigstens so beschäftigt damit gewesen, Klassenarbeiten zu korrigieren und Unterrichtsstunden vorzubereiten, dass sie keine Zeit gehabt hatte, sich Sorgen zu machen, wenn Donal spät von der Arbeit kam. In letzter Zeit ertappte sie sich sogar dabei, wie sie in der Fernsehzeitung nachsah, wann *Desperate Housewives* oder ähnlicher Mist anfing, wenn die Kinder im Bett waren.

»Na dann bis später«, murmelte Donal.

»Tschüs«, antwortete sie brüsk und legte auf.

Wenn sie doch nur einen Ausgleich fände: Dankbarkeit für ihr häusliches Glück mit den Kindern und ein Hobby, mit dem sie in ihrer Freizeit Erfüllung finden könnte.

Gedanken an ihre Begegnung mit Jack schwirrten ihr durch den Kopf. Sie griff in ihre Tasche und zog die kleine, professionell aussehende Visitenkarte heraus, die er ihr gegeben hatte. Sie wünschte, sie wäre stark genug, sie in den Mülleimer zu werfen, sie vielleicht sogar vorher in Stücke zu reißen. Doch sie wusste, dass sie das nicht konnte. Schließlich war Jack in ihrer gemeinsamen Zeit stets die Güte in Person gewesen. War sie nicht diejenige, die ihm so grausam das Herz gebrochen und ihn an jenem traurigen Oktobernachmittag vor vierzehn Jahren wütend und verletzt zurückgelassen hatte?

Die Bäume verfärbten sich in alle Nuancen von Orange, Violett und Braun, als die plötzliche Kühle in der Luft das Ende ihrer Affäre ankündigte. Er hatte ihr die Schuld gegeben, ihr Gefühlskälte vorgeworfen und behauptet, sie hätte das von Anfang an so geplant. Ihre Tränen hatten ihn nicht vom Gegenteil überzeugen können und genauso wenig davon, dass sie seiner Zukunft den Vorrang vor ihren eigenen Gefühlen einräumte. Doch tief in ihrer Seele hoffte sie, dass er es nicht so gemeint hatte, weil sie beide wussten, dass ihre Liebe die reinste und wunderbarste war, die sie beide je erlebt hatten.

Was sollte sie nun mit seiner Karte anstellen? Ihr Verstand warnte sie vor dem Wespennest, in das sie stechen würde, wenn sie die Nummer wählte, doch ihr Bauchgefühl sagte ihr, dass sie ihn unbedingt wiedersehen musste – und zwar bald!

Sie wartete, bis die Kinder im Bett waren oder zumindest in ihren Zimmern. Matt, mit elf der Älteste, hörte man oft noch bis in die frühen Morgenstunden herumwerkeln. Molly hingegen schlief für ihr Leben gern und musste morgens oft wachgerüttelt werden. Tom war sechs und protestierte am lautesten, wenn er ins Bett musste, ließ sich aber mühelos mit einem Satz neuer Fußballer-Sammelkarten bestechen.

Als sie das Haus für sich allein hatte, schloss sie die Küchentür, schnappte sich ihr Handy und tippte die Nummer von Jacks Visitenkarte ein. Sie wartete mit angehaltenem Atem, und mit jedem Klingeln wurde sie verzagter. Schließlich hörte es auf zu tuten, und die Mailbox sprang an.

Hier ist Jack. Hinterlassen Sie eine Nachricht, dann rufe ich zurück.

Louise verlor den Mut und schaltete schleunigst ihr Handy aus. Ihr Herz hämmerte in ihrer Brust.

Was hätte sie sagen sollen, wenn er rangegangen wäre? Es gab so viel, was sie ihm sagen wollte, so viel, was sie ihm sagen musste, und doch konnte sie es nicht in Worte fassen. Sie konnte kaum klar denken – doch sie musste so dringend mit ihm sprechen, wie ein Junkie einen Schuss brauchte.

Kapitel 2

Sechs Tage später stand Emma in einer langen Schlange aus Menschen, die verzweifelt versuchten, am Flughafen José Martí in Havanna durch die Visumkontrolle zu kommen.

Sophie war in einen Dorling-Kindersley-Reiseführer vertieft.

»Wir müssen mit bis zu einer Stunde rechnen, bis wir hier durch sind«, verkündete sie und schüttelte empört ihre Lockenpracht.

Für diese Information hätte Emma keinen Reiseführer gebraucht. Sie sah selbst, dass es zwanzig Schalter gab und in jeder Schlange ebenso viele Menschen standen, die nur langsam vorrückten. Ihr war schleierhaft, wieso die Kontrollen so lange dauerten, bis sie sich selbst ihrem Schalter näherte.

Eine kräftig gebaute Frau mit einer kurzärmligen Hemdbluse und einem zeltartigen Rock wurde gebeten, ihre Brille abzunehmen, damit sich der Zollbeamte davon überzeugen konnte, dass auf ihrem Passfoto auch wirklich sie abgebildet war. Der Passkontrollposten schüttelte traurig den Kopf und starrte fünf Minuten lang wortlos auf seinen Computerbildschirm. Schließlich gab er der Frau ihre Papiere zurück, befahl ihr rüde, zur Seite zu treten, und verwehrte ihr den Einlass. Der nächste Passagier war ein junger Mann mit kahl rasiertem Schädel, der seinen Rucksack lässig über der Schulter trug. Er kam in den Genuss einer ähnlichen Behandlung, bevor auch ihm befohlen wurde beiseitezutreten. Spätestens jetzt war klar, dass in Havanna die üblichen Flughafenmodalitäten nicht eingehalten wurden. Einen kurzen Moment war Emma besorgt, dass man sie vielleicht auch nicht durchließe.

»Hier steht, man muss bis zu einer weiteren Stunde einkalkulieren, bis man seine Koffer vom Gepäckförderband bekommt«, erklärte Sophie, die kurz von ihrem Reiseführer aufblickte.

Die nächsten beiden Passagiere mussten den Beamten schmieren, damit er ihre Pässe abstempelte und sie einreisen ließ.

Emma warf einen nervösen Blick auf ihre geschwollenen Fußknöchel, eine unangenehme Begleiterscheinung der meisten Langstreckenflüge. Die nervliche Belastung angesichts der Willkür der Sicherheitsbeamten machte es auch nicht besser. Sie wünschte, Paul wäre bei ihr; er war in brenzligen Situationen immer so schön ruhig geblieben.

»Du bist dran, Em«, flüsterte Sophie Emma ins Ohr.

Das überraschte Emma nicht. Wenn es schwierig wurde, ließ Sophie ihrer großen Schwester nur allzu gern den Vortritt.

Der Passkontrollbeamte fläzte sich hinter dem Glasfenster des kleinen Holzhäuschens, das ihn von der Öffentlichkeit abschirmte. Er trug eine khakifarbene Uniform, die wie ein Überbleibsel aus der Zeit wirkte, als die Russen den Staat noch unterstützten. Er glotzte sie über seine Brille mit Drahtgestell hinweg an und nahm durch den Schlitz Emmas Pass entgegen. Dann musterte er sie und inspizierte das Passfoto, was beim besten Willen nicht langsamer gegangen wäre. Er kontrollierte das Touristenvisum doppelt und dreifach, kritzelte etwas auf eine Seite und prüfte das Foto erneut, bevor er endlich auf den Summer drückte, der die Tür öffnete, die sie noch von Kuba trennte.

Auf der anderen Seite lagen Kartons und Koffer kreuz und

quer. Die Reihenfolge, in der das Gepäck herausgeworfen wurde, schien keinem bestimmten System zu folgen, und von den beiden langen Gepäckförderbändern bewegte sich keines. Seine Flugnummer zu wissen half einem auch nicht weiter. Emma ging davon aus, dass ihr Koffer irgendwo herrenlos herumlag, da sie eine Stunde und fünfzehn Minuten gebraucht hatte, um durch die Passkontrolle zu kommen.

»Ich brauch 'ne Dusche, und zwar schnell«, stöhnte Sophie, während sie durch die Tür gestolpert kam.

Die Temperatur betrug an die dreißig Grad. Eine Klimaanlage gab es nicht, und als sie endlich ihr Gepäck gefunden hatten, mussten sie sich erneut in eine Schlange einreihen, die genauso schlimm war wie die bei der Passkontrolle, diesmal, um den Zoll zu passieren. Emma wurde nicht ganz schlau daraus, was mit den Taschen passierte. Sie wurden durch eine Art Sicherheitsapparat geschoben, während jeder Passagier sich einer akribischen Leibesvisitation unterziehen musste, bevor einer nach dem anderen in die Ankunftshalle entlassen wurde. Hin und wieder wurden scheinbar willkürlich Menschen aus der chaotischen Schlange geholt und mitsamt Gepäck in einen Nebenraum bugsiert. Später sollte Emma erfahren, dass die Flughafenpolizei sich gern bei bestimmten Sachen bediente, die sie in den Koffern ihrer kubanischen Landsleute fand. Das alles war ziemlich nervenaufreibend, und Emma war heilfroh, dass Sophie von den Schweißflecken unter ihren Achseln so abgelenkt war, dass sie nichts von den Mätzchen à la *12 Uhr nachts – Midnight Express* mitbekam.

Man hatte Emma versichert, dass der Reiseveranstalter den Transfer zum Hotel für sie organisieren und jemand im Ankunftsbereich auf sie warten würde. Doch schon ihr erster Eindruck von Kuba sagte ihr, dass hier alles anders lief als gewohnt, und das machte ihr Sorgen.

Ihre Sorge war unbegründet, denn an einer Säule, in der Hand eine Pappe mit der fast unleserlichen Aufschrift *Owens x 2*, lehnte ein Mann mit traumhaft südländischem Aussehen und lockigem, zerzaustem Haar. Er trug ein weißes kurzärmeliges Hemd und eine schwarze Sonnenbrille, war schlank und sportlich und sah überhaupt nicht so aus, als säße er den ganzen Tag am Steuer eines Wagens.

»Das ist unser Fahrer.« Sophie stupste sie an. »Er sieht zum Anbeißen aus – ein bisschen wie Che Guevara!«

Mit Gepäck beladen, kämpften die zwei sich mühsam zu ihm durch. Er überragte die Irinnen um Längen.

»*Havana Tours?*«, fragte Emma mit einem eigentümlichen spanischen Akzent, weil sie hoffte, dass er sie so besser verstand.

»*Señoras* Owens?«

»*Sí*«, grinste Emma erleichtert und hoffte, dass ihr siebentägiger »*Wir sprechen Spanisch*«-Crashkurs, eine Gratisbeilage ihrer Tageszeitung, ausreichen würde, um diesen Urlaub zu bewältigen.

Der Fahrer nahm ihnen die Koffer ab und deutete zum Parkplatz.

»Sol Meliá Hotel?«, fragte er mit rauchiger Stimme. »Ich bin Ihr Fahrer.«

»*Sí*. In Varadero«, antwortete Emma, während der Fahrer die Tür des Renault zuschlug und sie gewissermaßen einschloss: Die Griffe an der Innenseite der Autotür fehlten. Vielleicht waren sie abgebrochen und nicht ersetzt worden. Vor Antritt ihrer Reise hatte Emma gelesen, dass Kubaner keinen Zugang zu Auto-Ersatzteilen hatten und dass es keine Läden gab, in denen sich die Einheimischen mit den notwendigsten Toilettenartikeln eindecken konnten. Deshalb hatte sie den Rat der einschlägigen Internetseiten befolgt und ihren Koffer randvoll mit Seifenstücken, Shampoofläschchen und Tamponschachteln gepackt. Sie hatte auch gelesen, dass kubanische Frauen ganz verrückt nach Tampons waren, weil man sie auf der ganzen Insel nirgends bekam. Emma hatte für alle Fälle zwölf Schachteln dabei, wusste aber nicht so recht, ob sie sich trauen würde, sie irgendwem zu schenken.

An der Straße drängten sich Scharen von Menschen, hauptsächlich Frauen.

»Worauf die wohl warten?«, flüsterte Emma Sophie ins Ohr.

»Sie warten auf den Bus«, informierte der Fahrer sie in perfektem Englisch.

Emma liebte seinen Akzent. Mit seinem ausgeprägt südländischen Aussehen gäbe er eine gute Romanfigur ab, dachte sie und fühlte sich zum ersten Mal seit Monaten inspiriert.

Sie waren jetzt zehn Minuten unterwegs und bisher nur an zwei riesigen Mietsblöcken, reihenweise grünen Bäumen und Drahtzäunen vorbeigefahren. Die Gebäude waren einst in leuchtenden Farben gestrichen gewesen, inzwischen aber völlig heruntergekommen, mit Wänden, von denen die Farbe abblätterte, und tropfnassen Kleidungsstücken, die von improvisierten Wäscheleinen baumelten. Hungrige Hunde rannten von Haus zu Haus, und an der staubbedeckten Autobahn spielten Kinder barfuß mit behelfsmäßigen Bällen und Stöcken. Emma war überrascht, wie glücklich sie trotz ihrer trostlosen Umgebung wirkten, und fragte sich, wie lange Finn es in diesem Umfeld ohne PlayStation und sein Fahrrad aushalten würde.

Sie fuhren an ein paar Fabriken und an einem Gebäude vorbei, das vermutlich ein Krankenhaus war. Menschen in Uniform marschierten durch die Tore nach draußen und stiegen in Busse.

Die Landschaft veränderte sich, doch es herrschte immer noch nur spärlicher Verkehr auf den notdürftig asphaltierten Straßen. Die Autobahnen waren eher breite Feldwege mit vereinzelten Schlaglöchern. Plötzlich überholte sie ein 1950er Chevrolet, der aussah wie mit Kugeln durchlöchert.

»Sieh dir das an!«, rief Emma entgeistert aus.

»Schickes Auto?« Der Fahrer lächelte sie im Rückspiegel an.

Emma lachte.

»Wie lange brauchen wir bis Varadero?«, fragte Sophie, die unruhig auf den klebrig-heißen Sitzen herumrutschte, die zunehmend unbequemer wurden.

»Zwei Stunden, wenn wir Glück haben.«

Sophie warf ihrer Schwester einen bestürzten Blick zu. »Wusstest du, dass es so weit ist?«

Emma zuckte mit den Achseln. »Die Reisebeschreibung hab ich am Flughafen dir überlassen.«

Sophie wühlte hektisch in ihrer Tasche und wurde schließlich fündig.

»Drei Stunden! ›Der Transfer dauert fast drei Stunden‹!« Seufzend schob sie die Dokumente zurück in das schmale weiße Kuvert.

»Dann müssen wir eben die Zähne zusammenbeißen«, meinte Emma.

»Was bedeutet *Hasta la victoria siempre*?«, lautete Sophies nächste Frage, als sie an einer riesigen Reklametafel am Straßenrand vorbeikamen, auf der ein Porträt von Che Guevara aufgemalt war.

Emma sah in die Richtung, in die Sophie zeigte. »›Hasta‹ – das bedeutet ›bis‹. ›Siempre‹ heißt ›immer‹, und ›*la victoria*‹ müsste ›der Sieg‹ sein.«

Der Fahrer nickte zustimmend.

Sophie gab sich damit zufrieden und vertiefte sich wieder in den Reiseführer.

»Sie sind aus England?«, fragte der Fahrer.

»Irland«, antwortete Emma.

»Che hatte irische Vorfahren«, erklärte der Fahrer und lächelte Emma im Rückspiegel an. »Der Name seines Vaters war Ernesto Guevara Lynch. Che hat Irland nach der Revolution besucht.«

Das Wissen des Fahrers beeindruckte Emma, und ihr fiel wieder auf, wie gut sein Englisch war.

»Ich bin ein großer Fan von *Tagebuch einer Motorradreise*. Ich hab es als Teenager gelesen.«

Auf dem Gesicht des Fahrers breitete sich ein Lächeln aus. »Das hab ich auch sehr gerne gelesen.«

Emma lehnte sich zurück und ließ die rauchenden Fabriken und Ölraffinerien, die den Strand zu ihrer Linken säumten, an sich vorbeiziehen. Die Sonne ging langsam unter, und die Gegend veränderte sich. Sie genoss die friedliche Atmosphäre und bewunderte die sattgrüne Landschaft.

Sie schloss die Augen und versuchte sich vorzustellen, wie sie sich fühlen würde, wenn statt Sophie jetzt Paul neben ihr säße. Es wäre mit Sicherheit anders. Er hätte ihr alles über das Abenteuer erzählt, das vor ihnen lag, da er sich schon im Vorfeld über alles informiert hätte, was es über die Insel zu erfahren gab. Er hätte sich um alles gekümmert, doch stattdessen musste sie jetzt auf Sophie aufpassen. Ihre kleine Schwester konnte auf Kommando die Hilflose spielen. Schon als Kind, wenn nach dem Abendessen Ordnung gemacht werden musste, sprang sie stets als Erste auf und bot sich an, den Tisch abzuräumen – bei weitem die einfachste Aufgabe –, sodass die schwierigeren Arbeiten wie der Abwasch an ihren Schwestern hängen blieben. Protestierten Emma und Louise, wurden sie zudem noch von ihrer Mutter ausgeschimpft, weil sie nicht als Erste ihre Hilfe angeboten hatten, und ermahnt, sich ein Beispiel an Sophie zu nehmen. Manchmal musste Sophie dann sogar gar nichts machen, aber Emma verzieh ihr jedes Mal, weil sie nicht gegen den Mutterinstinkt ankam, der nach der Geburt ihrer jüngsten Schwester bei ihr eingesetzt hatte. Als Louise zur Welt kam, war Emma sehr verletzt und eifersüchtig gewesen; die versprochene Spielgefährtin war eine Nervensäge und zog einen Großteil der Aufmerksamkeit auf sich, an die Emma als Einzelkind gewöhnt war. Doch als Sophie geboren wurde, freute Emma sich sehr. Sie war ein wunderbarer Ersatz für die Babypuppen, mit denen Emma inzwischen nicht mehr spielte.

Für Louise hingegen war die Ankunft des neuen Babys niederschmetternd. Bisher hatte sie Emma und ihre Mutter ganz für sich allein gehabt, und jetzt musste sie beide teilen. Für keinen von ihnen würde es jemals wieder so sein wie früher.

»Wir kommen jetzt nach Matanzas«, verkündete Sophie, als sie an einem Schild am Straßenrand vorbeifuhren.

Die letzten Sonnenstrahlen waren erloschen. Das Ausmaß der Armut in Kuba ging ihnen erst auf, als ihnen klar wurde, dass sie sich in einer großen Stadt befanden, für kubanische Begriffe sogar in einer Großstadt, und keine einzige Straßenlaterne die Nacht erhellte. Dies war ein Dritte-Welt-Land, das unter Entbehrungen litt, die für Westeuropäer nur schwer vorstellbar waren.

Nach einer weiteren halben Stunde auf dem Taxirücksitz forderte die Anstrengung des Langstreckenflugs von Dublin über Paris langsam ihren Tribut.

»Wir sind jetzt fast da. Das ist Varadero!«, rief der Fahrer aus, als in der Ferne Hotellichter in Sicht kamen. Laternen säumten die lange, gerade Straße, die am Strand von Varadero entlangführte.

Sophie richtete sich auf, streckte sich und drückte den Rücken durch. »Ich sterbe vor Hunger! Das Hotel taugt hoffentlich was.«

Der Fahrer bog von der schnurgeraden Straße in eine Einfahrt ein, die auf beiden Seiten von üppiger, kultivierter Vegetation gesäumt war und zu einem luxuriösen Hoteleingang führte. Strahler erleuchteten das tropische Laubwerk, und Emma fragte sich, ob der Strom nicht besser dazu genutzt werden sollte, die Straßen von Matanzas zu erhellen. Der Fahrer hielt vor einem Springbrunnen mit einer Statue, die Botticellis Venus ähnelte. Daneben stand ein Schild mit der Aufschrift: *Hotel Sol Meliá*.

»Das ist ja schon mal nicht schlecht«, murmelte Sophie, als der Wagen abrupt hielt und der Fahrer heraussprang, um ihnen die Türen zu öffnen.

»Hast du ein paar Münzen Trinkgeld?«, flüsterte Emma.

»Du hast für diesen Transfer bezahlt«, entgegnete Sophie arrogant, strich sich die Locken aus dem Gesicht und hatte für den Fahrer, der ihr beim Aussteigen half, nur ein Lächeln übrig.

Ein Gepäckträger in einer burgunderroten Uniform mit Messingverzierungen eilte herbei, um den Frauen ihre Koffer abzunehmen.

»*Bienvenidas a Varadero!*«, rief er mit breitem Lächeln aus.

Aus der Hotelbar wehten Salsa-Klänge zu ihnen.

»Hörst du das?«, fragte Emma entzückt und schnappte nach Luft.

»Mein Magenknurren ist lauter. Ich will doch schwer hoffen, dass der Speiseraum geöffnet ist!«, grummelte Sophie.

Emma wandte sich an den Fahrer. Es war das erste Mal,

dass sie seine Augen ohne Sonnenbrille sah. Sie waren haselnussbraun, nicht dunkelbraun, wie sie erwartet hatte, und sie lächelten.

»Ich hoffe, Sie haben einen schönen Urlaub, *señora* Owens.«

»*Gracias*«, antwortete Emma.

Er stieg wieder ins Taxi und lächelte zu ihr auf, bevor er wegfuhr. Seine haselnussbraunen Augen funkelten, und in dem Moment hoffte sie, dass es nicht das letzte Mal wäre, dass sie diesen Mann sah.

Kapitel 3

»Wow!«, rief Sophie, als sie die langen, schweren Vorhänge in ihrer Suite zurückzog.

»Karibisch blaues Wasser, weißer Sandstrand. Da draußen segeln sie – sieh nur!«

Emma hob die Hand, um ihre Augen vor der sengenden Sonne zu schützen, setzte sich im Bett auf und blickte über das Geländer ihrer Veranda. Das tiefblaue Meer hatte einen türkisfarbenen Streifen, und winzig kleine Schaumkronen rollten sanft an den Strand.

»Und kein Wölkchen am Himmel«, rief Emma begeistert aus.

»Das scheint eins der besten Zimmer im Hotel zu sein«, meinte Sophie, zog die Tür auf und trat auf den Balkon.

Das versetzte Emma einen schmerzhaften Stich. Zusammen mit Paul wäre es perfekt gewesen, dachte sie traurig.

»Kommst du mit runter zum Frühstück?«, fragte Sophie, als sie zurück ins Schlafzimmer kam. »Ich sterbe vor Hunger.«

»Okay, auch wenn ich nicht sehr hungrig bin.«

»Zieh deinen Bikini drunter. Ich will ein bisschen Sonne tanken, bevor es zu heiß wird.«

Sophie kleidete sich rasch an und wartete ungeduldig auf ihre Schwester.

Emma stopfte schnell Handtuch, Urlaubslektüre und iPod in ihre rosa gestreifte Strandtasche.

Der Fußweg zum Hauptbuffet lag im Schatten hochgewachsener Palmen. Wenige Meter vor ihnen fiel Emma ein Pärchen auf, das ganz romantisch Händchen hielt. Sie musste sofort an Paul denken und stellte sich vor, wie es gewesen wäre, wenn sie zusammen zum Frühstück gegangen wären. Aber eigentlich hatten sie nie Händchen gehalten – es war schlicht und ergreifend nicht ihr Stil. Bei dem Gedanken fühlte sie sich noch schlechter, und sie schalt sich für all die Urlaube, die sie ohne diese zärtliche Geste miteinander verbracht hatten.

»Sieh dir das an!«, rief Sophie staunend aus, als sie den offen angelegten Essbereich betraten.

Die Hauptauslagen waren mit tropischen Früchten dekoriert und alle möglichen verlockenden Frühstücksleckereien auf riesigen Platten arrangiert. Es gab kalten Braten, Baguettes, süßes Gebäck in Hülle und Fülle, und in wenigen Metern Entfernung bedienten zwei Köche die Gäste, denen der Sinn mehr nach Pfannkuchen oder warmem Essen stand.

»Ich glaub, ich hab noch nie so viel Essen auf einmal gesehen!«, staunte Emma.

Vor ihrer Reise hatte sie gelesen, dass Kubaner staatliche Bezugsscheine bekamen und bei Nahrungsmitteln gewissen Beschränkungen unterlagen. Nach dem üppigen Buffet zu urteilen, wurde die Tourismusbranche hingegen großzügig mit Speisen und Getränken versorgt. Mit Gewissensbissen nahm sie sich ein Stück Plundergebäck, ein Schüsselchen mit Früchten und eine Tasse Tee, bevor sie sich an den Tisch mit der edlen Leinendecke setzte.

Sophie schleppte unbekümmert ein Tablett mit so vielen Sachen an, dass sie unmöglich alle auf einmal verdrücken konnte.

»Willst du das etwa alles essen?«, fragte Emma befremdet.

Sophie zuckte gleichgültig mit den Achseln. »Ich will

nur alles mal probieren, damit ich morgen weiß, was mir schmeckt.«

Emma widmete sich ihren tropischen Früchten, während Sophie kleine Häppchen von dem Aufgebot an Leckereien auf den Tellern vor ihr aß.

»Hier gibt's auch einen Wellness-Bereich. Hast du Lust auf eine Massage?«, fragte Sophie.

Emma schüttelte den Kopf. »Ich bin müde. Ich glaube, ich sehe mich heute erst mal um.«

Sophie nickte. »Okay. Hast du gute Bücher dabei?«

»Ich lese gerade *Inseln im Strom*. Hemingway. Aber für dich ist das ja wohl nichts.«

Sophie steckte sich ein Stück Pfannkuchen in den Mund, das vor Ahornsirup nur so triefte, und zog eine Grimasse, als Emma wegschaute. Ihre Schwester behandelte sie manchmal immer noch wie eine Sechsjährige.

»Ich bin voll«, stöhnte Sophie schließlich und lehnte sich auf ihrem Stuhl zurück, während eine hübsche Kellnerin mit funkelnden braunen Augen und dunklem, müdem Teint ihr Geschirr mit den nur halb verzehrten Speisen wegräumte.

Emma stellte ihr benutztes Geschirr ordentlich zusammen, um der Frau die Arbeit zu erleichtern.

»Danke«, sagte die Kellnerin mit einem Lächeln.

Noch bevor die Frau fertig war, schnappte sich Sophie ihre Handtasche. »Okay, ich bin weg, um mir einen guten Platz am Pool zu sichern!« Sie sprang auf und ließ ihre Schwester mit ihrer Tasse Tee sitzen.

»*Gracias*«, bedankte sich Emma bei der Kellnerin und erwiderte ihr freundliches Lächeln.

Als sie ausgetrunken hatte, durchquerte Emma den Essbereich. Sophie dachte immer nur an ihre Bedürfnisse, die auf der Stelle befriedigt werden mussten, doch Emma hatte gewusst, worauf sie sich einließ, als sie ihr Schwesterherz zu dem Urlaub eingeladen hatte. Sie fragte sich, wie es wäre, wenn stattdessen Louise mitgekommen wäre. Vielleicht noch schlimmer, wenn sie ständig über Jack Duggan geredet hätte. Emma konnte den Gedanken an den Typen, mit dem ihre Schwester Wochen vor ihrer Hochzeit eine heimliche Affäre gehabt hatte, kaum ertragen. Damals hatte sie Louise Mitgefühl und Verständnis entgegengebracht, doch jetzt, so viele Jahre später, war sie der Meinung, dass ihre Schwester endlich zur Vernunft kommen sollte. Schließlich war sie mit Donal verheiratet, und obwohl er sehr pingelig sein konnte, wenn es um Pünktlichkeit und Ordnung ging, und er keine Gelegenheit ausließ, zum Segeln zu fahren, war er Louise stets ein guter Ehemann gewesen und ihren drei hinreißenden Kindern ein guter Vater. Er ging in der Rolle auf – anders als Paul, der ewig gebraucht hatte, um sich mit der Idee anzufreunden, eine Familie zu gründen, und sich, als es endlich so weit war, mit einem Kind zufriedengab.

Auf dem Weg hinaus in die glühende Hitze setzte sich Emma ihre Sonnenbrille auf. In der kurzen Zeit, die sie zum Frühstücken gebraucht hatten, war es um einiges wärmer geworden. Sie suchte die Sonnenschirme und Liegen am Pool ab und entdeckte ihre Schwester, die sich gerade Sonnenöl auf ihre helle Haut goss.

Ein Bademeister zog für Emma eine Sonnenliege heran.

»Sieh nur, wie nahe wir an der Bar sind!«, rief Sophie aus und deutete über Emmas Schulter zu der in den Boden eingelassenen Theke zwischen den Barkeepern und dem Pool. Hohe Barhocker ragten aus dem türkisblauen Wasser, und ein Hotelgast genoss schon seinen ersten Mojito des Tages.

»Ich komme mir vor wie im Paradies!«, schwärmte Sophie, die sich mit ihrem eingeölten Körper auf die Sonnenliege gleiten ließ und einen dicken Roman zur Hand nahm.

Emma wusste nicht so recht, was nicht stimmte, doch sie verspürte einen dumpfen Schmerz und den sehnlichsten Wunsch, einfach nur allein zu sein.

»Ich mache einen Spaziergang, wenn es dir recht ist«, sagte sie und stellte ihre Tasche auf der Liege neben Sophie ab. »Meine Sachen lasse ich hier.«

»Bleib, so lange du willst!«, antwortete Sophie leichthin und vertiefte sich in ihren Wälzer.

Emma zog ihr T-Shirt aus, unter dem ihr Badeanzug zum Vorschein kam, und steckte es in die Tasche. Dann klatschte sie sich etwas Sonnencreme auf Arme und Gesicht, band sich ihren Sarong fest um die Taille, damit er beim Spazierengehen bequem war und nicht rutschte, und machte sich auf die Suche nach dem Strand. Laut der Karte, die sie sich am Abend zuvor kurz angesehen hatte, war es vom Pool zum Strandeingang nur ein kurzer Fußmarsch. Sie hatte es nicht eilig und beschloss, das Gefühl des warmen Sandes zwischen ihren Zehen zu genießen, als der Weg von Holzplanken in Dünen überging. Durch eine Lücke in den Dünen sah sie ein Pico-Dingi mit knallbunten Segeln, das auf dem blauen Atlantik vorbeisauste. Das war die Art von Booten, mit denen die Kinder im Dingi-Club in Sutton manchmal segelten, und zum ersten Mal seit ihrer Ankunft in Kuba spürte sie eine Verbindung zu zu Hause. Aber dass sie Finn schon vermisste, konnte sie nicht behaupten. Seit Pauls Tod fühlte sie sich von den meisten Menschen in ihrem Leben entfremdet, als ob sie mitten im Meer schwömme. Auf allen Seiten war Land in Sicht, und sie hätte bequem ans Ufer schwimmen können, wenn sie gewollt hätte, aber da sich Paul an keinem dieser Ufer befand, stellte sie sich die Frage nach dem Sinn. Manchmal erschien auch Finn in dem Traum, der mit einem Rettungsfloß auf sie zukam, doch sie befahl ihm stets, ans

Ufer zurückzukehren, weil er, selbst wenn er ihre Gefühle verstand, unmöglich denselben Schmerz empfinden konnte. Dieser Verlust und dieses Gefühl der Leere, das sie jetzt seit sieben Monaten mit sich herumschleppte, wurden ihr allmählich so vertraut, dass sie sich gar nicht mehr traurig fühlte. So wäre es eben von nun an immer. Ihr Leben hatte sich unwiderruflich verändert, und es war nur recht und billig, dass es Finn freistand, glücklich zu sein und ein normales Leben zu führen.

Sie lief am Strand entlang, der sich vor ihr erstreckte, so weit das Auge reichte. Der Sand war fast weiß, und an den Ausgängen der Luxushotels, die an der Küste verteilt standen, sah man nur kleine Grüppchen aus Sonnenhungrigen und Seglern. Jetzt, wo sie hier am Strand war, fand sie es in Ordnung, allein zu sein. Sie fragte sich, ob es draußen im Meer Haie gab, und wenn ja, wie weit sie sich ans Ufer vorwagten. Dies war genau dasselbe Meer, auf dem Santiago aus Hemingways Novelle *Der alte Mann und das Meer* so tapfer mit seinem Fisch gekämpft hatte.

Auf dem Rückweg musste sie viel an Paul und ihr Buch denken, und als sie sich durch das Eingangstor zurück ins Hotel begab, hatte sie keine Ahnung, wie lange sie unterwegs gewesen war. Der leichte Sonnenbrand auf ihren Armen und Schultern deutete darauf hin, dass es um einiges länger gewesen sein musste, als es ihr vorgekommen war. Sie hatte furchtbaren Durst und suchte auf dem Weg ins Hotel im Schatten der Bar Zuflucht. Das Ferienresort verfügte über fünf Bars und sieben Restaurants, und Speisen und Getränke waren im Preis inbegriffen. Sie brauchte nur ihre Zimmernummer anzugeben, und schon konnte sie ihren Gaumen mit einem Glas kaltem, sprudelndem Mineralwasser erfrischen.

Die Kellnerin war dieselbe Frau, die beim Frühstück den

Tisch abgeräumt hatte. Ihr schwarzes Haar war zu einem ordentlichen Pferdeschwanz zusammengebunden, und wenn sie lächelte, kamen perfekte weiße Zähne zum Vorschein. Auf der Goldkette um ihren Hals stand der Name *Dehannys*.

»*Hola*«, begrüßte Dehannys sie mit einem freundlichen Lächeln. »Was möchten Sie?«

»*Agua con gas, por favor*«, antwortete Emma und hoffte nervös, dass sie sich nicht selbst ein Bein gestellt hatte, indem sie auf Spanisch bestellte.

»Ah, *habla español?*«

»Nein – *poco*«, wehrte Emma ab. »Aber ich hab versucht, es zu lernen.«

»*Sí, bueno*«, lächelte Dehannys. »Mein Englisch ist nicht sehr gut.«

»Wir können voneinander lernen.«

Dehannys nickte heftig, während sie Mineralwasser aus einer Flasche in ein Glas einschenkte. »Das ist gut.«

»*Gracias*«, sagte Emma und nahm das Getränk von Dehannys entgegen. »Leben Sie weit von hier?«

»Matanzas. Etwa eine halbe Stunde.«

»Ich glaube, wir sind gestern Abend dort vorbeigekommen. Auf dem Weg vom Flughafen José Martí.«

»*Sí*. Ich lebe dort mit Mutter und Vater und meinem Sohn.«

Keine Rede von einem Ehemann, dachte Emma, während sie durstig ihr Glas leerte. Sie verspürte eine Verbundenheit mit dieser Frau, und eine innere Stimme sagte ihr, dass es ihr vorbestimmt war, sie zu treffen.

»*Gracias! Vamos* und suche meine Schwester.«

»*Adiós!*«, antwortete Dehannys mit einem Lächeln.

Emma fühlte sich gut, als sie über den hölzernen Bodenbelag zum Pool lief. Der Spaziergang hatte ihr neue Energie gegeben, und zum ersten Mal seit Pauls Tod spürte sie, dass sie auch allein sehr glücklich sein konnte, und sei es nur beim Spazierengehen. Die karibische Sonne und das leuchtende türkisfarbene Meer taten ihr Übriges.

Als Emma näher kam, blickte Sophie von ihrem Wälzer auf. »Wie war's?«

»Der Strand ist fantastisch. Er ist kilometerlang.«

»Seh ich mir später an«, murmelte Sophie und vertiefte sich wieder in ihren Roman. »Ach ja, Finn hat angerufen, während du weg warst.«

»Geht's ihm gut?«

»Klar. Ich wette, Louise hat ihn gezwungen, dich anzurufen. Wahrscheinlich war sie bloß neugierig, wie es uns gefällt.«

Emma erinnerte sich an die Enttäuschung in Louises Gesicht, als sie Finn vor zwei Tagen abends bei ihr abgesetzt hatte. Ihr Sohn freute sich wahnsinnig, mit seinem Cousin zusammen zu sein, doch ihr war klar geworden, dass sie ihre mittlere Schwester mal wieder enttäuscht hatte, indem sie Sophie mit zu einer Vergnügungsreise nahm, die Louise sich wahrscheinlich viel mehr wünschte.

Emma verspürte den Drang, ins blaue Wasser des Swimmingpools zu tauchen. Sie ließ ihren Sarong von den Hüften gleiten und lief wortlos zum Beckenrand.

Sophie blickte irritiert auf, als die Wassertröpfchen des Platschers, den Emma verursachte, auf ihre Beine und Füße niederprasselten. Sie hätte mich wenigstens warnen können, dachte sie, als sie sich auf die andere Seite drehte, damit sie schön gleichmäßig braun wurde.

Sie war wütend auf Emma und musste ihre Gefühle seit Monaten bei jedem Aufeinandertreffen verbergen. Es wurde langsam unerträglich. Doch sie hatte nach Kuba mitkommen müssen, sonst hätte Emma Lunte gerochen. Sie kannte sie zu gut. Was für eine Ironie des Schicksals, mit der Frau ihres Liebhabers in den Urlaub zu fliegen, den sie gemeinsam mit ihm hatte genießen wollen! Emma hatte es gut. Sie durfte Trübsal blasen und nach Herzenslust trauern. Nur wenige Tage vor seinem Tod hatte Paul endlich eingewilligt, Emma zu sagen, dass er sie verließ. Sie wären weggezogen, um es für Emma und Finn leichter zu machen. Irgendwann hätte Emma es verstanden – dessen war sich Sophie sicher. Paul war ihr Seelenverwandter, und sie waren füreinander bestimmt. Und jetzt musste sie Emma ganze zehn Tage dabei zusehen, wie sie ihren Schmerz zur Schau stellte.

Kapitel 4

Louise fiel es schwer zu funktionieren. Zwei Bilder spukten ihr permanent durch den Kopf: eins von ihren Schwestern, die in der karibischen Sonne faulenzten, und das andere von Jack Duggan in der DART-Bahn nach Dublin. Eigentlich war es in Kuba noch viel zu früh für den Strand, und Jack saß sicher schon an seinem Schreibtisch oder war unterwegs, um für den neusten Knüller zu recherchieren, doch beides erschien ihr verlockender, als Schuluniformen und Unterwäsche in die Waschmaschine zu stopfen.

Als sie sich vom Schuldienst hatte beurlauben lassen, war sie der Meinung gewesen, sich die Pause mehr als verdient zu haben, und hatte eine große Erleichterung verspürt. Im zweiten Jahr fühlte es sich noch genauso an, und im dritten Jahr hatte sie sich vor der Aussicht gefürchtet, wieder arbeiten zu müssen. Doch Donal hatte sie nicht einmal gefragt, ob sie zurückwollte. Im Grunde sollte sie dankbar sein. Nur wenige Frauen genossen den Luxus, in dieser wirtschaftlichen Lage einen Mann zu haben, der ein gutes Gehalt nach Hause brachte, mit dem er die Familie allein unterhalten konnte. Sie fragte sich, ob sie nicht ganz richtig tickte, denn insgeheim träumte sie oft von der Zeit, in der sie in Jack Duggan verliebt gewesen war. Das war die Fantasie, in der sie am liebsten Zuflucht suchte.

Doch jetzt, wo sie ihn leibhaftig gesehen hatte, fühlte sie sich wie betäubt und innerlich zerrissen. Er war genau, wie sie ihn sich so viele Jahre später vorgestellt hatte. Eigentlich sah er als Erwachsener sogar noch besser aus als damals.

Seit sie Jacks Nummer gewählt hatte, war eine Woche vergangen, und sie hatte das Gefühl, dass es umso schwerer würde, je länger sie noch wartete. Doch was sollte sie ihm sagen? Was hätte sie ihm gesagt, wenn er neulich Abend rangegangen wäre? Es überwältigte sie – wurde wieder zur Obsession. Im ersten Jahr ihrer Ehe war sie immer die Griffith Avenue entlanggefahren, wo er wohnte, nur für den Fall, dass er zufällig aus dem Haus käme. Natürlich passierte das nie, weil er inzwischen studierte und sich auf der Südseite der Stadt ein Zimmer gesucht hatte, und trotzdem nahm sie in der vagen Hoffnung, dass er vielleicht seine Mutter besuchte, regelmäßig diesen Umweg. Donal fiel das nicht mal auf, und zusammen mit der Erleichterung darüber kam die Frustration, dass der Mann, den sie geheiratet hatte, ihre geheimen Gedanken und Gefühle überhaupt nicht kannte. Wie konnte sie den Rest ihres Lebens mit einem Mann verbringen, der nur mit einer Hälfte von ihr glücklich war, während die andere Hälfte bis über beide Ohren in Jack verliebt war?

Doch mit der Zeit hatte die Obsession nachgelassen. Ihr Leben mit Donal und den Kindern und ihre Arbeit als Lehrerin hatten sie voll und ganz in Anspruch genommen, sodass ihre Zeit mit Jack Duggan ihr nur noch vorkam wie ein ferner, wunderbarer Traum.

Und plötzlich, vierzehn Jahre später, sah sie sein Gesicht im Spülwasser, wenn sie nach dem Abendessen die Pfannen abwusch. Sie sah sein Gesicht, wenn sie die Rinde von den Sandwiches für die Kinder abschnitt. Wenn sie die Augen schloss, roch sie sogar seine Haut. Sein Geruch war das Einzige, was sich überhaupt nicht verändert hatte. Seine Klamotten waren modischer, seine Haut rauer und sein Haar mehrere Nuancen dunkler, doch sein Geruch war eindeutig noch derselbe. Frustriert knallte sie die Waschmaschinentür zu und brach in Tränen aus. Als ihr die Nase lief, riss sie sich ein großes Stück von der Küchenrolle ab und beschloss, dass es an der Zeit war, etwas zu unternehmen.

Wie automatisch nahm sie die Kaffeedose von ihrem Platz im Regal und maß zwei Teelöffel der kräftigen kolumbianischen Röstung aus fairem Handel ab. Sie musste sich zusammenreißen. Schließlich wurde sie bald vierzig und wollte nicht das Gefühl haben, dass das Leben an ihr vorbeizog. Die Vorstellung, zurück in den Schuldienst zu gehen, flößte ihr Angst ein, und der Gedanke daran, zu Hause zu bleiben, bis ihre Kinder aufs College gingen, ängstigte sie noch mehr. Was war bloß aus der unbekümmerten, lebenslustigen Louise geworden, die mit Mitte zwanzig noch so leidenschaftlich und innig geliebt hatte? Wie hatte sie sich in diese durchgeknallte, zwanghafte Mama von drei Kindern verwandelt, die keine eigene Identität mehr hatte? Sie nahm ihren Becher, goss kochendes Wasser auf das Kaffeegranulat und wärmte ihre Hände an dem Becher. Dann lief sie ins Wohnzimmer. Ihr Klavier stand verlassen und vernachlässigt in der Ecke, und zum ersten Mal seit Jahren verspürte sie das überwältigende Bedürfnis, ein paar Akkorde zu spielen.

Als sie noch als Lehrerin gearbeitet hatte, war kein Tag vergangen, an dem sie nicht wenigstens einmal gespielt hatte. Zu bestimmten Zeiten im Jahr, zum Beispiel im Vorfeld der Schulweihnachtsfeier oder des »Battle of the Bands«-Wettbewerbs, hatte sie sogar mehrere Stunden am Tag am Klavier gesessen.

Während des alljährlichen »Battle of the Bands«-Contests hatte Jack Duggan dann auch seinen ersten Annäherungsversuch gestartet. Der Altersunterschied zwischen ihnen war nicht sehr groß (sie war erst vierundzwanzig und kam frisch von der Uni, und er war achtzehn und im Grunde schon erwachsen), doch was ihren Status betraf, trennten sie Welten.

Sie erinnerte sich in allen Einzelheiten an den Augenblick. Sie waren allein im Klassenraum, nachdem sie die Musikinstrumente weggeräumt hatten. Nach Sonnenuntergang herrschte in der Schule eine ganz andere Atmosphäre, und obwohl es Frühsommer war, legte die Dunkelheit einen Schleier über das Geschehen im Musikzimmer, das nur über ein kleines Fenster verfügte und schallgedämmt war. Am großen Musikinstrumentenschrank, wo sie und Jack standen, hätte sie von draußen unmöglich jemand sehen können. Außerdem waren alle Teilnehmer und Zuschauer der Veranstaltung noch in der Aula, eine Treppe und Hunderte Meter entfernt.

»Danke, Jack«, hatte sie gesagt, als er ihr den Verstärker und das Mikrofon reichte, damit sie beides in der Ecke des Schrankes verstauen konnte. Sie erinnerte sich noch an den Moment, als ihre Blicke sich trafen, und an das Knistern zwischen ihnen.

Langsam kam er näher, zuversichtlich, dass sie dasselbe empfand wie er.

Die Spannung zwischen ihnen hatte sich in den letzten Wochen des Schuljahres immer mehr gesteigert, und jetzt, als es Mai geworden war und er bald die Schule verließ, wusste er, dass die dunkle Ecke des Musikzimmers der richtige Ort war, um sich ihr zu nähern.

Der erste Kuss war in seiner Unschuld sehr ungeschickt und zart. Erst als sie seinen Geruch einatmete, machte ihr Verlangen nach ihm sie ganz verrückt. Er schob sich näher an sie heran, und sie öffnete hungrig die Lippen. Er schmeckte so frisch, so neu. Ihr Verlobter Donal war mit achtundzwanzig zwar kein Methusalem, doch der Altersunterschied zwischen ihm und Jack betrug zehn Jahre.

Louise versuchte, nicht an Donal zu denken, während sie zuließ, dass Jack sie fester packte und auf den Fußboden zog. Ihre Rollen hatten sich vertauscht. Er war jetzt derjenige, der die Kontrolle übernahm, und sie ließ sich auf einen Weg führen, der sie jeden Moment ins Unglück stürzen konnte, falls jemand hereinplatzte. Sie musste jeden Funken Selbstbeherrschung aufbringen, damit der Kuss an jenem Abend nicht zu mehr wurde.

Wochen zuvor hatte sie auf dem Bord gesessen, das an den Wänden des Klassenzimmers entlanglief, die Füße auf dem Klavierhocker und neben ihr ein Stapel Aufsätze über Debussy und andere impressionistische Musiker. Es hatte noch nicht zum Unterricht geklingelt.

»Du kommst zu früh!«, hatte sie im Flirtton gesagt, als ihr bester Schüler den Raum betrat.

Jack war langsam auf sie zugekommen und einen Tick zu nahe vor ihr stehen geblieben – nur Zentimeter von der Lücke zwischen ihren Knien entfernt.

»Das ist meine Lieblingsstunde. Ich konnte es nicht erwarten.«

In dem Moment wussten beide, dass er nicht von ihrer exzellenten pädagogischen Betreuung sprach.

Die Erinnerung daran ließ Louise erbeben, und sie nippte noch einmal an ihrem Kaffee. Sie konnte die Zeit nicht zurückdrehen, aber sie konnte etwas tun, um die Leidenschaft zurück in ihr Leben zu bringen. Ein paar Veränderungen ließen sich vornehmen. Doch zunächst stellte sie ihren Becher auf den Untersetzer auf dem Klavier und setzte sich auf den wenig benutzten Hocker. Wie ein Vampir, der einen Sargdeckel aufklappt, hob sie den Deckel, der die Tasten aus

Ebenholz und Elfenbein barg. Es war eine Weile her, seit sie Debussy gespielt hatte, und sie fragte sich, ob sie es noch konnte. Als »Clair de Lune« sanft von den Tasten erklang, spürte sie förmlich, wie sich ihre Stimmung hob. Das war etwas, das nur ihr gehörte und rein gar nichts mit Jack, Donal oder sonst wem zu tun hatte. Vielleicht half ihr Klavierspielen dabei, die Antwort darauf zu finden, was ihr eigentlich fehlte und warum sich ihre Seele so leer anfühlte.

»Und was hast du heute gemacht?«, fragte Donal Louise.

Er hielt abends gern Hof, wenn er ausnahmsweise einmal nicht direkt zum Yachtclub fuhr, und Louise war von diesem konservativen Aspekt seiner Persönlichkeit genervt. Sie warf ihrem Ehemann, der, immer noch mit Schlips und Kragen, am Kopfende des Küchentisches saß, einen Blick zu. Sein braunes Haar wurde langsam schütter, aber seine Haut sah für einen passionierten Hobbysegler noch bemerkenswert jugendlich aus.

»Ich hab die Wäsche gemacht, die Klamotten von allen getrocknet und gebügelt und zurück in die Schränke geräumt«, gab Louise bissig zurück.

Donal hatte nicht vorwurfsvoll klingen wollen. Er wusste nur nicht mehr, wie er mit ihr über wichtige Dinge sprechen sollte.

Matt und Finn verschlangen ihre Fish & Chips und konnten es kaum erwarten, wieder nach draußen zu kommen, um Fußball zu spielen.

»Hast du deine Mum schon angerufen?«, fragte Louise ihren Neffen.

»Ich hab's nach der Schule auf dem Weg hierher versucht, aber sie war nicht da. Sophie ist rangegangen. Mum ruft mich später zurück.«

Louise nickte und begann, behutsam und beharrlich ihren Fisch zu zerlegen. Da sie merkte, dass sie ein bisschen zu hart zu Donal gewesen war, änderte sie ihre Taktik und ihren Ton.

»Ich hab heute sogar ein Weilchen am Klavier gesessen. Das hab ich schon seit Jahren nicht mehr getan.«

»Das ist schön!«, lobte Donal sie, der sich aufrichtig darüber freute, dass sie etwas tat, was ihr Spaß machte. Er selbst ging schließlich auch segeln. »Ich hab dich schon lange nicht mehr spielen hören.«

Louise nickte. Das stimmte, und mit dem Einschlafen ihrer Passion fürs Klavierspielen war das Einschlafen ihrer Beziehung zu Donal einhergegangen. Sie hatten nur noch selten Sex, doch er beklagte sich nie. Manchmal wünschte sie, dass er sie leidenschaftlich packte und ihr sagte, dass er sie begehrte. Doch das hatte Donal noch nie getan – nicht einmal, als ihre Beziehung noch ganz frisch gewesen war. Warum sollte er jetzt damit anfangen?

Finns Handy klingelte, und der Junge griff ungeschickt danach und hielt es sich ans Ohr.

»Mum, hallo! ... Wir sind gerade beim Abendessen ... Wie gefällt es dir?«

Louise beobachtete, wie gespannt Finn seiner Mutter zuhörte. Sie wünschte, Matt und sie hätten ein besseres Verhältnis zueinander. Sie gab sich selbst dafür die Schuld, weil sie ihn in die Kinderkrippe gebracht hatte, als er noch viel zu klein dafür gewesen war – erst wenige Monate alt. Doch das war noch zu den Zeiten gewesen, als der Mutterschaftsurlaub nur vierzehn Wochen betrug, ihre Arbeit ihr alles bedeutete und sie wild entschlossen war, nicht zuzulassen, dass sich durch die Geburt ihres ersten Kindes irgendetwas änderte. Doch durch die Kinder hatten sich ihre Prioritäten zwangsläufig verändert, weshalb ihre Gedanken, die in den letzten Tagen nur noch um Jack Duggan kreisten, sie auch so quälten.

Finn legte auf. »Mum lässt euch grüßen, und sie ruft dich morgen an«, informierte er seine Tante und beugte sich wieder über seine Portion Fish & Chips.

Louise lächelte. »Danke, Finn. Möchte jemand Nachtisch?«

»Ja!«, riefen Molly und Tom im Chor.

Donal hob überrascht den Kopf. »Normalerweise gibt's bei uns mitten in der Woche keinen Nachtisch.«

»Ich wollte euch eine Freude machen«, flötete Louise und lief zum Kühlschrank.

Sie war hin- und hergerissen zwischen Schuldgefühlen wegen ihres Bedürfnisses, Jack wiederzusehen, und dem Wunsch, eine gute Ehefrau und Mutter zu sein.

Sie zitterte, während sie die Telefonnummer auf der Visitenkarte eintippte. Und wenn er wieder nicht ranging? Sollte sie ihm diesmal eine Nachricht hinterlassen? Sie brauchte nicht lange zu warten, bis sie seine unverkennbare Stimme am anderen Ende der Leitung hörte.

»Hallo?«

»Jack? Hallo – hier ist Louise. Louise Scott. Ich meine Owens – aus der Schule.«

Verdammt, dachte sie. Warum musste ich bloß »aus der Schule« sagen? Ich bin so blöd!

»Hallo, Louise, wie geht's?«, fragte er.

Louise schluckte heftig. Sie kam sich jetzt töricht vor, ihn überhaupt angerufen zu haben. »Mir geht's gut. Es war schön, dich neulich zu sehen – in der DART-Bahn.«

»Ja – ein echter Schocker aus der Vergangenheit. Unterrichtest du noch?«

»Ich bin seit Jahren beurlaubt. Ich hab inzwischen Kinder.«

»Natürlich. Wie viele denn?«

»Drei. Der Älteste ist elf und der Jüngste sechs, da hab ich alle Hände voll zu tun.«

»Toll. Klingt toll!«

Louise hörte ihm an, dass er es alles andere als toll fand, eine ganze Kinderschar zu haben.

»Du hast gesagt, dass du jetzt in Howth lebst. In welcher Gegend?«, fragte sie.

»Ich wohne in einem Apartment an der Hafenpromenade. Toller Ausblick! Ich hab es aber nur gemietet. Beim jetzigen Zustand des Immobilienmarktes ist es vielleicht auch besser, kein Eigentum zu haben.«

Louise stimmte mit einem lauten »Hmm!« zu. Er war offensichtlich frei wie ein Vogel und genoss es in vollen Zügen.

»Am Wochenende gibt's hier draußen einen tollen Wochenmarkt«, meinte er. »Warst du schon mal da?«

Louise zögerte. War das ein Wink mit dem Zaunpfahl, dass sie nach Howth kommen sollte?

»Ja, meine Schwester wohnt in Sutton, und am Sonntagvormittag geh ich oft mit den Kindern hin. Sie mögen die Crêpes von den Marktständen so gern.«

Warum rede ich ständig von meinen Kindern?, schalt sie sich selbst. Sie spürte Jacks Unruhe am anderen Ende der Leitung.

»Hör mal, ich muss jetzt los. Ich muss zu einer Preisverleihung im Burlington Hotel. War schön, mit dir zu reden, Louise. Vielleicht können wir uns mal treffen? Wir haben uns bestimmt viel zu erzählen.«

Louise fühlte sich, als hätte ihr jemand einen Klaps auf die Finger gegeben.

»Ich fand's auch schön«, stammelte sie, während er schon auflegte.

Was war das denn? Er war total abwesend und völlig anders gewesen als in der DART-Bahn. Vielleicht hatte er nach dem anfänglichen Schock, sie wiederzutreffen, seine Meinung geändert und wollte nichts mehr mit ihr zu tun haben. So oder so fühlte sie sich nach dem Gespräch traurig und leer. Sie hätte ihn lieber nicht anrufen sollen.

Kapitel 5

»Was willst du heute machen?«, fragte Sophie.
»Ich genieße die Ruhe.« Emma streckte sich genüsslich im Bett und gähnte laut.
»Mir wird langsam langweilig. Ich hätte nichts gegen ein bisschen Sightseeing.«
Emma setzte sich auf und lächelte.
Es klopfte.
»Das ist bloß das Zimmermädchen. Ich wimmele es ab!«, verkündete Sophie entschlossen und durchquerte mit großen Schritten den Raum.
Als sie die Tür öffnete, sagte die junge Frau, die davorstand, entschuldigend: »Verzeihung – ich komme später!«
»Marina, warten Sie!«, rief Emma, der die Toilettenartikel einfielen, die sie in ihrem Koffer gebunkert hatte.
Sie schnappte sich eine Tube Zahnpasta und eine Schachtel Tampons und rannte hinaus, um sie der jungen Frau zu geben, die so nett zu Ihnen gewesen war und ihnen alles so angenehm wie möglich gemacht hatte, indem sie aus ihren Badetüchern kleine Skulpturen geformt und Blütenblätter auf ihre Betten gestreut hatte.
Sophie schnalzte abschätzig mit der Zunge. Hätte es sie interessiert, was ein kubanisches Zimmermädchen dachte oder fühlte, hätte sie Emmas Verhalten peinlich gefunden.
»Ich habe gehört, dass man das hier nur schwer bekommt«, sagte Emma und drückte der jungen Frau beides in die Hand.

»Ja, danke – *muchas gracias*!«, antwortete die junge Frau und nickte heftig.

Kopfschüttelnd warf Sophie ihren Bikini, ein Buch und Sonnenlotion in ihre Strandtasche.

Emma schloss die Tür wieder und lief zurück zu Sophie.

»Was hast du für ein Problem?«, fragte sie defensiv.

»Diese Frau hat tagtäglich Zugang zu Toilettenartikeln. Sie arbeitet in dem verdammten Hotel! Ich wette, sie kriegt alles, was sie will.«

Vielleicht hatte Sophie sogar recht, aber Emma fühlte sich besser, nachdem sie etwas Gutes getan hatte, und es war gemein von ihrer Schwester, ihr das zu vermiesen.

»Ich fahre nach dem Frühstück nach Varadero. Willst du nicht mit? Vielleicht ein paar Schachteln Tampons mitnehmen und sie dort an die Leute verteilen?«, spottete Sophie.

Emma ignorierte die Provokation, nahm ihren kleinen weißen Apple-Laptop und schob ihn in ihre Tasche.

»Ich schreibe vielleicht ein bisschen – unten am Pool.«

Affektiert warf Sophie ihr Haar zurück und lief vor ihr aus dem Hotelzimmer.

Tagelang zu so engem Kontakt mit ihrer großen Schwester gezwungen zu sein und bis auf das kubanische Personal kaum mit anderen Menschen reden zu können forderte langsam seinen Tribut. Wenigstens sprach Emma nicht über Paul. Sophie beschloss, ihre wahren Gefühle zu verdrängen und sich nach ein bisschen Ablenkung umzusehen. Bisher hatten Männer für sie Ablenkung bedeutet. Bis sie Paul traf, den einzigen Mann, der in ihr den Wunsch geweckt hatte, häuslich zu werden. In Varadero könnte sie checken, ob es dort einen guten Nachtclub gab oder eine Gelegenheit, interessante Leute zu treffen und von ihrer Schwester wegzukommen.

Emma war überrascht, mit welcher Leichtigkeit die Worte auf dem Computerbildschirm erschienen. Zunächst hatte sie ihre liebe Mühe gehabt, ihre Sonnenliege in einen schattigen Teil des Poolbereichs zu ziehen und den Sonnenschirm niedriger zu stellen, damit er genug Schatten warf und man den Bildschirm richtig sehen konnte, doch jetzt, wo sie endlich schrieb, hatte sie das Gefühl, einen Lauf zu haben. Die Distanz zu Sophie tat ihr gut. Einsamkeit war genau das, was sie brauchte.

Sie fühlte sich anders als beim Schreiben zu Hause. Doch das lag nicht nur an der kubanischen Sonne oder dem warmen Wind, der vom Strand heraufwehte. Emma spürte eine andere Kraft, die ihr dabei half, die Worte niederzuschreiben, und ihr zeigte, was ihren Figuren als Nächstes widerfahren würde. Sie schrieb gerade über Martin; er war der Held ihres Romans, in jeder Hinsicht ein Hemingway'scher Held. Ein Macho-Typ, der Stärke und so viel Testosteron ausstrahlte, dass er die weiblichen Figuren um den Verstand brachte. Zwei Frauen, Jill und Ruth, die miteinander befreundet waren, bis Martin in ihr Leben trat. Er kontrollierte ihrer aller Schicksal. Bis jetzt hatte er dunkle Haare, aber seine Augenfarbe hatte sie noch nicht festgelegt. Sie erwog, ihm haselnussbraune Augen zu geben wie die des Taxifahrers, der sie nach Varadero gebracht hatte. Beim Erfinden ihrer Romanfiguren pickte sie sich oft typische Merkmale echter Menschen heraus. Beruflich hatte Martin als stinknormaler Polizist angefangen, war dann aber rasch zum Detective aufgestiegen. Er musste eine gewisse Stärke ausstrahlen, und wieder dachte sie an den Taxifahrer. Der Mann, der sie am Flughafen José Martí abgeholt hatte, hatte etwas Schweigsames und Stilles an sich.

Emma schätzte die Kontrolle, die sie über ihre Romanfiguren ausübte. Wie anders war das als im richtigen Leben, wo sie das Gefühl hatte, so wenig kontrollieren zu können. Sogar

Finn ließ sich immer schwerer bändigen, wenn er etwas wollte, das sie für gefährlich oder riskant hielt.

Das Leben war viel ungefährlicher, wenn man am Laptop vor sich hin tippte und es seinen Figuren überließ, Fehler und Fehleinschätzungen zu begehen. Wenn in ihrem Roman jemand starb, wurden keine echten Tränen vergossen. Die Beerdigung war nach wenigen Seiten vorbei, und die übrigen Figuren konnten glücklich und zufrieden weiterleben.

Als sie die Schallgrenze von 25 000 Worten erreichte, für die sie fast acht Wochen gebraucht hatte, klickte sie auf »Speichern«, lehnte sich zufrieden zurück und ruhte sich aus.

In der Ferne entdeckte sie Dehannys, die, eine Tasche über der Schulter, rasch auf sie zukam.

Die Frauen duzten sich inzwischen, und Dehannys hatte Emma beigebracht, wie man Wochentage und Monate richtig aussprach. Sie konnte jetzt mit spanischem Akzent *dos cervezas* sagen.

»Hast du für heute Feierabend?«, fragte Emma, als Dehannys näher kam.

»*Hola*, Emma«, sagte sie lächelnd. »Ich muss jetzt Pause machen.«

»Setz dich zu mir«, bat Emma.

Dehannys wirkte verlegen. »Mein Chef sieht das nicht gern. Außerhalb der Arbeitszeiten darf das Personal nicht an den Pool.«

Emma schalt sich für ihre Gedankenlosigkeit. »Wie geht es deinem Sohn heute?« Dehannys hatte ihr erzählt, dass er krank war.

»Ihm geht es *mucho* besser, *gracias*.«

»Ist er zu Hause?«

»Ja, meine Mutter passt auf ihn auf.« Sie zögerte. »Möchtest du mich besuchen und meine Familie kennenlernen?«

Bei dem Vorschlag setzte sich Emma auf ihrem Liegestuhl auf. Was für eine wunderbare Idee! Es wäre schön zu sehen, wie die Einheimischen lebten. »Dein Angebot ist sehr freundlich, Dehannys. Macht es dir auch nichts aus?«

»Bitte, ich fände es sehr schön. Meine Mutter kocht manchmal für Touristen. Die Regierung erlaubt das. Es heißt *paladar*, ein kleines Restaurant. Ich würde mich freuen, wenn du unser Gast wärest, aber bitte, du darfst es meinem Boss im Hotel nicht sagen!« Aus Angst, dass jemand mithörte, sah Dehannys sich verstohlen um.

Zum ersten Mal wurde Emma klar, wie prekär die Lage ihrer neuen Freundin war. »Wie komme ich dorthin? Besorgt mir das Hotel ein Taxi?«

Dehannys nickte. »Natürlich. Ich gebe dir meine Adresse.«

Emma durchsuchte ihre Tasche nach Notizblock und Stift. »Schreib es mir bitte auf. Hast du etwas dagegen, wenn meine Schwester mitkommt?«

Dehannys schüttelte lächelnd den Kopf. »Deine Schwester ist bei mir zu Hause sehr willkommen. Das gefällt mir sehr – du wirst meinen Jungen sehen.«

»Habe ich dir schon ein Foto von meinem Sohn Finn gezeigt?«

Dehannys schüttelte den Kopf. »Bitte! Ich möchte es sehr gerne sehen.«

Emma kramte stolz ein Bild von ihrem Sohn hervor, auf dem er am Rand eines Pico-Dingis in der Bucht von Dublin thronte, die Dubliner Berge im Hintergrund.

»Das ist bei mir zu Hause, in Dublin. In Irland.«

»Das ist sehr schön. Er ist hübscher Junge. Komm morgen Abend – ich arbeite mittwochs nicht.«

Emma lächelte. »Danke. Um welche Zeit?«

»Komm um vier Uhr und besichtige Matanzas.«

»Okay – dann bis morgen um vier.«
»Ja. Bis dann.«

Emma sah ihrer Freundin nach, die jetzt ohne Eile wegging, mit dem unverwechselbaren Rhythmus, den die Kubaner, wie ihr aufgefallen war, mit jedem Schritt an den Tag legten.

Aus der entgegengesetzten Richtung sah sie ihre Schwester kommen, die zwei weiße Plastiktüten in der Hand trug. Schon aus der Ferne sah Emma, dass auf ihrem hübschen Gesicht ein missmutiger Ausdruck lag. Als sie Emma schließlich erreichte, stieß sie einen lauten Seufzer aus.

»Dieser Scheißbus ist das Allerletzte! Und auf dem Markt gibt es nichts als einen Haufen Trödel.«

»Sieht so aus, als hättest du auch irgendwelchen Trödel erstanden.«

Sophie ließ sich auf die Sonnenliege neben Emma plumpsen. Sie griff in die Tüte und kramte ein Spielzeugauto hervor, das aus dem Aluminium einer Coladose hergestellt war.

»Ich hol mir einen Mojito«, verkündete sie. »Willst du auch einen?«

»Warum nicht?« Emma zuckte mit den Achseln. Seit sie in Varadero Beach waren, hatte sie eine solche Vorliebe für den kubanischen Cocktail entwickelt, dass sie sich ihren ersten am Tag meist schon vor 12 Uhr genehmigte.

Als Sophie zur Bar abzog, beugte sich Emma über ihren Laptop und arbeitete weiter. Von dem Ausflug zu Dehannys würde sie ihr später erzählen.

»Ich versteh nicht, warum ich da mitmuss«, jammerte Sophie.

»Musst du ja nicht. Du kannst auch hierbleiben«, erwiderte Emma, während sie die Stufen von den Gartenanlagen zur Rezeption hochstiegen.

»In diesem Hotel wimmelt es von Pärchen! Da hocke ich

nicht den ganzen Abend allein in der Piano-Bar.« Dass das Hotel ein romantischer Rückzugsort nur für Erwachsene war, war einer der Gründe, warum sie und Paul es sich überhaupt ausgesucht hatten. Diese Entscheidung rächte sich jetzt.

»Tja, das liegt bei dir.« Emma wandte sich an den Portier. »Könnten wir ein Taxi nach Matanzas haben?«

Der Mann im glänzenden grauen Anzug mit dem bleistiftdünnen Schnurrbärtchen lächelte ein breites Lächeln, das Emma verriet, dass sie um das schier Unmögliche bat.

»Sie haben reserviert?«

»Nein. Ich dachte, Sie könnten uns einfach eins rufen.«

Ein noch breiteres Lächeln ließ seine Zähne aufblitzen, und er schüttelte den Kopf. »Tut mir leid, *señora*, aber wir müssen die offiziellen Taxis dieses Hotels nehmen. Sie müssen vorher reserviert werden.«

Emma war sprachlos. »Und eine Autovermietung? Kann ich mir keinen Wagen leihen?«

»Ist heute schon geschlossen – tut mir sehr leid!«

Plötzlich sprach eine raue Stimme über Emmas Kopf hinweg auf Spanisch, und nach wenigen Sekunden erkannte sie den Mann, der sich eingeschaltet hatte. Er sprach schnell und bestimmt, bis der Portier mit den Achseln zuckte.

»Dieser Mann bringt Sie nach Matanzas«, lenkte er ein. »Er muss jetzt nach Havanna fahren und kann Sie auf dem Weg absetzen.«

»Hallo«, begrüßte Emma ihn mit einem Lächeln. »Sie haben uns am Flughafen abgeholt, oder?«

Der Taxifahrer lächelte zurück, und bei Tageslicht konnte Emma seine perfekten weißen Zähne deutlicher sehen als zuvor. Es war erstaunlich, wie ein Volk, das solche Probleme hatte, an Zahnpasta zu kommen, so bemerkenswert gute Zähne haben konnte.

»Sind Sie auch sicher, dass es für Sie kein Umweg ist?«, fragte sie besorgt.

»Nein, ich komme sowieso an Matanzas vorbei und bringe Sie heute Abend auch zurück, wenn Sie mögen.«

»Vielen Dank«, erwiderte Emma.

Sophie verdrehte die Augen gen Himmel, als sie ihrer Schwester zum Renault des Fahrers folgte.

»Wie oft pendeln Sie zwischen hier und Havanna?«, fragte Emma, als sie es sich im Taxi bequem gemacht hatten.

»Manchmal dreimal, aber meist zweimal am Tag. Ich muss die Hotelgäste vom Flughafen abholen.«

Emma bemerkte, dass der Taxameter nicht an war, und fragte sich, ob sie den Fahrer darauf ansprechen sollte. Vielleicht hatte er eine andere Methode, den Fahrpreis zu berechnen? Schließlich beschloss sie, lieber nachzufragen, falls er es schlicht und ergreifend vergessen hatte.

»Entschuldigen Sie, aber Sie haben den Taxameter nicht an.«

»Ich berechne Ihnen nichts. Ich fahre sowieso nach Matanzas.«

Sophie beugte sich zu ihrer Schwester und flüsterte ihr ins Ohr: »Ich wette, er ist scharf auf ein fettes Trinkgeld!«

Emma war sich nur allzu bewusst, wie die abfälligen Bemerkungen ihrer kleinen Schwester in den Ohren des Mannes klingen mussten, der ihnen half, obwohl er es nicht musste. Sie brachte sie mit einem wütenden Blick zum Schweigen. Im Rückspiegel konnte sie das Gesicht des Fahrers und seine freundlichen haselnussbraunen Augen sehen. Nicht typisch kubanisch, wie sie vorher geglaubt hätte, doch seit ihrer Ankunft auf der Insel hatte sie festgestellt, dass der typische Kubaner schlechthin gar nicht existierte. Die Hautfarbe der Menschen hier variierte von blass cremefarben bis zu dunklem Schokoladenbraun, die Haarfarbe von blond bis pechschwarz. Aber Rhythmusgefühl und Leidenschaft zeichneten sie alle aus.

Als sie sich einer kleinen Brücke näherten, kam eine stattliche Reihe aus grandiosen Häusern im Kolonialstil in Sicht. Sie waren stark renovierungsbedürftig, und von den Mauern blätterte kalkige Farbe. In der Ferne tauchten noch andere kleine, unterschiedlich konstruierte Brücken auf, manche flankiert von Säulen, andere aus Metall und im Design eher industriell als ästhetisch. Eine Kirche im Kolonialstil erhob sich über die niedrigen Dächer und warf einen romantischen Schatten über die Stadt. Emma war noch nie an einem Ort wie diesem gewesen. Er hatte eine Ursprünglichkeit, die Charakter und Charme ausstrahlte.

»Haben Sie die Adresse?«, fragte der Fahrer.

Emma kramte in ihrer Handtasche nach ihrem Notizblock. »Ja, ich hab sie hier. Verzeihung, wie hießen Sie noch gleich?«

»Felipe«, antwortete der Fahrer.

Was für ein fabelhafter Name, dachte Emma. »Danke, Felipe. Ich bin Emma, und das ist Sophie.«

»Erfreut, Sie kennenzulernen, Emma und Sophie«, lächelte er.

»Die Adresse lautet *Cavadonga y Carnet*. Oder so was in der Art.«

Felipe nickte. »Kenne ich. In der Straße wohnt mein Cousin.«

Sophie stieß einen spitzen Schrei aus, als Felipe den Wagen in eine Straße steuerte, die auf beiden Seiten von schlichten, aber einladenden Haziendas gesäumt war.

»Das sind gute Häuser«, beteuerte Felipe, und Emma merkte, dass er es ernst meinte. »Nach dem Hurrikan war es schwierig, an Zement zu kommen, um die Schäden zu beheben, aber inzwischen ist es besser.«

Die meisten Häuser hatten winzige Vorgärten mit schmiedeeisernen Toren und wild wachsenden Blumen, und der Anstrich in allen Nuancen von Grün, Blau und Creme ließ die Häuser fröhlich aussehen.

Felipe stoppte den Wagen jäh vor einer türkisgrünen Tür. »Dieses *paladar* ist sehr gut.« Er drehte sich zu den Frauen um. »Wann soll ich Sie wieder abholen?«

Emma sah Sophie fragend an und erkannte an ihrer Miene, dass sie nicht lange bleiben würden. »Wann kommen Sie denn von Havanna zurück?«

»Etwa in drei Stunden.«

»Das klingt gut. Danke, Felipe.« Emma griff in ihre Tasche und kramte 20 CUC hervor. Die kubanische Touristenwährung war von Kubanern heiß begehrt, um Sachen zu kaufen, die es sonst nur für Touristen gab.

»Danke«, murmelte Felipe mit einem Nicken und stieg aus dem Wagen, um ihr die Tür zu öffnen.

»Bis später dann«, sagte Emma lächelnd.

Sophie sah mit einer Mischung aus Belustigung und Ungeduld zu. Als Felipe wegfuhr, wandte sie sich stirnrunzelnd an ihre Schwester. »Dir ist hoffentlich klar, dass das Trinkgeld, das du ihm gegeben hast, zwei Monatsgehälter beträgt!«

Jetzt war es an Emma, die Stirn zu runzeln. »Ich finde, er hat es verdient. Immerhin hat er uns hergebracht, obwohl er nicht musste!«

»Es lag direkt auf seinem Weg!«

»Sophie, warum kannst du nicht einfach dankbar sein, wenn jemand so hilfsbereit ist? Die Welt dreht sich nicht nur um dich.«

Sophie verdrehte die Augen und ließ ihre Schwester vorgehen. Sie hätte im Hotel bleiben sollen.

»Das ist köstlich«, schwärmte Emma und schnitt ein Stück von ihrem Schweinebraten ab.

»Es heißt *cerdo asado*, und die Bohnen und der Reis sind *moros y cristianos*«, erklärte Dehannys.

»Was heißt das: *moros y cristianos?*«

»Die schwarzen Bohnen stehen für die Mauren und der weiße Reis für die Christen.«

Emma lachte. »Das gefällt mir!«

»*Cerveza?*«, fragte Dehannys' Vater, der aufsprang und eine leere Flasche hochhielt. Er lächelte fröhlich und rieb sich den Bauch unter seinem knallgrünen Hemd. Er war lustig und geradezu entzückt, gemeinsam mit Frau und Tochter die Gäste zu bewirten.

»*No, gracias, Alberto*«, antwortete Emma und klopfte sich auf den Bauch, um ihm zu zeigen, wie satt und zufrieden sie war. Es war schwierig, sich mit jemandem zu unterhalten, der kein Wort Englisch sprach, sich aber ein Bein ausriss, nett und gastfreundlich zu sein.

»*Mami, puedo jugar ahora?*«, fragte der kleine Fernando seine Mutter.

»*Sí.*« Dehannys sah ihrem Sohn nach, der sich durch die Küche im hinteren Teil des Hauses aus dem Staub machte.

»Dein Sohn ist *mucho guapo*. Er ist wie meiner!«, sagte Emma.

»*Gracias*, Emma«, antwortete Dehannys stolz. »Er ist ein guter Junge.«

Emma interessierte brennend, wo der Vater des Jungen abgeblieben war, sie wusste aber nicht so recht, ob sie Dehannys vor ihrer Familie danach fragen sollte. Vielleicht sollte sie es lieber auf ein andermal verschieben.

»Ah, mein Bruder!«, rief Dehannys aufgeregt, als ein gut aussehender junger Mann mit kaffeebrauner Haut ins Haus kam. »*José, estas son mis amigas, Emma y Sophie.*«

Emma fiel auf, dass Sophie zum ersten Mal an diesem Abend munter wurde.

José trug ein rotes Hemd und eine schwarze Hose mit glänzend schwarzen Schuhen und hätte in Dublin sehr deplatziert gewirkt, aber in dem *paladar* in Matanzas, wo die dämmerige Hitze des Tages immer noch durch die Haustür hereinzog, wirkte er wie aus einer Filmkulisse entsprungen.

»José ist – wie sagt man? – Musiker. Er spielt Klavier im Hotel Tryp in Varadero«, informierte Dehannys sie stolz.

»Können Sie etwas für uns spielen?«, fragte Sophie verführerisch genug, um sicherzustellen, dass sie seine Aufmerksamkeit erregte.

»Kein Piano im Haus – tut mir leid, aber ich spiele das hier«, erklärte er, nahm eine alte Akustikgitarre in die Hand, die in der Ecke an der kalkgetünchten Wand lehnte, und fing an, darauf herumzuklimpern.

José spielte und sang mit so viel Gefühl, dass plötzlich alle innehielten, um ihm zuzuhören. Es war eine sanfte kubanische Ballade, die den Raum in eine Atmosphäre hüllte, die die Irinnen in eine Art Trance versetzte. Seine Stimme schwebte über den gefühlvollen Noten.

»Das würde Louise gefallen«, flüsterte Emma Sophie ins Ohr, doch ihr Schwesterherz hörte nicht hin.

Als er mit Spielen fertig war, kam José zu ihnen an den Tisch, zog sich einen Hocker heran und setzte sich neben Sophie.

»Sie bleiben in Kuba wie lange?«, fragte er.

»Wir haben noch drei Tage in Varadero, und dann fahren wir drei Tage nach Havanna.«

»A La Habana«, sagte er wehmütig. »Es ist so wunderschön.«

»Sind Sie oft dort?«, fragte sie.

Er schüttelte den Kopf. »Reisen ist schwierig. Ich arbeite

in Varadero, deshalb muss ich nicht hin. Aber ich habe drei Jahre dort gelebt, als ich an der Universität studierte.«

»Wo wohnen Sie, José?«

»Ich wohne hier bei meiner Mutter und meinem Vater. Es ist schwierig, vom Staat ein Haus zu bekommen.«

Die Sonne war inzwischen untergegangen, und Dehannys' Mutter hatte eine einzelne Glühbirne angeschaltet, die mitten im Raum hing. Auf dem Fenstersims standen kleine Teelichte, die sie mit einem Streichholz anzündete. Sie warfen flackernde Schatten auf die kalkgetünchten Wände und verliehen dem Raum eine gemütliche und intime Atmosphäre.

»Kaffee oder *ron*?«, fragte Dehannys ihre Gäste.

»Was ist *ron*?«, fragte Emma.

»Rum. Havana Club. Mein Vater arbeitet in der Fabrik«, erklärte sie und holte eine lange, schlanke braune Flasche mit dem unverwechselbaren roten Kreis auf dem Etikett hervor.

José sprang auf und schnappte sich vier winzige Schnapsgläser, die Dehannys bis zum Rand füllte. Er nahm Maß und trank das Glas auf ex aus.

Sophie hob ihr Glas und nippte daran. Prompt stiegen ihr die Tränen in die Augen, und sie hustete laut.

José grinste und reichte ihr die Stoffserviette, die auf dem Tisch lag.

»Danke«, sagte sie und wischte sich damit die Lippen.

Die Tür öffnete sich, und Felipe, von seinem langen Arbeitstag leicht mitgenommen, trat ein. Seine Augen leuchteten, als er Emma am Tisch sitzen sah, und er lächelte ihr freundlich zu.

»*Amigo!*«, grunzte José und stand auf, um ihm noch ein Glas aus der alten Holzanrichte in der Ecke zu holen. »*Ron?*«

»*Sí, gracias*«, sagte Felipe mit einem Nicken und setzte sich auf einen Hocker neben Emma. »Hat es Ihnen geschmeckt?«

»Sehr gut, danke. Sie sind ja schnell zurück.«

Er zuckte mit den Achseln. »Manchmal kann ich schnell fahren, wenn keine Polizisten unterwegs sind.« Er nahm das Glas mit Rum und hob es in die Luft, bevor er es in einem Zug herunterkippte.

Das trübe Licht erlosch. Dehannys' Mutter fing an, die Glühbirne zu beschimpfen und wie ein aufgescheuchtes Huhn herumzulaufen.

»Wir haben oft Stromausfälle in Kuba«, flüsterte Felipe Emma ins Ohr.

Emma lächelte Felipe an. Sie freute sich, dass er zurückgekommen war und gerne noch ein bisschen blieb.

Die Dunkelheit schien José nichts auszumachen.

»*Música!*«, verkündete er fröhlich und stand auf, um Gitarre zu spielen.

Dehannys' Großmutter und ein paar Frauen aus dem Ort kamen aus der Spülküche, und alle im Raum klatschten mit, während José sang und auf den Saiten klimperte.

Der sanfte Kerzenschein verstärkte die romantische Atmosphäre noch, und Emma wurde klar, dass sie zum ersten Mal seit langem glücklich war, bei diesen Fremden in diesem fremden Land – und dass sie überhaupt nicht an Paul dachte.

Kapitel 6

Louise schnappte sich die Kleinen und zwang sie, ihre Mäntel anzuziehen.

»Dafür ist es zu warm«, stöhnte Molly.

»Am Pier ist es immer kalt, und wir haben heute Nordwind«, erklärte Louise und knöpfte Toms Jacke zu.

»Sie können sie ja im Auto lassen«, schlug Donal vor, um die Sache zu beschleunigen.

Donal wartete mit sechs Golfschlägern und einer Tasche voller Bälle an der offenen Haustür. Die zwei älteren Jungs wurden langsam ungeduldig. Donal hatte ihnen versprochen, dass sie am Sonntag alle zusammen nach Deer Park fahren würden, um Pitch & Putt zu spielen.

Louise warf noch einen letzten prüfenden Blick in den Spiegel, bevor sie die Alarmanlage einschaltete und den anderen nach draußen zum Wagen folgte. Sie hatte sich mehr Mühe mit ihrem Äußeren gegeben als sonst für einen Sonntagsausflug nach Howth, weil sie den Gedanken im Hinterkopf hatte, dort vielleicht Jack Duggan zu treffen.

Nach ihrem Anruf hatte sie eine tiefe Leere verspürt, deshalb wollte sie sicher sein, besonders gut auszusehen, falls sie ihm noch einmal begegnete. Donal schien gar nicht zu registrieren, dass sie ein tief ausgeschnittenes Top trug, während sie bei den Kindern auf warmer Kleidung bestand.

Die Fahrt entlang der Strandpromenade gestaltete sich chaotisch, weil die vier Kinder auf dem Rücksitz sich ständig pufften und knufften. Zum Glück war der Verkehr nicht allzu schlimm, und sie waren früh genug losgefahren, um den nachmittäglichen Ansturm zu vermeiden.

Als sie durch die Tore von Howth Castle fuhren, spürte Louise, dass ihr Herz hämmerte. Und wenn sie Jack nun wirklich traf? Was sollte sie ihm nach ihrem peinlichen Telefongespräch sagen?

»Bis in zwei Stunden, dann können wir einen Happen essen«, schlug Donal vor, als er mit den zwei ältesten Jungs aus dem Wagen stieg.

»Wir gehen mit den Kindern ins Casa Pasta oder ins Brass Monkey Restaurant«, sagte Louise, während sie auf die andere Seite rutschte, um das Steuer zu übernehmen. »Ich hole euch gegen halb drei ab.«

»Okay«, antwortete Donal und schloss fest die Tür.

Louise beobachtete im Rückspiegel, wie ihr Mann, Sohn und Neffe langsam in der Ferne verschwanden.

»Kriegen wir jetzt Crêpes?«, riefen Molly und Tom im Chor.

»Gleich«, seufzte Louise. Sie wusste nicht, was sie mit dieser Expedition bezweckte, aber Jack hatte gesagt, dass er sonntags gerne auf den Markt ging. Eine lange Autoschlange erwartete sie, als sie das Schlossgelände verließen, sodass sie den ganzen Weg zur DART-Station nur im Schneckentempo zurücklegen konnten.

»Da wird was frei«, rief Tom, als ein Wagen aus einer Parklücke fuhr.

»Danke, Schatz«, sagte Louise und parkte rückwärts ein.

Der Himmel hatte aufgeklart, und es war jetzt viel wärmer als vorhin, als sie in Clontarf losgefahren waren. Das freundlichere Wetter zog die Menschenmassen an, und Louise wusste, dass sie länger als sonst brauchen würden, bis die Kinder ihre Crêpes mit Schokolade und Marshmallows bekämen.

»Dürfen wir zu den Seehunden, wenn wir unsere Crêpes haben?«, bettelte Molly.

»Okay. Jetzt achtet auf den Verkehr, wir müssen gleich über die Straße«, warnte Louise die Kinder, während sie an den Ständen entlangmarschierten, die eine Fülle an Leckereien feilboten.

»Da gibt es die Karamellbonbons, die Daddy so gern isst. Dürfen wir ihm welche kaufen?«, fragte Molly.

»Na schön«, seufzte Louise. Sie konnten genauso gut dort anfangen.

Die rot-weiß gestreifte Markise bot ihnen Sichtschutz, während sie in der Schlange warteten, bis sie dran waren. Der Karamellen-Stand lag ein Stückchen abgelegen vom restlichen Markt und war ein günstiger Aussichtspunkt, um das geschäftige Treiben zu beobachten.

Louise ließ den Blick über das belebte Areal schweifen und entdeckte ein vertrautes Gesicht, doch aus dieser Entfernung war es schwer zu sagen, ob er es wirklich war. Sie wartete ab, während der Mann sich weiter mit der Frau an seiner Seite unterhielt. Als sie sah, wie er den Arm um die Frau legte und sie küsste, fiel es ihr wie Schuppen von den Augen. Natürlich – es war die ganze Zeit offensichtlich gewesen. Kein Wunder, dass Jack am Telefon so kurz angebunden gewesen war. Er war in festen Händen – vielleicht sogar verheiratet. Ihre Gefühle in der DART-Bahn waren einseitig gewesen, und wenn er etwas für sie empfände, hätte er bestimmt zurückgerufen. Wie töricht sie gewesen war!

»Kriegen wir auch Schokolade?«, fragte Molly und zupfte an Louises Jacke.

»Ja. Ich meine, nein!«, schnauzte sie zerstreut.

Sie war völlig durcheinander. Vielleicht hatte sie sich etwas vorgemacht. Die junge Frau war wunderschön, womöglich sogar ein Model. Warum in aller Welt sollte ein fantastischer junger Mann wie Jack mit einem coolen Job, dem die Welt zu Füßen lag, sich noch für seine alte Schullehrerin interessieren? Sie hätte sich nicht elender fühlen können.

»Kriegen wir jetzt unsere Crêpes?«, bettelte Tom.

Louise sah sich um. »Okay. Und danach gehen wir runter zu den Seehunden, wenn ihr mögt.« Dort wäre sie weit genug von Jack und seiner Liebsten entfernt.

Die Schlange war viel länger als sonst, und Louise wünschte, sie hätte sich nicht auf den Ausflug nach Howth eingelassen. Die Jungs hätten auch in St Anne's Park Pitch & Putt spielen können, und sie hätte zu Hause bleiben können. Andererseits war es vielleicht besser, wenn sie die Wahrheit jetzt erfuhr.

»Mit Marshmallows und Nutella!«, wies Molly den Crêpes-Verkäufer am Stand an.

»*Bitte*«, korrigierte Louise sie energisch. Es fiel ihr schwer, cool zu bleiben, während sie sich ständig nervös umsah.

»Das macht dann bitte fünf Euro«, sagte der Crêpes-Verkäufer höflich.

Louise reichte ihm das Geld. »Okay, Kinder, gehen wir zu den Seehunden«, rief sie und scheuchte die Kleinen zum West Pier, wo sie sich hoffentlich auf der anderen Seite des großen Kühlhauses mit dem blauen Dach verstecken konnten, um Jack und seiner Freundin nicht in die Arme zu laufen.

»Toller Schlag, Finn!«, rief Donal ermutigend. »Du bist dran, Matt.«

Donal genoss die Zeit mit seinen Kindern, vielleicht weil er Gelegenheiten genug hatte, sein eigenes Ding zu machen. Er wünschte nur, Louise würde sich mehr verwirklichen. Sie vergötterte die Kinder und war eine gute Mutter, doch manchmal hatte Donal das Gefühl, dass sie zugunsten der Familie ihre eigenen Bedürfnisse geopfert hatte. Als er sie kennenlernte, war sie in ihrem Lehrerberuf so glücklich gewesen, doch sie hatten beide zu große Schuldgefühle gehabt, ihre Kinder Fremden zu überlassen, sodass es ihnen als die beste Lösung erschien, wenn Louise zu Hause blieb.

»Jetzt du, Dad«, sagte Matt erfreut, nachdem er mit zwei flotten Schlägen eingelocht hatte.

Donal konzentrierte sich auf den Ball und auf das Loch in nur drei Metern Entfernung. Er vergewisserte sich noch einmal, bevor er puttete, und sah zu, wie der Ball hoch zum Rand rollte und schwankte, bevor er dann doch nicht ins Loch plumpste.

»Pech, Dad!«, meinte Matt mit einem selbstzufriedenen Grinsen. »Ist das unser letztes Loch?«

»Ich glaube ja. Du gewinnst, Sohn«, sagte Donal stolz. Seine Kinder waren ihm wichtig, genau wie seine Ehe. Er und Louise hatten sich einander entfremdet – sie war ihm gegenüber so distanziert.

Er wusste, dass sich etwas ändern musste; der jetzige Zustand seiner Ehe machte ihn unglücklich. Wenigstens hatte er den Yachtclub und seinen Segelsport. Vielleicht suchte er deshalb so oft dort Zuflucht.

Louise lehnte am Geländer und beobachtete ihre Kinder, die vor Freude kicherten, während sie die Seehunde fütterten. Die Möwen hatten heute nicht viel Glück – die Seehunde waren zu schnell für sie.

»Schau, da ist ein Seehundbaby!«, quietschte Molly entzückt.

Es ist noch nicht so lange her, dass du selbst ein Baby warst, dachte Louise. Es war traurig, dass die Kleinkindphase so schnell vorüberging, aber es war ein gutes Gefühl, ihren Kindern dabei zuzusehen, wie sie groß und stark wurden. Warum reicht mir das nicht? Sie schalt sich selbst, weil sie sich in Selbstmitleid suhlte, und sah das Paar nicht kommen, das neben ihre Kinder trat, um sich die Seehunde anzusehen.

»Louise!«

Es war Jack.

»Verblüffend, dass wir uns schon wieder treffen!«, sagte er. Er hatte den Arm um die Taille der Frau an seiner Seite gelegt und lotste sie zu Louise, die verdutzt und sprachlos dastand.

»Hallo, Jack«, antwortete sie verlegen. »Komm zurück vom Rand, Tom!« Sie deutete auf die Kleinen. »Das sind meine Kinder.«

»Das ist Aoife, meine Verlobte.« Jack zeigte keinerlei Verlegenheit, wodurch Louise sich noch schlechter fühlte. »Und das ist meine alte Musiklehrerin Louise.«

Die junge Frau lächelte.

»Sehr nett, Sie kennenzulernen«, sagte Louise schnell, die nicht wusste, ob sie es beleidigender fand, als »alt« oder als »Musiklehrerin« vorgestellt zu werden. Andererseits, wie sollte er sie sonst vorstellen? *Louise war meine Geliebte, als ich noch Schüler war und sie meine Lehrerin.* Das klang nicht gut, selbst so viele Jahre später.

»Ach ja, Jack hat mir von Ihnen erzählt. Haben Sie nicht den ›Battle of the Bands‹-Wettbewerb organisiert?«

Louise wäre am liebsten im Boden versunken. »Ja, das war ich. Es ist nett, Sie kennenzulernen. Wann ist denn die Hochzeit?«

»Im Sommer. Im Juli«, antwortete Aoife. »Hoffentlich haben wir schönes Wetter. Wir heiraten in Dublin. Ziemlich selten heutzutage, aber da wir unsere Familien und alle unsere Freunde dabeihaben wollen, haben wir entschieden, hier zu feiern.«

Louise nickte. »Gute Idee. Tja, dann viel Glück.«

»Danke!«, sagte Aoife.

»Dann auf Wiedersehen«, verabschiedete sich Louise, ein bisschen zu unvermittelt, selbst für ihren Geschmack, aber sie wollte, dass das Paar endlich weiterging, und Jack war anzumerken, dass ihm ebenfalls daran gelegen war.

»Tschau, Louise«, antwortete Jack und lotste seine zukünftige Braut am Kai entlang.

Louise hatte das Gefühl, keine Luft mehr zu kriegen. Zum Glück hatten ihre Kinder nichts von der ganzen Farce mitbekommen und Aoife hoffentlich auch nicht.

Sie erinnerte sich noch deutlich an das erste Mal, als sie und Jack ihr Verhältnis vollzogen hatten. Zwei Jahre lang hatten sie als Schüler und Lehrerin ihre gemeinsame Liebe zur Musik ausgekostet. Er blieb oft noch nach dem Unterricht, um mit ihr über die modernere Musik zu diskutieren, die ihn beeinflusste und die nicht auf dem Lehrplan stand. Louise genoss die Zeit, in der sie sich über die Verdienste von Nirvana und Pearl Jam im Vergleich zu den Stone Roses unterhielten. Das nahm oft die halbe Mittagspause oder noch länger in Anspruch, doch das störte keinen von beiden. Er war musikalisch gesehen so viel reifer als die anderen Schüler ihrer Klasse, und sie war an der Schule die einzige Musiklehrerin, sodass sie sich mit keinem ihrer Kollegen über ihr Fachgebiet austauschen konnte. Er brachte ihr Demobänder seiner Band mit, und auf dem Weg zur Arbeit und nach Hause hörte sie sich die Bänder liebend gern an. Wenn Donal sich nach dem Lärm erkundigte, der aus der Stereoanlage dröhnte, lächelte sie nur, weil es ihr das Gefühl gab, jung zu sein und den Kontakt zur neuen Generation nicht zu verlieren. Sie hatte nicht das Gefühl, dass musikalisch gesehen zwischen ihnen eine große Kluft war. Obwohl sie vier Jahre studiert hatte, fand sie, dass er ein instinktives Gefühl und Wissen darüber besaß, was Musik bedeutete, das man sich nicht aneignen konnte, indem man sich mit Manualen und Tonleitern quälte. Sein natürliches Talent war eine Gabe, und darum beneidete sie ihn. Sie selbst hatte hart arbeiten müssen und sich richtig hineingekniet, indem sie ganze Konzerte auswendig lernte und stundenlang übte. Jack hingegen musste nur eine Gitarre in die Hand nehmen, um sie auf eine Art zum Klingen zu bringen, wie es ihr selbst auch nach endlos langem Üben nie gelingen würde.

Dann, kurz nach Ende des 3. Trimesters, bot Louise Jack an, ihm ein paar Tipps für die Vorbereitungen zur Abschlussprüfung zu geben. Sie wussten beide, dass ihr Angebot nicht frei von Hintergedanken war; es war die Chance, ein Bedürfnis zu befriedigen, das sie beide seit dem ersten Mal quälte, als er nach dem Unterricht geblieben war, um mit ihr über Musik zu sprechen.

Damals wohnte Louise mit Emma in einem kleinen Reihenhaus im alten Teil Clontarfs zur Miete, und aufgrund Emmas hoher Ansprüche an Ordnung und Sauberkeit und ihrer eigenen Schludrigkeit war es nicht leicht, sich wegen des Putzens zu einigen.

Doch meist fanden sie einen Kompromiss: Louise warf ihre Klamotten und ihren Krimskrams in Schrankkoffer und Wandschränke, um das Durcheinander zu kaschieren, und Emma drückte ein Auge zu.

An diesem speziellen Tag jedoch, als Jack bei ihr vorbeikam, stellte sie eine Vase mit Blumen auf den Tisch in der kleinen Küche und legte im Wohnzimmer, wo sie den Unterricht abhalten wollte, eine CD mit *Carmina Burana* von Carl Orff auf. In der halben Stunde, bevor er kam, zog sie sich mehrfach um. Sie wollte nicht alt und autoritär wirken, und trotzdem wusste sie nicht, ob sie die Grenze wieder überschreiten würden wie damals im Musikzimmer nach dem »Battle of the Bands«-Wettbewerb. Es war ja nicht so, als würden sie plötzlich ein Paar. Immerhin trug sie einen Diamantring am Finger, der aller Welt verkündete, dass sie bald heiratete, und er musste noch seine Prüfungen bestehen, bevor er mit Fug und Recht behaupten konnte, dass er die höhere Schule abgeschlossen hatte. Und trotzdem konnte sie nicht anders, als sich genauso vorzubereiten, wie sie es für ein erstes Date getan hätte.

Als er klingelte und sie ihm die Tür öffnete, sah sie nur seine durchscheinend blauen Augen und spürte, dass zwischen ihnen eine tiefe Verbindung bestand.

Der Duft seiner Haut war überwältigend, als sie ihn ins Wohnzimmer führte und zum Sofa lotste. Davor stand ein kleiner Couchtisch, auf den sie eine stattliche Reihe an Lehrbüchern gelegt hatte, anhand derer sie den Stoff durchgehen wollten.

»Möchtest du was trinken?«

»Haben Sie 7UP?«

Plötzlich ging ihr auf, dass ihre Empfindungen für ihn schrecklich falsch waren. Er war achtzehn, aber trotzdem noch ihr Schüler!

»Klar«, sagte sie, hastete in die Küche und suchte hektisch nach einer Limonade. Ganz hinten im Schrank entdeckte sie eine Flasche Diet 7UP, ein Überbleibsel von einer Party, die sie an Weihnachten gegeben hatten, in der hoffentlich noch ein Rest Kohlensäure war. Sie schenkte ihm ein Glas davon ein und sah, dass noch ein paar Bläschen aufstiegen. Das muss reichen, dachte sie.

Jack saß kerzengerade auf dem Sofa, als sie mit seinem Getränk zurückkam. Seine Haut war vom Rasieren gerötet, und seine Haare glänzten wie frisch gewaschen.

»Wie kommst du mit dem Lernen voran?«

»Ganz gut.« Jack zuckte mit den Achseln. »Englisch und Musik sind meine besten Fächer, aber das liegt daran, dass ich sie am liebsten mag.«

»Willst du immer noch Geisteswissenschaften studieren?«

Jack nickte. »Meine Mum will, dass ich Naturwissenschaften mache. Sie glaubt nicht, dass ich als Musiker einen Job finde.«

»Da hat sie nicht ganz unrecht!«, scherzte Louise. »Nein, im Ernst, ich finde dich sehr talentiert, und wenn du dranbleibst – wer weiß? Eure Band könnte es schaffen.«

»Die Jungs haben schon mit Proben aufgehört.«

»Sie sorgen sich wahrscheinlich wegen der Abschlussprüfungen. Wenn ihr alle mit dem Studium anfangt, könnt ihr wieder regelmäßig proben.«

Jack schüttelte den Kopf. »Ich wünschte, die anderen wären so engagiert wie ich. Ich hoffe wirklich, dass wir zusammenbleiben.«

Es folgte ein verlegenes Schweigen.

»Okay, womit willst du anfangen?«, fragte Louise ihn.

Jack brachte keinen Ton heraus. Er war völlig auf Louises haselnussbraune Augen fixiert.

Das Schweigen hatte die Luft zwischen ihnen elektrisch aufgeladen. Keiner wagte den ersten Schritt, doch sie wollten es beide. Wie weit sie gehen wollten und wohin dieser Kuss sie führen würde, wussten sie nicht. Das sollte sich von selbst ergeben.

Jack beugte sich als Erster vor, hielt jedoch inne, als seine Lippen nur noch wenige Zentimeter von Louises entfernt waren. Als er ihren bittenden Blick sah, kam er näher, bis ihre

Münder sich berührten. Es war ganz anders als der Kuss im Klassenzimmer. Diese Küsse waren bewusster, sanfter als beim ersten Mal. Jack hatte mehr Selbstvertrauen, als er die Küsse auf ihre Lippen drückte. Louise wurde von ihrem Verlangen überwältigt – im Moment wollte sie nur Jack. Sie löste ihren Mund von seinem, nahm ihn mit vielsagendem Blick bei der Hand und zog ihn aus dem kleinen Wohnzimmer. Worte waren überflüssig – beide wussten, was passieren würde.

Sie führte ihn die Treppe hinauf. Wenige Meter hinter ihr nahm Jack jeden Schritt mit Vorsicht. Als sie zu dem kleinen Treppenabsatz kamen, blieb Louise vor einer Tür stehen, drückte, immer noch wortlos, die Klinke herunter und stieß die Tür auf. Vor ihnen stand das frisch bezogene, gemachte Bett. Es war das erste Mal, seit sie und Emma hier eingezogen waren, dass Louise morgens ihr Bett gerichtet hatte. Natürlich hatte sie insgeheim gehofft, dass das geschehen würde. Emma käme erst abends nach Hause, und Donal schaute nie vorbei, ohne vorher anzurufen. Ansonsten hatte nur noch ihr Vater einen Schlüssel, und der war verreist. Niemand würde sie stören.

Als sie ans Bett traten, ergriff Louise wieder die Initiative und legte die Hand an Jacks Wange. Er atmete schwer, und als ihre Lippen sich erneut berührten, spürte sie seine Nervosität. Diesmal hielt er sich nicht zurück. Die Gefühle, die sich in den zwei Jahren in Louises Klassenraum bei ihm angestaut hatten, standen kurz vor der Explosion.

Louises Knie gaben nach, und ihr Innerstes schmolz, während ihre Zungen ungeduldig in ihren Mündern herumtasteten.

Er nahm sie fest in die Arme und drängte sie aufs Bett, zeigte aber sofort Reue. »Entschuldigung, ich wollte nicht …!«

»Schon gut«, versicherte Louise ihm. Sich seiner Nervosität nur allzu bewusst, ermutigte sie ihn weiterzumachen.

Sie küssten sich langsam und sanft, bis sie nach dem Saum seines Rugbyhemds griff und es ihm über den Kopf zog. Danach zog er sein T-Shirt aus, unter dem ein junger, schlanker Körper zum Vorschein kam – genau wie sie ihn sich vorgestellt hatte.

Mit zitternden Fingern griff er nach ihr und begann, ihr die Bluse aufzuknöpfen. Louise spürte, wie ihre Brustwarzen sich vor Erregung aufrichteten und durch den schneeweißen Spitzen-BH vorstanden. Seine Hände glitten zu ihrem Rücken und suchten vergebens nach dem Verschluss. Sie nahm seine Hände in ihre und führte sie nach vorn.

»Der Verschluss ist hier«, erklärte sie und führte seine Finger an die Stelle, wo er sich zwischen ihre Brüste schmiegte. Sein Gesichtsausdruck, als ihre Brüste endlich vom BH befreit waren, ließ sie vor Glück nach Luft schnappen. Die Gefühle von Macht und Begehren waren anders als je zuvor bei einem Mann. Seine ungezügelte Lust war überwältigend, und sie hatte das Gefühl, gleich zum Orgasmus zu kommen, ohne dass er sie auch nur anfasste. »Leg dich hin«, drängte sie ihn, während sie geschickt nach seiner Gürtelschnalle griff und sie öffnete. Sie knöpfte seine Jeans auf und zog sie ihm an den Beinen herunter, und er folgte ihrem Beispiel, indem er ihre Hose öffnete. Beide schoben ihre Jeans herunter, bis sie nur noch in Unterwäsche dalagen.

Als seine Hand ihre Brust umfasste, erschauderte sie vor Lust, und sie pressten die Lippen aufeinander.

Louise erbebte jedes Mal, wenn er mit dem Finger über ihre Brustwarze strich, und schrie auf, als seine Hand über ihren Slip fuhr. Sie sehnte sich verzweifelt danach, dass er sie *dort* berührte. Dass sie ihre Unterwäsche noch anhatte, machte die Erfahrung noch erregender.

»Bitte!«, flehte sie.

Er wusste genau, was er zu tun hatte, schob die Hand zwischen ihre Beine und streichelte sie ungeschickt. In Sekundenschnelle kam sie mit Lauten der Lust, die Jack beglückten und ihm das Selbstvertrauen gaben, seine Erektion zu entblößen.

Louise begehrte ihn mehr, als sie je jemanden begehrt hatte, und sie drückte ihn aufs Bett und setzte sich auf ihn. Sie war jetzt wieder die Lehrerin und wollte ihm zeigen, wie man Liebe machte.

Er wollte, dass sie ihm genau zeigte, wie es ihr gefiel. Jeder Stoß war für ihn das Nirwana. Er hatte erst mit einer Frau geschlafen, mit Kondom. Louise schloss sich so feucht und fest um ihn, dass es ihm vorkam, als hätte er zum allerersten Mal Sex. Es fühlte sich wahnsinnig an, und er wusste nicht, wie lange er noch durchhielte, bevor er explodierte.

»Ist schon okay. Du kannst jetzt kommen«, flüsterte sie ihm zu, während sie zu zucken begann und sich auf seinen nackten Oberkörper legte.

Er stieß einen Schrei aus, als er kam, und ihm schossen Tränen in die Augen. »O Gott!«, rief er aus.

Louise küsste ihn auf den Hals und atmete seine Haut ein. Es war so viel jünger und erotischer als Donal. Das war das erste Mal, seit Jack das Haus betreten hatte, dass sie an ihren Verlobten dachte. Sie glaubte nicht, dass sie in der Lage wäre, ihm gegenüberzutreten, wenn er später vorbeikam.

»Holen wir jetzt Dad und die anderen ab?«, fragte Tom.

»Klar«, sagte Louise abwesend. In Gegenwart ihres Sohnes waren diese Erinnerungen verstörend, auch wenn er keine Ahnung hatte, woran seine Mutter gerade dachte. »Wir holen sie jetzt gleich.«

Während sie durch die Tore des Schlossgeländes von

Howth fuhr, war sie genervt. Sie hatte sich etwas vorgemacht. Jack mochte noch ein Schuljunge gewesen sein, als er sich in sie verliebte, doch während sie ihre Kinder großgezogen und ein spießiges Leben geführt hatte, war er um die Welt gereist und hatte Abenteuer erlebt, von denen sie nur träumen konnte. Sie beneidete ihn glühend. Und seine Freundin war wunderschön – von ganz anderem Format als die altbackene Hausfrau, zu der sie mutiert war.

Kapitel 7

»Er war fantastisch!«, stieß Sophie am Frühstückstisch hervor.

Weitere Ausführungen waren überflüssig. Das war typisch für die Owens-Schwestern: Sie brauchten einander nur selten zu erklären, was sie meinten. Oft schnitt eine von ihnen unvermittelt ein Thema an, und die anderen wussten genau, wovon sie sprach. Das löste bei ihren Männern große Irritationen aus und war auch die Angewohnheit, die Paul am meisten verabscheut hatte. Wenn er mit Sophie zusammen war, erinnerte sie ihn permanent an seine Frau, indem sie aus heiterem Himmel mit irgendeinem Thema anfing und von ihm erwartete, dass er wusste, worum es ging. Das war nicht das Einzige, was ihn gegen Ende seiner Affäre mit ihr genervt hatte, doch Sophie war völlig ahnungslos, dass zwischen ihr und ihrem Liebsten etwas nicht gestimmt haben könnte. Ihrer Meinung nach hatte das Schicksal ihn ihr ebenso grausam entrissen wie ihrer Schwester.

An Paul zu denken war etwas ganz anderes als die Träumereien, denen sie sich jetzt auf der sonnigen Terrasse des Fünf-Sterne-Hotels am Strand von Varadero hingab. José war ein Bild von einem Mann mit dem Körper eines Adonis, doch ihre Gefühle für ihn würde sie nach ihrer Rückkehr nach Dublin mehrere Tausend Meilen auf der anderen Seite des Atlantiks zurücklassen. Er hatte keine Zukunftsaussichten und war kein Kandidat für eine feste Beziehung, aber eine Urlaubsromanze kam durchaus in Frage. Nur schade, dass sie ihn erst getroffen hatte, als sie schon im Begriff war, Varadero zu verlassen. Nach der stummen Trauer, die sie nach Pauls Tod hatte ertragen müssen, hatte sie eine kleine Liebelei verdient.

»Das ist eine sehr nette Familie«, meinte Emma und knüpfte unbewusst an Sophies Gedanken an. »Sehr gastfreundlich. Mir war es schrecklich peinlich, als Dehannys' Mutter für das Essen kein Geld von uns wollte.«

Sophie machte eine wegwerfende Handbewegung. »Sie weiß ja, dass ihre Tochter im Hotel von dir fette Trinkgelder bekommt. Da war das Essen eine gute Investition.«

Emma sah ihre Schwester wütend an. »Musst du jedem, der nett zu dir ist, irgendwelche Hintergedanken unterstellen?« Aber mit Sophie zu diskutieren war zwecklos.

Mit großen, unschuldigen Augen schüttelte Sophie ihre lange Lockenpracht. »Du bist einfach zu naiv, Emma. Das warst du schon immer!«

Emma ließ es auf sich beruhen. Immerhin musste sie es noch länger auf der größten Insel in der Karibik mit ihrer Schwester aushalten. Da hatte es keinen Sinn, mit ihr zu streiten. Bisher war der Urlaub recht gut verlaufen, und Sophie war erstaunlich locker gewesen, doch nachdem sie am Abend zuvor Dehannys' Bruder kennengelernt hatten, wusste Emma, dass ihre Schwester nicht ruhen würde, bis sie ihn auf die Liste ihrer Eroberungen setzen konnte.

»Ich hab José gesagt, dass wir heute Abend vielleicht in das Hotel kommen, in dem er spielt«, verkündete Sophie in einem Tonfall, der wie eine Frage klang.

Emma nickte. Die Entscheidung war sowieso schon gefallen, da hatten Einwände keinen Sinn mehr. Sie schnitt sich ein großes Stück von einer Riesenscheibe Ananas ab und steckte es sich in den Mund. Ihre Ernährung war erstaunlich gesund, seit sie auf Kuba waren, doch der weiße kubanische Rum schmeckte ihr ein wenig zu gut. Normalerweise schlürfte sie schon um zwölf ihren ersten Mojito an der Pool-Bar und hörte den ganzen Tag nicht mehr damit auf. Egal wie stark der Barkeeper den Drink mixte, sie fühlte sich nie betrunken und fragte sich langsam, ob sie gegen das alkoholische Getränk schon immun wurde. Das Schreiben ging ihr leicht von der Hand, und sie hatte bereits vierzigtausend Worte geschafft. Der Tapetenwechsel tat ihr wirklich gut, und ihr wurde klar, dass sie hier, fern von der Heimat, endlich glücklich und zufrieden arbeiten konnte, ohne alle fünfzehn oder zwanzig Minuten an Paul denken zu müssen. Es war sehr erholsam, und da sie hier außer Sophie niemand kannte, plagten sie auch keine Schuldgefühle. Vielleicht sollte sie öfter verreisen! Finn hätte sicher nichts dagegen, mehr Zeit bei seinem Cousin zu verbringen.

Sophie stand auf. »Okay. Ich geh dann mal los, um meine Bräune aufzufrischen.«

»Ich komme auch gleich. Ich mache nur einen kurzen Spaziergang, bevor ich mich zum Schreiben hinsetze.«

Sie sah Sophie nach, die, ihre Strandtasche lässig über der Schulter, davonspazierte. Sie war wirklich bildschön.

Als kleines Mädchen hatte Emma ihr Schwesterchen über alles geliebt. Sie freute sich über die echte, lebendige Puppe, um die sie sich kümmern konnte und die sie füttern durfte, wenn ihre Mutter es ihr erlaubte. Damals war es ihre Aufgabe, Sophie vor Louise zu beschützen, damit ihre mittlere Schwester sie nicht gefährdete. Damals ahnte sie noch nicht, dass ihre jüngste Schwester das Familienmitglied war, auf das man am wenigsten aufpassen musste. Sie hatte das Talent, immer auf die Füße zu fallen und alles spielend zu erreichen, egal, was es war. Es sollte sich vielmehr herausstellen, dass Louise diejenige war, die am meisten Fürsorge brauchte.

Emma würde den Tag nie vergessen, an dem sie das Häuschen betrat, in dem sie in Clontarf gemeinsam zur Miete wohnten, und Louise splitternackt, rittlings auf einem viel jüngeren Mann sitzend, auf einem Stuhl in der Küche ertappte – einem Mann, der nicht ihr Verlobter war.

Aber wie es Emmas Art war, hatte sie Louise nicht verurteilt, sondern war für sie da gewesen, nachdem sie die verbotene Beziehung beendet hatte, weil sie mit der Situation nicht mehr klarkam. Für Emma war das eine Riesenerleichterung, weil sie die konservative Einstellung ihrer Eltern kannte und weil schon seit einem Jahr alles für Louises Hochzeit mit Donal arrangiert war. Louise war nicht der Typ, der einfach auf und davon gehen und Irland verlassen konnte. Sie war sehr heimatverbunden, da kam Durchbrennen für sie nicht in Frage. Emma fand, dass Louise das Richtige getan hatte, doch in letzter Zeit gab es Tage, an denen ihr ständiges Genörgel – besonders über Donal – ihr auf die Nerven ging.

Emma mochte ihren Schwager sehr. Donal war ein Fels in der Brandung und nach Pauls Tod für kurze Zeit der Einzige gewesen, dem sie sich anvertrauen konnte.

»*Hola, Emma!*«

Als Emma sich umdrehte, sah sie Dehannys, die sich daran begab, das Frühstücksgeschirr vom Tisch zu räumen.

»*Hola! Muchas gracias por la cena.*«

»*De nada*«, lächelte sie. »Fernando möchte deinem Sohn gern einen Brief schreiben. Er hätte sehr gern einen Freund in Irland.«

Emma nickte. »Na klar. Das wäre toll«, stimmte sie begeistert zu. Es wäre gut für ihren Sohn, etwas darüber zu erfahren, wie andere Menschen auf der Welt lebten, damit ihm klar wurde, dass nicht jeder kleine Junge eine PSP oder eine Wii hatte, mit der er spielen konnte.

Sie verabschiedete sich von Dehannys, vergewisserte sich, dass sie sich beim Mittagessen sehen würden, und begab sich zu einer Ecke am Pool, wo sie ungestört arbeiten konnte. Ihr Held Martin stand kurz davor, sich in die Frau zu verlieben, in deren Fall er ermittelte, und sie fand, dass es an der Zeit war, dass ihre Figur wieder Gefühle zuließ. Schließlich war Martins Frau seit über fünf Jahren tot, und er verdiente es, wieder glücklich zu sein. Sie fühlte sich Martin sehr verbunden. Er war ihr sehr ähnlich, und sie glaubte fest an ihn. Inzwischen war ihre Vorstellung von ihm sehr klar, und Felipe, der Taxifahrer, hatte ihr geholfen, sein Gesicht zu finden.

»Bist du dir auch sicher, dass es das nächste Hotel ist?«, fragte Emma, als sie die lange, gerade Straße entlangmarschierten und die Lichter immer weiter auseinanderzuliegen schienen.

»Ja, absolut.«

Emma wagte zu bezweifeln, dass Sophie den Weg kannte. Die Straße war sehr abgelegen, und sie hätte sich sehr viel wohler gefühlt, wenn sie sich ein Taxi gerufen hätten, um sich zum Tryp Hotel bringen zu lassen.

»Schau, dort ist es! Das Tryp. Ich hab dir doch gesagt, da können wir zu Fuß hingehen!«

Die Gartenanlagen waren so üppig wie im Sol, und das Empfangspersonal war beim Anblick von Europäern genauso zuvorkommend.

»Wo ist die Pianobar?«, fragte Sophie die junge Frau an der Rezeption.

»Die Treppe hinunter rechts, Madam«, antwortete sie in perfektem Englisch.

Sophie und Emma stiegen die Treppe hinab und sahen sich suchend um, bis die sinnlichen Klänge von Josés Klavier sie den Rest des Weges führten.

Emma blieb überrascht stehen: »Ich dachte, er spielt gut Gitarre, aber das Klavier ist eindeutig sein Ding.«

»Er ist gut, was?«, meinte Sophie mit einem zufriedenen Grinsen und lief vor ihr her, bis sie José in seinem roten Hemd deutlich erkennen konnten.

Bei Sophies Anblick wechselte José sofort zu dem Cole-Porter-Klassiker »I've Got You Under My Skin«. Nach ein paar Takten begann er zu singen. Sophie wusste, dass er es speziell für sie sang, und genoss jede Sekunde.

Die Schwestern nahmen auf zwei Stühlen in Josés Nähe Platz, und sein Blick folgte ihren Bewegungen. Er sah sogar noch besser aus als in der bescheidenen Umgebung im Haus seiner Mutter.

»Sei vorsichtig, Sophie«, warnte Emma sie.

»Ich bin schon groß!«, gab Sophie blasiert zurück.

José hatte erst eine halbe Stunde seines Auftritts absolviert und musste noch anderthalb Stunden spielen. Emma hatte das Gefühl, dass sie in der kleinen Bar, in der Dehannys arbeitete, oder in ihrem Hotelzimmer, wo sie über Martin Leon schreiben konnte, besser aufgehoben gewesen wäre.

»Ich möchte zurück ins Hotel. Ist das okay für dich?«, fragte sie.

Sophie verdrehte die Augen. Ihr war das schnuppe. Emma nervte sowieso.

»Geh ruhig. Ich bleib noch, bis José fertig ist, um mit ihm zu reden.«

Emma wusste genau, dass es nicht Reden war, was Sophie im Sinn hatte.

Der Portier rief ihr ein Taxi, und innerhalb von fünf Minuten war sie wieder im Hotel. Die Einsamkeit war herrlich, nachdem sie in den letzten Tagen so viel Zeit mit ihrer Schwester verbracht hatte. Sie brauchte diese Ruhe, um sich darüber klar zu werden, wie sie sich jetzt fühlte, fern von ihrem gut situierten Umfeld und als Single. Es machte ihr nichts aus, nicht mehr Teil eines Paares zu sein. Finn erinnerte sie permanent daran, dass sie eine Beziehung gehabt hatte, aus der ein wunderbarer Mensch hervorgegangen war. Doch da waren immer noch so viele unbeantwortete Fragen. Die Autopsie hatte nicht viel gebracht. Emma konnte von Glück sagen, dass der Pathologe nicht zu viele Fragen über die Gemütsverfassung ihres Mannes vor seinem Tod gestellt hatte, denn dabei handelte es sich um die Art von unglücklichen Umständen, die zu Mord und Totschlag hätten führen können. Doch ohne eine schlüssige Erklärung für seinen Tod hing sie in der Luft. Sie hatte immer geglaubt, sie wären sehr glücklich gewesen. In ihrem Bekanntenkreis gab es nur wenige Paare, die so viele Gemeinsamkeiten hatten und so gut miteinander reden konnten wie sie und Paul. Doch Finn zuliebe war es besser, nicht zu viel über die Umstände seines Todes nachzugrübeln. Sie war jung und stark und musste ihr Leben weiterleben.

José sang den letzten Song seines Sets speziell für Sophie. »Got a Black Magic Woman ...«, begann er sanft.

Nachdem Emma weg war, hatte sich Sophie auf dem Rand eines Hockers direkt neben José niedergelassen, und er hatte bei jedem Stück, das er spielte, den Flirt mit ihr genossen. Sie lauschte begierig und sog seine Aufmerksamkeit in sich auf, bis er fertig war.

Er und Sophie hatten einen Mojito nach dem anderen getrunken und glitten langsam in eine Intimität, die den Rest des Publikums in der Bar nicht mit einschloss. Ihm war das egal. In wenigen Tagen wären sie sowieso alle wieder abgereist, genau wie Sophie, und er musste das Beste aus seiner

Jugend und seinem guten Aussehen machen, um europäische und kanadische Frauen abzuschleppen, die im Hotel abstiegen. Er hatte schon alles arrangiert – sogar ein freies Zimmer, das ein befreundetes Zimmermädchen ihm jeden Tag am Ende ihrer Schicht verriet. Maria war darauf angewiesen, dass er Frauen aufriss und fette Trinkgelder bekam und ihr einen Anteil davon abtrat, wenn er landen konnte. Von diesem Arrangement profitierten beide, und sie schadeten niemandem damit – solange die Hotelleitung nichts davon erfuhr.

Sophie nippte an ihrem Mojito und sah träumerisch in Josés schokoladenbraune Augen.

»Können wir noch irgendwo hingehen, wenn du hier fertig bist?«, fragte sie.

»Ich weiß ein Zimmer im Hotel, wenn du etwas ungestörter sein willst.«

»Großartig.« Sophie lächelte zufrieden. Sie musste endlich wieder mit einem Mann allein sein. Sie brauchte es so dringend! Mit Paul zu schlafen fehlte ihr schrecklich, und José war genau der Richtige, um sie davon abzulenken. Wenigstens für ein paar Stunden.

Das war genau die Antwort, die José wollte.

»Ich kann nicht glauben, dass ihr euch einfach ein leeres Zimmer genommen habt. Was wäre mit ihm passiert, wenn der Hotelmanager davon Wind bekommen hätte, oder mit dir, wenn die Polizei davon erfahren hätte? Vergiss nicht, dass wir uns in einem fremden Land befinden!«

Sophie verdrehte die Augen. »Entspann dich, Em! Warum musst du immer so paranoid sein? Schließlich ist es sein Land, und José weiß genau, wie man sich mit dem System arrangiert.«

Emma war besorgt, weil sie wusste, wie streng das hiesige

Regime war, und sie nicht wollte, dass ihre Schwester sich selbst oder sonst jemanden in Schwierigkeiten brachte.

»Er war fantastisch!«

»Erspar mir die Einzelheiten«, murmelte Emma und hielt die Nase in ihre Tasse English Breakfast Tea.

»Bevor man einen Latin Lover hatte, hat man nicht gelebt«, fuhr Sophie unbeirrt fort. »Er hat die ganze Nacht nicht geschlafen. Erst um sechs ist er kurz eingenickt, und um sieben sind wir aufgestanden.«

»Wie bist du hierher zurückgekommen?«

»Er hat mich hinten auf seinem Motorrad mitgenommen.«

Emma trank noch einen Schluck Tee und schloss die Augen.

»Du solltest wirklich langsam in die Zukunft blicken, Em.« Sophie schüttelte verständnislos den Kopf.

Emma hasste die herablassende Art, mit der sie das sagte. Wie konnte sie sich irgendeine Vorstellung von dem Kummer und dem Schmerz machen, die sie jede Sekunde des Tages mit sich herumtrug?

»Sogar Dad sieht das so«, fuhr Sophie unbeirrt fort.

Das war ein Schritt zu weit. Emma konnte es nicht ertragen, wie Sophie ihren Vater um den kleinen Finger wickelte. Der Gedanke, dass sie über ihre Reaktion auf den Tod ihres Mannes gesprochen hatten, war zu viel für sie.

»Ich mache einen Spaziergang.«

Emma stand abrupt auf und ließ ihre Schwester sitzen, die hungrig ihre Pfannkuchen mit Ahornsirup verschlang. Sie lief zielstrebig zum Strandeingang und atmete beim Anblick des stahlblauen Meeres erleichtert auf. Während sie durch den fast weißen Sand lief, fühlte sie sich wieder sicher – sicher, um so viel über Paul, ihren Vater und ihre Familie nachzudenken, wie sie wollte.

Ihr Vater war schon immer hart zu ihr gewesen. Er stellte hohe Ansprüche an sie und hielt sie für die Intellektuelle der Familie. Schließlich war sie die Tochter, die Psychologie und Englische Literatur studierte; die anderen nahmen künstlerische Fächer, was er völlig in Ordnung fand, weil Emma ihnen den Weg geebnet hatte, worum ihre Schwestern sie wiederum beneideten. Louise kompensierte das, indem sie zu jeder Gelegenheit frech und ungezogen war, und Sophie klammerte sich an ihre Rolle als Nesthäkchen, um sich seiner Aufmerksamkeit und seines Mitgefühls zu versichern – und es funktionierte.

Als Paul starb, hatte Emma auf mehr Unterstützung von ihren Eltern gehofft, doch sie verhielten sich genauso wie damals, als Misty gestorben war. Misty war das einzige Haustier der Mädchen gewesen, ein braun-weißer Cockerspaniel, den die ganze Familie vergötterte. Er war das sechste Familienmitglied der Owens; sie hatten ihn zu Weihnachten bekommen, als Emma acht wurde und ihre Freude über das neue kleine Schwesterchen nachgelassen hatte.

Larry Owens gefiel es, dass Misty ein Rüde war, weil er sich dadurch allein unter Frauen nicht mehr so unterlegen fühlte. Emma erinnerte sich, wie er während der BBC-Verfilmung von *Stolz und Vorurteil* einmal gesagt hatte, dass er genau wüsste, wie Mr Bennet sich fühlte, und dass er selbst in gewisser Weise eine moderne Version dieser Figur sei.

Der Strand war heute fast leer. Da sie sich danach sehnte, mit jemandem zu sprechen, begab sie sich zurück zur Hotelstrandbar, wo hinter der Theke Dehannys auf sie wartete.

»*Buenos días, Emma!*«

»*Buenos días, Dehannys! Agua sin gas, por favor.*«

»Ist es heiß heute?«

Emma nickte. »*Pues la playa está linda.*«

Dehannys stellte ihr ein Glas Wasser auf die Theke.

»Dein Bruder und meine Schwester waren gestern bis spät in die Nacht zusammen weg!«, sagte Emma.

Dehannys legte den Kopf schief, weil sie sich nicht sicher war, die Andeutung korrekt verstanden zu haben. »*José? Con Sophie?*«

»*Sí.*« An Dehannys' Reaktion merkte Emma, dass das Neuigkeiten waren, die sie über ihren Bruder nicht gerne hörte.

Dehannys nahm ein Glas von der Theke und polierte es heftig mit einem Geschirrtuch.

»Ist alles in Ordnung, Dehannys?«

Dehannys schüttelte den Kopf. »Mein Bruder ist ein böser Junge. Er soll Gabriella heiraten, aber er ist nicht gut zu ihr.«

»Wer ist Gabriella?«

»Sie ist meine Cousine und ein sehr liebes Mädchen.«

»Wann wollen sie denn heiraten?«

»*Dos meses.*«

»Im Mai?«

»*Sí*, aber ...« Dehannys schüttelte ratlos den Kopf. Jede Erklärung war überflüssig.

Emma fühlte sich schrecklich, dass sie das Thema überhaupt angeschnitten hatte. »Sieh mal, Dehannys, wir reisen morgen nach Havanna ab, und Sophie sieht ihn nie wieder.«

Dehannys unterbrach ihre Arbeit und stützte sich auf die Theke. »Aber morgen kommen neue Frauen – Touristinnen –, und er nimmt sie mit in sein Zimmer im Hotel Tryp.« Sie seufzte. »Aber ich werde traurig sein, wenn du gehst, *amiga – ahora hablas mucho español!*«

»*Gracias – eres una profesora muy buena.* Schreibst du mir mal, wenn ich wieder zu Hause bin? Ich könnte dir eine E-Mail schreiben.«

Dehannys zuckte mit den Achseln. »Habe ich E-Mail-Adresse, aber ist sehr schwierig zu benutzen.«

»Hast du keine Möglichkeit im Hotel?«

»*Es difícil.*«

»Ich gebe dir meine Karte, bevor ich abreise, und wenn sich eine Möglichkeit ergibt, versuchst du mir zu mailen, ja? Ich schicke dir Geschenke für Fernando, sobald ich zurückkomme. Wünscht er sich irgendwas?«

Dehannys nickte. »Er braucht Kleider und Schuhe.«

Ihre leuchtenden Augen verrieten Emma, dass alles sehr willkommen wäre.

Wie schwer das Leben ihrer neuen Freundin doch war, die jeden Tag viele Stunden im Hotel schuftete und so wenig Zeit mit ihrem Sohn verbringen konnte.

»Wo arbeitest du heute Abend?«

»*Aquí* – in dieser Bar.«

»Okay, dann verbringe ich meinen letzten Abend hier bei dir, und wir können den Sonnenuntergang bewundern und die Musik genießen, und wenn du nicht beschäftigt bist, kannst du mit mir reden. In Ordnung?«

Dehannys lächelte erfreut.

»Du gehst nicht allein zu Fuß zum Tryp!«

»Ist das eine Bitte oder ein Befehl, Em?«

Emma hätte ihre kleine Schwester am liebsten geschüttelt. Sie schien völlig auszublenden, dass sie sich in einem fremden Land befanden, wo einer jungen Frau, die allein den langen, einsamen Weg zum Tryp Hotel ging, alles Mögliche zustoßen konnte. Außerdem hielt Emma es für ihre Pflicht, ihre Schwester vor dem doppelzüngigen José zu beschützen, auch wenn sie sehr gut auf sich selbst aufpassen konnte.

»Dehannys hat mir heute gesagt, dass José verlobt ist.«

Sophie erstarrte kurz, grinste dann aber. »Was macht das für einen Unterschied?«

Emma hatte langsam genug von ihrer Schwester. »Essen wir vorher noch was?«

»Mir ist der Appetit vergangen«, murmelte Sophie. »Ich esse später was mit José.«

Emma schnappte sich den Zimmerschlüssel und ihre Tasche und ging.

Sie nahm den vertrauten Weg zu der kleinen Strandbar, wo Dehannys Gläser spülte und Drinks mixte. Die untergehende Sonne verfärbte sich zu Nuancen aus leuchtendem Rot, Pink und Gelb, und Emma wünschte von ganzem Herzen, dass Paul bei ihr wäre. Seine Wahl, was das Hotel betraf, war tadellos, und es kam ihr vor wie ein Geschenk, das er ihr noch aus dem Grab heraus machte. Bald wäre der Strand in Dunkelheit getaucht, und die Sterne stünden klar am Himmel und funkelten wie Diamanten, wie man es in Dublin nie zu sehen bekam. Seit sie in Varadero waren, war es für sie zum Ritual geworden, jeden Abend nach draußen auf den Balkon zu treten, nach oben zu sehen und zu überlegen, welche Sternenbilder sie erkannte.

Heute Abend war in der Port-Royal-Strandbar mehr Betrieb als sonst, und Dehannys zerstieß hektisch Eis mit Minze, um für die Hotelgäste, die an der Theke saßen, Mojitos zuzubereiten. Als sie Emma sah, winkte sie ihr zu.

Emma nahm den letzten freien Platz am Ende der Bar in der Nähe eines Musiker-Trios, das sich mit seinen Gitarren für seinen Auftritt bereitmachte. Sie hatte es nicht eilig, bedient zu werden, und könnte ebenso gut hier eine Kleinigkeit essen. Es war der reinste Luxus gewesen, jeden Abend in einem der vielen Hotelrestaurants zu speisen, und ihr Magen konnte zur Abwechslung mal etwas Leichteres vertragen. Hier gab es zu jeder Mahlzeit Hummer und Filetsteak im Überfluss, und Emma fragte sich oft, was ganz normale Kubaner abends aßen. Es gab viel in diesem Land, wovon sie nie erfahren würde, wenn sie in der Oase von Varadero bliebe, und sie freute sich auf ihren Havanna-Trip und auf die Gelegenheit, mehr vom wahren Kuba zu erleben – wie in Matanzas.

Dehannys schob Emma über die Theke einen Mojito zu und blinzelte verschwörerisch. »Wo ist deine Schwester?«

Emma schluckte. Sie wollte ihrer Freundin nicht die Wahrheit sagen, konnte sie aber auch nicht anlügen.

Schließlich nahm ihr Dehannys das Problem ab. »Schon gut. Wahrscheinlich bei José.«

Emma nickte.

»Hoffentlich bittet er deine Schwester nicht um Geld.«

Emma war schockiert. Ihr war nie in den Sinn gekommen, dass er sich verkaufte wie ein Gigolo. Das klang eindeutig nicht nach dem Typ Mann, für den Sophie sich normalerweise interessierte. Emma kicherte.

»Was ist lustig?«

»Da kennst du meine Schwester aber schlecht! Er kann von Glück sagen, wenn sie ihm einen Drink spendiert!«

»*Bueno*«, sagte Dehannys und lächelte jetzt ebenfalls.

Jetzt, wo sich der Ansturm an der Theke gelegt und die Band ihren Auftritt mit den vollen Klängen des Klassikers »Chan Chan« begonnen hatte, fand Emma, dass die Gelegenheit günstig war.

»Dehannys, darf ich dich nach Fernandos Vater fragen?«

»Schon gut – er ist schon lange nicht mehr da.«

»Ist er tot?«

Dehannys nickte. »*Sí.* Wir waren jung und sehr verliebt. Er hat mit meinem Papa in der Havana-Club-Fabrik gearbeitet. Er hatte Unfall mit großer Maschine.«

»Wart ihr verheiratet?«

Dehannys schüttelte den Kopf. »Fernando kommt *tres meses*, nachdem wir ihn begraben.«

»Tut mir sehr leid, das zu hören. Der arme kleine Fernando hat seinen Vater nie gesehen!«

Plötzlich war sie sehr erleichtert und kam sich sehr privilegiert vor, die vielen Fotos und Filmaufnahmen von Paul mit Finn zu haben. Sie musste zwar erst noch den Mut aufbringen, sich die Videoaufnahmen anzusehen, doch die Fotos waren ihr spätnachts eine große Hilfe, wenn sie sich daran erinnern wollte, wie er ausgesehen hatte.

»Aber Fernando hat meinen Vater. Er liebt ihn sehr. Er nimmt ihn mit zum Fischen.«

»Und José?«, schlug Emma vor.

Dehannys lachte. »Niemand hat José – José hat nur José.«

»Ich hoffe, Sophie geht es gut!«, murmelte Emma, trank einen großen Schluck von ihrem Mojito und lehnte sich zurück, um weiter die Musik zu genießen.

Kapitel 8

»Mum, kannst du bitte Molly und Tom für mich von ihrem Ferienkurs abholen? Ich bleibe nicht lange weg.« Louise hätte ihre Mutter nicht angerufen, wenn sie nicht wirklich in der Klemme gesessen hätte. Seit ihre Kinder auf die Grundschule gingen, hatte sie das nur vier- oder fünfmal getan und jedes Mal eine ähnliche Reaktion erhalten.

Selbst kurz nach der Geburt der Kinder hatte Maggie von Louise erwartet, dass sie ohne jede Hilfe von ihr mit dem neuen Baby klarkam.

»Ich hab euch drei Mädels auch ganz allein großgezogen«, hatte sie zu Louise gesagt, als diese erst wenige Tage aus der Geburtsklinik wieder zu Hause war. »Nur mit Hilfe eures Vaters. Meine Mutter ist nur für zwei Tage aus Cork gekommen, und Larrys Mutter hat uns bloß ein selbst gestricktes Jäckchen für Emma geschickt und für mich eine Schachtel Karamellbonbons. Sie hat sich erst bei uns blicken lassen, als Emma sechs Monate alt war.«

Louise kannte diese Leier nur allzu gut, und am Ende der Litanei versicherte sie ihrer Mutter immer, wie dankbar sie ihr dafür war, dass sie so viel aufgegeben hatte, um sich so gut um ihre drei Mädchen zu kümmern. Auch Emma besänftigte ihre Mutter oft, indem sie Lobeshymnen auf sie sang. Sophie hingegen gab ihr nie nach. Aber Sophie gab nie jemandem nach.

Auch jetzt schnalzte Maggie missbilligend mit der Zunge

und seufzte. »Na schön! Ich kann meine Golfstunde verschieben, aber bleib nicht länger weg als bis drei, ja?«

Ein besserer Kompromiss ließe sich nicht herausschlagen. »Danke, Mum«, seufzte Louise erleichtert und legte auf. Sie fragte sich, wie ihre Mutter es schaffte, dass ihr Mann sie so vergötterte, obwohl sie meist so unvernünftig und fordernd war. Manchmal hatte sie Angst, so zu werden wie sie. Sie bat ihre Mutter nur selten um etwas, und normalerweise auch nur, wenn keine ihrer Freundinnen, die normalerweise in Notfällen einsprangen, zur Verfügung stand.

Immerhin konnte sie sich jetzt mit Jack treffen. Jetzt, wo die Kinder versorgt waren, musste sie sich nur noch mit der Kleiderfrage befassen. Alles, was sie im Schrank fand, waren Twinsets und schicke, taillierte Blusen, die neben ebenso schicken, taillierten Hosen hingen, und reihenweise Schuhe. In den Schubladen waren ihre bequemen Klamotten und die Trainingsanzüge verstaut, die sie bei ihren Morgenspaziergängen trug und die dem Dresscode einer Hausfrau und Mutter entsprachen. Ohne dass sie es selbst wahrgenommen hätte, hatte sich ihre Garderobe in die ihrer Mutter verwandelt.

Da heute ein milder Frühlingstag war, konnte sie anziehen, was sie wollte. Letztlich entschied sie sich für ihre einzige Bluejeans, eine taillierte Nadelstreifenbluse (sie hatte eine lange Halskette, die gut dazu passte) und für ihren Regenmantel. Obwohl es nicht nach Regen aussah und für heute auch keiner angekündigt war.

Sie bekam Herzrasen, als sie sich die Augen mit ihren Lieblingsprodukten von Mac schminkte.

Die Nachricht von Jack war aus heiterem Himmel gekommen. Nach der peinlichen Begegnung am West Pier war sie richtiggehend geschockt, als sie plötzlich eine SMS von ihm bekam, in der er sie um ein Treffen in dem neuen Quay-West-Fischrestaurant in Howth bat.

Sie legte einen Hauch von ihrem neu erstandenen Benefit-Lippenstift auf und verstaute ihn in ihrer Handtasche. Eine Freundin hatte ihr versichert, dass diese Marke momentan bei jüngeren Frauen total angesagt war, und ein junges, modernes Produkt war genau das Richtige für sie.

Zitternd vor Aufregung sprang sie in ihren Wagen. Wieso um alles in der Welt sollte Jack sie wiedersehen wollen? Erst vor wenigen Tagen hatte er sich ihr gegenüber sehr reserviert gegeben, doch diese Einladung klang vielversprechend.

Sie wünschte, sie führe keinen Van. Er sagte alles über ihr jetziges Leben und über sie aus. Was war nur aus ihren hochfliegenden Plänen geworden, Berufsmusikerin zu werden oder gar Komponistin? Mit jedem neuen Kind hatten sich diese Ideen mehr und mehr verflüchtigt, während sich ihr Engagement für die Familie zunehmend verstärkte.

Da sie gut durchkam, parkte sie schon nach fünfzehn Minuten am West Pier. Als sie auf die Uhr sah, war es genau halb eins, und sie wollte nicht übereifrig erscheinen, indem sie pünktlich kam. Da Louise nach so vielen Jahren in der Schule an Disziplin gewöhnt war, fiel es ihr schwer, dem allgemeinen Trend zu folgen und grundsätzlich zu spät zu kommen.

Plötzlich entdeckte sie im Rückspiegel Jack, der selbstbewusst an der Strandpromenade entlangschlenderte. Sie duckte sich hinter das Lenkrad und überzeugte sich mit Hilfe der Seitenspiegel davon, dass er das Restaurant betreten hatte, bevor sie aus dem Wagen stieg.

Ihr Magen krampfte sich zusammen wie bei den früheren Treffen mit ihm. Sie betrat das elegante Café mit den gemütlichen Kunstledernischen, Tischplatten aus Marmor und Böden mit Mosaikmuster. In der Ecknische hinten bei der Küche entdeckte sie Jack, der mit dem Rücken zu ihr saß.

Louise machte sich auf alles gefasst und steuerte auf seinen Tisch zu.

Als sie näher kam, drehte er sich zu ihr um.

»Louise! Danke, dass du gekommen bist«, sagte er, stand auf und gab ihr höflich einen Kuss auf die Wange.

Sie lächelte breit, bemerkte aber schnell, dass er nicht zurücklächelte. Jack wirkte nervös, fast schüchtern.

»Das ist ein schönes Restaurant. Ich war noch nie hier«, bemerkte sie im Plauderton.

»Es ist ganz neu. Schön, mal woanders hingehen zu können.«

Seine Stimme klang unsicher, und er zeigte nicht dasselbe Selbstbewusstsein wie vor ein paar Tagen bei ihrer Begegnung auf dem Pier.

»Deine Verlobte ist bildschön«, wagte sie sich vor.

»Sie ist wunderbar! Die coolste Frau, mit der ich je zusammen war.«

Louise lächelte nervös. Was hatte sie anderes erwartet?

»Wahnsinn, wie die Zeit vergeht«, meinte sie, während sie in der Nische Platz nahm.

Jack rutschte weiter ans Kopfende und legte die Arme auf den Tisch. »Es fühlt sich gar nicht an wie fünfzehn Jahre.«

Louise nickte. Sie wusste genau, was er meinte. Jetzt, wo sie hier nur zu zweit waren, fiel ihnen das Reden leicht, was bei Menschen, die einmal miteinander intim gewesen waren, oft vorkam.

Er fuhr fort. »Es war ein echt mieses Timing, dir ausgerechnet jetzt über den Weg zu laufen – so was wie ein Omen.«

Er wirkte nicht so, als würde er demnächst die Frau seiner Träume heiraten. Stattdessen sah Louise in seinem Gesicht dieselbe Verzweiflung, die sie selbst in der Zeit vor ihrer Hochzeit mit sich herumgetragen hatte.

»Ist alles in Ordnung?«, fragte sie.

Er nickte, doch sie war nicht überzeugt. Das Gefühl, über alles reden zu können, so wie früher, wenn sie auf ihrem Bett in dem kleinen Haus in Clontarf lagen, war wieder da, und sie stellte ihm eine Frage, die sie schon im selben Augenblick bereute.

»Hast du kalte Füße?«

In dem Moment trat die Kellnerin an den Tisch und reichte ihnen die Speisekarten.

»Danke«, murmelte Louise.

Als die Kellnerin außer Hörweite war, sah Jack Louise entgeistert an und fragte: »War das damals dein Grund? Kalte Füße? Hatten wir deshalb unsere Affäre?«

Das brachte Louise aus dem Konzept. Sein Ton war anklagend, und sie spürte eine unangenehme Spannung zwischen ihnen.

»Jack, das ist lange her, aber das zwischen uns war etwas Besonderes.«

Jack runzelte die Stirn. Er hielt den Blick starr auf die Speisekarte gerichtet, doch ihm schwirrte zu viel durch den Kopf, was so rein gar nichts mit den aufgelisteten Meeresfrüchten zu tun hatte. Er blickte kurz auf und verschanzte sich wieder hinter der Karte, bevor er ganz leise sagte: »Dafür hast du aber ganz schön schnell Schluss gemacht!«

Louise atmete tief durch. Dieses Treffen verlief völlig anders als erwartet.

»Haben Sie schon einen Wein gewählt?«, fragte die Kellnerin, die wie aus dem Nichts auftauchte.

»Für mich bitte nur Wasser«, wimmelte Jack sie ungehalten ab.

»Ein Pellegrino reicht«, stimmte Louise mit einem Nicken zu.

Was sollte sie diesem Mann antworten? Er war eindeutig kein Junge mehr, schleppte aber immer noch Gefühle aus ihrer gemeinsamen Zeit mit sich herum, als er noch einer gewesen war.

»Jack, ich weiß nicht, was ich dir sagen soll. Aber erinnerst du dich an den Tag, als ich dir gesagt habe, dass wir uns nicht mehr sehen können? Damals war ich genauso verzweifelt wie du.«

»Aber ich war noch ein Kind und hab mein Herz für dich riskiert. Du hingegen wusstest von Anfang an, was du da tust.«

»Moment mal! Ich war genauso verletzlich wie du. Als ich an meinem Hochzeitstag vor den Altar trat, hatte ich nur dich im Kopf, und Stunden zuvor hab ich mir noch die Seele aus dem Leib geweint.«

Das war Jack neu. Er wusste nicht, ob er ihr glauben sollte. »Warum hast du es dann durchgezogen?«

»Weil es das Richtige war.«

»Für dich ...«

»Für uns alle! Du warst nur ein Schüler, und ich hatte studiert und befand mich in einer ganz anderen Lebensphase.«

»Was nur meine Behauptung bestätigt.«

»Jack, so einfach war das nicht! Und das weißt du auch. Das zwischen uns war unglaublich, und glaub mir, ich hab in all den Jahren sehr viel an dich gedacht.«

Jack nickte. »Ich auch an dich, aber ich muss sagen, dass ich oft stinksauer auf dich war.«

»Bist du jetzt noch sauer?«, fragte sie ihn sanft.

Er schüttelte den Kopf. »Nur traurig.«

»Tut mir leid«, sagte sie, diesmal noch sanfter, und legte ihre Hand auf seine.

Er entzog sie ihr nicht.

»Ich habe getan, was ich für das Richtige hielt«, erklärte sie. »Heute würde der Altersunterschied keinem mehr auffallen, aber als wir damals zusammen waren, wäre es schockierend gewesen. Und unsere Umstände waren auch zu berücksichtigen.«

»Ich kann es kaum fassen, dass ich dir just in dem Moment wieder begegne, als ich im Begriff bin, die perfekteste Frau auf der Welt zu heiraten ... und es sich falsch anfühlt.«

Louise verstand, was er ihr damit sagen wollte. »Jetzt verstehst du vielleicht besser, wie es mir damals ergangen ist. Donal ist ein guter Mann, aber ...«

»Erzähl mir jetzt nicht, dass du wünschtest, du hättest ihn nicht geheiratet!«

»Das will ich damit nicht sagen, aber man weiß nie, ob die Entscheidungen, die man im Leben trifft, auch die richtigen sind.«

»Wie in *Sie liebt ihn – sie liebt ihn nicht*?«

Louise nickte lächelnd. »So ungefähr. Wenn ich vor meiner Hochzeit nicht mit dir zusammen gewesen wäre, hätte ich vielleicht keine Zweifel gehabt. Andererseits: Warum war ich mit dir zusammen?«

»Genau das versuche ich ja herauszufinden!«, beharrte Jack, nahm das Glas, das die Kellnerin ihm auf den Tisch stellte, und trank einen Schluck.

»Haben Sie schon gewählt?«, fragte sie.

»Ich nehme die Dublin-Bay-Garnelen.«

Louise überflog die Speisekarte. »Die Panini mit Ziegenkäse bitte.«

Jack trank noch einmal. »Ich muss wissen, was du während unserer Beziehung wirklich für Donal empfunden hast, denn ich habe geglaubt, dass du deine Verlobung lösen würdest, um mit mir zusammen zu sein.«

Louise sah mit leerem Blick auf die Tischplatte. Darauf gab es keine richtige Antwort. »Um ehrlich zu sein, war ich damals so durcheinander, dass ich nicht wusste, was ich wollte. Ich wollte mich nicht von dir trennen, hatte aber auch nicht den Mut, die Hochzeit abzublasen. Ich hab mich von den Vorbereitungen mitreißen lassen, und es war ein bisschen wie eine Achterbahnfahrt. Aber glaub mir, ich wollte dir nie wehtun.«

»Nur damit das klar ist: Hast du aber.«

Louise schluckte.

»Ich musste das mal loswerden«, murmelte er. »Es brodelt schon seit Jahren in mir.«

»Es tut mir sehr leid«, flüsterte sie. »Aber mir hat es auch wehgetan.«

»Ich hab in den vier Jahren an der Uni mit jeder Frau geschlafen, die ich kriegen konnte, und sie genauso schnell wieder fallen lassen. So hab ich dafür gesorgt, dass keine je die Chance bekam, mich zuerst abzuservieren. Wie verkorkst ist das denn? Als ich in den Staaten lebte, war es noch schlimmer. Ein One-Night-Stand war die längste Beziehung, die ich hingekriegt habe. Doch dann hab ich Aoife getroffen, und bei ihr war es anders.«

»Wie lange seid ihr schon zusammen?«

»Drei Jahre. Wir haben uns in New York kennengelernt, aber sie kommt auch aus Dublin, deshalb hatten wir Gemeinsamkeiten. Sie hatte als Model gearbeitet und wollte in den PR-Bereich einsteigen, also war sie zur selben Zeit wie ich bereit, hierher zurückzuziehen. Wir wollten beide ein Stück vom Kuchen abbekommen.«

»Dann habt ihr vom irischen Wirtschaftswunder ja nicht lange profitiert.«

»Nein, aber zum Glück haben wir unser Apartment nur

gemietet und nicht gekauft. Hätten wir es getan, wäre es auf dem Gipfel des Wirtschaftsbooms gewesen.«

»Wollt ihr jetzt für immer hierbleiben?«

Jack zuckte ratlos mit den Achseln. »So war es geplant, aber im Moment ist die Situation hier so schlecht, dass ich mir nicht sicher bin, ob wir die richtige Entscheidung getroffen haben.«

»Und wann hast du kalte Füße bekommen?«

»Etwa vor zwei Monaten. Deshalb war ich auch so erschrocken, als ich dich im Zug traf. Die Hochzeitsvorbereitungen überrollen uns manchmal richtig, weil ihre Mutter sich wahnsinnig reinkniet.«

»Das müssen Schwiegermütter auch«, lächelte Louise.

»Jedenfalls wüsste ich gern, ob das normal ist.«

»Jack, nichts ist normal, und jeder Mensch und jede Beziehung ist anders. Was mich betrifft, bekam ich erst kalte Füße, nachdem wir beide zusammenkamen.«

»Und Donal?«

»Ich habe keine Ahnung. Ich bin jetzt fast vierzehn Jahre mit ihm verheiratet, und es gibt so vieles, was ich über meinen Mann nicht weiß. Wahrscheinlich gibt es auch vieles, was er über mich nicht weiß.«

Jack schüttelte den Kopf. »Siehst du, so eine Beziehung will ich nicht.«

»Den perfekten Partner gibt es nicht, aber man muss das Beste draus machen«, dozierte sie und biss sich auf die Zunge.

»Sprichst du immer noch im Lehrerinnenton mit mir?«, fragte er grinsend.

Louise schüttelte den Kopf. »Ich wollte nicht bitter klingen, aber meiner Erfahrung nach gibt es im Leben kein Happy End.«

Jack seufzte. »Ich dachte, ich würde mich besser fühlen,

wenn ich mit dir darüber spreche. Ich habe seit Jahren geübt, was ich dir sagen wollte, doch jetzt, wo es so weit ist, weiß ich nicht, wie ich mich fühle.«

»Es tut mir wirklich sehr leid. Ich wollte dir nicht wehtun – und mir auch nicht.«

»Wir wussten wohl beide, was wir taten«, lenkte er mit einem Lächeln ein. »Das ist irgendwie surreal, oder?«

Louise nickte. »Ein bisschen schon. Ich hab mich immer gefragt, ob wir uns mal wiedersehen, aber ich hab es mir anders vorgestellt!«

»Glaubst du, wir könnten Freunde sein?«

Louises Herz schlug schneller. Was für eine unerwartete Wendung!

»Fändest du das gut?«, fragte er.

»Ich denke schon.«

»Die Panini«, verkündete die Kellnerin und stellte den großen weißen Teller vor Louise.

»Danke.«

»Und die Garnelen«, flötete sie und servierte Jack das Gericht.

Als sie weg war, hob Louise ihr Glas. »Ich weiß zwar nicht, ob wir das hinkriegen, aber trinken wir auf die Freundschaft.«

Jack stieß mit ihr an. »Auf die Freundschaft!«

Beschwingt stellte Louise Finn die Schüssel mit den Cornflakes hin.

»Nur noch drei Tage. Freust du dich auf deine Mum?«

»Klar«, antwortete er und goss sich Milch darüber. »Ich dachte, sie käme erst am Dienstag.«

»Stimmt. Ich hätte vier Tage sagen sollen, aber da kommt sie abends mit dem Flugzeug an. Was wollt ihr heute unternehmen?«

»Können wir zum Malahide Castle fahren?«, fragte Molly.

Es war ein schöner Tag, und Louise war glücklich über das Geheimnis, das sie seit dem Treffen mit Jack mit sich herumtrug. Er hatte ihr schon zwei Nachrichten aufs Handy geschickt, und sie war so aufgeregt, als wäre sie wieder zwanzig.

»Vielleicht komme ich auch mit«, meinte Donal unerwartet.

Louise konnte es nicht fassen. Es sah ihm gar nicht ähnlich, freiwillig auf seinen Samstag im Yachtclub zu verzichten.

»Willst du nicht das Boot zu Wasser lassen?«

Es war wieder an der Zeit, und auf ihrem Kreuzer waren viele Wartungsarbeiten zu erledigen.

»Kevin kann erst morgen.«

Louise nickte. Die Segelsaison käme bald so richtig in Schwung, und dann käme Donal dienstags, mittwochs und donnerstags abends erst spät nach Hause und wäre jeden Sonntagnachmittag weg. Im Winter fror er sich manchmal sogar sonntagmorgens den Hintern ab.

»Ach so. Ich dachte nur, du willst vielleicht das Boot saubermachen.«

»Aber so könnten wir mal was als Familie unternehmen.«

Louise seufzte erleichtert. »Wenn du mit den Kindern nach Malahide fährst, könnte ich im Haus noch ein bisschen Arbeit nachholen.«

»Okay«, murmelte Donal enttäuscht. Er hatte auf einen Familienausflug gehofft.

Louise hatte von Emma einen Gutschein für einen Schönheitssalon in Sutton geschenkt bekommen, den sie noch nicht hatte einlösen können. Wenn sie Glück hatte, könnten sie sie noch für eine Thai-Massage einschieben. Das war ein echter Genuss, und nach der Behandlung schwebte Louise eine Woche lang wie auf Wolken.

»Toll«, sagte sie. »Sieh zu, dass sie sich ein bisschen austoben.«

Louise ging hinaus in den Flur und nahm ihr Handy vom Tisch. Als sie den Wählknopf drücken wollte, kam eine Nachricht von Jack.

Trinken wir einen Kaffee? J

Louises Herz raste. Sie schrieb schnell zurück.

Denke eher an eine Massage! Louise

Er antwortete genauso schnell.

Ich weiß, wo du eine gute kriegst!!!

Louise grinste breit, war sich aber nicht sicher, ob sie ihn richtig verstand. Eine einzige Nachricht könnte ihr Leben völlig auf den Kopf stellen. Wollte sie wirklich dasselbe noch mal durchexerzieren und sich wieder in Jack verlieben? Sie zitterte vor Aufregung und Nervosität, während sie ihre Antwort eintippte, konnte aber nicht widerstehen.

Wie kriege ich einen Termin?

»Wo ist Aoife?«

Jack nahm Louise die Jacke ab und hängte sie an einen Haken hinter der Tür.

»Sie macht eine Werbeaktion für Coca-Cola.«

Louise schlenderte durch die Wohnung und betrachtete flüchtig die Bilder an den Wänden.

»Ihr habt eine fantastische Aussicht.«

»Danke. Ja, deshalb haben wir die Wohnung auch genommen. Es wäre für uns beide besser gewesen, näher an der Stadt zu sein, aber als Aoife den Hafen und Ireland's Eye sah, hat sie sich in die Wohnung verliebt.«

»Ich fand Howth auch schon immer schön.«

»Weißt du noch, als wir zusammen hier waren?«

Natürlich wusste sie das noch. Sie waren einmal um Howth Head herumspaziert und hatten sich im hohen Gras an der Upper Cliff Road geliebt. Damals hatten sie so viele Gemeinsamkeiten gehabt, aber was war davon noch übrig? Vielleicht waren es nur die Erinnerungen an diese leidenschaftlichen Zeiten, die sie an einem Samstagnachmittag hierherführten, obwohl sie beide nicht weiter entfernt von den Menschen sein konnten, die sie einmal gewesen waren.

Jack ging auf Louise zu und legte seine Hand an ihre Wange.

Plötzlich war sie verlegen. War ihr klar, was sie da tat? Was hätte das für Auswirkungen auf ihre Ehe? Wenn sie schon vorher unzufrieden gewesen war, wie würde sie sich erst fühlen, wenn sie sich auch noch in eine Liebesaffäre stürzte?

Jack spürte ihr Unbehagen und ließ die Hand wieder sinken.

»Wollen wir spazieren gehen?«

Louise brachte kein Wort heraus. Sie sollte nicht hier sein! Dieser Mann vor ihr war nicht Jack. Der, von dem sie immer geträumt hatte, während die Jahre wie im Fluge vergingen und ihre Kinder heranwuchsen. Das hier war ein Mann mit einem eigenen Leben und einer eigenen Liebe, den sie nicht einfach aus den Annalen ihrer Erinnerung zaubern konnte, um mit ihm schöne Musik zu machen.

»Tut mir leid, Jack. Ich glaube wirklich, ich sollte lieber gehen.«

»Aber du hast nicht mal einen Kaffee mit mir getrunken!«

»Mir ist nur gerade etwas eingefallen, was ich erledigen muss. Tut mir leid, Jack. Vielleicht ein andermal.«

Sie schnappte sich ihre Jacke und versuchte, die Tür aufzukriegen. Sie war nahe dran, den größten Fehler ihres Lebens zu machen, doch ihr Gewissen hielt sie davon ab, es durchzuziehen. Sie hatte bei sich selbst und bei Jack schon genug emotionalen Schaden angerichtet; von jetzt an musste sie verantwortungsvoll handeln.

Jack stand verwirrt an der Tür, während Louise die Treppe hinunterstolperte. Er wurde nicht schlau aus ihr. Es fiel ihm schon schwer genug, seine eigenen Gefühle in den Griff zu bekommen, seitdem er ihr vor zwei Wochen wieder begegnet war. Vielleicht waren diese Gefühle nicht real, sondern von Erinnerungen an ihre Affäre vor so langer Zeit verzerrt. Es wäre so leicht, wieder in ihre Arme zu fallen und die fehlenden Jahre einfach abzuschütteln, aber vielleicht würde es auch die wunderbaren Erinnerungen zerstören. Er wünschte, er wüsste es.

Kapitel 9

Emma sah auf die Uhr. Typisch Sophie! Das Taxi sollte die Schwestern um zehn Uhr abholen, und jetzt war es Viertel vor; Sophie war seit gestern Abend nicht wieder aufgekreuzt, und gepackt hatte sie auch noch nicht.

Emma hatte sich herzlich von Dehannys verabschiedet und hoffte, ihre Freundin irgendwann einmal wiederzusehen. Vielleicht, wenn Kuba kein kommunistisches Land mehr wäre und Dehannys problemlos ausreisen könnte. Oder aber sie selbst würde eines Tages nach Varadero zurückkehren.

Sie klappte ihren Koffer zu und schaute unter dem Bett nach, ob sie etwas vergessen hatte. Mit jeder Minute, die verstrich, wurde sie wütender. Kuba war zwar berüchtigt für seine karibische Pünktlichkeit, aber sie wollte den Taxifahrer nicht warten lassen, falls er zufällig doch pünktlich käme.

Emma fragte sich, ob Felipe mit der Fahrt beauftragt würde. Sie hatte ihm erzählt, dass sie heute um zehn Uhr abgeholt und nach Havanna gebracht wurde.

Im *paladar* hatte er sie sehr ritterlich und zuvorkommend behandelt, aber nichts von einem Wiedersehen gesagt. Sie hatten Schuldgefühle geplagt, als sie im Dunkeln mit ihm auf die Veranda gegangen war, um die Sterne zu betrachten – als würde sie Paul hintergehen –, doch eine leise Stimme sagte ihr, es sei in Ordnung, die Gesellschaft eines anderen Mannes zu genießen. Das machte sie nicht zu einem schlechten Menschen und minderte ihre Liebe zu Paul nicht.

Wieder sah Emma seufzend auf das Zifferblatt ihrer Uhr. Es war höchste Eisenbahn, den Etagendienst zu rufen und einen Gepäckträger kommen zu lassen, der ihre Sachen zur Rezeption hinunterschaffte, aber sie konnte nicht allein nach Havanna fahren. Also zerrte sie Sophies Reisetasche aus dem Schrank und warf ihre sowieso schon zerknitterten Klamotten bündelweise hinein. Im Bad fegte sie mit einer Hand Sophies Toilettenartikel in ihre riesige rosafarbene Schminktasche. Zum Glück hatte ihr Schwesterherz nicht den halben Haushalt mitgenommen wie früher, als sie noch Kinder waren.

Als Emma den Verschluss von Sophies Reisetasche zuschnappen ließ, hörte sie, dass sich jemand an der Zimmertür zu schaffen machte.

Mit zerzausten Haaren und in Hochstimmung kam Sophie hereingestolpert.

»Du bist spät dran!«

»Entspann dich, Em, wir sind im Urlaub.«

»Ich musste deinen Krempel für dich packen – aber vielleicht hast du ja darauf spekuliert.«

Sophie rannte zu ihrer Reisetasche und kontrollierte sie. »Du hättest die Sachen wenigstens zusammenlegen können.«

»Du hast Nerven! Jetzt hol deinen restlichen Kram, bevor ich noch was sage, das ich vielleicht später bereue.«

Sophie verdrehte die Augen. Am liebsten hätte sie ihrer Schwester an den Kopf geworfen, wie spießig sie geworden war – sogar noch schlimmer als ihre Mutter –, aber das wäre dann doch zu beleidigend gewesen.

Es war das Beste, sie zu ignorieren und sich mit dem gereizten Schweigen auf der langen Autofahrt nach Havanna abzufinden. Vielleicht würde sie sogar ein paar Stunden Schlaf kriegen – sie hatte es nötig!

Gemeinsam mit dem Gepäckträger lief Emma nach unten in die Halle.

Sie stand gerade an der Rezeption, als Felipes vertraute Gestalt erschien.

»*Buenos días, Emma.*«

Emma errötete, aber im Grunde war sie nicht überrascht, ihn wiederzusehen. Sie hatte so eine Ahnung gehabt, dass er sie nach Havanna bringen würde, und fragte sich, ob er es vielleicht so gedeichselt hatte.

»Felipe! Fahren Sie uns nach Havanna?«

»Ja, heute ist ein guter Tag für Havanna.«

»Jeder Tag ist ein guter Tag für Havanna«, mischte sich der Portier ein und lachte herzhaft.

»Möchten Sie vorne sitzen?«, fragte Felipe, als sie sich dem Wagen näherten.

»Ja, sehr gerne. Da sieht man mehr.«

»Ich kann für Sie den Reiseführer spielen.«

Alles andere als begeistert, dass Felipe wieder aufgetaucht war, schlurfte Sophie hinter ihnen her. Ihr war nur daran gelegen, es sich auf dem Rücksitz gemütlich zu machen.

Sie fuhren los über die lange, schmale Zufahrtsstraße, die sie auf die Hauptstraße nach Matanzas führte.

»Wenn Sie möchten«, schlug Felipe vor, »können wir anhalten und den Raubvögeln beim Fliegen zusehen.«

»Das klingt gut«, meinte Emma und warf einen Blick auf die Gestalt, die zusammengerollt auf dem Rücksitz lag.

Wenige Minuten später schlief Sophie tief und fest. War wohl auch besser so.

Bei Tageslicht war die Fahrt nach Havanna um vieles aufschlussreicher als nach ihrer Ankunft am Flughafen José Martí. Die üppig grüne Vegetation erinnerte sie an zu Hause.

Felipe bog scharf ab, fuhr eine steile, schmale Straße zu einem Aussichtspunkt hinauf, der die Hälfte der Strecke zwischen Varadero und Havanna markierte, und hielt auf dem Parkplatz. Wie für Kuba typisch, musizierte eine Gruppe Einheimischer vor einer kleinen Bar mit angrenzendem Laden und nahm ein paar Münzen von den Touristen entgegen, die ebenfalls hier angehalten hatten, um die wunderbare Aussicht zu genießen. Wilde Raubvögel mit riesigen Flügelspannweiten stiegen auf und vollführten Sturzflüge ins Tal.

»Kaffee?«, fragte Felipe.

Emma nickte. Sie liebte den Klang seiner Stimme, wenn er das sagte. Seine schwarze Mähne und das unrasierte Gesicht verliehen ihm einen verruchten Sexappeal.

»*Dos*«, bat Felipe, und die Kellnerin hinter der Theke reichte ihnen die Tässchen, ohne dafür Geld zu verlangen.

Sie tranken ihre Espressos.

»Sehen wir uns die Vögel an«, schlug er vor.

Gemeinsam liefen sie zu dem blauen Geländer vor dem Café, wo einer der Raubvögel durch die Luft wirbelte und ihnen eine tolle Show bot. Ein weiterer schloss sich an, und das Viadukt und die massive Brücke, die sie gerade überquert hatten, boten einen spektakulären Hintergrund für das Schauspiel.

»Jetzt verstehe ich, warum so viele Leute hier anhalten, um sich das anzusehen.«

»Es ist praktisch für die Regierung, weil sie die Touristen dazu bringen, in dem Café etwas zu trinken.«

»Ist es Eigentum der Regierung?«

Felipe lachte ein bisschen. »Alles ist Eigentum der Regierung!«

»Ihr Englisch ist ausgezeichnet, Felipe. Wo haben Sie das gelernt?«

Felipe zuckte bescheiden mit den Achseln. »In der Schule

und ...« Er zögerte. Er wollte Emma noch nicht so viel über sich erzählen. »Ich übe mit den Leuten, die ich umherfahre.«

Er trank auch das letzte Tröpfchen aus seiner Espressotasse und bedeutete Emma, ihm zurück zum Wagen zu folgen.

»Wie weit ist es noch bis Havanna?«

»Etwa eine Stunde. Sie haben mich nach Cojímar gefragt. Möchten Sie es sehen?«

Das klang für Emma wie Manna in der Wüste. Cojímar war das Dorf, in dem Hemingway mit seinem Boot zum Fischen rausgefahren war.

»Ist das für Sie kein Umweg?«

Felipe zuckte mit den Achseln. »Etwa zwanzig Kilometer.«

»Kriegen Sie deswegen Schwierigkeiten?«

Felipe lachte. »Ich kann ja behaupten, dass ich eine Autopanne hatte. Das passiert oft.«

Emma war klar, dass er ein Risiko einging, um ihr eine Freude zu machen, aber diese Gelegenheit konnte sie sich nicht entgehen lassen.

Sophie schlief immer noch fest. Offensichtlich hatte sie in der Nacht zuvor ihren Spaß gehabt. Vielleicht würde sie erst wach, wenn sie schon in Havanna waren.

Ungefähr nach einer halben Stunde bog Felipe von der Hauptstraße nach rechts ab. Die Gegend, durch die sie jetzt kamen, ließ sich als arm und vorstädtisch bezeichnen. Emma bekam eine Kostprobe davon, wie die Mehrheit der Kubaner lebte. Die Wohnblöcke waren heruntergekommen und vernachlässigt, mit Wänden, von denen knallbunte Anstrichfarbe abblätterte.

Felipe hielt an einer Tankstelle und füllte den Tank. Niemand verlangte Geld von ihm – genau wie in dem Café eben. Für Europäer war es merkwürdig, wie das System funktionierte, aber sein Status als Taxifahrer und das Wappen am

Wagen reichten anscheinend aus, um auf eine Bezahlung zu verzichten.

»Die Tankstelle ist Eigentum der ...«

»Regierung!«, beendete Emma den Satz. »Ich glaub, ich hab's kapiert.«

Nach weiteren zehn Minuten Fahrt kam das Meer wieder in Sicht. Die Straße fiel sanft ab, und sie kamen durch ein kleines, verschlafenes Dörfchen wie die anderen, an denen sie unterwegs vorbeigefahren waren. Hier jedoch gab es eine hübsche Bucht, in der kleine Fischerboote festgemacht waren, und am hinteren Ende des Hafens eine Festung, ein Überbleibsel aus der Kolonialzeit. Der obere Teil der Hafenmauer und die Poller waren in leuchtendem Taubenblau gestrichen – eine Farbe, von der Felipe ihr versichert hatte, sie bekäme sie in Havanna oft zu sehen.

»Möchten Sie die Statue von Hemingway sehen?«

»Sehr gerne, das wäre toll.«

Sie ließen die Autofenster einen Spalt offen, damit Sophie Luft bekam. Emma hatte das Bedürfnis nachzusehen, ob sie noch am Leben war, bevor sie sie im Wagen zurückließen und sich auf den kurzen Fußweg zu dem Denkmal begaben.

»Hier hat Santiago gewohnt. Der alte Mann aus der Hemingway-Novelle«, erklärte Felipe.

»Ah, *Der alte Mann und das Meer*! Mir gefällt dieses Buch so sehr! Ich habe es in der Schule gelesen.«

»Die Fischer waren sehr stolz auf Hemingway. Er war ihr Freund. Als er starb, trugen sie Metallteile ihrer Boote und Haken und Anker zusammen und bauten daraus diese Statue.«

Die besagte Büste kam jetzt in Sicht, und sie stiegen die wenigen niedrigen Stufen hinauf, um sie aus der Nähe zu betrachten.

In Sichtweite fuhr ein alter amerikanischer Pontiac vorbei, von dessen Rücksitz ein jubelndes junges Paar winkte. Die Frau war ganz in Weiß gekleidet und trug Blumen im Haar. Ihnen folgten laut hupend diverse Autos anderer Marken.

»Das ist eine kubanische Hochzeit. Das zu sehen bringt Glück!«

Emma beobachtete, wie die Kinder aus dem Dorf singend und vor Freude klatschend hinter dem Autokorso herrannten. Das ganze Szenario hatte etwas so Bezauberndes, dass es Emma glücklich und traurig zugleich machte. Sie wünschte, Paul wäre bei ihr; er hätte Fotos davon geknipst. Sie wünschte sich verzweifelt, diesen Moment nie zu vergessen, wusste aber nicht, wie sie ihn festhalten sollte, bis Felipe sanft seine Hand auf ihren Arm legte.

»Soll ich ein Foto machen?«, schlug er vor, und Emma fragte sich, ob er ihre Gedanken lesen konnte.

»Ich habe meine Kamera im Auto gelassen.«

»Ihr Handy?«

Das hatte Emma ganz vergessen. Sie kramte es aus ihrer Tasche und reichte es Felipe. Er erwischte das junge Paar samt Entourage gerade noch, bevor sie eine schmale Straße hinauffuhren und für immer verschwunden waren.

»Stellen Sie sich vor das Hemingway-Denkmal, dann mache ich ein Foto von Ihnen.«

Emma tat, wie ihr befohlen, kam sich dabei aber blöd vor. Bisher hatte sie so gut wie keine Erinnerungsfotos geschossen. Jedes Mal, wenn sie mit dem Gedanken spielte, fiel ihr ein, dass Paul nicht dabei war, und so war es leichter, gar keine zu machen.

Lächelnd legte sie den Kopf schief, als Felipe sie fotografierte. Dann kam er zu ihr und gab ihr das Handy zurück.

»Stellen Sie sich neben mich«, bat sie und hielt das Telefon um Armeslänge von sich, sodass man im Hintergrund die Festung und das Meer sah. Sie knipste und drehte ihr Handy, um sich den Schnappschuss anzusehen. Felipe war fotogen. Sie aber auch! Der Kontrast zwischen ihrer sommersprossigen und seiner dunklen, sonnengebräunten Haut machte sich gut vor dem klaren blauen Himmel.

Emma reichte das Handy an Felipe weiter, damit er sich die Aufnahme ansehen konnte. Er schaute kurz darauf und sah auf zu Emma. Ihre Blicke trafen sich. Der Moment war spannungsgeladen. Beide hatten denselben Gedanken – wie gut sie zusammenpassten.

»Vielleicht sollten wir gehen?«, schlug er vor.

»Ja, ich glaube, wir müssen mal nach Sophie sehen«, meinte Emma verlegen. Es war das erste Mal seit langem, dass sie sich auf einem Foto mit einem Mann sah, der nicht Paul war, und es schockierte sie – weil es ihr gefiel.

Schweigend liefen sie zurück. Alle paar Schritte blickte Emma zum Hafen und zu den alten Männern, die am Ufer ihre Netze flickten. Als sie nur noch wenige Meter vom Wagen entfernt waren, bemerkten sie, dass etwas nicht stimmte. Alle Fenster standen weit offen.

Mein Laptop!, dachte Emma entsetzt.

Sophie war verschwunden.

Felipe fluchte auf Spanisch, rannte zum Kofferraum und öffnete ihn. Er blickte hinein und seufzte vor Erleichterung.

»Ich dachte, Ihre Taschen wären weg, aber Sie haben Glück. Ihr Laptop und Ihre Kamera sind auch da.«

»Aber wo ist Sophie?«

»Die kommt nicht weit!«, sagte er, knallte den Kofferraum wieder zu und verschloss Fenster und Türen. »Folgen Sie mir!«

Sie liefen eine leichte Steigung hinauf, bis sie zu einem

wunderbar instand gehaltenen gelben Haus mit Mahagonifensterläden kamen, wie sie kein anderes Haus im Dorf hatte.

»Das ist *La Terraza*«, erklärte er und wusste, dass Emma es verstehen würde.

»Wow! Das ist fantastisch«, schwärmte sie und betrat das Restaurant. »Hier hat Ernest Hemingway also immer mit seinen Angelfreunden gesessen.«

An der langen Mahagonitheke saß Sophie, ein großes Glas in der Hand, das mit einer klaren Flüssigkeit gefüllt war. »Ich hätte draufgehen können!«, stöhnte sie und trank einen großen Schluck.

»Wir haben dir doch die Fenster aufgelassen. Es besteht kein Grund, so melodramatisch zu werden!«, protestierte Emma. »Aber du hast meinen Laptop und unser Gepäck unbeaufsichtigt gelassen!«

Sophie zuckte gleichgültig mit den Achseln. Wie immer hatte es keinen Sinn, mit ihr zu diskutieren.

»Ich glaube, ich nehme ein Bier«, meinte Emma. »Es sei denn, wir haben noch Zeit, etwas zu essen?«

Felipe schüttelte den Kopf. »Ich würde sehr gerne, aber ich muss noch zum Flughafen, um dort Kunden abzuholen und nach Varadero zu bringen.«

Emma verstand. Da war selbst ein Bier zu viel des Guten, aber Felipe wollte einen Kaffee. Also setzten sie sich zu Sophie an die Bar und genossen die Atmosphäre.

»Wie lange bleiben Sie in Havanna?«

»Wir haben dort nur zwei Übernachtungen. Gibt es irgendetwas, das wir uns dort unbedingt ansehen sollten?«

»Morgen ist mein freier Tag. Wenn Sie möchten, kann ich es Ihnen zeigen.«

Das gefiel Emma, und sie fragte sich, ob Felipe Single war. Er hatte zwar gesagt, dass er mit seinem Vater zusammenlebte, aber das hieß noch lange nicht, dass es keine Mrs Felipe gab. Er kam ihr zwar ziemlich settled vor, aber als er sie nach Matanzas gebracht hatte, hatte er es auch nicht besonders eilig gehabt, nach Hause zu kommen.

»Das wäre wirklich nett«, sagte sie. Aus den Augenwinkeln sah sie, dass Sophie dazwischenfunken wollte, ignorierte es aber geflissentlich. »Ich würde liebend gern Hemingways Haus sehen.«

»Ich kann Sie hinbringen.«

»Haben Sie denn an Ihrem freien Tag Ihr Taxi?«

Felipe schüttelte den Kopf. »Nein, aber mein Vater hat ein Auto, das wir nehmen könnten.«

»Können wir jetzt endlich nach Havanna fahren?«, jaulte Sophie genervt auf. »Ich hab keinen Schimmer, was wir hier wollen!«

Der Rest der Fahrt verging schnell, und Sophie döste weiter auf dem Rücksitz.

Emma hingegen sog die Sehenswürdigkeiten, an denen sie vorbeikamen, in sich auf. Dieses Land war völlig anders als alle anderen, die sie bisher besucht hatte. Mit den Jahren hatten sie und Paul Thailand, Südafrika und andere exotische Ziele bereist, aber nichts war gewesen wie Kuba, und der Grund dafür war nicht der Kontrast zu Irland, sondern die Energie, die von den Menschen ausging. Während sie durch die Vororte von Havanna fuhren, kam sich Emma vor wie in einer Filmkulisse. Besonders beeindruckte sie die außergewöhnliche Vielfalt der Hautfarben. Die Männer, die an den Straßenecken standen, die Frauen, die mit schweren Taschen vorbeischlenderten, und die Kinder, die mit improvisierten Bällen herumtobten, hatten erstaunlich unterschiedliche Hauttöne. Sie warf einen Blick auf Felipe. Er hatte einen gebräunten südländischen Teint, während viele seiner Landsleute schwarz waren. Es kam ihr so vor, als spielte die Hautfarbe in Kuba für niemanden eine Rolle, und sie fühlte sich wunderbar frei.

»Felipe, gibt es Rassismus auf Kuba?«

Felipe lachte. »Fidel hat Rassismus für illegal erklärt. Das stand in seinem Manifest der Revolution. Doch dass ungeachtet der Hautfarbe alle arm sein würden, hat er uns verschwiegen!«

»Aber in dieser Gesellschaft gibt es doch sicher Menschen, die mehr haben als andere?«

»Eigentlich nicht. In dieser Stadt habe ich den besten Job. Mein Lohn beträgt zehn CUC im Monat, aber wenn man Glück hat, kriegt man das pro Tag an Trinkgeld.«

»Was verdient denn ein Arzt?«

Felipe schüttelte den Kopf. »Etwa fünfundzwanzig CUC. Da ist es verständlich, dass so viele nach Kanada oder Amerika gehen. Ein Lehrer verdient zwanzig, aber ein Fabrikarbeiter bekommt zehn und hat obendrein noch das, was er in seinen Taschen mit nach Hause nimmt und auf dem Schwarzmarkt verkaufen kann. In der Rumfabrik zu arbeiten ist gut.«

Emma sog diese Informationen in sich auf. Vielleicht ging es Dehannys doch nicht so schlecht, wenn ihr Vater in der Rumfabrik arbeitete.

Sie erblickte ein sehr prunkvolles Gebäude. »Was für ein Prachtbau!«

»Ja, das ist das Capitolio. Ein sehr großes Museum. Sie müssen es besuchen.«

»Ich habe zu wenig Zeit hier, um mir viel anzusehen.« Emma versuchte nicht, ihre Aufregung zu verbergen.

»Hier ist es viel heißer als in Varadero«, meldete sich eine Stimme vom Rücksitz.

Sophie war von den Toten auferstanden.

»Wir sind fast im Hotel«, verkündete Felipe und warf einen Blick nach hinten.

Und wirklich, sie fuhren nur noch zwei Minuten auf den holperigen Straßen, bis sie zu einem hoch aufragenden Hotel kamen, das einen frischen gelben Anstrich und leuchtend blaue Fenster- und Türrahmen hatte.

Emma wollte nicht, dass Felipe wegfuhr. Es war so schön, einen Mann zu haben, mit dem man reden konnte, und sie genoss seine Gesellschaft.

»Wir sehen uns morgen«, versprach er. »Zehn Uhr?«

»Das wäre toll. Danke für alles, Felipe.«

»Wo finde ich einen guten Nachtclub, in den ich heute Abend gehen kann?«, erkundigte sich Sophie. »Nach Varadero sehne ich mich nach ein bisschen Action.«

»Sie wollen tanzen?«, fragte Felipe.

»Ja.«

»*Casa de la Música*. Dahin können Sie von hier zu Fuß gehen. Das ist der beste.«

»Danke vielmals für all Ihre Hilfe, Felipe«, betonte Emma noch einmal. »Vor allem für den Abstecher nach Cojímar.«

»Es freut mich, dass es Ihnen gefallen hat«, antwortete er mit einem Lächeln.

Emma machte Anstalten, ihm ein Trinkgeld zu geben, doch er lehnte ab.

»Bitte«, bat sie. »Das ist das Mindeste, was ich für Sie tun kann, wo Sie doch extra für mich einen Umweg gemacht haben.«

»Das hat die Regierung bezahlt!«

Und schnell wie der Blitz sprang Felipe in seinen Wagen.

Emma winkte ihm von der obersten Treppenstufe nach. Er war ein guter Mensch, und sie genoss seine Gesellschaft. Er war auf gewisse Weise schüchtern und trotzdem sehr selbstsicher – ein echtes kubanisches Mysterium. Sie schnappte sich ihre Taschen und begab sich in die Empfangshalle. Der Portier eilte herbei, um ihnen die Taschen abzunehmen, und gab dem Personal ein Zeichen, die Europäerinnen anzumelden.

Der Gepäckträger im Hotel Telégrafo unterschied sich sehr von dem blitzsauberen, frisch rasierten Jüngling, der ihnen in Varadero ihre Taschen abgenommen hatte. Dieser hier war schmuddeliger und nervöser. Als er sich vergewissert hatte, dass die Tür des Lifts geschlossen war, legte er los.

»Sie wollen gute Zigarre in Havanna – Sie kommen zu mir – ich kann besorgen sehr billig. Echte Cohiba – wie Castro rauchen. Havana Club – sieben *años* – sehr gut.«

»Vielen Dank«, sagte Sophie kurz angebunden. »Wir rauchen nicht, aber ich melde mich wegen des Rums bei Ihnen.«

Die Flure waren dunkel und die Decken außergewöhnlich hoch. Als der Gepäckträger die Tür zu ihrem Zimmer öffnete, fiel ein heller Lichtstrahl durch die Vorhänge. Der Mann eilte zum Fenster, zog die Gardinen zurück, und zum Vorschein kam eine Verandatür.

»Parque Central! Kommen Sie und sehen Sie!«, drängte er die Frauen.

Sie durchquerten den Raum und folgten ihm auf den kleinen, mit Geländer versehenen Balkon.

Unten schwirrten die Einwohner Havannas vorbei, manche auf Mopeds, andere in fantastischen alten amerikanischen Wagen, die aus verschiedenen Autoteilen zusammengesetzt waren wie Patchworkdecken. Auf der angrenzenden Straße donnerte ein riesiges, merkwürdig aussehendes Fahrzeug mit ein paar Hundert Menschen darin vorbei. Die Schwestern sollten später erfahren, dass sie als Busse für die Allgemeinheit dienten und aufgrund des buckeligen Fahrgastraums *camellos* hießen.

»Das ist mal ein geniales Transportmittel!«, rief Emma und deutete auf einen Mann, der auf einer von einem Fahrrad gezogenen Rikscha saß, die mit einer alten quadratischen Plane bedeckt war, die einst als Bierwerbung gedient hatte. Und mittendrin im Getümmel stand eine Reihe aus Renault-Taxis, wie Felipe eines fuhr, die das moderne Kuba repräsentierten.

Für Emma fühlte es sich wie Schicksal an, dass Felipe sie am ersten Tag vom Flughafen abgeholt hatte, und sie wusste, dass er dazu vorbestimmt war, ihr alle Orte zu zeigen, die sie sehen wollte. Es war ein glücklicher Zufall, dass er am nächsten Tag frei hatte. Bis dahin hatte sie vierundzwanzig Stunden, um sich zu orientieren, und es gab einen Ort, den sie unbedingt sehen wollte, wenn sie zu Mittag gegessen hatte.

Emma reichte dem Gepäckträger zwei CUC Trinkgeld, worauf er wie auf Wolken aus dem Raum schwebte.

Sophie warf sich erschöpft aufs Bett.

»Kannst du uns Wasser organisieren, Em?«, stöhnte sie.

Emma lief zur Minibar, die diskret in einem kleinen Schrank verborgen war, öffnete die Tür und warf ihrer Schwester eine Flasche Wasser aufs Bett.

Die Fahrt von Varadero war heiß und schweißtreibend gewesen. Emma duschte schnell und zog sich eine bequeme Bermudahose und ein T-Shirt an.

»Wohin gehst du«, fragte Sophie.

»Ich will die Altstadt erkunden. Das ist nur zehn Minuten zu Fuß von hier.«

»Allein?«

»Tja, du siehst nicht so aus, als wärst du fit genug, irgendwo hinzugehen.«

»Gib mir zwanzig Minuten …«

»Du wirst länger brauchen. Ruf mich an, wenn du wieder unter den Lebenden weilst.«

Sophie war nicht in der Verfassung, sich mit ihr zu streiten. Ermattet zog sie das gestärkte Leinenbetttuch zurück und kroch darunter.

Emma schob sich ihre Sonnenbrille ins Haar – die würde sie noch brauchen.

Dann schnappte sie sich ihren kleinen Stadtplan und spazierte als Erstes über den Platz vor dem Hotel. Hier in der Stadt, wo die Häuser die Hitze speicherten, war es um einiges schwüler. Es war erstaunlich, wie die Einheimischen, genannt *Habaneros*, in großen Gruppen herumlungerten und das geschäftige Treiben beobachteten. Junge Menschen, von denen sie geglaubt hätte, dass sie zu dieser Tageszeit arbeiten müssten, umarmten sich ungeniert und tranken selbst gemachte Limonade, die man an Verkaufswagen erstehen konnte. Der Preis betrug zwei Cent – kubanische Pesos, nicht die Touristenwährung.

Es regte Emma langsam auf, dass gewisse Waren nur für Touristen oder Menschen zugänglich waren, die CUC in die Finger bekamen, und der Rest der Bevölkerung das einfach akzeptieren musste. Dabei handelte es sich nicht einmal um ausgesprochene Luxuswaren. Bestimmte Kosmetika, Elektroartikel, alle möglichen Dinge, die im Grunde billig waren und in jedem Laden in Dublin für selbstverständlich gehalten wurden, blieben dem Durchschnittskubaner verwehrt. Ja, dachte sie wieder einmal, wenn sie immer noch Journalistin wäre, hätte sie viel zu berichten. Sie konnte verstehen, warum so viele ihr Leben riskierten und zu der gefahrvollen, 90 Kilometer langen Fahrt übers Meer nach Florida aufbrachen. Aber jetzt ging sie auf Entdeckungsreise, um zu sehen, was Kuba zu bieten hatte und der Rest der Welt nicht.

Sophie stieg stöhnend aus dem Bett. In ihrer Toilettentasche steckte noch Paracetamol; sie hatte immer eine ganze Schachtel griffbereit. Sie war froh, endlich weg von Varadero zu sein. José war ein Halunke. Er hatte doch wirklich die Frechheit besessen, sie zu bitten, Geld für ihn zu tauschen, das er ihr später in Euroscheinen zurückschicken wollte, sobald er genug Trinkgeld beisammenhätte. Darauf fiel sie ganz bestimmt nicht rein. Er hatte damit gewartet, bis sie zu ihm aufs Moped stieg, um zurück zu ihrem Hotel gebracht zu werden. Ihr war zwar klar gewesen, dass er ein Gauner war – gerade das hatte sie ja anziehend gefunden –, doch sie hätte nie geglaubt, dass er die Unverfrorenheit besäße, sie anzupumpen.

Sie ließ den Blick durch den Raum und über den glänzenden Fliesenboden schweifen. Das Kopfbrett des Bettes war gut und gerne drei Meter hoch. Sie trat auf den Balkon und sah zu, wie die PKW, LKW und Motorräder kreuz und quer in alle Richtungen fuhren. Auf den Straßen herrschte nicht viel Ordnung, und sie vermutete, dass es in dieser Stadt nirgends viel Ordnung gab.

Sophie hatte das Gefühl, endlich das wahre Kuba zu erleben – nicht nur die auf Hochglanz polierten Hotels und den makellosen Sandstrand von Varadero. Sie war bereit, das echte Havanna zu sehen: das, in dem viele berühmte Musiker, wie die vom Buena Vista Social Club, ihre Wurzeln hatten.

So hatte Paul es für sie geplant. Schließlich hatte er *sie* mit auf diese Reise nehmen wollen und nicht Emma. Sie hatte Schwein gehabt, dass Emma an jenem Tag die Reiseunterlagen ihr übergeben und nichts zu dem falschen Anfangsbuchstaben gesagt hatte. Es war Emma natürlich aufgefallen, doch sie hatte es für einen simplen Druckfehler gehalten. Dieses Ticket hatte Sophie sich sofort geschnappt und es so gedeichselt, dass Pauls Ticket auf Emma umgeschrieben wurde.

Dafür hatte sie mit ihrem Charme den Typen aus dem Reisebüro einwickeln müssen, der die Änderung eigentlich nur gegen eine hohe Strafgebühr hätte vornehmen dürfen. Auch Louise war das »S« aufgefallen, was Sophie sehr nervös gemacht hatte. Louise hätte alles versauen können; sie schützte Emma immer. Sophie erschauderte bei dem Gedanken, wie Emma reagieren würde, wenn sie erfuhr, dass die Reise gar nicht als Überraschung für sie geplant gewesen war, sondern als feierliche Begehung der dreijährigen Beziehung ihrer Schwester Sophie mit ihrem Schwager.

Nur wenige Tage vor Pauls siebtem Hochzeitstag hatte er Sophie zufällig in der Stadt getroffen und sie zum Mittagessen in Cooke's Bistro eingeladen. Als sie im Dubliner Sonnenschein unter den dunkelgrünen Markisen saßen, hätte das auch in Paris oder Rom sein können. Sophie hatte erst vor kurzem eine Beziehung zu einem Nachtclub-Besitzer beendet, der ein großkotziger Proll gewesen war, und wünschte sich jemanden, mit dem sie gepflegt über Kunst, Design und Kultur plaudern konnte. Sophie war nie aufgefallen, wie attraktiv Paul war, wenn Emma an seiner Seite war. Es traf sie beide wie ein Blitz.

Manchmal trafen sie sich in seinem Büro, manchmal in ihrem. Es war kein Problem, die Jalousien in seinem Büro herunterzulassen und die Tür von innen zu verriegeln. Manchmal war ihr Rücken vom Teppichboden wund gescheuert, doch danach lachten sie immer darüber.

Zu den höchst seltenen Gelegenheiten, wenn Sophie sich schlecht fühlte, weil sie Emma derart hintergingen, meinte Paul nur verächtlich: »Ist dir eigentlich klar, wie nett ich zu deiner Schwester bin? Vor dieser Affäre war ich ein echter Scheißkerl. *Dir* ist es zu verdanken, dass ich ein viel netterer Mensch geworden bin!«

Das nahm Sophie ihm nicht ab. Um ihn zu beschreiben, hätte sie nie das Wörtchen »nett« gewählt. »Pingelig«, »exakt«, »zwanghaft«, »aktiv« und eindeutig »talentiert«, aber »nett« war Paul nicht. Das Schreckliche daran war, dass Emma bei der Trauerfeier in der Kirche genau dieses Wort gebraucht hatte, um ihren Mann zu beschreiben. Das zeigte nur, wie wenig sie ihn eigentlich kannte.

Sophie trank aus der Wasserflasche und schluckte eine Paracetamol-Tablette. Noch ein paar Stunden im Bett, und sie wäre bereit, sich Havanna zu stellen.

Als Emma den großen Platz Parque Central verließ und das Kopfsteinpflaster der Calle Obispo betrat, wusste sie, dass es bis zu ihrem Ziel nicht mehr weit war. Die Häuser stammten noch aus der Kolonialzeit und zerbröckelten; es war das Habana Vieja, wie sie es sich vorgestellt hatte. Sporadische Ausbesserungen mit rosa und blauer Farbe ließen die alternden Gebäude freundlicher wirken. Einige Türen waren kunstvoll aus Metall gearbeitet und mussten in ihrer Glanzzeit wunderschön ausgesehen haben.

In manchen Eingängen saßen alte Leute und schauten geschützt vor Hitze und Sonne heraus. Ein paar Kinder rannten Emma fast um, weil sie sie beim Fangenspielen gar nicht bemerkten. Zwei von ihnen trugen keine Schuhe. Der Gestank aus der Kanalisation oder von den Müllkippen – Emma war sich nicht sicher, woher er kam – hing über den Gehsteigen. Am Ende der Straße kam die riesige rosafarbene Fassade in Sicht, die in ihrem Reiseführer perfekt beschrieben war, und da wusste sie, dass sie das nächste Ziel ihrer Hemingway-Pilgerfahrt erreicht hatte.

Ernest Hemingway hatte einige Zeit im Ambos Mundos Hotel gewohnt, bevor er sich in La Finca Vigía niederließ, und sie hatte den sehnlichen Wunsch, seine Aura zu spüren, als sie durch die Türen des kleinen luftigen Luxushotels trat. Sie wurde nicht enttäuscht.

Nach nur wenigen Schritten ins Foyer stand sie in einem hell erleuchteten Thekenbereich. Der Barkeeper trug ein weißes Hemd mit einer schwarzen Fliege, was ihn optisch in die Mitte des zwanzigsten Jahrhunderts zurückversetzte. Jalousien mit schmalen Lamellen ließen gesprenkeltes Licht durch die hohen Fenster, und vereinzelte Palmen in riesigen Keramiktöpfen trennten den Bereich zwischen Bar und Foyer.

Emma lächelte dem Barkeeper zu und lief zu einer Wand, die mit Fotografien von Ernest Hemingway übersät war. Die Bilder waren in allen Nuancen aus Schwarz, Grau und Sepia und hingen gerahmt auf olivgrüner Tapete. Auf einem der Fotos holte Hemingway gerade einen Fisch ein, auf einem anderen schüttelte er Castro die Hand, und wieder auf einem anderen aß er mit Freunden Hummer, was Emma ganz neidisch auf das exotische und kultivierte Leben machte, das er geführt hatte. Ein kleines Schild an der Wand wies darauf hin, dass Touristen für eine Gebühr von zwei Dollar das Zimmer besichtigen konnten, in dem Hemingway in den dreißiger Jahren eine Zeit lang gewohnt hatte. Doch zunächst wollte sie etwas trinken. Draußen war es heiß und staubig, und die Bar und das freundliche Gesicht des Barkeepers wirkten sehr einladend.

»*Buenas tardes, señorita*«, begrüßte er Emma mit einem Lächeln, als sie sich auf einen Barhocker setzte. »Sie wünschen?«

»Ein Mineralwasser – *con gas, por favor.*«

Er schenkte ihr professionell ein und tat Eis und eine Limonenscheibe dazu.

»*Gracias*«, sagte sie und trank genüsslich einen Schluck.

»Sie kommen, um Hemingways Haus zu sehen?«

»*Sí*«, nickte sie.

Während sie sprach, kam eine große, schlanke Gestalt zur Bar geschlendert. Der Mann trug ein weißes Aertex-T-Shirt, und seine Haut ähnelte glatter Milchschokolade. Seine dunkelbraunen Augen glänzten und wurden groß, während sich ein Lächeln auf seinem Gesicht ausbreitete.

Er war der schönste Mann, den Emma je gesehen hatte.

»*Buenas tardes, Marco!*«, begrüßte er den Barkeeper. »*Una cerveza, por favor!*«

»*Sí*, Señor Adams – Sie haben einen guten Tag?«

»Sehr gut, Marco.« Sein Akzent veränderte sich, wenn er Englisch sprach, und da war eindeutig ein amerikanisches Näseln zu hören.

Der Mann wandte sich an Emma und nickte höflich, bevor er sich auf den Hocker neben ihr setzte.

»Deine Freundin, eh?«, neckte er den Barkeeper, der ihm über die Theke eine Flasche Bier zuschob.

Emma fühlte sich in der ungewöhnlichen Umgebung mit zwei fremden Männern merkwürdig wohl. Unter normalen Umständen wäre es ihr unangenehm gewesen, doch im Moment hatte sie das Gefühl, genau dort zu sein, wo sie sein wollte.

»Ich bin Emma«, stellte sie sich vor und reichte ihm die Hand. »Aus Irland.«

»Tja, Emma aus Irland«, antwortete er und nahm ihre Hand. »Sehr erfreut, Sie kennenzulernen. Ich bin Greg aus Kanada, aber ich bin eine wilde Mischung, deshalb kann ich mich wohl als Weltbürger bezeichnen!«

Emma fühlte sich von diesem gut aussehenden Mann angezogen wie eine Stecknadel von einem Magneten. Es war in Ordnung, ihn attraktiv zu finden; sie war in einer fremden

Umgebung, Tausende von Meilen von der Heimat entfernt. Hier war sie weder Pauls Witwe noch Finns Mama. Stattdessen kam sie sich vor wie eine Figur aus einem ihrer Romane, und Mr Greg Adams war so verführerisch, dass sie auf die Idee kam, ihn neben Felipe in ihr Buch aufzunehmen.

»Machen Sie hier Urlaub?«, fragte sie ihn in leichtem Flirtton.

»Eigentlich bin ich auf Geschäftsreise, aber man kann nicht nach Kuba kommen, ohne auch Spaß zu haben. Meine Mutter ist Kubanerin und hat meinen Vater hier kennengelernt, aber er hat sie vor über vierzig Jahren mit nach Nova Scotia genommen, und seitdem war sie nicht wieder hier.«

Emma war fasziniert. Sie spürte, wie ihre journalistische Neugier die Oberhand gewann. »Wow, was für eine tolle Geschichte! Sie haben also Verwandte hier?«

Er nickte. »Cousinen und Tanten – ich treffe mich manchmal mit ihnen. Mein Großvater lebt auch noch, ob man's glaubt oder nicht, aber er wohnt in Cárdenas, und da kommt man nur schwer hin. Meine Besuche sind normalerweise zu kurz, um durchs Land zu reisen.«

Dieser Typ war so offen und ehrlich, dass sie ihn sofort mochte.

»In welchem Geschäft sind Sie tätig, wenn ich fragen darf?«

»Emma aus Irland, Sie dürfen mich alles fragen!«, grinste er frech. »Ich kaufe Kunstwerke und verkaufe sie in Kanada. Dort gibt es eine große Nachfrage nach kubanischen Künstlern. Haben Sie schon einen der Märkte hier besucht?«

Emma schüttelte den Kopf. »Ich bin erst seit heute Morgen in Havanna.«

Gregs Lächeln wurde breiter. »Tja, dann können Sie sich auf etwas ganz Besonderes freuen. Haben Sie schon zu Mittag gegessen?«

Emma schüttelte den Kopf.

»Ich esse nur ungern allein«, erklärte er. »Möchten Sie mir nicht im *La Bodeguita del Medio* Gesellschaft leisten? Ich bin ein Hemingway-Fan – deshalb quartiere ich mich auch immer hier ein.«

Jetzt war Emma doch leicht verunsichert. Greg kam ihr zwar aufrichtig vor, aber für eine Frau war es nie eine gute Idee, mit einem Fremden zu gehen, egal in welcher Stadt. In der Beziehung war Havanna sicher keine Ausnahme.

Greg spürte ihre Vorbehalte und gab dem Barkeeper ein Zeichen. »Marco, sag Emma aus Irland, dass ich nicht beiße, eh?«

»Señor Adams wohnt hier oft – er sehr guter Kunde«, versicherte Marco ihr und hielt Greg scherzhaft die offene Hand für ein Trinkgeld hin.

Greg lächelte und drückte ihm prompt fünf CUC in die Hand.

Emmas Wunsch, mehr über diesen fantastischen Mann zu erfahren, bekam die Oberhand. Schließlich hatte sie nichts zu verlieren. Sophie schlief wahrscheinlich noch, und aus ihrem Reiseführer wusste sie, dass die Bar, von der er sprach, nur wenige Blocks entfernt war.

»Okay – danke«, sagte sie deshalb und stand auf, um bei Marco ihr Wasser zu bezahlen.

»Es ist okay, Sie nicht zahlen«, lächelte er. Greg würde ihm später ein Trinkgeld geben.

Greg hielt ihr ritterlich den Arm hin, und Emma hakte sich bei ihm unter.

Sie schlenderten über die Calle Mercaderes, bis sie zur Plaza de la Catedral kamen. Die Barockfassade von San Cristóbal leuchtete wie ein glanzvolles Paradestück kolonialer Architektur. Eine alte Frau in traditioneller kolonialer Tracht mit weißer Spitze und einer roten Rose saß eine Zigarre rauchend auf den Stufen. Sie war von fotografierenden Touristen umringt, und zu ihren Füßen kläffte ein Hündchen. Neben ihr verkaufte ein alter Mann Erdnüsse in weißen Papiertüten.

»Es ist fantastisch hier!«, stieß Emma hervor.

»Es ist eine Touristenattraktion, aber mir gefällt es. Ich kriege nie genug von der Atmosphäre in La Habana Vieja. Dort drüben ist ein schönes Restaurant, um bei Sonnenuntergang zu Abend zu essen«, erklärte er und deutete auf ein sehr europäisch wirkendes Innenhofrestaurant. »El Patio. Es gehört natürlich der Regierung, wie alles andere, aber in seiner Glanzzeit vor über einem Jahrhundert muss es ziemlich spektakulär gewesen sein.«

»Ja – wirklich merkwürdig, dass hier alles der Regierung gehört. Ich war noch vor dem Fall des Eisernen Vorhangs in Osteuropa, und obwohl dort auch der Kommunismus herrschte, war die Atmosphäre ganz anders als hier.«

»Es gibt nichts auf der Welt, was sich mit Kuba vergleichen ließe. Castro hat sich die größte Insel in der Karibik zu eigen gemacht. Nicht alles, was er getan hat, war gut, aber es war auch nicht alles schlecht. Lassen Sie das bloß nicht meine Mutter hören.«

»Will sie irgendwann zurückkommen? Vielleicht nur zu Besuch?«

»Nein. Sie verabscheut das Gefühl, dass sie die Möglichkeit dazu hat, aber so viele andere nicht. Sie sagt, dass sie Glück hatte, weil sie meinen Vater getroffen hat, einen großen weißen Kanadier, der sie mit in ein besseres Leben nahm. Aber ich glaube, insgeheim vermisst sie das alles.«

Emma gefiel seine Art sehr. Nicht viele Männer wären so offen zu einer Frau, die sie erst vor wenigen Minuten kennengelernt hatten. Andererseits waren dies auch keine gewöhnlichen Umstände, und sie konnte schon jetzt sagen, dass Greg kein gewöhnlicher Mann war.

Das gelbe Schild, auf dem in fetten schwarzen Lettern die Aufschrift Bodeguita del Medio aufgemalt war, stach in der Calle Emperado hervor wie eine Vision.

»Hier hat sich Hemingway gern den ersten Mojito des Tages genehmigt«, erklärte Greg und öffnete die Lamellentüren, die zu der beengten Bar führten, in der sich die Touristen drängten.

Zuerst dachte Emma, die leuchtend blauen Wände wären mit Schreibschrifttapete tapeziert, doch bei näherem Hinsehen erkannte sie, dass die mit dunkelblauem Filzschreiber hingekritzelten Unterschriften von den Restaurantgästen stammten.

»Kommen Sie«, sagte Greg und führte sie in den Essbereich im hinteren Teil des Gebäudes. »Unterschreiben können Sie später, eh?«

Der Essbereich schien aus mehreren kleinen Räumen zu bestehen, die durch große Arkaden verbunden waren. Selbst an den allerhöchsten Stellen der Wände hatten Gäste unterschrieben. Miguel aus Venezuela war 2001 dort gewesen, Maria Cruz aus Madrid 2004 und viele andere Namen waren in so vielen Sprachen und Schichten dort hinterlegt worden, dass sie an der Wand zu unregelmäßigen Mustern verschmolzen.

Sie setzten sich an den einzigen freien Zweiertisch, und der Kellner stürzte sich sofort auf sie.

»*Buenas tardes.* Zu trinken?«

»*Dos mojitos, por favor*«, sagte Greg.

Emma senkte den Blick auf ihr Papier-Set, das auch als Speisekarte diente. Oben waren die Buchstaben B del M aufgedruckt, in demselben naiven Stil, in dem sie auch über die

Theke gemalt waren, an der sie auf dem Weg hinein vorbeigekommen waren. Die Einrichtung war in einer Mischung aus dunklem Holz und leuchtend blauer Farbe gehalten, und von den gewölbeartigen Decken hingen Kronleuchter.

»Hier gefällt's mir«, rief Emma aus, als in der Ecke ein Trio zu musizieren begann.

»Bevor wir gehen, müssen wir noch auf die Wand schreiben.«

»Wenn wir eine freie Stelle finden.« Emma fuhr mit den Fingern über die unzähligen Unterschriften an der Wand, an der sie saß. »Die Leute müssen Leitern benutzt haben, um bis ganz oben unter die Decke zu kommen!«

Greg nahm einen blauen Marker aus dem Topf auf dem Tisch.

»Ich wette, Emma aus Irland lässt sich noch irgendwo hinquetschen.«

»Danke«, antwortete sie, nahm den Markierstift in die Hand und suchte nach einer freien Stelle. »So was hab ich noch nie gesehen. Ich bin froh, dass ich Ihnen über den Weg gelaufen bin.«

»Kuba ist ein fantastisches Land«, schwärmte Greg. »Die Menschen sind so freundlich. In Kanada würde ich niemals eine Fremde zum Mittagessen einladen, und sie würde die Einladung wahrscheinlich auch nicht annehmen, so wie Sie, aber wenn ich in Havanna bin, werde ich von seltsamen Schwingungen ergriffen.«

Emma wusste, was er meinte, konnte sich aber nicht vorstellen, dass irgendeine Frau eine Einladung von Greg zum Mittagessen oder zu sonst etwas ablehnen würde. Sie hatte das Gefühl, am Rand eines Abgrunds zu stehen – wenn auch an einem anderen als dem, an dem sie sich in den vergangenen sieben Monaten verzweifelt festgeklammert hatte.

Während sie ihren Namen in Druckschrift über die Lagen aus Buchstaben schrieb, betrachtete Greg ihr hübsches Gesicht.

»Und wo ist Mr Emma aus Irland? Wenn es denn einen gibt?«

»Der ist in Irland«, antwortete sie. Tja. Das stimmte so halb. Aber sie kannte Greg ja kaum. Da würde sie ihm nicht auf die Nase binden, dass Paul auf dem Friedhof in Balgriffin lag.

Greg verzog keine Miene. Es schien ihn nicht zu stören, dass sie einen Ehemann hatte.

»Und was ist mit Mrs Greg aus Kanada?«

»Die sind beide in Kanada, und sie sind beide meine Exfrauen. Als Freund bin ich großartig. Mit den Frauen in meinem Leben läuft alles gut, bis wir heiraten. Aber dann ...«

»Haben Sie Kinder?«

»Eine Tochter aus meiner ersten Ehe. Mit meiner zweiten Frau hatte ich keine Kinder. Und Sie?«

»Ich habe einen Sohn, Finn. Er ist neun.«

»Schöner Name.«

Emma nickte. Es war der einzige, auf den sie und Paul sich damals hatten einigen können.

»Mögen Sie kreolisches Essen?«, fragte er.

»Ich hab es noch nie so richtig probiert. Das Hotel in Varadero hatte alle möglichen Restaurants, aber bis auf eine Mahlzeit in Matanzas haben wir nicht viel multikulturelle Küche gekostet.«

»Wir? Sie meinen, es gibt zwei Emmas aus Irland?«

Emma lächelte. »Gewissermaßen. Es gibt noch eine Sophie aus Irland. Sie ist meine Schwester.«

»Sieht sie Ihnen ähnlich?«, fragte er und lächelte frech.

»Nicht im Geringsten. Sie hat rotblonde Haare und grüne Augen – sehr irisch.«

»Aber Sie haben dieses tolle keltische Aussehen, Emma aus Irland. Ich war vor vielen Jahren in Dublin und habe mein Herz mehrfach verloren, immer an Frauen mit blauen Augen und schwarzem Haar.«

Emma errötete. Das war ein offenes Kompliment, und sie fühlte sich geschmeichelt, dass es von so einem göttlichen Mann kam.

»Wie lange waren Sie in Varadero?«, fragte er.

»Sieben Tage, und wir haben drei in Havanna.«

»Ich glaube, ich hätte es andersrum gemacht. Verstehen Sie mich nicht falsch, Varadero ist cool, aber es könnte überall in der Karibik sein. Aber Havanna ist anders. Es gibt auf der Welt keinen Ort wie diesen.«

Emma war jetzt schon so weit, ihm zuzustimmen. »Erzählen Sie mir mehr über karibische Kunst.«

»Ja. Jeder auf der Welt kennt Kubas berühmte Musiker, aber seine bildenden Künstler sind genauso außergewöhnlich. Ich koordiniere überall in Europa und in den USA Ausstellungen mit kubanischer Kunst. Sie ist billig, und die Kubaner sind Meister der gegenständlichen Malerei. Eine gute Nachricht, jetzt, wo die Leute den ganzen Konzept-Nonsens durchschauen. Das war viel zu lange en vogue.«

»Stimmt. Ich assoziiere Kuba immer mit Musik und Tanz.«

»Es ist ein Schmelztiegel für Künstler. Und schauen Sie sich die Schriftsteller an, die Kuba inspiriert hat – insbesondere unseren Freund Hemingway, eh?«

»Woher wissen Sie, dass ich Hemingway-Fan bin?«

»Warum sollten Sie sonst allein im Ambos Mundos Hotel sitzen, wenn Sie dort kein Gast sind?«

»Vielleicht bin ich dort ja Gast.«

»Ich habe dort gefrühstückt, und wenn Sie einer wären, wären Sie mir mit Sicherheit aufgefallen!«

Emma fächelte sich mit ihrem Stadtplan Luft zu. Erleichtert nahm sie den Mojito entgegen, den der Kellner ihr hinstellte. Sie brauchte eine Abkühlung. Mit seinen indirekten Komplimenten ließ er keinen Zweifel an seinen Absichten.

Gregs Gesichtszüge waren fein und wie gemeißelt – mehr europäisch als afrikanisch. Er wäre perfekt als Model für Armani. Aber das war das Sympathische an ihm – er selbst schien es gar nicht zu merken.

»Wie lange bleiben Sie denn noch?«

»Nur noch zwei Tage, dann ist meine Arbeit getan. Ich betreue Künstler, die zwischen meinen Reisen hierher Auftragsmalereien für mich anfertigen, aber ich halte immer auch Ausschau nach neuen Talenten.«

»Auf dem Weg hierher bin ich in der Calle Obispo an einer Galerie vorbeigekommen, aber die sah eher aus wie ein privates Wohnzimmer, in dem ein paar Gemälde an den Wänden hängen.«

»Das ist praktisch, finden Sie nicht?«, lächelte Greg. »Denken Sie nur, diese vielen Talente, und alles für nur wenige Dollars erhältlich. Wenn Sie mögen, können wir nach dem Mittagessen zu dem Kunstmarkt gehen. Er ist an der Plaza de la Catedral.«

Emma nippte an ihrem Mojito. »Okay, das wäre schön.«

Sophie setzte sich im Bett auf und sah durch die riesigen Fenster zum Regen hinaus, der in Strömen vom Himmel fiel. Sie öffnete die Fenster und sah zu, wie die *Habaneros* wie Ameisen ausschwärmten, um Schutz vor dem Regenguss zu suchen. Solange sie nicht auf den Balkon trat, würde sie trocken bleiben, weil der Regen schnurgerade fiel.

Ein Bicitaxi mit Fahrgästen fuhr durch die Pfützen vorbei, der Fahrer patschnass vom Spritzwasser eines überholenden

Cadillac. Fußgänger hielten sich Plastiktüten als behelfsmäßige Regenschirme über die Köpfe. Ein paar *Habaneros* schien der Schauer nichts auszumachen, denn sie standen vergnügt unter den Palmen mitten auf dem Platz.

Sie fragte sich, wo Emma abgeblieben war. Sie könnte sie jederzeit auf dem Handy erreichen, aber ein anderer Teil von ihr war froh über die Ruhe. Es war nervig gewesen, jeden Tag am Pool mit ihr in Varadero. Manchmal hatte Emma sie mit ihrem Gelaber darüber verärgert, wie perfekt ihr verstorbener Ehemann doch gewesen wäre. Sie hatte sich so sehr danach gesehnt, ihr zu sagen, dass sie ihn auch geliebt hatte, aber sie wusste, dass Louise sie umbringen würde, wenn sie je die Wahrheit sagte. Ganz zu schweigen davon, was Emma mit ihr machen würde.

Die schwüle Hitze des Tages wurde durch den Regen für einen Augenblick angenehmer. Sie beschloss, noch rasch zu duschen, bevor sie sich nach draußen wagte.

Als sie sich abtrocknete, hatte der Regen aufgehört, und die Hitze und der Staub von Havanna waren so schlimm wie vorher. Sie stieg die Treppe hinab zur Rezeption und nahm sich einen Stadtplan. Sie hatte nur wenig dabei: eine Schultertasche mit ein paar CUC und ihrem Handy darin. Mitten auf dem Platz vor dem Hotel parkten in Reihen staatliche Taxis wie das von Felipe.

Sie verspürte leichtes Unbehagen, als sie den Parque Central überquerte und die Altstadt betrat. Die engen Straßen waren schmutzig und in schlechtem Zustand, und Sophie gefiel es nicht, wie die Einheimischen sie anstarrten. Sie hielt ihre Handtasche fest umklammert, damit sie ihr niemand entriss. Sie spürte jetzt schon, wie ihre Achseln wieder feucht wurden. Bei einem kleinen Café an einer Ecke, wo eine Gruppe Touristen etwas trank, blieb sie stehen. In Gesellschaft von Menschen, die ihr vertraut vorkamen, erschien es ihr sicherer, ihr Handy herauszukramen.

Sie wählte Emmas Nummer und wartete.

»Hallo?«

»Emma, ich bin's. Ich bin jetzt in der Altstadt.«

Emma warf Greg einen wehmütigen Blick zu. Von nun an war es mit ihrer trauten Zweisamkeit vorbei.

»Ich auch. In welcher Straße bist du?«

»Gott, keine Ahnung. Hier sind viele von diesen schrecklichen rosa und blauen Gebäuden. Das scheint alles kurz vorm Einstürzen zu sein.«

»Weißt du, wo die Plaza de la Catedral ist?«

Sophie entfaltete den kleinen Stadtplan, den die Empfangsdame im Hotel ihr gegeben hatte.

»Ich hab's. Cristóbal-Kirche.«

»Ja. Okay, geh an der äußersten Ecke rechts von der Kathedrale raus zur Calle Tacón. Überquer die Straße in Richtung Meer. Da ist ein Park mit vielen Ständen, an denen Kunstwerke verkauft werden. Ich bin mitten auf diesem Markt.«

»Ich tue mein Bestes.«

Eine alte Frau blieb stehen und sah sie an. Sie bewegte sich, als würde sie tanzen, und lächelte die Fremde mit den ungewöhnlichen Rottönen im Haar freundlich an. Sophie lief achtlos an ihr vorbei.

Sie fand die Kathedrale problemlos und bog nach rechts ab, wie Emma es ihr beschrieben hatte. Sie lief weiter, bis sie ein Straßenschild fand, auf dem Calle Tacón stand. Dort fand sie es weniger beängstigend als in den Seitenstraßen, durch die sie gekommen war.

Als sie die Straße überquerte, kamen die Marktstände in Sicht, und sie verrenkte sich fast den Hals, um ihre Schwester zu finden. Es war dann auch nicht Emmas Gestalt, die sie als

Erstes entdeckte, sondern ein großer, blendend aussehender Mann mit kaffeebrauner Haut, der Barack Obama ähnelte. Er war fantastisch, und sie sah sich dazu veranlasst, in seine Richtung zu laufen, um ihn aus der Nähe zu betrachten.

Als sie näher kam, war sie mehr als geschockt, als sie ihre Schwester neben ihm herschlendern sah. Die beiden lachten, und ihre Arme berührten sich beim Laufen leicht.

Dieser Anblick passte so gar nicht zu Sophies Bild von Emma, dass sie am liebsten laut losgelacht hätte. Sie beschleunigte ihre Schritte und holte sie ein.

»Emma!«, rief sie.

Das Paar blieb stehen und sah sich um.

»Hallo, Sophie! Das ist Greg. Greg, das ist Sophie.«

Greg hielt ihr die Hand hin. »Sei gegrüßt, Sophie aus Irland.«

Emma und Greg lachten.

Sophie gefiel es gar nicht, Gegenstand eines Witzes zu sein, den sie nicht verstand. »Also, Greg, woher kennen Sie meine Schwester?«

»Ich habe sie in meinem Hotel getroffen. Wenn ich zurückkomme, muss ich dem Personal dort ein Trinkgeld geben. Ihre Schwester ist eine äußerst angenehme Gesellschaft. Wir haben hervorragend zu Mittag gegessen.«

Sophie runzelte die Stirn. Im Mittelpunkt zu stehen war doch *ihre* Rolle.

Emma strahlte, und Sophie entging nicht, dass es sie erwischt hatte.

»Wo sind die Damen denn abgestiegen?«

»*El Telégrafo*«, antwortete Emma.

»Ich muss jetzt noch ein bisschen arbeiten, aber dürfte ich mit Ihnen zu Abend essen? Ich esse nur ungern allein, und ich kenne in Havanna ein paar gute Restaurants.«

»Das klingt toll, Greg«, sagte Emma. »Wir sind gerade erst dabei, uns zurechtzufinden, und es wäre gut, von jemandem herumgeführt zu werden, der sich auskennt.«

»Wie wär's um halb acht? Ich komme vorbei und hole Sie ab, eh?«

»Okay«, willigte Emma mit einem fragenden Blick zu Sophie ein, die gleichgültig mit den Achseln zuckte.

»Noch einen schönen Nachmittag, die Damen«, verabschiedete er sich und zwinkerte Emma zu, während er davonschlenderte.

Emma war sichtlich rot im Gesicht, während sie ihm nachsah.

»Mein Gott, Emma, geht's noch offensichtlicher?«

»Was meinst du damit?«

»Du hast dich ihm förmlich an den Hals geworfen! Dabei ist dein Mann erst seit wenigen Monaten tot!«

Emma schnappte nach Luft. »Verpiss dich, Sophie!« Sie fühlte sich, als hätte man ihr einen körperlichen Schlag versetzt. »Ich hab mich nur mit ihm unterhalten.«

Sophie warf ihr einen Blick zu, der besagte, dass sie genau wusste, was ihre Schwester wirklich im Sinn hatte. Der fantastische Fremde hatte bei ihr dieselben Fantasien ausgelöst.

Mit den Tränen kämpfend stapfte Emma in Richtung Plaza de la Catedral davon. Sie war völlig durcheinander. Zuerst aufgrund der liebenswürdigen Aufmerksamkeit, die Felipe ihr hatte zuteilwerden lassen, und jetzt durch die Schmeicheleien das Kanadiers. Sie beide hatten ihr dabei geholfen, den Schmerz der vergangenen sieben Monate zu vergessen, und sie konnte gut darauf verzichten, sich von ihrer jüngsten Schwester Schuldgefühle einreden zu lassen.

Sophie lief mit genügend Abstand hinter ihr her, um sie nicht aus den Augen zu verlieren, aber auch nicht zu nahe. Sie fand alles so ungerecht. Emma durfte die trauernde Witwe spielen, während sie nur im Stillen trauern durfte, und jetzt erlaubte sich Emma auch noch einen Flirt!

Greg gab dem Kurier ein großzügiges Trinkgeld. Zwei CUC waren viel Geld für den Jungen.

Greg hatte ein paar clevere Käufe getätigt und war sehr zufrieden mit dem Verlauf seiner Reise. Es war ein besonderes Highlight, dass er der faszinierenden Irin und ihrer Schwester über den Weg gelaufen war. Vielleicht konnte er heute Abend ein bisschen Spaß mit ihnen haben. Das Leben könnte nicht schöner sein. Er hatte wirklich das Beste aus beiden Welten.

Kapitel 10

Donal nahm sich einen Schlauch und begann, sein Boot von unten abzuspritzen. Er hoffte, dass Emma sich amüsierte. Sie hatte eine Abwechslung verdient. Nach Pauls Tod war er der Einzige gewesen, den sie um Unterstützung hatte bitten können. Mr und Mrs Owens dachten nur an sich und waren ihr überhaupt keine Hilfe. Sie glaubten, ihre Elternpflichten damit erfüllt zu haben, ihre Töchter großzuziehen und ihnen ein Studium zu ermöglichen, und dass es nun an der Zeit war, dass ihre Kinder sich um sie kümmerten. Deshalb wurden die Festessen an Weihnachten und zu anderen Familienfeiern auf Emmas und Louises Schultern abgeladen, und jetzt, wo er der einzige Schwiegersohn war, sah er schon kommen, dass ihre Eltern noch mehr Anforderungen an Louise und ihn stellen würden.

Emma würde weiterhin nach der Pfeife ihrer Eltern tanzen und Louise genauso. Es war zwar unfair, aber so waren die Pflichten in der Familie verteilt.

Für Sophie hatte er nicht viel übrig, weil sie immer einen Anlass für Streitereien zwischen den Schwestern bot. Sie wusste genau, wie sie Louise auf die Palme bringen konnte, und das machte auch sein Leben schwieriger.

Aber die komplizierteste Schwester hatte er sich ausgesucht. Sie hatten sich rein zufällig kennengelernt, aber schon bei seiner ersten Begegnung mit Louise hatte er gewusst, dass sie seine Zukünftige war. Sie waren grundverschieden, die lebenslustige Musiklehrerin und der pragmatische Wirtschaftsprüfer, doch er hatte immer geglaubt, dass das Schicksal sie zusammengeführt hatte. Er war damals in seiner Firma Juniorpartner gewesen und rein zufällig an ihre Schule abgeordnet worden, um eine Buchprüfung vorzunehmen. Er wusste noch, wie verärgert er gewesen war, das langweilige Schulprojekt am Hals zu haben. Doch als er mit der Arbeit beginnen wollte, das Lehrerzimmer betrat und Louise sah, die dort am Tisch saß und so heftig gestikulierte, dass ihre Armreifen klimperten, dankte er seinem Schöpfer.

Anfangs hatte sie ihn kaum registriert, doch als sie einmal mit dem Kopierer auf Kriegsfuß stand, war er ihr zu Hilfe geeilt. Als er ihr half, den Papierstau zu beheben und ihre Arbeitsblätter zusammenzuheften, freute sie sich so darüber, dass sie ihn spontan umarmte – und dann in ihre Klasse eilte.

Genau diese Impulsivität vermisste er nach vierzehn Jahren Ehe. Ihre mangelnde Spontaneität war auch der Grund dafür, dass er so viel Zeit im Yachtclub verbrachte.

Kevin kam zu der Stelle geschlendert, wo Donal ihr Boot abspritzte.

»Tut mir leid, ich komme zu spät!«

Donal nickte. Kevin kam immer zu spät. »Die Jungs haben mit angefasst, aber jetzt sind sie weggerannt, um sich Kleingeld für den Getränkeautomaten zu organisieren. Schnapp dir einen Schlauch. Wir haben das Gerät zum Kranen nur noch zwanzig Minuten.«

Kevin hatte sich Donal als Segelpartner ausgesucht, weil er so verlässlich war. Sie kannten sich seit dem Studium und hatten den Kontakt zueinander verloren, als sie sich in verschiedene Richtungen orientierten. Donal mit seinen glänzenden Noten hatte schon immer als Trainee bei einer großen Firma anfangen wollen. Kevin hingegen war glücklicher damit, einfach nur seinen Abschluss zu machen und in die Geschäftswelt einzusteigen, und hatte sich während des irischen Wirtschaftsbooms einen Namen gemacht. Doch die Geschäfte liefen nicht mehr so gut, und er war froh, Donal zum Partner zu haben. Dass er in diesem Jahr Schwierigkeiten hatte, seinen Anteil der Yachthafen-Gebühren und der Kosten für die Instandhaltung des Bootes zu zahlen, hatte er ihm bisher verschwiegen.

»Hast du am Samstagabend schon was vor? Judy wollte die neue Karte im Restaurant ausprobieren, außerdem hat sie Louise schon seit Santa Sunday nicht mehr gesehen.«

Santa Sunday war der Familientag im Yachtclub von Howth, zu dem die Scotts und die Harleys immer gemeinsam gingen, weil ihre Kinder etwa gleich alt waren. Judy Harley war eine patente, segelbegeisterte Mutter – ganz anders als Louise, die fürs Segeln überhaupt nichts übrighatte und nur widerwillig an den alljährlichen Törns nach Ireland's Eye teilnahm – und das auch nur an sonnigen Sommertagen.

»Ich frage sie. Das wäre schön.«

»Um die neue Saison einzuläuten. Übrigens hat dieser Tony echtes Interesse, bei uns den Vorschotmann zu machen, und ich halte ihn für verlässlich.«

»Dann segelt Jeremy dieses Jahr nicht mit uns?«

»Er will sich eine Etchell kaufen«, informierte Kevin ihn. »Er will unbedingt Skipper sein, und Frank will sich an der Hälfte der Kosten beteiligen.«

»Aha!« Donal spritzte weiter das Boot ab. Die meisten Entscheidungen wurden von Kevin getroffen, sodass er sich manchmal vorkam wie ein Handlanger. Andererseits war es einfacher, kein großes Theater zu machen. Aber er mochte Tony nicht. Er war ein Angeber und würde jede Chance nutzen zu bestimmen, wo es langging.

»Gibt es außer Tony noch jemanden, der auf der Suche nach einer Crew ist?«

Donals Reaktion überraschte Kevin nicht. Er wusste, wie wählerisch er sein konnte, wenn es um seine Segelmannschaft ging. »Wenn du ein Problem damit hast, gebe ich auf der HYC-Website eine Anzeige auf, aber die Saison beginnt schon nächste Woche, und wir wären verrückt, jemanden abzulehnen, der segeln kann.«

Donal wusste, dass er recht hatte. Er schnappte sich eine Bürste und schrubbte kräftiger an den letzten Resten Seetang, die noch am Kiel klebten. Am liebsten hätte er mal so richtig auf den Tisch gehauen, aber vielleicht sollte er das in einem ganz anderen Zusammenhang tun.

Jack wurde zu Stephen's Green geschickt, um über ein Oster-Straßenfestival zu berichten, was fast den ganzen Tag in Anspruch nehmen würde. Im Grunde hatte er gar keine Lust, aber Aoife war begeistert, dass er ganz bei ihr in der Nähe war. Sie hatten sich zum Mittagessen im Restaurant Sixty Six in der George's Street verabredet, sobald sie mit ihrem Fotoshooting im Dubliner Schloss fertig war. Am Wochenende zu arbeiten war nervig, und obwohl er es nicht oft machen musste, hätte er viel lieber Zeit für sich.

Aoife hingegen liebte ihren Job so sehr, dass sie alles mitnahm, was ihr angeboten wurde.

Jack sah auf die Uhr. Es war fast so weit. Er steckte seinen Notizblock weg und spazierte die kurze Strecke von der Grafton Street zur George's Street. Sie würde sich zwar verspäten, so wie immer, aber er hatte Hunger und wollte sich ausruhen. Das Restaurant war schick, und Aoife ging gerne hierher, weil sein Dekor sie an New York erinnerte. Es hätte sich genauso gut irgendwo in Downtown SoHo befinden können.

Er setzte sich an einen Ecktisch und checkte seinen BlackBerry. Keine Nachrichten. Insgeheim hatte er gehofft, dass Louise sich bei ihm meldete, nachdem sie am Tag zuvor einfach abgehauen war, doch sein Bauchgefühl sagte ihm, dass sie es nicht tun würde. Aoife machte ihn fast wahnsinnig mit Stoffproben und dem dauernden Geschwätz über Menüs und Urlaubsbroschüren für die große romantische Hochzeitsreise. Er wünschte, sie könnten einfach ihre Sachen packen, zurück nach New York ziehen und die dämliche Hochzeit und Louise vergessen.

Aber Louise konnte er nicht so leicht vergessen. Mit ihr hatte er seine ersten intensiven sexuellen Erfahrungen gemacht. Das war viel wichtiger, als es ihm damals klar gewesen war. Wenn er sie jetzt sah, sehnte er sich danach, sich wieder zu fühlen wie mit achtzehn, mit demselben Erstaunen über Sex wie damals. Seither hatte er bei jeder Frau vergeblich danach gesucht, und er wusste, dass er es wahrscheinlich nie wieder finden würde.

»Hallo, Schatz. Entschuldige, dass ich zu spät komme«, flötete Aoife, als sie sich zu ihrem Verlobten beugte, um ihn zu küssen. »Hast du dir schon was zu trinken bestellt?«

»Ich bin noch nicht lange hier.«

»Ich hab so viel Champagner getrunken, dass mir davon ganz schlecht ist. Ich glaube, ich nehme einen Fruchtsaft.«

Jack winkte die Kellnerin heran. »Zwei Gläser frisch gepressten Orangensaft, bitte.«

»Nimmst du keinen Kaffee?«, fragte Aoife.

»Ich hab schon den ganzen Vormittag welchen getrunken, um mich aufzuwärmen. Hast du Hunger?«

»Ich glaub, ich nehme nur ein Sandwich. Ich bekomme später im Schloss was zu essen. Aber bestell dir ruhig was Warmes.«

Sofort hatte auch Jack keinen Hunger mehr. »Dann nehme ich auch nur ein Sandwich.«

»Ich habe mit Monica gesprochen. Sie war in den Flitterwochen auf einer tropischen Insel in Malaysia, wo die Villen total exklusiv sind, mit vier Angestellten für jedes Paar, das dort absteigt. Es klingt himmlisch, und wir könnten noch ein paar Tage in Kuala Lumpur dranhängen. Da wollte ich schon immer mal hin.«

Jack lächelte. »Klingt gut. Aber wie teuer ist dieses Traum-Resort?«

»Mach dir deshalb keine Gedanken. Ich kriege bei Cassidy Travel zehn Prozent Nachlass.«

»Das kommt drauf an, wie viel der Urlaub kostet. Unsere Jobs sind momentan sehr unsicher. In meiner Abteilung sind fünf Leute entlassen worden. Gute Journalisten, die schon viel länger dort waren als ich.«

»Sie zu behalten wäre wahrscheinlich zu kostspielig. Aber egal, mach dir keine Sorgen, mein Dad hat gesagt, er greift uns bei den Flitterwochen unter die Arme.«

»Er kommt schon für die Hochzeit, die Kleider und die Fotografen auf. Wenn wir verheiratet sind, können wir nicht erwarten, dass er uns finanziell ständig unter die Arme greift.«

Aoife winkte ab. »Entspann dich, Jack! Warum bist du plötzlich so genervt?«

Mit dem wahren Grund konnte er nicht herausrücken. »Ich finde, diese Planungen sind außer Kontrolle geraten. Können wir die Ausgaben nicht ein bisschen reduzieren? Ich dachte, du wolltest aus Kostengründen nicht im Ausland heiraten.«

Aoife schmollte. Sie hatte keine Ahnung, was das plötzlich sollte. Normalerweise schloss sich Jack nur allzu gerne allen Entscheidungen an, die sie traf. Ihr stiegen Tränen in die Augen, und sie kramte ein Papiertaschentuch aus ihrer Tasche.

»Das ist echt mieses Timing, ausgerechnet jetzt von Kostenreduzierungen anzufangen.« Sie sah angestrengt an die Decke, um die Tränen zurückzuhalten. »Dabei haben wir uns noch nicht mal eine Wohnung gekauft.«

»Wir waren uns doch einig, dass es kein guter Zeitpunkt war.«

»Daddy sagt, es ist sogar der perfekte Zeitpunkt, wenn die Immobilienpreise fallen.«

»Ich möchte aber, dass *wir* das entscheiden und nicht dein Vater. Seit wir aus den Staaten zurück sind, können wir keine Entscheidung mehr treffen, ohne deine Familie mit einzubeziehen. Ich dachte, wir wären unabhängig. Als wir uns in New York kennengelernt haben, hatten wir dieselbe Einstellung, aber du hast dich auf einmal sehr verändert.«

Aoife verlor den Kampf gegen die Tränen und sprang auf. »Diesen Ton lasse ich mir nicht bieten! Was ist in dich gefahren, Jack Duggan? *Du* hast dich verändert, nicht ich!«

Er ließ sie aus dem Restaurant stürmen und vergrub das Gesicht in den Händen. Sie hatte ja recht. Ihre Eltern waren die Güte selbst, und bisher hatte er ihren Vater und seine Ratschläge stets geschätzt. Jack war derjenige, der sich veränderte. Er wusste plötzlich nicht mehr, was er wollte.

Louise hatte ihre Eltern zum Abendessen eingeladen. Sie schob den großen Rinderbraten in den Ofen und stellte die Temperatur ein. Er konnte jetzt in Ruhe zwei Stunden garen. Der Tisch war schon gedeckt, das Gemüse geschnippelt und konnte in etwa einer Stunde ebenfalls auf den Herd.

Wie sollte sie die Zeit überbrücken, bis der Braten gar war? Die Kleinen spielten draußen mit den Nachbarskindern, Matt und Finn waren mit Donal im Yachtclub, und sie musste sich ablenken, um nicht bei Jack anzurufen. Nachdem sie sich in seiner Wohnung zum Narren gemacht hatte, war sie versucht gewesen, sich bei ihm zu melden, aber sie wusste einfach nicht, was sie sagen sollte.

Plötzlich fiel ihr ein, was sie jetzt tun könnte.

Louise hielt inne, bevor sie die Tasten aus Ebenholz und Elfenbein anschlug. Sie hatte seit Ewigkeiten nicht mehr Chopin gespielt, aber das Prélude in a-Moll drückte ihre Emotionen perfekt aus, und sie musste ihre aufgestauten Gefühle abreagieren. Sie ließ sich in die Musik fallen. Es war perfekt! Ein Gefühl von Frieden und Ausgeglichenheit erfüllte sie. Sie war sich nicht sicher, wie lange sie spielte, aber als sie aufhörte, war sie erschöpft.

Sie ging in die Küche, stellte das Gemüse auf kleine Flamme und kehrte ans Klavier zurück. Sie nahm Noten von Mozart in die Hand und beschloss, noch ein bisschen zu üben, doch schon bald störte ein lautes Klopfen an der Haustür ihre Konzentration.

»Wir sind zu Hause!«

Louise unterbrach ihr Spiel und erhob sich. Im Flur standen Donal und die Jungs, patschnass und schlammbeschmiert.

»Hallo! Hat's Spaß gemacht?«

»Ja! Es war super! Wir holen gleich die Jungs zum Fußball ab«, sprudelte Matt hervor und verschwand sofort wieder mit Finn durch die Haustür.

»Hattest du einen schönen Nachmittag?«, erkundigte sich Donal.

»Ich hab nur Klavier gespielt.«

»Das ist schön. Ich bin froh, dass du wieder spielst.«

Louise wusste, was er meinte. Durch das Musizieren hatte sich ihre Laune gebessert.

»Hast du Lust, am Samstag mit Kevin und Judy auszugehen?«

Louise verzog das Gesicht.

Donal sah sie an und rechnete mit Protest. Doch sie überraschte ihn.

»Okay. Können wir machen.«

Was war schon ein Abendessen mit Donals Segelfreunden, wenn sie fast Ehebruch begangen hatte?

»Wann kommen deine Eltern?«, fragte Donal.

Louise sah auf ihre Uhr. »Etwa in einer halben Stunde.« Der Duft des Rindfleischs zog schon aus der Küche.

»Ich geh nach oben und ziehe mich um.«

Seufzend ließ Louise Mozart Mozart sein und kümmerte sich um das Gemüse. Sie nahm das Roastbeef aus dem Ofen und stellte es neben dem Kochfeld ab. Als das Telefon klingelte, zog sie ihre Ofenhandschuhe aus und nahm den Hörer ab.

»Hallo?«

»Louise.« Ihre Mutter schluchzte. »Dein Dad! Es ist so schrecklich!«

»Nun mal langsam, Mum. Was ist passiert?«

»Dein Vater ist überfallen worden. Einbrecher! Ich bin nur kurz raus, um die Zeitung zu holen, und als ich zurückkam, war er …« Maggie schluchzte unkontrolliert.

»Hast du die Polizei gerufen?«

»Ich weiß die Nummer nicht.«

»Ich rufe sie. Bleib, wo du bist. Ich bin auf dem Weg.«

»Bring Donal mit. Ich hab Angst, dass die Einbrecher noch im Haus sind.«

Louise setzte einen Notruf ab und schaltete in der Küche alle elektrischen Geräte aus.

Donal wurde über die Situation ins Bild gesetzt, während er sich frische Klamotten anzog.

»Fahren wir!«, drängte sie.

»Und wer passt auf die Kinder auf?«

»Das muss dann wohl Matt machen. Wenn wir im Auto sind, rufe ich nebenan bei Marie an und bitte sie, ein Auge auf sie zu haben.«

Donal fuhr, als wäre der Teufel hinter ihm her, bis sie nach Raheny kamen. Maggie wartete an der Haustür auf sie, und in der Ferne war schon das Martinshorn eines Krankenwagens zu hören.

Louise rannte die Auffahrt hinauf und legte den Arm um ihre Mutter, die vor Erleichterung weinend zusammenbrach.

»Wie geht's Daddy?«

»Er ist bewusstlos. Die Polizei ist bei ihm.«

»Hast du irgendwen gesehen?«

Maggie schüttelte den Kopf. »Ich fand es komisch, dass die Tür offen stand, aber du kennst ja deinen Vater. Ich dachte, er werkelt vielleicht im Garten. Aber als ich dort nach ihm rief, bekam ich keine Antwort. Dann ging ich in die Küche, und er lag mit dem Gesicht nach unten auf dem Boden, und eine Gesichtshälfte war ganz blutig.«

»Der Krankenwagen ist hier«, verkündete Donal, als die Sanitäter in knallgelben Jacken sich mit ihrer Ausrüstung an ihnen vorbeidrängten.

Sie folgten ihnen nach drinnen. Larry wurde auf die Seite gerollt. Das Blut war rot und floss noch immer aus der klaffenden Kopfwunde. Sein Mund stand offen, die Augen waren geschlossen.

»O Gott, er ist tot!«, schluchzte Maggie.

»Das wird schon wieder. Er hat nur einen schlimmen Schlag abbekommen«, beruhigte sie der große Polizist, der neben ihr stand.

»Sind Sie sicher?«

Die Sanitäter legten Larry auf eine Tragbahre und schafften ihn nach draußen zum Krankenwagen.

»Donal, fährst du mit Dad? Ich komme mit Mum hinterher.«

»Ich gehe nicht ins Beaumont Hospital«, protestierte ihre Mutter. »Da wimmelt es nur so von Bakterien. Sie haben Staphylokokken!«

»Nimm deine Mum mit zu uns und sieh nach den Kindern«, entschied Donal. »Ich fahre mit ins Krankenhaus und informiere dich, wenn sich irgendwas tut.«

Louise lächelte ihren Mann dankbar an. Er strahlte eine Ruhe aus, die auf alle um ihn herum abfärbte.

»Danke«, murmelte sie.

Donal reichte ihr die Autoschlüssel und folgte der Krankenwagenbesatzung mit Larry nach draußen.

»Nach der Sache mit deinem Vater hab ich ja eigentlich keinen Hunger, aber ich sollte wohl lieber bei Kräften bleiben«, meinte Maggie trübsinnig.

Louise verstand nicht, wie ihre Mutter überhaupt einen Bissen herunterkriegen konnte, nachdem sie ihren Mann in einem solchen Zustand gesehen hatte, kannte sie aber inzwischen gut genug, um den Braten in Scheiben zu schneiden und ihr eine Portion auf den Teller zu legen.

»Du hast nicht zufällig Meerrettichsauce?«, fragte Maggie, als sie anfing, die dünnen Fleischscheiben zu schneiden.

»Natürlich«, antwortete Louise und holte das Glas aus dem Kühlschrank, bevor sie nach draußen rief: »Kinder! Das Essen steht auf dem Tisch!«

Die vier versammelten sich am Küchentisch um ihre Großmutter.

»Nicht so laut! Ich habe einen furchtbaren Schock«, fuhr Maggie ihre Enkel an.

Ganz zu schweigen von meinem armen Vater!, dachte

Louise, verkniff sich jedoch jeden Kommentar. Es hatte keinen Sinn, alles nur noch schlimmer zu machen, und ihre Mutter konnte manchmal schrecklich intolerant sein.

Louises Handy klingelte, und auf dem Display erschien der Name ihres Mannes.

»Donal, wie geht es ihm?«

»Er ist bei Bewusstsein, aber sie sagen, er hatte großes Glück. Die Angreifer hätten ihn töten können, wenn sie ihn nur wenige Zentimeter weiter hinten am Kopf getroffen hätten. Sie rechnen damit, dass er sich vollkommen erholt, aber es wird eine Zeit dauern. Wie geht es deiner Mutter?«

»Unerträglich«, flüsterte sie in den Hörer.

»Ich komme jetzt nach Hause, damit du hierherfahren kannst. Deine Mutter bleibt doch sicher bei uns?«

Louise hatte genauso wenig Lust darauf, ihre Mutter die ganze Zeit um sich zu haben, wie ihr Mann, wusste aber, dass sie sich um sie kümmern musste.

»Hast du was dagegen?«

»Natürlich nicht.«

»Du warst wunderbar. Danke, Donal.«

»Schon gut. Bis gleich.«

Louise war ihrem Mann wahnsinnig dankbar. Er ließ zwar keine Gelegenheit aus, zum Segeln zu gehen, aber wenn es drauf ankam und sie ihn brauchte, war er für sie da.

Kapitel 11

»Ich seh mir jetzt den Malecón an. Du kannst mitkommen oder es bleiben lassen!«, sagte Emma ungehalten zu Sophie.

»Warum entspannst du dich vor dem Abendessen nicht einfach?«

Emma seufzte ungeduldig. »Ich will ihn eben sehen, okay?«

»An deiner miesen Laune ist dieser Greg schuld, stimmt's?«

»Du bist manchmal so taktlos, Sophie. Wir haben uns nur unterhalten. Er ist ein netter Mann, und er hat mich zum Mittagessen eingeladen, und ich mag es nicht, wenn du Paul da mit reinziehst wie eben auf dem Kunstmarkt.«

»Ich hab nur einen Witz gemacht.«

Emma runzelte die Stirn. Sie wussten beide, dass das gelogen war. »Wenn ich mit jemandem essen gehen will, mache ich das, okay?«

Sophie verdrehte die Augen. »Komm schon, gehen wir spazieren!«

Sie traten hinaus auf die Straße. Sophie studierte ihren Stadtplan, während Emma danebenstand. »Wenn wir den Paseo del Prado weiter hochgehen, kommen wir direkt zum Malecón. Die Sonne geht bald unter, und dann flanieren alle Einheimischen dort entlang.«

Emma sah auf die Uhr. Bis zu ihrem Treffen mit Greg hatten sie noch anderthalb Stunden.

Sie überquerten die Straße zu der Promenade, die auf beiden Seiten von hohen Bäumen vor der Sonne geschützt war.

In der Mitte der Durchgangsstraße standen zwei majestätische Löwenskulpturen aus Bronze, auf denen lachend ein paar Jungs herumkletterten. Sie waren groß und schlaksig und trugen Hosen, die ein ganzes Stück zu kurz waren. Ihre Schuhe waren vorne aufgeschnitten, um ihren wachsenden Füßen Platz zu verschaffen. Andere Halbwüchsige amüsierten sich auf ihre Art, indem sie zu der Musik tanzten, die einer von ihnen mit einer Dose und einem Löffel machte.

Es war nicht windig, als sie die Strandpromenade erreichten, doch die wogende Flut brachte heftige Wellen mit sich, die gegen die Mauer krachten, auf der junge Männer mit nackten Oberkörpern und zerfransten Longshorts saßen. Einige von ihnen tranken Rum, andere tanzten zu einem imaginären Rhythmus, und wieder andere standen an der Mauer und diskutierten, ob sie ins Wasser springen und schwimmen sollten.

Eine stattliche Reihe reizvoller Gebäude säumte die andere Straßenseite. Jedes davon war in einer anderen Pastellfarbe gestrichen, die allesamt durch die Sonne verblasst waren, die direkt auf die Fassaden knallte. In der Ferne, über den Hochhäusern im Stadtviertel Vedado, sank die Sonne tiefer.

»Es ist genauso, wie ich es mir vorgestellt habe.«

»Ich mir auch!«, seufzte Sophie.

Emma drehte sich abrupt zu ihr um. »Ich wusste nicht, dass du unbedingt mal nach Havanna wolltest.«

»Ich wollte schon immer gern herkommen. Paul wusste das!«

Emma schüttelte verwundert den Kopf. »Was hat Paul damit zu tun?«

Sophie starrte ihre Schwester feindselig an. Sie hatte große Lust, es ihr zu sagen. Aber das würde sie nicht tun. Stattdessen würde sie lügen.

»Paul und ich haben darüber gesprochen, als er die Reise geplant hat. Er wollte sichergehen, dass es das ist, was du wolltest.« Die Worte blieben ihr fast im Halse stecken.

»Oh!« Emma drehte sich wieder zur Sonne und beobachtete, wie sie dunkler wurde, während der Himmel sich zu Orange- und Gelbtönen verfärbte, doch in Gedanken war sie ganz woanders.

Warum hatte Paul das getan? Wieso hatte er seine Urlaubspläne mit ihrer jüngsten Schwester besprochen? Das ergab keinen Sinn. Andererseits war in den letzten Wochen von Pauls Leben vieles passiert, was keinen Sinn ergab. Zum Beispiel der Besuch beim Arzt, wo er über Depressionen geklagt hatte, und das Rezept für besonders starke Schlaftabletten und Antidepressiva, das sie in seiner Jackentasche gefunden hatte.

»Komm! Wir wollen doch den attraktiven Kanadier nicht entwischen lassen«, meinte Sophie und stupste ihre Schwester am Arm. »Wenn du nicht zu Fuß zurückgehen willst, könnten wir eins von diesen lustigen kleinen gelben Taxis ausprobieren.« Sie meinte die Coco-Taxis, die am Malecón hin und her zischten.

»Die sehen echt witzig aus!«, stimmte Emma ihr zu. Sie musste aufhören, sich selbst zu quälen. Wahrscheinlich würde sie die wahre Ursache für Pauls Tod nie erfahren.

Sophie hielt einen der kleinen eierförmigen Motorroller an, die gerade groß genug waren, um den Fahrer und zwei Passagiere zu transportieren. Die Frauen saßen unsicher auf den roten Plastiksitzen und ließen sich auf dem Rückweg zum Hotel den Wind um die Nase wehen. Sie spürten jede Unebenheit auf der Strecke.

Mit Anbruch der Dunkelheit erwachte Parque Central zum Leben. Einige der vielen jungen Leute musizierten mit improvisierten Instrumenten, sodass der ganze Platz von Lebendigkeit und Dynamik widerhallte. Den Takt dazu gaben die Motoren und das Hupen der Autos vor.

Sie stiegen aus dem Coco-Taxi und liefen langsam die Stufen zum Hotel hinauf. Im Foyer mit dem Marmorfußboden saß Greg schon mit einer Zeitung in der Hand. Er trug ein graues Hemd und eine cremefarbene Hose und hätte sich gut in einem Modemagazin gemacht. Als die Frauen näher kamen, sprang er auf.

»Hallo, Greg! Sie sind zu früh. Wir müssen uns noch fürs Abendessen umziehen«, begrüßte ihn Emma.

»Keine Sorge. Ich informiere mich nur, was in letzter Zeit so auf der Welt passiert ist. Ich weiß, dass wir halb acht ausgemacht haben, aber ich wollte mir gern Ihr Hotel ansehen. Es ist sehr schön, aber mein kleines Hotel ist mir lieber.«

Sophie grinste wie ein Honigkuchenpferd und spielte kokett mit ihrem Haar.

»Wir sind so schnell wie möglich wieder unten«, versprach Emma.

»Meinetwegen brauchen Sie sich nicht zu beeilen, meine Damen. Ich sitze gerne hier!«

Als sie in den Fahrstuhl stiegen, wich Sophie Emmas Blick aus. Es war eine schwierige Situation, da sie sich beide zu diesem attraktiven Mann hingezogen fühlten. Emma fühlte sich von Sophie kontrolliert und bevormundet. War seit Pauls Tod vor sieben Monaten genug Zeit vergangen, um eine Beziehung zu einem anderen Mann in Betracht zu ziehen? Sie wusste es nicht. Seit Pauls Tod hatte die Zeit für sie eine ganz andere Dimension angenommen. Tage vergingen wie im Flug, und Minuten zogen sich hin wie Wochen, und manchmal konnte sie beim besten Willen niemandem erklären, wie sie sich gerade fühlte.

»Hör mal«, meinte Sophie. »Ich weiß, du hast ihn zuerst gesehen, aber ich vermute, du bist noch nicht so weit, jemanden kennenzulernen. Ich meine, es ist noch zu früh nach Paul, oder?«

Emma konnte nicht glauben, was sie da hörte. »Klar. Wenn er dich mag, schnapp ihn dir«, gab sie kurz angebunden zurück.

Sophie lächelte zufrieden. Sie fühlte sich bestätigt. Sie brauchte eine Entschädigung dafür, dass sie Paul verloren hatte. Schließlich war sie noch jung und musste sich ein eigenes Leben aufbauen. Und genau deshalb wollte sie jetzt Gregs Gesellschaft genießen, und Emma würde danebenstehen und zusehen müssen, so wie sie sonst bei Familienfeiern und anderen Festen.

Greg öffnete die Tür zum Floridita. Als die Frauen eintraten, fühlten sie sich prompt in eine andere Zeit zurückversetzt. Die Kellner eilten in den für den Laden typischen scharlachroten Blazern mit weißem Kragenrand umher. In der Ecke spielten drei Musiker Bass, Gitarre und Schlagzeug. Emma konnte die alten Instrumente förmlich riechen. Sie entdeckte eine riesige Hemingway-Messingstatue, die sich auf die Bar stützte und deren Kopf nicht viel anders aussah als der, den sie heute schon in Cojímar gesehen hatte.

»Ist das der, für den ich ihn halte?«

»Ja.« Greg lachte über Emma. »Je besser Sie diese Stadt kennenlernen, desto öfter werden Sie feststellen, dass er an vielen Stellen auftaucht!«

An der roten Theke waren unter dem braunen Rand die Worte *Heimat des Daiquiri* aufgeprägt.

»Okay, meine Damen. Hier hat Hemingway in den dreißiger Jahren sein spezielles Rezept für den Daiquiri zusammengemixt.«

»Was ist drin?«, fragte Sophie mit einem Augenaufschlag. Sie bearbeitete Greg schon, seit sie das El Telégrafo verlassen hatten.

»Es ist eine Mischung aus weißem Rum, was sonst, und Limettensaft, Zuckerrohrsirup und ein paar Tropfen Maraschino-Likör auf zerstoßenem Eis.«

»Lecker. Davon nehm ich einen«, säuselte Sophie und leckte sich anzüglich die Lippen.

»Probieren Sie auch einen, Emma?«, fragte Greg.

»Sehr gerne. Klingt gut.«

Greg führte sie zu einem kleinen runden Plastiktisch, der im neu aufpolierten Irland des einundzwanzigsten Jahrhunderts deplatziert gewirkt hätte, sich in Havanna aber authentisch und richtig anfühlte.

Ein Kellner eilte herbei. Seine Hose war von einer langen weißen Schürze bedeckt, die zu seinem gestärkten weißen Hemd passte. Er hatte strahlend blaue Augen, die zu seiner kaffeebraunen Haut einen hübschen Kontrast ergaben.

»Sie wünschen?«, fragte er und legte jedem von ihnen einen kleinen Papieruntersetzer hin.

»*Tres daiquiries, por favor*«, sagte Greg, lehnte sich auf seinem Plastikstuhl zurück und schlug die Beine übereinander. »Also, meine Damen, haben Sie Lust, hier zu essen? Hier drängeln sich zwar die Touristen, aber es ist gut.«

»Mir gefällt es«, bekräftigte Emma.

»Bis vor kurzem hatten wir sogar ein Floridita in Dublin, aber das war ganz anders«, erzählte Sophie.

»Das werden Sie bei allem feststellen, was außerhalb des Landes unter kubanischer Flagge betrieben wird. Ich wette, dort war alles makellos sauber und auf Hochglanz poliert.«

Sophie nickte. »Ja. Wie in jeder angesagten Bar in der Dubliner City. Ich war mal zur Markteinführung eines Produkts dort, für das mein Freund die Werbekampagne entwickelt hat.«

»Welcher deiner Freunde war denn in der Werbung?«, mischte sich Emma ein. Einen Typen aus der Werbung hatte Sophie nie erwähnt.

»Ach, den hast du nie kennengelernt«, wehrte Sophie hastig ab. »Ich war nur ein paar Wochen mit ihm zusammen.«

»Hat Paul ihn gekannt? Er hat mal beiläufig so was erwähnt, irgendeine Promotion-Aktion im Floridita. Ich bin mir sicher, dass Evans dafür zuständig war.«

»Er war ganz unten auf der Rangleiter. Ich glaube, er war nicht lange bei Evans.«

Der Kellner stellte drei Cocktailgläser auf den Tisch.

Sophie schnappte sich ihres hastig und verschanzte sich dahinter. »Haben Sie eine Speisekarte? Wir wollen hier essen!«, wandte sie sich an den Kellner.

Emma runzelte irritiert die Stirn. Dass Sophie mal einen Freund aus Pauls Firma hatte, hörte sie zum ersten Mal. Warum hatte er ihr das nie erzählt?

»Also, Emma aus Irland, was wollen Sie später noch machen?«

Aber Emma zerbrach sich immer noch den Kopf über ihre Schwester und Pauls Kollegen. Sie sehnte sich danach, ihre Wissenslücken aus den Wochen vor Pauls vorzeitigem Tod zu schließen. Doch Donal hatte sie gewarnt, nach Anhaltspunkten und Hinweisen zu suchen, die vielleicht nicht existierten, und gesagt, dass sie wahrscheinlich nie erfahren würden, warum Paul so und nicht anders gehandelt hatte.

»Mir egal«, meinte sie schulterzuckend. »Ach ja, ich will tanzen gehen. Wie wär's mit dem Casa de la Música, das uns unser Taxifahrer empfohlen hat?«

»Dann gehen wir ins Casa de la Música!«, verkündete Greg.

Nachdem sie sich die Bäuche mit Gerichten aus der riesigen Auswahl an Menüs mit Hummer und Meeresfrüchten auf der Speisekarte des Floridita vollgeschlagen hatten, gingen sie zu Fuß den kurzen Weg über den Parque Central und die Calle Neptuno zum Casa de la Música. Als sie vor dem Eingang standen, sahen sich die Schwestern an. Sie hatten beide denselben Gedanken.

»Sieht aus wie dieser Saal in Longford, in den wir als Teenies immer gegangen sind, wenn wir Tante Joan besucht haben.«

Sophie hatte Emma die Worte aus dem Mund genommen. Der trostlose Korridor mit dem verwahrlosten Blumenkasten gleich hinter der Tür hätte zu einer Disco in den achtziger Jahren im ländlichen Irland führen können.

Greg zahlte die fünfzehn CUC Eintritt für alle, und sie traten durch eine riesige Pendeltür, aus der der Rhythmus eines Modern Dance Mix mit einem Salsa-Beat drang.

»Die Bar könnte eine Renovierung vertragen!«, raunte Sophie Emma ins Ohr.

Emma betrachtete die kahle Theke, an der fünf schwache Lichter die Getränke hinter den Barkeepern beleuchteten. Es gab keine große Auswahl an Marken oder Getränken, dafür aber reihenweise Havana-Club-Flaschen. Kein Wunder, dass auf der Karte so viele Rumcocktails angeboten wurden.

»Setzen Sie sich doch, meine Damen, ich hole uns was zu trinken«, verkündete Greg.

»Danke«, antwortete Sophie mit einem koketten Lächeln und lotste ihre Schwester zu einem Tisch an der Tanzfläche.

»Als ich das letzte Mal auf so was saß, ging ich noch zur Schule«, bemerkte Emma und rückte sich einen orangefarbenen Plastikstuhl zurecht. »Es ist schön, mal einen etwas anderen Nachtclub zu erleben als sonst im Urlaub.«

»Hier stinkt's! Und ich muss aufs Klo. Ich wette, die Toiletten sind grauenvoll.«

»Ach, es ist nur alt. In Irland haben wir uns inzwischen daran gewöhnt, dass alles picobello und brandneu ist.«

Sophie verdrehte die Augen und stapfte los, um das WC zu suchen.

Greg kam mit drei Mojitos zurück und stellte sie auf den Tisch.

»Danke, Greg«, murmelte Emma und nippte an ihrem.

»Wo ist Sophie?«

»Sie ist gleich wieder da.«

»Mit Sophie hat man viel Spaß, Emma aus Irland, aber sie hat nicht das Niveau ihrer großen Schwester!«, sagte er augenzwinkernd.

Emma errötete und trank noch einen Schluck.

»Heute Abend tritt ein Sänger auf. Er ist ein Star hier in Kuba. Erst danach wird richtig getanzt.«

Gabriel Martinez war ein großartiger Künstler und sang anderthalb Stunden lang. Ein paar Einheimische standen auf und tanzten zu seiner Musik. Die Touristen, hauptsächlich Südamerikaner und Kanadier, saßen am Rand und sahen bewundernd zu, wie man Salsa tanzt.

Als der DJ die Bühne betrat, stürmten alle auf die Tanzfläche. Es war anders als alles, was die Irinnen je zuvor erlebt hatten. Ein junges kubanisches Paar stach aus der Menschenmenge hervor. Der Mann trug eine Baseballkappe und ein eng anliegendes weinrotes Hemd, das seine dunkle Haut wunderbar zur Geltung brachte. Er war so beweglich und biegsam wie ein Gummiband. Seine exotisch aussehende Tanzpartnerin trug einen pinkfarbenen gerüschten Minirock und eine tief ausgeschnittene Bluse. Ihre silbernen Sandalen waren ständig in der Luft, während ihr Partner sie zum Takt der Musik herumwirbelte. Sie bewegten sich besser als alle Teilnehmer, die sie je in den Tanz-Shows im Fernsehen zu Hause gesehen hatten.

»Komm schon, Greg. Ich wette, du tanzt gut. Probieren wir's mal?«, fragte Sophie und stand auf.

Greg erhob sich und nahm ihre Hand.

Neidisch sah Emma zu, wie Greg, der wirklich ein guter Tänzer war, ihre Schwester herumwirbelte und sie mit ein paar Salsa-Schritten führte. Sie lachten und schienen sich wirklich zu amüsieren.

Emma fragte sich langsam, wie aufrichtig Greg war. Zuerst schmeichelte er ihr, und in der nächsten Minute flirtete er mit Sophie. Hatte sie es nötig, sich auf ihren Gefühlen herumtrampeln zu lassen? Seit Pauls Tod war sie nicht mehr ganz zurechnungsfähig. Es war ja nicht so, als wäre er von einem Auto überfahren worden, im Meer ertrunken oder nach monatelangem Siechtum gestorben. Die gerichtliche Untersuchung der Todesursache war grauenhaft gewesen, und obwohl es nur eine Formalität war und Donal ihr versichert hatte, dass sie nicht daran teilzunehmen brauchte, hasste sie die ungeklärten Fragen, die über dem Tod ihres Ehemanns schwebten. Sicher, er war an einem Herzanfall gestorben, aber die Tatsache, dass man bei ihm zwei leere Pillenflaschen gefunden hatte, eine mit Antidepressiva und eine mit Schlaftabletten, ließ die Ursache im Dunkeln. Sie hatte keine Ahnung, wozu ihr Mann Antidepressiva gebraucht hatte. Und zu erfahren, dass er sie vor seinem Tod genommen hatte, war noch verstörender.

Sie trank einen Schluck und versuchte das alles zu vergessen, als vor ihr eine vertraute Gestalt auftauchte.

»Emma!«

Es war Felipe. Mit einem Glas Rum in der Hand stand er im weißen Hemd und mit einer schwarzen Hose vor ihr. Er musste geradewegs von der Arbeit kommen. Seine Haare waren zerzaust, und an seinem Kinn war schon der erste Bartschatten zu sehen, aber er sah fantastisch aus.

»Felipe! Wie schön, Sie zu sehen!« Emma freute sich über die Gesellschaft. Im Gegensatz zu Greg fühlte sie sich bei diesem Mann sicher. »Wussten Sie, dass ich hierherkommen würde?«

»Ich habe es gehofft. Gefällt es Ihnen?«

»Ja. Hervorragende Musik. Sie hatten recht.«

Felipe zog sich einen Plastikstuhl heran und setzte sich zu ihr. »Hatten Sie einen schönen Tag?«

»Wunderbar, danke. Wir haben diesen Kanadier kennengelernt, und er hat mit uns zu Abend gegessen.«

Felipe warf einen Blick auf Sophie und ihren Partner auf der Tanzfläche. Normalerweise suchte er keinen Kontakt zu Touristen. Vor drei Jahren hatte er seine Frau verloren, als er sich mit einem Mexikaner angefreundet hatte. Seitdem achtete er sehr darauf, mit wem er sich abgab. Aber er mochte Emma wirklich. Er hatte ihre blauen Augen schon anziehend gefunden, als er sie in der Ankunftshalle am Flughafen zum ersten Mal gesehen hatte. Als er am nächsten Tag zurück ins Hotel kam, um einen Gast abzuholen, war er auf den Balkon mit Blick auf den Pool getreten und hatte die Sonnenliegen abgesucht, bis er sie im Schatten eines Sonnenschirms sitzen sah, wo sie an ihrem Laptop arbeitete. Es waren Schicksal und reines Glück, die ihn an jenem Abend zum Hotel geführt hatten, als sie ein Taxi brauchte, und seitdem war sie ihm nicht mehr aus dem Sinn gegangen. Aber Felipe war ein schüchterner Mensch, der seine Gefühle lieber für sich behielt.

»Wo waren Sie denn heute?«

»Ach, überall in der Altstadt, und ich habe mir das Ambos

Mundos und die Kathedrale angesehen. Aber ich freue mich auf morgen.«

»Ja, das wird sehr schön. Möchten Sie tanzen?«

Emma errötete. Der Gedanke, mit Felipe zu tanzen, gefiel ihr.

Felipe führte mit solcher Sicherheit, dass auch sie sich bei den Schritten sicher und selbstbewusst fühlte.

Sie streiften Greg und Sophie.

Greg war ungehalten, dass er nicht mehr Hahn im Korb war, überspielte es aber perfekt.

»Greg Adams«, sagte er und hielt dem Neuankömmling die Hand hin.

»Felipe«, stellte sich der Kubaner vor und schüttelte sie kräftig.

»Woher kennen Sie die Damen?«

»Ich habe sie von Varadero hergefahren.«

Greg grinste breit. Ein Taxifahrer – keine große Konkurrenz.

»Ich hole uns was zu trinken«, rief Emma. »Sophie, hilfst du mir?«

»Eine Dame sollte nicht an der Bar stehen. Bitte lassen Sie mich. Was möchten Sie trinken, Felipe?«, fragte Greg.

»Ich möchte nichts.«

Als die Frauen mit Felipe zurück zu ihren Plätzen gingen, konnte Sophie ihr zufriedenes Grinsen nicht verbergen. Felipe war die perfekte Ablenkung für ihre Schwester, sodass sie Greg jetzt ganz für sich hätte.

»Es ist toll, dass Sie vorbeigekommen sind, Felipe!«, rief sie überschwänglich.

Felipe war ihre Begeisterung peinlich. Er wusste genau, dass sie nicht im Geringsten an seiner Gesellschaft interessiert war, und durchschaute ihre Absichten nur allzu gut.

Emma lächelte Felipe an. Die vier hatten sich plötzlich in zwei Paare aufgeteilt, und als die Disco anfing, ließ Sophie nichts unversucht, Greg als ihr Territorium zu markieren. Emma ließ sich von Felipe über die Tanzfläche führen, bis sie eine Erfrischung brauchte.

»Sind Sie müde? Möchten Sie gehen?«, fragte Felipe besorgt.

Emma nahm ihr Getränk und schüttelte den Kopf. »Nein, ich habe nur einem Tagtraum nachgehangen – oder einem Nachttraum!«, scherzte sie. Dann sah sie auf ihre Uhr. »Oh! Mir war nicht klar, dass es schon fast drei ist.«

»Wenn Sie möchten, fahre ich Sie zurück zum Hotel.«

»Wir sollten jetzt alle gehen«, sagte sie resolut und rief die anderen. »Fahren wir zurück in die Bar im El Telégrafo? Da gibt es bestimmt eine Happy Hour für Gäste.«

»Klingt gut!«, meinte Greg, nahm seinen Mojito und trank ihn aus.

»Okay«, willigte Sophie ein, wandte sich an Greg und bedachte ihn mit diesem unerträglich koketten Blick, der Emma fast körperlich wehtat.

Felipe fuhr sie die paar Blocks zurück zum Parque Central, und als sie vor dem Hotel waren, hielt er abrupt. »Wir sehen uns morgen. Um zehn?«

»Kommen Sie nicht noch mit rein?«, fragte Sophie.

Felipe schüttelte den Kopf. »Nein, wir sehen uns morgen.«

Greg führte die zwei Frauen in die Bar, während Felipe in der Nacht verschwand.

»Ich frage mich, warum er nicht mit reinkommen wollte«, seufzte Emma.

Greg zuckte mit den Achseln. Er freute sich, die beiden für sich allein zu haben. Vor Jahren hatte er mal in Miami einen wunderbaren Dreier mit zwei Schwedinnen gehabt und hätte nichts dagegen, dieselbe Erfahrung mit zwei Irinnen zu machen.

Emma wünschte, Felipe wäre nicht gegangen. Sie konnte es nicht mehr mit ansehen, wie Sophie sich an Greg heranmachte.

»Ich glaube, ich gehe rauf aufs Zimmer. Ich bin hundemüde, und morgen gibt es viel zu besichtigen.«

Sophies Augen leuchteten auf. »Okay, bis später. Wir werden auch nicht mehr alt. Nicht wahr, Greg?«

»Bestimmt nicht. Ich hoffe, wir sehen uns morgen.« Er gab Emma seine Visitenkarte. »Da ist meine Handynummer drauf, wenn wir uns morgen treffen wollen.«

»Danke«, murmelte Emma und lief ohne einen Blick zurück zum Fahrstuhl. Viel Glück für Sophie, sie konnte Greg geschenkt haben. Sie konnte sowieso jeden haben, den sie wollte. Ihr machte das nichts mehr aus. Das Risiko, sich neu zu verlieben, war zu groß.

»Wollen wir noch irgendwohin?«, schlug Greg Sophie vor.

Sophie zog die Augenbrauen hoch. »Okay. Ich würde gern Ihr Hotel sehen.«

Greg zuckte mit den Achseln. Dann würde er sich mit einer Schwester begnügen müssen.

Sie traten hinaus auf den Parque Central, auf dem es jetzt zuging wie im Taubenschlag.

»Erzählen Sie mir von Kanada. Da wollte ich schon immer mal hin.«

»Es ist ein schönes Land, nur verdammt kalt im Winter. Deshalb lege ich meine Reisen nach Kuba immer in die Wintermonate.«

»Aber Sie haben doch sicher Schnee.«

»Massenhaft. Was machen Sie beruflich, Sophie?«

»Ich bin Designerin. Ich entwerfe Strickwaren für eine

irische Firma, aber im Moment arbeiten wir nur mit einer Notbesetzung, weil ein Großteil unserer Produktion nach China ausgelagert wurde.«

»Es ist überall auf der Welt dasselbe. Eine schwierige Zeit für die Kleiderindustrie.«

Sophie schien das nicht zu beunruhigen. »Ich bin eine sehr gute Designerin!«

Greg lächelte. Die Großspurigkeit der jungen Irin gefiel ihm. »Wir sind fast da. Sehen Sie das Gebäude an der Ecke?«

Sophie nickte. Sie stiegen die wenigen Stufen hinauf und betraten das Foyer, das bis auf einen greisen Gast und Marco hinter der Bar fast leer war.

»Lange Schicht heute, Marco?«

Marco lächelte, doch die Müdigkeit schwand aus seinen Zügen, als er Gregs Begleiterin sah. Sie war atemberaubend schön und exotisch, und die Rottöne in ihrem Haar zogen seine Blicke an. Er war daran gewöhnt, Greg mit den unterschiedlichsten schönen Frauen das Hotel betreten zu sehen.

»Wollen wir bei mir noch was trinken?«, flüsterte Greg ihr ins Ohr.

Sophie nickte. Es war genau das, was sie wollte.

Da der Fahrstuhl uralt war, lotste Greg sie zur Treppe. »Ich wohne in der ersten Etage.«

Als Greg die Lampen anschaltete, sah Sophie, dass sein Zimmer hell und sauber war. Er hatte den Raum in Besitz genommen und seine persönlichen Sachen überall verteilt.

Sophie zog es zu einem kleinen Mahagoni-Spieltisch in der Ecke mit einer Einlegearbeit aus Quadraten in hellerem Holz.

»Kann man darauf Schach spielen?«

Greg kam zu ihr und fuhr mit seinen langen Fingern über das glatte Holz.

»Wenn wir Schachfiguren hätten, ja. Aber wir könnten auch etwas anderes nehmen. Wie wär's mit den Fläschchen aus der Minibar?«

Sophie kicherte. Die Idee reizte sie.

Greg holte diverse Fläschchen mit Whiskey, Wodka, Gin und Rum heraus und stellte sie auf den Tisch.

»Woher wissen wir, was es für Spielfiguren sind?«

»Das ist schwierig«, räumte Greg ein. »Wir könnten auch Halma spielen, eh?«

»Oder vielleicht Dame?«

Greg zuckte mit den Schultern. »Wenn wir nach kanadischen Regeln spielen, brauchen wir zu viele Flaschen. Spielen wir Dame auf englische Art. Möchten Sie Whiskey und Gin sein?«

»Hätten Sie was dagegen, wenn ich Rum und Gin wäre?«

»Natürlich nicht. Die Dame darf wählen. Dann bin ich eben Whiskey und Wodka. Wir könnten das Spiel noch ein bisschen aufpeppen. Wenn man dem Gegner einen Stein abnimmt, muss man die Flasche austrinken, eh?«

Wieder kicherte Sophie. »In Ordnung.« Sie war nach dem Tanzen um einiges nüchterner geworden.

Greg zog die Stühle an den Spieltisch heran. Dann machte er seinen ersten Zug. Das Spiel hatte begonnen.

Sophie war übereifrig und nahm Greg so bald wie möglich einen Stein ab. Dann erst wurde ihr klar, dass sie als Erste würde trinken müssen.

»Kann ich Cola oder Saft dazu haben?«

»Das wäre geschummelt, finden Sie nicht?«

Sophie lächelte schwach und kippte den Wodka weg. Sie verzog das Gesicht, als er auf der Zunge brannte. Die wärmende Flüssigkeit lief durch ihren Rachen, und sie spürte die Wirkung des Alkohols sofort.

Greg lachte und machte den nächsten Zug. Er wollte, dass sie ihm noch einen Stein abnahm.

»O nein«, protestierte sie. »Sehen Sie, wenn Sie hierhin ziehen, können Sie zwei von meinen nehmen!«

Greg kam ihrem Vorschlag nach und kippte rasch zwei Fläschchen weg. Er war groß und stark und konnte es vertragen.

»Der hier gehört mir«, verkündete Sophie, nahm ihm noch ein Fläschchen Wodka weg und drehte den Deckel ab.

Greg lächelte herrlich sanft, während er Sophie beobachtete. Als sie ihren nächsten Zug machte, legte er die Hand auf ihre. »Ich mache sie Ihnen auf, eh?«

»Ich schaffe das schon«, wehrte sie ab. Doch der Alkohol beeinträchtigte ihre Fingerfertigkeit. Also reichte sie ihm die Flasche, damit er sie aufdrehte. Sie nippte daran und leckte sich die Lippen.

»Darf ich zu dir kommen?«, fragte er leise.

»Natürlich!« Das Spiel war sowieso unsinnig. Ein Auftakt für etwas, das sie beide wollten.

Greg kippte einen Rum weg und stand auf. Er hielt ihr die Hand hin, und Sophie nahm sie.

Sie gingen zu seinem Bett, auf dem eine weiße Tagesdecke lag. Der Ventilator über ihren Köpfen drehte sich und ließ die feuchte Luft zirkulieren.

Greg streichelte ihr Gesicht und küsste sie auf die Wange.

Sophie spürte, wie sich die Spannung und Erregung zwischen ihnen aufbaute. Sie konnte es kaum erwarten, seine schöne dunkle Haut zu sehen, die unter seinem grauen Hemd verborgen war.

Doch er wollte, dass sie für ihn bereit war. Er legte sie sanft aufs Bett, zeichnete mit seinen dunklen Fingern ihren Körper nach, knöpfte ihr Top auf und schälte es von ihren Schultern.

Seine Augen wurden groß, als er den Vorderverschluss-BH sah. Dazu käme er später. Er fuhr mit den Fingern unter das Gummiband in ihrem Rock und zog ihn zusammen mit der Unterwäsche sanft nach unten. Dann kniete er sich auf den Boden, fuhr mit den Handflächen an ihren Schenkeln entlang und spreizte ihre Beine.

Sophie verging fast vor Lust. Sie sehnte sich nach dem Gefühl, wenn seine Zunge über ihre empfindlichste Stelle fuhr. Sie brauchte nicht zu warten. Er beherrschte es meisterhaft und wusste, wie man eine Frau schnell zum Orgasmus brachte, ohne sie der Vorfreude zu berauben. Sophie schrie auf, als er die Finger in sie steckte, um ihre Lust noch zu verstärken.

Sophie legte die Hände in seinen Nacken und zog ihn nach oben.

Er hakte den BH-Verschluss auf und legte kurz die Lippen auf ihre Brustwarzen. Dann leckte er sie hungrig mit seiner Zunge. Er musste sein Hemd ausziehen, das jetzt vor Schweiß ganz feucht war und ihm am Körper klebte.

Sophie half ihm aus seiner Chinohose. Er trug keine Unterwäsche, und sie machte große Augen, als sie zum ersten Mal seine Erektion sah. Sie konnte das Verlangen nicht unterdrücken, seinen Penis in die Hand zu nehmen und seine Länge und seinen Umfang zu fühlen. Sie war nicht mehr so erregt gewesen, seit sie es zum ersten Mal mit Paul auf dem Boden in seinem Büro getrieben hatte. Die reine Körperlichkeit des schönen Mannes vor ihr versetzte sie in Raserei. Sie spürte, wie er in sie eindrang. Mit der Lust jedes Stoßes wurde ihr Gesicht ekstatischer. Sie verspürte eine solche Euphorie, dass sie aufschreien musste. Hatte sie endlich einen Ersatz für Paul gefunden?

Kapitel 12

Als der Wecker schrillte, fuhr Donal im Bett hoch. Er schaltete ihn hastig aus und sank wieder in die Kissen.

»Tut mir leid«, entschuldigte er sich bei Louise. »Ich hab ihn wohl gestern Abend aus Versehen gestellt. Wir waren beide so beunruhigt, als wir ins Bett gegangen sind.«

»Schon gut. Wir müssen sowieso nach Mum sehen, und ich will noch mal ins Krankenhaus.«

Donal musterte seine Frau von oben bis unten. Frühmorgens roch sie immer so gut, und es war jetzt drei Monate her, seit sie zuletzt miteinander geschlafen hatten.

Louise, die von den Begehrlichkeiten, die sie in ihrem Mann weckte, gar nichts mitbekam, schlüpfte aus dem Bett und zog ihren Morgenmantel an. Dann lief sie schnurstracks ins Gästezimmer, wo ihre Mutter mit offenem Mund und laut schnarchend im Bett lag.

Sie hatte einen furchtbaren Schock erlitten, sich am Abend zuvor aber so weit im Griff gehabt, dass sie Louise im Krankenhaus hatte anrufen und sie darum hatte bitten können, auf dem Heimweg noch schnell ihre Gesichtscreme und ein paar andere Sachen zu holen, die sie für lebensnotwendig hielt, um bei ihrer Tochter übernachten zu können.

Maggie Owens war eine bemerkenswerte Frau. Sie war sehr konservativ, gläubig und selbstgerecht, doch Louise bewunderte sie für ihr Aussehen und ihre gute Haltung. Sie ginge mühelos als zehn Jahre jünger durch, doch es gab auch einen Grund, warum sie nicht so viele Falten im Gesicht hatte, und der war nicht Botox oder der Hut, den sie stets aufsetzte, um ihre Haut vor der Sonne zu schützen. Maggie überließ alle Sorgen, seien sie finanzieller oder emotionaler Art, ihrem Gatten. Schließlich war er der Mann im Haus, und Angelegenheiten wie diese hatte er zu regeln. Ihre Aufgabe als Frau war es, gut auszusehen und ein rechtschaffenes, wenn auch voreingenommenes Mitglied der Gesellschaft zu sein.

Louise wusste jetzt schon, dass Maggie das tragische Ereignis, das ihrem Vater widerfahren war, in einen persönlichen Angriff auf sich selbst ummünzen würde.

Sie spielte mit dem Gedanken, ihre Schwestern in Havanna zu verständigen, aber das war sinnlos. Warum sollte sie Emmas Urlaub um nur einen Tag verkürzen? Sie hatte eine Abwechslung verdient. Bei Sophie hätte Louise da keinerlei Hemmungen gehabt, aber das hätte genauso wenig gebracht.

Finn kam aus seinem Zimmer geschlichen und kratzte sich verschlafen am Kopf.

»Wie geht's Grandad?«

»Der wird schon wieder, Schatz«, versicherte Louise ihm, und ihr wurde plötzlich klar, wie wichtig männliche Vorbilder nach dem tragischen Verlust seines Vaters für den Jungen waren.

»Das ist schön«, murmelte er verlegen und schlurfte ins Bad.

Louise lief zurück ins Schlafzimmer, um sich anzuziehen.

»Ich fahre jetzt ins Krankenhaus und sehe nach, wie es Dad geht«, informierte sie Donal. »Machst du den Kindern Frühstück und kümmerst dich um Mum?«

»Eigentlich wollte ich in den Club.«

Louise sah ihren Mann verzweifelt an.

»Okay«, gab Donal nach. »Das sind außergewöhnliche Umstände.«

Erleichtert schnappte sich Louise ihre Tasche und rannte die Treppe hinunter. Sie stibitzte eine Banane aus der Obstschüssel und nahm die Autoschlüssel vom Haken beim Telefon, wo sie immer hingen. Dann stieg sie in ihren Van und fuhr zum Beaumont Hospital.

Sie war noch nicht lange unterwegs, als ihr Handy piepte und ihr den Eingang einer SMS signalisierte. Es war besser nachzusehen, falls zu Hause etwas nicht in Ordnung war. Aber die Nachricht war nicht von Donal, sondern von Jack.

Ich muss dich sehen

Sie zitterte, als sie das las. Sie hatte lange darüber nachgegrübelt, wie sehr sie sich am Samstag bei ihm zum Narren gemacht hatte, bevor sich die Ereignisse bei ihr zu Hause überschlugen. Aber Jack war Single und hatte keinerlei Verpflichtungen. Da war es normal, dass er davon ausging, sich jederzeit mit ihr treffen zu können. Aber es war der falsche Zeitpunkt. Ihre Familie hatte jetzt höchste Priorität.

Sie fuhr zügig an Sybil Hill entlang und versuchte, nicht an Jack zu denken, doch auf dem Weg zum Artane-Kreisel nistete er sich in ihren Gedanken ein.

Sie konnte der Versuchung nicht widerstehen. Also schaltete sie die Bluetooth-Freisprechfunktion am Lenkrad an und wählte Jacks Nummer.

Er ging schnell ran.

»Hallo, Louise, bist du das?«

»Hallo, Jack. Hör zu, wir haben zu Hause einen Notfall. Mein Dad ist im Krankenhaus. Ein Einbrecher hat ihn zusammengeschlagen.«

»Das ist ja schrecklich! Tut mir leid, das zu hören. Wird er wieder gesund?«

»Ich glaube schon. Aber sie haben noch was anderes festgestellt, als er zur Beobachtung dableiben musste. Geht's dir gut?«

Jack fühlte sich plötzlich wieder wie ein Schuljunge, der hofft, von seiner Lehrerin getröstet zu werden, während sie mit einer echten Erwachsenenkrise fertig werden muss.

»Alles bestens. Ich wollte nur mit dir reden, nachdem du einfach so abgehauen bist. Es tut mir leid.«

»Jack, du hast nichts falsch gemacht. Aber ich bin verheiratet und in einer anderen Situation als du.«

»Ich hab im Moment ein echtes Talent, andere zu verletzen. Besonders Aoife!«

»Was ist zwischen dir und Aoife vorgefallen?«

»Ich war nicht besonders nett zu ihr. Vermutlich die kalten Füße, über die wir gesprochen haben.«

»Jack, du musst so tun, als hättest du mich nicht wieder getroffen. Das ist für keinen von uns gut.«

»Ich versuche es ja, aber es funktioniert nicht. Mir tut auch wirklich leid, was ich neulich im Café zu dir gesagt habe.«

»Du musstest das eben mal loswerden. Mir geht's gut, aber ich bin verheiratet, und du musst immer dran denken, dass du nur kalte Füße hast.«

Jack seufzte. Was hatte er anderes erwartet? »Danke für den Rückruf, Louise. Ich wollte nur sichergehen, dass zwischen uns alles in Ordnung ist.«

»Natürlich, Jack, aber ich habe in der nächsten Zeit mit dieser schlimmen Sache, die meinen Eltern passiert ist, alle Hände voll zu tun.«

»Verstehe. Machen wir Schluss. Halt mich auf dem Laufenden.«

»Pass auf dich auf, Jack. Ich melde mich.«

Louise legte auf. Zum ersten Mal seit dem Wiedersehen

mit Jack war sie froh, dass sie die Kraft gehabt hatte, sich von ihm nicht in eine Affäre hineinziehen zu lassen. Ihr Leben war auch so schon kompliziert genug.

Jack fühlte sich nicht viel besser, nachdem er Louises Stimme gehört hatte. Er hatte gehofft, dass sie sich vielleicht treffen könnten und sie ihm dabei half, sich über seine Gefühle klar zu werden, aber für sie lag die Sache jetzt anders.

Er musste mit Aoife sprechen. Was wollte er eigentlich? Warum war er so durcheinander?

Er nahm sein Handy und wählte ihre Nummer. Er musste etwas unternehmen.

Aoife hatte den Abend in Malahide verbracht. Sie rief ihre Freundin Cathy an, und sie gingen zu Gibneys, wo sonntagabends immer viel los war, und tranken eine Flasche Smirnoff Ice nach der anderen. Dann kauften sie sich im Beachcomber eine Tüte Pommes, setzten sich in die Küche ihrer Mutter und tranken bis vier Uhr morgens Tee. Doch nach dem Aufwachen fühlte sie sich kein Stück besser. Obwohl sie im Pub mit vielen Männern geflirtet hatte und ihre beste Freundin ihr versichert hatte, dass sie völlig im Recht war und Jack eine Lektion erteilen musste, fühlte sie sich schlecht. Schlecht wegen Jack und schlecht, was sie selbst betraf.

Warum war er plötzlich so? Irgendwas war anders!

Sie ging ins Bad und sah in den Spiegel. Normalerweise schminkte sie sich vor dem Zubettgehen ab, aber nach dem langen Gespräch mit Cathy war sie in keiner guten Verfassung gewesen. Sie hatte viele Tränen vergossen und sie mit einem Stück grober Küchenrolle weggewischt. Sie musste mit Jack reden. Also wusch sie sich das Gesicht mit einem Waschlappen und ging zurück in ihr altes Zimmer, um sich anzuziehen. Sie würde kein Blatt vor den Mund nehmen. Zum Glück brauchte sie nicht einmal den ersten Schritt zu machen.

Denn plötzlich klingelte ihr Handy. Sie erkannte Jacks Nummer und ließ es so lange läuten, bis sich schon fast die Mailbox einschaltete.

»Ja?«

»Ich bin's. Ich muss dich sehen.«

»Ich bin mir aber nicht sicher, ob ich dich sehen will!«

»Aoife, was ich gestern zu dir gesagt habe, tut mir sehr leid.«

»Warum hast du es dann gesagt, wenn du es gar nicht so meinst?«

»Ich hab's ja so gemeint. Aber es klang irgendwie falsch.«

»Von deiner Seite besteht ein großer Erklärungsbedarf, Jack Duggan.«

»Ich weiß. Können wir uns treffen?«

Aoife seufzte. »Ich komme nach Howth. Ich muss mich unbedingt umziehen.«

»Lass uns einen Spaziergang um die Klippen machen. Es ist ein herrlicher Tag.«

»Ich bin völlig kaputt. Ich war gestern erst spät im Bett.«

»Ach so.« Jack fragte sich, mit wem sie den Abend verbracht hatte. »Okay. Wir können hier in der Wohnung reden. Ich bin schon dort.«

»Gut«, sagte Aoife und legte abrupt auf.

Während der Fahrt brodelte die Angst in ihr wie in einem Schnellkochtopf. Sie hatte nicht den Nerv gehabt, ihren Eltern von dem Streit zu erzählen. Sie wussten nur, dass sie mit Cathy einen überfälligen Frauenabend veranstaltet hatte. Sie schämte sich viel zu sehr, ihnen von den verletzenden Dingen zu erzählen, die Jack ihr an den Kopf geworfen hatte.

Die Tore zu den St. Lawrence's Quay Apartments öffneten

sich, und sie parkte den Wagen. Ihre Hände zitterten, und daran war nicht der Alkohol vom Abend zuvor schuld.

Die Fahrt im Aufzug war kurz. Sie stand vor der Wohnungstür und steckte ihren Schlüssel ins Schloss, doch bevor sie ihn umdrehen konnte, hatte Jack schon aufgemacht.

»Hallo«, begrüßte er sie verlegen.

Als sie seine jungenhaften blauen Augen und seine feinen Züge sah, schmolz sie dahin. Sie liebte ihn über alles, doch im Moment hatte sie sich selbst gegenüber die Pflicht, es sich nicht anmerken zu lassen.

»Ich hole nur was aus dem Schlafzimmer. Ich komme gleich wieder, und dann reden wir.«

Sie drängte sich an ihm vorbei und pfefferte ihre Handtasche auf die Couch. Sobald sie im Schlafzimmer war, knallte sie die Tür hinter sich zu, ließ sich aufs Bett fallen und vergrub das Gesicht in den Händen. Ihr Bauchgefühl sagte ihr, dass etwas Schreckliches geschehen würde. Sie ertrug den Gedanken nicht, ihren Eltern erzählen zu müssen, dass die Hochzeit verschoben würde – oder noch schlimmer: abgesagt.

Sie musste sich zusammenreißen! Sie zog sich um und ließ Jack voller Unruhe draußen auf dem Wohnzimmersofa warten, während sie sich schminkte und kämmte. Sie überprüfte ihr Aussehen im Spiegel und fühlte sich jetzt besser gewappnet, ihrem Verlobten gegenüberzutreten.

»Also, worüber willst du mit mir reden?«, fragte sie und stellte sich herausfordernd auf den langflorigen Teppich.

»Komm und setz dich zu mir.«

Sie rührte sich nicht. »Danke, ich stehe lieber.«

»Aoife, das ist das Schwierigste, was ich je tun musste.«

»Tja, für mich ist es auch ganz schön schwierig. Ich finde, du solltest mir einfach sagen, was du zu sagen hast.«

Jack stand auf, um mit seiner Verlobten auf gleicher Augenhöhe zu sein.

Sie wich ein paar Schritte zurück.

Er trat vor und streckte die Hand aus, um ihr Gesicht zu streicheln, doch sie zuckte zusammen.

»Ich finde, wir sollten die Hochzeit verschieben.«

Aoife schnappte nach Luft. »Hast du eine andere?«

»Es gibt keine andere«, antwortete er, zu hastig, um überzeugend zu klingen.

»Das ist es doch, stimmt's? Du hast eine Affäre!«

Jack schüttelte entschieden den Kopf. »Ich habe keine Affäre, glaub mir das bitte, und ich will, dass wir weiter zusammenleben. Aber es ist alles außer Kontrolle geraten. Deine Familie, die Hochzeitspläne, die Flitterwochen ... Mir wäre es lieber, wir würden es klein und schlicht halten. Nur wir beide.«

»Aber das hast du mir nie gesagt.«

»Es ist einfach ausgeartet. Zuerst wollten wir nur die Familie einladen und dann ein paar Freunde und dann noch ein paar Kollegen, und bevor wir's uns versahen, hatten wir alle eingeladen, die wir kennen, und du brauchst jetzt ein Designer-Hochzeitskleid und ... Die Liste wird immer länger.«

»Jede Frau träumt von ihrer Hochzeit, und ich will, dass sie was ganz Besonderes wird.«

»Ich doch auch, aber es muss um den Bund zwischen zwei Menschen gehen und nicht um die Hochzeit als solche.«

Aoife sah ihn ernst an. »Das dachte ich auch!«

Jack gelang es nicht, ihr seine wahren Gefühle zu vermitteln, weil er nicht aufrichtig zu ihr war. Die Vorstellung, den Rest seines Lebens nur mit einer einzigen Frau zu verbringen, machte ihm Angst. Louise wiederzusehen und immer noch Gefühle für sie zu hegen, derer er sich nicht einmal bewusst gewesen war, ängstigte ihn, und jetzt jagte ihm auch der Gedanke, Aoife zu verlieren, eine Heidenangst ein.

»Bitte, können wir die Hochzeit nicht einfach verschieben und uns wieder auf das Wesentliche besinnen? Es ziemt sich nicht, in einer Zeit, in der so viele Menschen ihre Arbeit verlieren und die Wirtschaft am Boden liegt, eine protzige Hochzeit zu feiern.«

Aoife holte tief Luft. »Ich packe jetzt ein paar Sachen und fahre für einige Tage nach Hause. Ich weiß nicht mehr, was ich glauben soll. Es ist nicht gerade fair von dir, mich so plötzlich damit zu konfrontieren.«

»Ich weiß. Du kommst doch zurück?«

Sie schüttelte den Kopf. »Ich weiß nicht.«

Plötzlich wurde Jack klar, was er angerichtet hatte. »Dann geh nicht! Es tut mir leid, Aoife. Ich will dich nicht verlieren.«

Aoife unterdrückte nur mit Mühe die Tränen. »Ich habe das Gefühl, dass zwischen uns etwas zerbrochen ist. Ich habe dich so sehr geliebt! Ich war mir so sicher, dass ich den perfekten Partner gefunden habe.«

»Das bin ich auch – du bist es – wir sind es«, beharrte Jack.

»Wenn du so empfinden würdest wie ich, müssten wir dieses Gespräch nicht führen.«

Sie hatte recht, und Jack hatte es sich selbst zuzuschreiben.

»Was muss ich tun, um es wiedergutzumachen?«

»Du kannst nicht ungeschehen machen, was du gesagt hast. Ich halte es für das Beste, zu meinen Eltern zu fahren. Wenigstens für ein paar Tage.«

Jack nickte. Er brauchte Zeit, das, was er ins Rollen gebracht hatte, zu verdauen. Er musste sich sicher sein, was er wirklich wollte.

»Es waren mindestens drei kleine Mistkerle, die Dad zusammengeschlagen haben«, verkündete Louise empört und knallte ihre Handtasche auf den Küchentisch.

»Geht's dir auch gut?«, fragte Donal. »Erzähl es mir noch mal, aber schön langsam.«

Louise zitterte, aber sie wusste Donals Fürsorge zu schätzen.

»Dad ist in meiner Anwesenheit von der Polizei befragt worden, und er hat ausgesagt, dass es junge Kerle mit Kapuzenjacken waren. Sie können nicht älter als fünfzehn oder sechzehn gewesen sein.«

»Ist er sich da sicher? Das klingt sehr jung.«

Louise nickte. »Die Polizei hat es bestätigt. Sie fahnden nach einer Gruppe junger Männer aus anständigen Familien in Raheny, die alte Menschen terrorisieren und bestehlen und sie dann zusammenschlagen. Sie halten es nicht mal für nötig, sich zu vermummen. Die Polizei sagt, dass es aufgrund ihres Alters schwierig ist, sie zu fassen, und noch schwieriger, sie zu verurteilen. In was für einer Welt leben wir eigentlich, Donal?«

Donal kratzte sich ratlos am Kopf. »Das ist wirklich schlimm.«

»Sie hätten ihn umbringen können und hätten es bestimmt auch getan, wenn Mum sie nicht überrascht hätte.«

»Ganz sicher?«

»Donal, sie haben ihn mit Stöcken geschlagen, und ihren Opfern körperlichen Schaden zuzufügen scheint ihnen richtig Spaß zu machen. Vor ein paar Wochen haben sie fast einen jungen Mann umgebracht, der um acht Uhr abends mit seiner Freundin auf dem Weg nach Hause war. Ich konnte nicht glauben, was die Polizei mir erzählt hat.«

»Wenigstens ist dein Dad auf dem Wege der Besserung.«

»Es hat ihn ganz schön mitgenommen, und sein Herz bereitet ihnen Sorgen. Sie sagen, es sei sehr schwach.«

»Rührt das von dem Überfall her?«

Louise zuckte mit den Achseln. »Ich weiß nicht genau. Der Überfall war vielleicht der Auslöser, aber eine Schwäche war schon vorher vorhanden. Drei seiner Herzklappen sind verstopft.«

»Was haben sie mit ihm vor?«

»Sieht so aus, als bräuchte er einen Dreifach-Bypass.«

»Das ist nicht gut, vor allem in seinem Alter.«

Louise nickte. Ganz ihre Meinung.

»Haben sie irgendwas mitgehen lassen?«

»Seine Geldbörse, aber er hatte nur zwanzig Euro drin. Nur Mums Schmuck hätte von Wert für sie sein können, aber sie waren nicht lange genug dort, um ihn zu finden.«

»Das ist alles so sinnlos.«

»Allerdings. Aber als ich in der Klinik saß, habe ich mich gefragt, ob es nicht Glück im Unglück war. Wenn mit seinem Herzen etwas nicht stimmt, könnte ihm diese Operation das Leben retten. Wenn er nach dem Einbruch nicht zur Beobachtung ins Krankenhaus eingeliefert worden wäre, hätten wir nie davon erfahren.«

Donal zog die Augenbrauen hoch. »Das wäre eine seltsame Laune des Schicksals.« Seine Miene wurde panisch. »Moment mal. Was passiert mit deiner Mutter, wenn er operiert werden muss?«

Louise zog ein langes Gesicht. Ihr behagte die Vorstellung, auf ihre Mutter aufpassen zu müssen, genauso wenig wie Donal. »Wenigstens kommt Emma am Dienstag nach Hause, dann können wir sie unter uns aufteilen!«

Kapitel 13

Das Erste, was Emma beim Aufwachen auffiel, war das leere Bett neben ihr. Überrascht war sie nicht. Sophie hatte es von Anfang an auf Greg abgesehen, und sie bekam immer, was sie wollte.

Sie sah auf ihre Uhr. Es war eine gute Zeit, um Finn anzurufen und sich zu erkundigen, wie es ihm ging. Sie griff nach ihrem Handy auf dem Nachttisch.

»Finn?«

»Hallo, Mum.«

»Liebling, wie geht es dir? Ich vermisse dich wahnsinnig.«

»Es war echt krass hier. Grandad ist gestern von einem Einbrecher zusammengeschlagen worden, und Granny hat hier übernachtet. Louise ist zu ihm ins Krankenhaus gefahren, und Donal versucht, Granny bei Laune zu halten!«

Emma setzte sich vor Schreck kerzengerade im Bett auf. Ihr Herz hämmerte.

»Geht es Grandad gut?«

»Ich glaube ja. Louise ist noch nicht wieder zurück. Sein Kopf war voller Blut und so.«

»O Gott! Kann ich mit Donal sprechen?«

»Logo! Ich hol ihn.«

Emmas Gedanken rasten. Ihr Vater war ein kräftiger Mann, aber seit er siebzig war, war er gebrechlich geworden und wollte die Einschränkungen, die sein Körper ihm auferlegte, nicht wahrhaben.

»Emma! Donal hier.«

»Hallo, Donal! Finn hat mir gerade von Dad erzählt. Wie geht es ihm?«

»Louise wollte dich nicht aufregen, weil du im Urlaub bist und morgen sowieso nach Hause kommst.«

»Ich könnte versuchen, noch heute zu kommen.«

»Ehrlich, das brauchst du nicht. Dein Dad wird wieder gesund. Es hat ihn nur sehr mitgenommen, und sie behalten ihn zur Beobachtung da.« Sie mit den Details der bevorstehenden Herzoperation zu beunruhigen war unnötig. »Ich glaube, sie waren wegen seines Alters besorgt und haben ihn deshalb dabehalten.«

»Sie hätte es mir sagen sollen!«

»Das ist meine Schuld. Wirklich, Emma, wir kommen klar.«

»Ich habe so ein Glück, dich zum Schwager zu haben! Hoffentlich weiß Louise auch, was sie an dir hat. Es ist bestimmt nicht leicht, es Mum recht zu machen.«

»Deine Mum hab ich im Griff. Sie ist schon in Ordnung.«

»Danke für alles.«

»Wir sind doch eine Familie, Emma.«

Das hatte er auch zu ihr gesagt, als er sie zu Pauls gerichtlicher Untersuchung begleitet hatte. Er hatte seinen guten Freund John, einen Anwalt, dazu gebracht, den Fall zu übernehmen, und das Verfahren war mit der größtmöglichen Diskretion abgeschlossen worden. Niemand brauchte zu wissen, warum er gestorben war. Das hätte nichts gebracht. Und Finn bräuchte nie zu erfahren, dass es überhaupt eine Untersuchung gegeben hatte, genauso wenig wie alle anderen Mitglieder der Familien Owens und Condell. Wenn sie Donal in dieser Sache vertrauen konnte, könnte sie ihm auch in allen erdenklichen anderen Fragen vertrauen. Das wusste Emma.

»Vielen Dank, Donal.«

Donal fragte sich manchmal, ob er die falsche Schwester geheiratet hatte. Emma war so ruhig und ausgeglichen – alles, was Louise nicht war. Andererseits waren er und Emma sich vielleicht zu ähnlich. Waren es nicht gerade die Gegensätze, die ihn anfangs zu Louise hingezogen hatten?

»Wir sehen uns am Dienstag. Genieß den Rest deines Urlaubs.«

»Bis dann.«

Emma legte auf und überlegte, ob sie Sophie anrufen sollte. Nein, Greg sollte nicht denken, dass sie ihn kontrollierte. Stattdessen hinterließ sie ihr auf dem Briefpapier des Hotels eine Nachricht.

Mum und Dad überfallen. Dad in Klinik, aber okay.

Emma duschte und stellte fest, dass sie noch viel Zeit zum Frühstücken hatte, bevor sie sich mit Felipe traf. Sie hatte keine Lust, Sophie zu sehen und sich bis ins kleinste Detail anzuhören, wie ihre Nacht mit dem gut aussehenden Greg gelaufen war.

»O Gott, du bist unglaublich!«, rief Sophie aus, als sie neben Greg zusammensackte und den Kopf auf seine glänzende Brust legte. Schweißtropfen strömten über ihr von der Sonne geküsstes, sommersprossiges Gesicht und landeten auf seiner kaffeebraunen Haut. Am liebsten hätte sie sie abgeleckt. Er löste tierische Instinkte in ihr aus, von deren Existenz sie bisher nichts gewusst hatte.

»Wird deine Schwester sich nicht fragen, wo du bist?«, fragte er so kühl, als hätte er gerade eine Tasse Kaffee zubereitet, statt mit ihr sexuelle Akrobatik zu vollführen.

»Die weiß schon, wo ich bin.«

Das wusste Greg auch, und es tat ihm leid. Eigentlich hatte

er Emma viel lieber gemocht, aber Sophie war ihm am unkompliziertesten vorgekommen. Und damit hatte er recht behalten. Aber Affären mit Frauen wie Sophie hatte Greg häufig, und ihm gefiel Emmas Einstellung. Vielleicht hätte er nicht die einfache Option wählen sollen. Aber die Frauen blieben noch eine Nacht in der Stadt, da konnte er sein Glück bei Emma noch einmal versuchen.

»Was hast du heute vor?«

»Emma trifft sich mit dem Taxifahrer und fährt mit ihm zu irgendeinem Hemingway-Haus. Deshalb hab ich frei!« Sophie grinste. »Ich bin heilfroh, mal von ihr wegzukommen. Es ist anstrengend, tagein, tagaus mit seiner Schwester zusammen zu sein. Vor allem nach dem Vorfall mit Paul.«

»Ist Paul ihr Ehemann?«

»War. Er ist tot.«

Greg fragte sich, warum Emma ihm diese Information vorenthalten hatte.

»Tut mir leid, das zu hören. Wann ist er gestorben?«

»Letzten September. Seitdem hat Emma sich nicht mehr im Griff.«

»Das muss auch sehr schwer sein. Wie ist er gestorben?«

»Herzanfall.«

»Er war bestimmt noch recht jung.«

»Vierzig. Er war echt cool.«

Ihr Ton und ihr Gesichtsausdruck faszinierten Greg. »Klingt, als wärst du ein bisschen verknallt in ihn gewesen.«

Sophie nickte. Greg konnte sie es ja sagen. Schließlich hatte sie nichts zu verlieren. Sie würde ihn sowieso nie wiedersehen, und es wäre schön, jemandem zu erzählen, dass sie Paul auch geliebt hatte. »Ich hab ihn sogar geliebt und er mich auch. In den letzten drei Jahren seines Lebens waren wir ein Liebespaar.«

Greg schnappte nach Luft. »Ein ganz schönes Spiel mit dem Feuer, findest du nicht?«

»Man kann sich nicht immer aussuchen, in wen man sich verliebt.«

»Das hätte übel ausgehen können, wenn deine Schwester es herausgefunden hätte.«

»Nur wenige Tage später hätte er ihr von uns erzählt. Wir hatten diesen Urlaub gebucht, um das zu feiern. Er wollte sie im Haus wohnen lassen und bei mir einziehen.«

»Wow!« Greg war selbst schon in so einige heikle Beziehungen gestolpert, aber diese Frau hatte keine Skrupel. »Emma hat also keine Ahnung?«

Sophie schüttelte den Kopf. »Du erzählst es ihr doch nicht, oder?«

»Ich hab in meinem Leben schon ziemlich riskante Dinger gedreht, aber da kann ich nicht mithalten. Ich glaube, Emma ist besser dran, wenn sie es nicht weiß. Und wenn ich du wäre, würde ich es auch sonst niemandem erzählen.«

Sophie gefiel Gregs Ton nicht. Sie ließ sich von niemandem Moralpredigten halten.

»Mach dich mal locker, Greg. Ein Mann wie du hat sicher auch ein paar Leichen im Keller. Wo ist denn *deine* Frau?«

»Ich bin geschieden, also Single und frei und ungebunden.«

Sophies Augen wurden groß. Jetzt bedauerte sie es, Greg so viel offenbart zu haben. Vielleicht wäre er ein Kandidat für den Aufbau einer gemeinsamen Zukunft? Seit sie Paul verloren hatte, sehnte sie sich verzweifelt danach, wieder Liebe zu finden. Sie wollte eine Familie – die Chance, die Erfahrungen zu machen, die ihre Schwestern schon hinter sich hatten.

Sie würde Paul nicht mehr erwähnen. Vielleicht sollte sie die Sache mit Grèg anders angehen.

Emma stand im Foyer des El Telégrafo, wo sie am Abend zuvor Sophie und Greg zurückgelassen hatte. Die Rezeption war belagert von Touristen, die Hilfe und Informationen brauchten, bevor sie zu ihren Erkundungen aufbrachen. Sie sah auf ihre Uhr. Es war genau zehn Uhr, als Felipe auftauchte, in einem lässigen schwarzen T-Shirt und Khakishorts, am Handgelenk ein Lederband. Ohne die vertraute schwarzweiße Uniform sah er völlig anders aus – eher wie ein Rebell als wie ein Taxifahrer.

»Guten Morgen, Emma. Haben Sie gut geschlafen?«

»Ja, danke, Felipe.« Sie zögerte. Ihr Anruf bei Finn hatte sie völlig durcheinandergebracht.

»Alles in Ordnung?«

»Ich habe gerade eine schlechte Nachricht erhalten. Mein Vater wurde gestern von Einbrechern überfallen, und ich fühle mich schlecht, weil ich so weit weg bin und nichts unternehmen kann.«

»Das ist nicht gut. Ist er im Krankenhaus?«

Emma nickte. »Ich denke, er wird wieder, und bis ich wieder nach Hause komme, kann ich sowieso nichts tun.« Sie lächelte ihn an. »Wir sollten jetzt unseren Ausflug machen. Es ist schön von Ihnen, mich an Ihrem freien Tag herumzuführen.«

Felipe lächelte. »Es ist schön für mich.«

Und Emma fand es schön, jemanden zu haben, der sie von ihren Sorgen ablenkte.

»Was machen Sie sonst so an Ihrem freien Tag?«, fragte Emma.

Er zuckte mit den Achseln. »Manchmal besuche ich meine Mutter in Pinar del Río.«

Er führte sie die Treppe hinab zu einem roten Buick-Kabrio.

»Ist das Ihrer?«, fragte sie erstaunt.

Felipe nickte. »Mein Vater und ich haben ihn aus verschiedenen Autoteilen zusammengesetzt. Der Motor ist von Lada, aber er läuft gut.«

Emma ließ sich von Felipe die Tür öffnen und ließ sich voll Spannung und Vorfreude auf die heißen Ledersitze gleiten.

Felipe setzte sich eine schwarze Sonnenbrille auf und warf den Motor an. Die Abgase eines gigantischen *Camello*-Busses wehten zu ihnen in den Wagen, doch das störte Emma nicht. Das war die stilvollste Art, um in Kuba umherzureisen.

Die Straße war nicht markiert, genau wie alle Straßen, über die sie bisher auf Kuba gefahren war. Es war wunderbar, das geschäftige Treiben in Havanna von einem romantischen Oldtimer aus zu betrachten. Sie warf Felipe einen Blick zu, und auch er wirkte wie verwandelt. Ohne seine Taxifahrerkluft sah er authentischer aus. Emma spürte, dass unter der Oberfläche dieses rätselhaften Mannes eine Menge interessanter Facetten schlummerten. Er war nicht wie die anderen Kubaner, die in den Hotels und Bars arbeiteten, und auch anders als Dehannys und ihre Familie. Sie wusste nicht genau, was es war, aber seine Verschlossenheit stachelte ihre Neugier an.

»Sind Sie heute Morgen von Matanzas hergefahren?«

»Ich habe bei meinem Cousin in Vedado übernachtet, und mein Vater ist heute mit dem Wagen dorthin gekommen, weil er seine Schwester besuchen will.«

»Freut mich, das zu hören. Ich würde Ihnen nur ungern Umstände machen.«

»Es ist schön, den Tag auf diese Weise zu verbringen. Ich mag Hemingway.«

Emma war überrascht. »Ach, Sie haben ihn gelesen?«

»Nur zwei seiner Romane. Hier ist es schwierig, an Bücher zu kommen, die nicht von der Revolution handeln.«

»Ich könnte Ihnen welche schicken. Auf Spanisch. Ich kann sie über Amazon besorgen.«

Felipe lächelte. »Danke. Aber lieber auf Englisch. Dann kann ich üben.«

»Sobald ich wieder zu Hause bin, besorge ich ein paar Hemingway-Bücher und schicke sie Ihnen.«

Sie fuhren durch die Randbezirke der Stadt, wo die Straßen noch holperiger waren als in Havanna. Als sie zu einer schmaleren Straße kamen, ging es leicht bergauf, und in der Ferne konnte Emma das Hinweisschild auf die Finca Vigía sehen.

Sie stiegen die paar Stufen hinauf, die zum Eingang des Hauses führten, und Emma hatte das Gefühl, ins Jahr 1960 zurückversetzt zu werden, als Hemingway zum letzten Mal dort gewesen war.

Neben dem Lieblingssessel des Schriftstellers standen noch halb volle Flaschen Alkohol, die Wände waren von Jagdtrophäen gesäumt, und sie und Felipe blieben stehen, um die wunderschöne Gazelle zu betrachten, die Hemingway in Afrika erlegt hatte und den weiten Weg über den Atlantik hatte herschaffen lassen.

»Es ist so grausam, aber ein wesentlicher Aspekt seines Charakters«, sinnierte Emma.

»Kommen Sie«, winkte Felipe sie weiter.

Sie betraten Hemingways Arbeitszimmer, wo Tausende von englischsprachigen Büchern die Wände säumten. Emma betrachtete die Buchrücken und sehnte sich danach, die Bände anzufassen und die Finger über die Worte gleiten zu lassen, die den großen Mann höchstpersönlich inspiriert haben mussten, doch der Museumsdirektor ließ sie nicht aus den Augen. Hemingways abgenutzte Schreibmaschine stand erhöht auf einem dicken gebundenen Buch, was es ihm ermöglicht hatte, im Stehen zu schreiben.

»Gefällt es Ihnen?«, fragte Felipe.

»Ach, es ist wunderbar! Schöner, als ich es mir je erträumt hätte. Vielen Dank, dass Sie mich hergebracht haben.«

»Mir gefällt es hier. Ich liebe Bücher, aber nach der Universität konnte ich für einige Zeit keine mehr sehen.«

»Was haben Sie denn studiert?«

»Jura.«

»Haben Sie Ihr Studium abgeschlossen?«

»*Ja.* Ich habe sogar als Anwalt praktiziert, aber vor zwei Jahren damit aufgehört. Jetzt verdiene ich mehr Geld.«

»Sie haben Ihren Anwaltsberuf aufgegeben, um Taxi zu fahren?«

Emma war platt, dass Felipe einen angesehenen Beruf aufgegeben hatte, um Touristen durch die Gegend zu kutschieren, damit er besser verdiente. Aber sie hatte schon immer das Gefühl gehabt, dass in Felipe mehr steckte, und fühlte sich bestätigt.

Felipe hatte sich bisher mit Informationen zurückgehalten, aber jetzt fand er es in Ordnung, ihr persönliche Dinge zu erzählen. Aufgrund seiner schlechten Erfahrungen vertraute er Menschen nicht allzu schnell – und Ausländern schon gar nicht. Doch er mochte Emma wirklich, und es gefiel ihm, dass sie ihn nicht mit Fragen löcherte oder mehr über seinen früheren Beruf wissen wollte.

Sie besichtigten auch den Rest des Landhauses, was nicht lange dauerte. Als Emma auf die Uhr sah, war es erst halb zwölf, und der ganze Tag lag noch vor ihnen.

»Würden Sie gerne in Havanna zu Mittag essen? Ich zeige Ihnen ein gutes Restaurant.«

»Sehr gerne, Felipe. Ich glaube, wir haben hier alles gesehen.«

Er öffnete die Tür seines Wagens, der sich in der heißen

Sonne aufgeheizt hatte wie ein Backofen, doch als sie zurück nach Havanna fuhren, wehte eine warme Brise herein.

»Meine Frau hat dieses Haus geliebt. Sie wollte immer in so einem Haus leben.«

Emma war überrascht. »Waren Sie verheiratet?«

»Vier Jahre lang. Mein Freund aus Mexiko mochte meine Frau. Er war auch Anwalt, aber in Mexiko können Anwälte viel Geld verdienen. Meiner Frau gefielen schöne Dinge, und er gefiel ihr auch.« Er lächelte ironisch.

»Tut mir leid, das zu hören, Felipe. Das muss schlimm gewesen sein.«

»Es war schwer für mich, aber jetzt bin ich froh. Meine Mutter hat sie nie gemocht. Meine Frau mochte keine Kinder.«

»Haben Sie denn welche?«

»Nein. Ich bedaure das.«

»Ich habe einen Sohn. Er heißt Finn und ist neun.«

»Und Ihr Mann?«

»Mein Mann ist tot.« Emma holte tief Luft. Bis jetzt war es schrecklich für sie gewesen, darüber zu reden. Es war, als entblößte sie ihre Seele. Aber es Felipe zu sagen, in seinem Wagen, während sie durch Havanna fuhren, war in Ordnung für sie. »Er ist vor sieben Monaten gestorben.«

Felipe fuhr langsamer und warf Emma einen prüfenden Blick zu. »Das tut mir sehr leid.«

Sie wusste, dass er es ernst meinte. »Danke.«

»Wie ist er gestorben?« Er hätte nicht nachgehakt, wenn er nicht das Gefühl gehabt hätte, dass sie darüber reden wollte.

»Er hatte einen Herzanfall.«

»Das ist sehr schlimm.«

»Ja, aber es war kein normaler Herzanfall. Er bekam ihn, weil er zu viele Tabletten genommen hatte. Er wollte sich umbringen.«

Felipe wusste nicht, wie er reagieren sollte. »Sind Sie sich sicher, dass er sie nicht aus Versehen genommen hat?«

»Die Autopsie kam zu keinem schlüssigen Ergebnis, aber ich glaube, dass er genau wusste, was er tat. Auf der Tablettenflasche stand jedenfalls das Datum des Tages, an dem er sie geschluckt hat.«

Felipe musste fahren und auf den Verkehr achten, doch dieses Gespräch erforderte seine volle Aufmerksamkeit. Er würde sie mit an einen Ort nehmen, wo sie reden konnten und sie ihm alles sagen konnte, was sie sagen wollte.

Emma zuckte nicht mit der Wimper und hielt den Blick starr auf den Gegenverkehr gerichtet. Da, sie hatte es gesagt, und zwar einem völlig Fremden. Sie fühlte sich erleichtert. Bis jetzt waren Donal und David die einzigen Menschen auf der Welt gewesen, denen sie sich hatte anvertrauen können. Doch nun hatte sie Felipe, den sie nach dem morgigen Tag nie wiedersehen würde, deshalb war es okay, ihm von ihrer Schande zu erzählen. Wie konnte jemand nur so unglücklich sein, dass er sich umbringen wollte? Sie fragte sich das ständig und konnte immer noch keine schlüssige Antwort finden.

»Wir müssen jetzt wirklich aufstehen«, beharrte Greg. »Das Frühstück ist schon vorbei.«

Sophie hatte Greg dazu verführt, noch einmal mit ihr zu schlafen, und er befürchtete, zu spät zu seinem Termin mit einer Kunsthändlerin zu kommen.

»Ich könnte jetzt keinen Bissen runterkriegen!«, meinte Sophie, während sie sich im Bett aufsetzte und die Kissen aufschüttelte. »Was wollen wir heute machen?«

»Ich muss um zwölf zu einer Kunsthändlerin. Du kannst mitkommen, und danach können wir was essen, wenn du willst, eh?«

»Okay.«

Greg stieg aus dem Bett und begab sich in den kleinen, aber ausreichend großen Duschraum. Von draußen zog die Hitze durchs offene Fenster, und der Ventilator brachte nicht mehr so viel wie in der Nacht zuvor.

Sophie schlüpfte zu ihm in die Dusche, doch Greg bestand darauf, dass sie wirklich nicht geräumig genug war. Er schnappte sich ein Handtuch und trocknete sich ab, während sie sich kurz vom Wasser abkühlen ließ.

Nachdem sie mit Greg geschlafen und erfahren hatte, dass er solo war, schwirrte Sophie der Kopf. Sie war gespannt, was für Informationen sie ihm im Laufe des Tages sonst noch so entlocken konnte.

Stirnrunzelnd betrachtete sie ihren zerknitterten Rock und ihre Bluse auf dem Boden, die sie am Abend zuvor getragen hatte. Eine Bürste hatte sie auch nicht dabei. Sie musste sich etwas einfallen lassen, aber sie war Sophie Owens und würde sich trotzdem richtig toll aufstylen. Sie kramte ein Gummiband aus ihrem winzigen Handtäschchen, hielt den Kopf nach unten und band sich die Haare zu einem Pferdeschwanz zusammen. Die Bluse knotete sie sich unter ihrem BH zu, damit sie lässiger wirkte und für den Tag geeigneter war, und die Knitterfalten in ihrem Chiffonrock würden beim Laufen schon wieder rausgehen.

»Okay, bist du bereit?« Greg trug ein cremefarbenes Polohemd und eine braune Hose mit Bügelfalten.

»Klar«, sagte Sophie. Bei ihm war sie zu allem bereit.

Als sie hinaus auf die Calle Obispo traten, nahm Greg ihre Hand. Sophie grinste in sich hinein. Sie empfand so viel Lust für den Mann an ihrer Seite, dass sie ganz berauscht davon war. Sie liefen die Calle Mercaderes entlang und bogen nach links in die Calle O'Reilly ab.

»Hey, diese Straße muss nach einem Iren benannt worden sein!«

»Wir haben alle irisches Blut in uns. Mein Großvater kam aus Belfast.«

»Wirklich?«

»Hier lang«, sagte er und führte sie zum Eingang eines Mietshauses.

»Hola, señor!« Eine alte Frau nickte Greg freundlich zu, als er durch ihren kleinen Wohnraum lief, der mit einem Tisch und einem Sessel nur spärlich möbliert war.

Sie liefen weiter durch den hinteren Teil des Hauses und betraten ein anderes Mietshaus mit einer Treppe, die an der Seite nach oben führte.

»Pass auf, wo du hintrittst! Die Stufen sind nicht sicher.«

Greg klopfte an eine schiefe Tür, an der der Zahn der Zeit so sehr genagt hatte, dass sie ihre Funktion kaum noch erfüllte und beim Öffnen über den Fußboden kratzte.

Dahinter stand eine Mulattin, die Greg anlächelte und ihn gut kannte.

»Hola, señor Greg.«

Sie begannen ein Gespräch auf Spanisch, und Sophie stand daneben und fühlte sich ausgeschlossen.

Greg sah sich eine Reihe von Gemälden an, die die Frau ihm zeigte, und sie feilschten eine gute Stunde lang. Sophies Geduld erschöpfte sich zusehends, und sie bekam langsam Hunger, weil sie nicht gefrühstückt hatte. Sie war noch nie von einem Mann so behandelt worden. Schließlich unterbrach sie ihn.

»Hör mal, Greg, ich bin am Verhungern. Können wir jetzt gehen?«

»Tut mir leid, Schätzchen, aber ich arbeite. Du kannst schon mal nach unten gehen. An der Ecke zwischen der Calle

Obispo und der Straße, von der wir gekommen sind, ist ein Touristencafé. Treffen wir uns doch da, wenn ich fertig bin.« Damit wandte er sich wieder der Mulattin zu, als wäre Sophie schon gegangen.

Sie war empört über diese Behandlung, wusste aber, dass sie keine große Wahl hatte, außer zurück zu ihrer Schwester zu gehen.

Also stieg sie mit unsicheren Schritten die Treppe hinab und lief den Weg zurück, den sie gekommen war. Die alte Dame hatte inzwischen Gesellschaft von einem alten Mann bekommen, der auf einer Riesenzigarre herumkaute. Sie ließen sich nicht beirren und nickten ihr freundlich zu, als sie vorbeihuschte.

Zurück auf der Calle Obispo entdeckte sie ein Café mit einer Speisekarte für Touristen im Schaufenster und setzte sich auf einen Stuhl nahe am offenen Fenster. Sie war immer noch wütend auf Greg, weil er sie einfach hier sitzen ließ, während er seelenruhig Geschäfte machte. Aber sie begehrte ihn, und vielleicht könnte sich zwischen ihnen mehr entwickeln als nur eine Urlaubsromanze.

Felipe hatte vor, Emma nach Vedado zu bringen. Wenn er sie mit Sightseeing ablenken konnte, würde sie sich vielleicht entspannen. Aber sie starrte immer noch auf die Straße, als suchte sie nach etwas Bestimmtem.

»Möchten Sie gerne die Plaza de la Revolución sehen?«

»Danke, ist mir recht. Für mich ist hier alles neu.«

Sie befanden sich am Rand von Vedado und hatten es nicht mehr weit.

Felipe parkte am Straßenrand nahe dem Platz der Revolution.

Emma öffnete die Tür und schlüpfte aus dem Wagen. Sie

wollte alles in sich aufnehmen, konnte aber nur an Paul denken und sich mit der Frage quälen, warum er sich umgebracht hatte.

»Sehen Sie da! Das ist Che.« Felipe deutete auf ein großes offizielles Gebäude mit einer bronzenen Drahtskulptur von Che Guevara an der Fassade, die so riesig war, dass sie alle Etagen des Hochhauses umfasste. *Hasta la victoria siempre* stand darunter. »Das ist das Ministerio del Interior.«

»Diesen Slogan habe ich auf einem Plakat auf dem Weg nach Varadero gesehen. Ist das der Platz, auf dem Fidel früher zum Volk gesprochen hat?«

»Ich habe ihn hier oft gesehen.«

Felipe musterte unbemerkt Emmas hübsches Gesicht, während sie sich den Platz ansah. Er liebte blaue Augen. Sie waren in seinem Land so ungewöhnlich. Emma trug ein schlichtes rosa T-Shirt und einen weißen Rock, ihre dunklen Haare wurden von ihrer Sonnenbrille zurückgehalten, und in dem Moment sehnte er sich danach, sie zu küssen.

»Ich hoffe, ich habe Sie nicht schockiert«, meinte sie plötzlich. »Mit dem, was ich über Paul gesagt habe.« Sie senkte den Kopf und setzte ihre Sonnenbrille auf, um ihre Augen vor der grellen Sonne zu schützen.

»Meine Frau ist mir davongelaufen – mit einem anderen. Ihr Mann hat Sie für sich selbst verlassen. Niemand weiß, was in dem anderen vorgeht.«

Er hatte perfekt beschrieben, was sie fühlte und nie hatte in Worte fassen können. Am liebsten hätte sie ihn an Ort und Stelle umarmt. Aber sie tat es nicht.

»Danke, Felipe.«

Er lächelte. Es war ihm gelungen, eine Verbindung zu der schönen Irin herzustellen. »Kommen Sie, ich bringe Sie in ein Restaurant, in dem man sehr gut zu Mittag essen kann.«

Emma sprang in den Wagen und ließ sich den Wind durch die Haare wehen, während sie über La Rampa fuhren. Die Straßen in Vedado waren in einem perfekten Rechteckschema angelegt und erstreckten sich bis zum Malecón. In der Ferne sah Emma ein riesiges Gebäude, das sie von Bildern wiedererkannte, die sie von Havanna gesehen hatte.

»Fahren wir etwa dorthin?«

»Ja«, lächelte Felipe.

Emma fühlte sich frei wie nie zuvor – regelrecht befreit, nachdem sie Felipe die Sache mit Paul anvertraut hatte und er ihr die traurige Geschichte über seine Frau erzählt hatte. In gewisser Weise waren sie Leidensgenossen.

Als sie die von Palmen gesäumte Straße entlangfuhren, die zum Hotel Nacional führte, konnte Emma sich ein Lächeln nicht verkneifen. Sie kam sich vor wie eine Figur aus einem ihrer Romane. Könnte Felipe ihr geschickt worden sein, um sie beim Schreiben zu inspirieren und sie dazu zu bringen, wieder aufzuleben? Sie war in Hochstimmung, als er ihr galant die Tür des Buick öffnete.

Felipe griff nach ihrer Hand und half ihr aus dem Wagen.

»Danke«, sagte sie errötend. »Das war die schönste Autofahrt, die ich je hatte.«

»Hier wird es Ihnen gefallen.«

Das Fünf-Sterne-Hotel strahlte Reichtum und Luxus aus. Ein Arkadengang im klassischen Art-déco-Stil dominierte das Foyer. Seit der Ära von Frank Sinatra und Batista hatte sich das Gebäude nur wenig verändert.

»Kommen Sie und sehen Sie sich den Ausblick an«, forderte Felipe Emma auf, fasste sie sanft am Arm und lotste sie zum Garten, wo sich die Hotelgäste in den Korbsesseln entspannten und auf den ausgedehnten Malecón und den Atlantik blickten. »Was möchten Sie trinken?«

»Ich hätte gern etwas Kaltes. Eine Cola, bitte.«

Felipe ging zu dem Barkeeper, der im Schatten der mit Stroh gedeckten Überdachung stand. Derweil machte es sich Emma in einem der bequemen Sessel gemütlich und sah zu, wie das Meer gegen die Mauern des Malecón krachte. Plötzlich klingelte ihr Handy. Sie hatte schon darauf gewartet.

»Sophie«, seufzte sie. »Ich habe schlechte Nachrichten von zu Hause.«

»Ich weiß. Ich habe gerade deine Nachricht gelesen.«

»Tja, wir können nichts tun, sagt Donal. Dad geht es gut, aber sie haben ihn im Krankenhaus behalten.«

»Typisch. Wenn du mal wegfährst, gibt es immer irgendein Drama mit Mum.«

Emma verstand nicht, was ihre Schwester damit sagen wollte. »Was meinst du damit?«

»Ich wette, es wird ein Riesenwirbel um Mum gemacht. Dabei ist Dad überfallen worden.«

Emma wusste, dass sie recht hatte. Sie wünschte, sie wäre dort, um die Spannungen zu entschärfen, die ganz sicher zwischen Louise und ihrer Mum entstanden.

»Wo bist du?«

»Im Hotelzimmer.«

»Allein?«

»Ich habe Greg unten gelassen. Ich bin nur raufgekommen, um mich umzuziehen. Wir gehen zum Mittagessen ins El Patio. Greg hat mich gebeten, dich auch einzuladen, aber wir verstehen uns wirklich gut, deshalb hältst du dich von dem Restaurant fern, klar?«

»Unbedingt. Lass dir von mir nicht den Spaß verderben!«

»Ich weiß nicht, wann wir uns sehen.«

»Sorge nur dafür, dass du morgen gegen zwölf in unserem Hotel bist. Ich will unseren Flug nicht verpassen!«

Sophie schnalzte abfällig mit der Zunge. »Nun mach mal halblang. Ich rufe Dad später an. Ich wünschte, er würde das dämliche Handy auch benutzen, das ich ihm zu Weihnachten geschenkt habe.«

»Pass auf dich auf, Sophie«, murmelte Emma und legte auf. Sie wünschte wirklich, etwas für ihre Familie zu Hause tun zu können. Sie würde ihre Mutter später anrufen und nachfragen.

»Der Kellner bringt uns die Getränke, und ich habe um ein paar Sandwiches gebeten.«

»Danke, Felipe.«

»Ist alles in Ordnung?«

»Ja, danke. Eben hat Sophie angerufen. Sie ist den ganzen Tag beschäftigt.«

Felipe nickte. Sie brauchte es ihm nicht zu erklären. Er war erfreut über diese Entwicklung, verbarg seine Gefühle jedoch diskret.

»Hast du mir verziehen, dass ich bei der Mulattin so lange gebraucht habe?«

»So halb.« Sophie klimperte mit den Wimpern und knuffte Greg spielerisch am Arm.

»Ich verhandle schon seit längerem wegen eines bestimmten Gemäldes mit ihr, und heute habe ich den Handel perfekt gemacht. Du musst mein Glücksbringer sein!«

»Freut mich, dass ich dir helfen konnte, aber heute ist mein letzter Tag in Kuba, und ich bräuchte jetzt ein bisschen Aufmerksamkeit. Ganz besonders, weil ich nicht weiß, ob wir uns wiedersehen, und wenn ja, wann.«

Greg beäugte sie vorsichtig. »Ich hoffe, wir können uns mal irgendwo treffen. Bist du manchmal in New York?«

Sophie schüttelte den Kopf. »Es gab mal eine Zeit, da hat meine Firma so verrückte Sachen gemacht, wie mich dort auf Trendsuche hinzuschicken. Aber im Moment sind wir froh, wenn wir uns über Wasser halten können. Geschäftsreisen sind nur nach China erlaubt, und wie lange das noch so geht, weiß ich nicht.«

»Alle Aspekte des Geschäftemachens verändern sich. Eine neue Ära bricht an. Wie die meisten Waren halten auch Kunstwerke nur mit Mühe ihren Wert.«

»Kommst du manchmal nach Europa?«

»Ein- oder zweimal im Jahr nach London, aber die meisten meiner Geschäfte werden in New York abgewickelt. Großbritannien hat die Rezession schwer getroffen.«

»Als ob ich das nicht wüsste! Ich würde am liebsten meine eigene Kollektion rausbringen.«

»Warum nicht? Wenn du in schwierigen Zeiten ein Geschäft gründest, stell dir nur vor, was passiert, wenn die Wirtschaft sich wieder erholt.«

»Ich spiele mit der Idee, Strickwaren zu recyceln. Sie buchstäblich wieder aufzutrennen, in anderer Form neu herzustellen und dabei Woll- und Tweedstoffe zu mischen.«

»Klingt gut. Das solltest du machen.«

»Findest du wirklich?«

»Ich finde, jeder sollte seinem Traum folgen. So wie ich.«

»Wolltest du schon immer Kunst verkaufen?«

»Ich wollte Künstler werden, aber mein Vater hat darauf bestanden, dass ich einen rentablen Beruf ergreife. Da ich nicht wie er Arzt werden wollte, habe ich mich für die Bank entschieden und es gehasst. Nach seinem Tod habe ich das Geld, das er mir hinterlassen hat, in Kunst investiert und bin so ins Maklergeschäft reingerutscht. Meine Mutter hat mir von den vielen wunderbaren Künstlern auf Kuba erzählt, und als ich hierherkam, hat sich das bestätigt. Ich hatte Glück und bin in meinen Traumberuf reingerutscht.«

Sophie beobachtete ihn beim Sprechen. Wie sanft und beruhigend seine Stimme klang! Sie lief wirklich Gefahr, sich in diesen exotischen Mann zu verlieben.

Greg legte ihr den Arm um die Taille und führte sie durch die engen Straßen von La Habana Vieja. Ihr war, als könnte sie ihn durch die Hitze und den Staub einatmen. Hätte sie doch nur mehr Zeit mit ihm! Sie musste ihn dazu bringen, sie mehr zu begehren, aber das war Neuland für sie. Bei ihren bisherigen Beziehungen hatte sie stets die Trümpfe in der Hand gehalten und ihre Liebhaber am Gängelband geführt. Bei Greg hingegen fühlte sie sich verletzlich und unsicher.

Die Fassade der Catedral de San Cristóbal kam in Sicht, als sie die Calle San Ignacio verließen und den Platz der Kathedrale betraten. Schmiedeeiserne Tische und Stühle standen vor einem alten kolonialen Gebäude, wo sich Touristen trafen, um Eistee oder Wasser zu trinken und sich von der Hitze der Nachmittagssonne abzukühlen.

»Das ist El Patio. Du wirst beeindruckt sein.«

Der Oberkellner kam herbeigeeilt, um Greg zu begrüßen. Er sprach Spanisch und behandelte Greg mit so viel Respekt, wie Sophie es bisher noch in keinem Lokal in Havanna erlebt hatte.

»Wollen wir draußen essen?«

»Unbedingt.«

Greg wirkte immer so selbstsicher und war ein unglaublich guter Liebhaber. Sophie sehnte sich nach irgendeiner Bestätigung, dass sie sich heute nicht zum letzten Mal sahen.

»Wir könnten uns verabreden – sagen wir, in sechs Wochen?«

Greg lächelte. »Ich kann nur schwer sagen, wo ich in sechs Wochen bin. Ich muss erst in meinem Terminkalender nachsehen.«

»Dann mach das – und zwar gleich. Ich hab gesehen, dass du auf deinem BlackBerry deine E-Mails abfragst.«

»Manchmal muss ich meine Pläne kurzfristig ändern, wenn unerwartet ein Kunstwerk auftaucht.«

»Kannst du mir einen Termin in zwei Monaten nennen?«

»Ich hab dir doch gesagt, dass ich da in New York bin.«

»Nach dieser Reise wird es für mich sehr schwierig, schon wieder Urlaub zu bekommen.«

»Okay. Lass uns per E-Mail Kontakt halten und sehen, ob es irgendwann klappt, eh?«

Sophie wurde klar, dass sie nicht mit mehr Verbindlichkeit rechnen konnte. Sie durfte nicht so viel Druck machen. Aber sie konnte nicht mehr klar denken. Vielleicht lag es an der Hitze in Havanna, dass sie sich so bedürftig aufführte. Aber tief drinnen wusste sie, dass es an der Leidenschaft und der Stärke des schönen Mannes neben ihr lag und an ihrem Verlangen, ihn zu besitzen.

Sophie war immer entschlossen zu kriegen, was sie wollte. Sie erinnerte sich noch an ihre Kindheit, als sie dasselbe Gefühl des Verlangens verspürt hatte, als Louise sich Ohrlöcher hatte stechen lassen. Emma hatte mit zehn Jahren Ohrringe bekommen, und Louise war erst acht, als ihre Mutter ihren Bitten nachgab. Sophie war damals vier und hielt es für ihr gutes Recht, alles zu bekommen, was ihre Schwestern besaßen. Ihre Mutter hatte da andere Vorstellungen. Egal, wie sehr sich Larry Owens für seine jüngste Tochter einsetzte, Maggie gab nicht nach.

»Ich hätte es schon Louise nie erlauben dürfen, und das hätte ich auch nicht, wenn ich gewusst hätte, dass ich danach ständig dieses Gejammer ertragen müsste!«, schrie sie Sophie an. »Wenn du nicht warten kannst, bis du acht wirst, kannst du zu Granny Owens ziehen!«

Sophie brach in unkontrollierbare Tränen aus. Sie bekam solche Weinkrämpfe, dass sie wirklich zu Granny Owens geschickt werden musste, damit Maggie Louises Geburtstagsparty annähernd friedlich über die Bühne bringen konnte.

Doch die Tränen versiegten nicht, und sieben Tage lang brüllte und tobte Sophie mit einer solchen Wut durchs Haus, dass Maggie sie höchstpersönlich zum Juwelier brachte und ihr goldene Ohrstecker kaufte. Da wusste Sophie, dass sie ihre Eltern kleingekriegt hatte. Und danach gab es kein Zurück mehr.

Obwohl sie damals noch so klein war, hatte sie es geschafft, genau das zu bekommen, was sie wollte.

Und Greg würde sie auch kriegen. Sie hatte zwar nur noch ein paar Stunden, aber sie wusste, dass sie es konnte!

»Kommen Sie«, sagte Felipe und stand auf. »Ich zeige Ihnen das Hotel.«

Fotos von Sammy Davis Junior, Fred Astaire und anderen US-Entertainern säumten die Wände des Korridors.

»Ich fühle mich heute in die Vergangenheit zurückversetzt. Ihr Auto ist fantastisch, Felipe. Es zu besitzen muss etwas Besonderes sein.«

»Es ist schwierig, hier einen Wagen zu halten. Wenn man ihn geerbt hat und er vor der Revolution gekauft wurde, darf man ihn behalten. Hier gelten viele ungewöhnliche Gesetze. Seit Raúl die Führung von Fidel übernommen hat, versucht er, ein paar Veränderungen vorzunehmen, aber die älteren Minister wollen keine. Zum Beispiel ist es heutzutage nicht mehr so schwierig, an ein Handy zu kommen.«

»Mir sind auf der Straße ein paar Leute mit Handys aufgefallen. Das ist doch sicher ein Fortschritt?«

»Es gibt unheimlich viel zu tun. Und seit dem Hurrikan

ist die Lebensmittelversorgung ein Problem. Es gibt nicht genug für alle Menschen im Land – was noch stärkere Rationierung bedeutet.«

»Hätten Sie als Rechtsanwalt dazu beitragen können, den Leuten zu helfen?«

Er schüttelte den Kopf. »In diesem Land vorwärtszukommen ist sehr schwer.«

»Käme es für Sie in Frage, Kuba zu verlassen?«

»Ich würde gerne die Welt sehen. Vielleicht eines Tages.«

»Wenn Sie jemals nach Irland kommen, sind Sie herzlich eingeladen.«

Felipe lachte.

»Was ist daran so lustig?«

»Es ist nicht so leicht, Kuba zu verlassen. Dafür sind viele Papiere nötig. Und auch *mucho dinero*.«

Emma kam sich taktlos vor. »Nun, ich gebe Ihnen meine E-Mail-Adresse, und wenn Sie je die Chance haben, nach Irland zu kommen, würde ich Ihnen gerne dieselbe Gastfreundschaft erweisen wie Sie mir.«

Felipe wirkte verlegen. »Möchten Sie zurück in die Altstadt? Oder vielleicht an den Strand?«

»Ich würde sehr gern in der Stadt bleiben, da ich nur noch diesen einen Tag habe.«

Sie verließen das Hotel und gingen zurück zum Buick, der in der Sonne glänzte.

Als sie den Malecón entlangfuhren und der Wind über ihr Gesicht strich, kam sich Emma wieder vor, als wäre sie den Seiten ihres Romans entstiegen. Vielleicht konnte sie die Handlung ändern und zur Abwechslung mal was Romantisches schreiben. Schließlich gab es nichts Romantischeres, als in einem Oldtimer mit einem attraktiven Kubaner über den Malecón zu fahren.

Sie war im Moment eindeutig mehr in der Stimmung, über die Liebe zu schreiben, als über den Tod. Schließlich hatte das düstere Thema in den letzten sieben Monaten ständig über ihr geschwebt.

Kapitel 14

Jack saß in der Ecke des Quay West Restaurant und nippte an seinem Cappuccino. Jetzt, wo er allein hier war, fühlte er sich ganz anders als neulich beim Mittagessen mit Louise.

Er wünschte, er könnte die Uhr zu dem Tag zurückdrehen, als er sie in der DART-Bahn nach vierzehn Jahren zum ersten Mal wiedergesehen hatte. Wenn das ginge, würde er unter allen Umständen einen Zug später nehmen. Hätte er sie nicht wieder getroffen, liefen die Hochzeitsvorbereitungen jetzt auf Hochtouren, und Aoife und er wären glücklich, wie früher in New York. Doch als er seinen Löffel nahm und in dem heißen Kaffee rührte, fiel ihm ein, dass ihn schon beim Kauf des Verlobungsrings Zweifel geplagt hatten. Es hatte vielerlei Anlässe gegeben, zu denen ihn eine leise, kritische Stimme in seinem Kopf gefragt hatte, ob er auch wirklich mit den Plänen einverstanden war. Die Begegnung mit Louise hatte die Zweifel, die er sich nicht eingestanden hatte, nur bestätigt.

Jacks Handy klingelte.

»Hallo?«

»Jack, hier ist Peter.«

Jack musste kurz nachdenken. Er kannte die Stimme, wusste sie aber nicht zuzuordnen.

»Peter Kelly – aus der Schule.«

»Peter!« Jetzt erinnerte Jack sich. »Wie geht's? Das ist Jahre her! Woher hast du meine Nummer?«

»Ich habe deine Mutter in Killester getroffen, und sie hat mir alle Neuigkeiten von dir erzählt. Hast du Lust, mit mir ein Bier zu trinken?«

»Klar. Ich fasse es nicht! Wo wohnst du jetzt?«

»In Glasnevin. Ich bin jetzt seit drei Jahren wieder in Irland und wusste nicht, dass du auch wieder hier bist. Wollen wir uns in der Stadt treffen? Wir könnten aber auch in unsere alte Stammkneipe gehen, zu Harry Byrnes.«

Jack lächelte, als er den Namen hörte. Er war seit Jahren nicht mehr in dem Pub gewesen, in dem sie als Minderjährige oft versucht hatten, an Alkohol zu kommen.

»Byrnes klingt gut. Wie wär's heute Abend?«

»Ich hab noch nichts vor. Heute Abend ist gut.«

»Okay. Gegen neun?«

»Klingt gut. Bis dann, Jack.«

Lächelnd wandte sich Jack wieder seinem Kaffee zu. Er hatte mit Peter schöne Zeiten erlebt. In der Schulzeit hatten sie sich immer nahegestanden, und obwohl sie danach auf unterschiedliche Colleges gingen, waren sie gute Freunde geblieben. Erst als Jack in die Staaten ging, hatten sie den Kontakt verloren, da Männer nicht so gut darin sind wie Frauen, Freundschaften mit Weihnachts- und Geburtstagskarten aufrechtzuerhalten.

Es würde Spaß machen, mit ihm über alte Zeiten zu reden.

Aoife fuhr mit einer Tasche voller Klamotten und Kosmetika nach Hause. Sie schluchzte, wusste aber nicht, ob sie ihren Eltern von der Sache erzählen sollte. Sie glaubte nicht, dass sie ihre Gefühle noch viel länger vor ihnen verbergen konnte. Vielleicht wüsste ihre Mutter einen Rat.

Sie parkte in der Einfahrt und betrat das Haus durch die Hintertür.

Ihre Mutter saß mit einer Zeitschrift und einem Becher Tee am Küchentisch.

»Hallo, Liebes, schläfst du noch eine Nacht hier?«

Aoife nickte, brachte aber keinen Ton heraus, weil sie befürchtete, gleich in Tränen auszubrechen.

Ihre Mutter erkannte intuitiv, dass etwas nicht stimmte.

»Aoife, Liebes, ist alles in Ordnung?«

Aoife schüttelte den Kopf.

Ihre Mutter stand auf, kam zu ihr herüber und führte sie sanft zu einem Stuhl am Tisch.

»Setz dich und sag mir, was los ist.«

Aoife brach in Tränen aus und vergrub ihr fleckiges Gesicht in den Händen.

Ihre Mutter riss ein Stück von der Küchenrolle ab und reichte es ihr.

Aoife schluchzte in das Papiertuch. »Es ist wegen Jack. Irgendwas ist passiert, Mum, aber ich weiß nicht, was. Er ist plötzlich so komisch wegen der Hochzeit.«

»Hat er sie abgeblasen?«

»Nein, aber er will kein großes Tamtam. Er findet, wir verzetteln uns damit, und will sie verschieben.«

»Hat er kalte Füße?«

»Was?«

»Manchmal machen Männer so eine Phase durch, das kommt öfter vor. Dein Vater war damals auch nicht begeistert von den Hochzeitsvorbereitungen, deshalb hatten wir auch nur eine kleine Feier im North Star Hotel.«

»Keine Ahnung, woran es liegt.«

»Was hat er denn für Vorstellungen?« Eileens Stimme wurde schärfer. Sie konnte ihre Verärgerung über den Verlobten ihrer Tochter nicht mehr verbergen.

»Er will, dass wir weiter nur so zusammenleben.«

»Und was hast du geantwortet?«

»Ich hab gesagt, dass ich nach Hause fahren und darüber nachdenken muss.«

»Braves Mädchen. So ein unverschämter Schnösel! Manchen Kerlen geht es einfach zu gut. Weiß er überhaupt, was für ein Glück er hat, eine so schöne Frau wie dich zu haben? Und das nach allem, was dein Vater und ich für ihn getan haben! Ich sag dir, ich an deiner Stelle würde ihn ein bisschen schmoren lassen. Schließlich hast du hier in Malahide noch viele Freunde. Geh aus, amüsiere dich und gib ihm Anlass, sich Sorgen zu machen.«

Aoife nahm noch ein Stück Küchenrolle von ihrer Mutter entgegen und putzte sich die Nase.

»Danke, Mum.«

»Das wird schon wieder. Alles wird gut.«

»Ich weiß«, nickte Aoife.

Um ihre Verärgerung zu verbergen, ging Eileen zum Wasserkessel und schaltete ihn an. Wenn sie Jack Duggan in die Finger kriegte, würde sie ihm mit größtem Vergnügen den Hals umdrehen.

Maggie Owens beschloss, dass sie nach Hause wollte.

»Danke, dass ich bei euch bleiben durfte, aber die Kinder sind ganz schön laut.«

Louise wusste, dass ihre Kinder keine Heiligen waren, aber schlecht erzogen waren sie nicht. Ihre Mutter wollte ihr nur Schuldgefühle machen.

»Kommst du denn allein im Haus klar?«

»Ich aktiviere die Alarmanlage.«

»Das solltest du und Dad sowieso jede Nacht tun. Ich weiß nicht, warum ihr sie habt installieren lassen, wenn ihr sie nicht benutzt.«

»Ja. Vielleicht leistet mir Adele Harris Gesellschaft. Sie wohnt ein paar Häuser weiter und spielt gerne Karten.«

Louise seufzte erleichtert. Wie wunderbar, wenn ihre Mutter nach Hause ginge! Es war anstrengend, ständig zwischen der Klinik und zu Hause zu pendeln und mit den Kindern *und* ihrer Mutter fertig zu werden. Donal war ihr dabei eine große Hilfe. Ihre Gewissensbisse wurden von Tag zu Tag stärker, weil sie so oft an Jack dachte. Ihr Leben war bei ihrer Familie, und es lag an ihr, alles zusammenzuhalten. Trotzdem genoss sie den Gedanken, für ihn immer noch begehrenswert zu sein.

Jack ließ den Blick durch das Hinterzimmer von Harry Byrnes schweifen. Für einen Montag war heute viel los, aber streng genommen war immer noch Ostern, weshalb manche Leute vielleicht noch einen Urlaubstag dranhängten. Andere wiederum waren sowieso arbeitslos. Er bestellte sich ein Glas Heineken und sah sich im Rest der Bar um.

Peter saß in der Ecke auf einem Barhocker. Trotz des Spitzbärtchens und des schütter werdenden Haars erkannte Jack ihn sofort.

»Hey, schön, dich zu sehen!« Jack schüttelte Peter kräftig die Hand.

»Ganz meinerseits, Jack. Du hast dich kein Stück verändert.«

»Ich wollte gerade dasselbe sagen. Es ist lange her.«

»Auf dem Weg hierher hab ich überlegt, wie lange genau. Es muss jetzt sieben Jahre her sein.«

»Da kannst du recht haben. Das war an Weihnachten, als wir hier mit Ray und den Jungs was getrunken haben.«

»Ja. Hast du mal was von Ray gehört?«, fragte Peter.

»Nein. Wo ist er?«

»Er hat sich zur Ruhe gesetzt. Ist Dotcom-Millionär und lebt jetzt in Australien.«

»Schön für ihn. Siehst du die anderen noch manchmal?«

»Conor aus unserer Band ist noch hier. Er wohnt auf der Südseite und verkauft Autos. Wenigstens hat er Arbeit.«

»Ich hab schon seit Jahren nicht mehr an ihn gedacht.«

»Manchmal glaube ich, es war falsch von uns, aufs College zu gehen«, sinnierte Peter. »Wir hätten zusammenbleiben und unser Glück machen sollen.«

»Tja, eine Band wie U2 gibt's nur einmal. Wie viele andere Gruppen haben es versucht und es nie zu was gebracht?«

»Das klingt aber gar nicht nach dem Jack Duggan, den ich in der Schule kannte. Du hast damals alles darangesetzt, damit wir zusammenbleiben. Du warst doch derjenige, der glaubte, dass wir die nächste Erfolgsband werden!«

»Tja, manchmal holen einen eben das Alter und die Vernunft ein.«

»Wow, Jack! Was ist los? Auf dich war immer Verlass. Du warst immer optimistisch und hast mich überzeugt, dass ich unbesiegbar bin.«

»Du hast einen schlechten Tag erwischt – Frauenprobleme.«

»Deine Mutter hat gesagt, du bist verlobt.«

»Ja, aber … Das ist eine lange Geschichte.«

»Ich habe viel Zeit!«

Jack fragte sich, ob er Peter, der inzwischen fast ein Fremder für ihn war, davon erzählen konnte. Normalerweise würde er das nicht tun.

»Lass uns lieber über die guten alten Zeiten reden. Triffst du dich noch mit Niall?«

»Ich weiß nicht, wo Niall abgeblieben ist. Er war verrückt nach Miss Owens. Erinnerst du dich an sie?«

Jack trank einen Schluck von seinem Bier. »Ähm, ja ... Hab sie erst neulich gesehen.«

»Du machst Witze! Wie sah sie aus?«

»Nicht viel anders«, sagte er achselzuckend.

»Ich weiß noch, dass du sehr in sie verschossen warst. Ich dachte damals, sie steht auch auf dich. Es ging ständig ›Jack, kannst du mir bei diesem und jenem helfen?‹ oder ›Jack, kannst du das bitte vorlesen?‹ Aber am besten fand ich ›Jack, kannst du bitte die Fensterstange rausholen?‹«

Peter lachte herzlich, aber Jack bekam nur ein bemühtes Grinsen zustande.

»Manchmal war es, als wärt ihr allein im Klassenraum!«

Jack trank noch einen großen Schluck. »Ja, tja, sie stand auf unsere Band und unsere Musik, und ich denke, sie wollte uns ermutigen.«

»Dann erzähl mal: Wo hast du sie gesehen?«

»In der DART-Bahn. Und dann noch mal sonntags mit ihren Kindern in Howth.«

»Wenn ich's mir recht überlege, war sie damals nicht viel älter als wir. Unterrichtet sie noch?«

»Nein.«

»Das ist schade. Warum hören die coolen Lehrer immer auf? Weißt du noch, der alte Hackett? Ich wette, der brüllt die Schüler immer noch an und verdirbt ihnen fürs ganze Leben den Spaß an Naturwissenschaften.«

»Ja. Aber wir hatten eine schöne Zeit. Wie sieht's bei dir aus? Verheiratet, geschieden oder auf der Suche?«

»Ich genieße mein Singleleben. Bin noch mal glimpflich davongekommen. Ich habe fünf Jahre mit einer Frau zusammengelebt. Wir hätten fast geheiratet, aber es hat nicht funktioniert. Du weißt ja, wie es ist.«

Jack hörte ihm an, dass mehr dahintersteckte, aber es war

zu früh nach ihrem Wiedersehen, um in Details eingeweiht zu werden.

»Arbeitest du immer noch als Maler und Tapezierer?«

Peter gluckste in sein Bier. »Hab ich das gemacht, als wir uns zuletzt gesehen haben? Nein, ich mach jetzt Gott sei Dank was anderes. Ich hab in London eine Ausbildung in der Werbebranche absolviert und arbeite seit meiner Rückkehr in einer Grafikfirma. Wir erleben momentan interessante Zeiten. Aufgrund der Rezession fordert einen jeder Auftrag noch mehr.«

»Das klingt wirklich gut.«

»Und was machst du?«

»Ich schreibe. Ich hab eine Stelle bei der *Irish Times* ergattert und versuche durchzuhalten, während viele Kollegen mit mehr Erfahrung und besserer Bezahlung auf die Straße gesetzt werden.«

»Ich wette, du bist ein echt guter Journalist. Spielst du noch Gitarre?«

Jack schüttelte lachend den Kopf. Früher hätte er nie geglaubt, dass er einmal damit aufhören würde, doch es war bestimmt drei Jahre her, seit er einen Akkord gespielt hatte. »Ich hab mit alldem abgeschlossen.«

»Mir fehlt die Musik wirklich. Ich hab mir letztes Jahr sogar ein Schlagzeug gekauft, doch nach der Trennung von meiner Freundin wusste ich nicht, wohin damit, und jetzt steht es bei meiner Mutter im Schuppen rum.«

»Bist du verrückt ... Du wohnst wieder bei deiner Mum?«

»Ja, das musste ich, nachdem ich mit Melanie Schluss gemacht hatte. Sie hat das Apartment übernommen, das wir uns gekauft hatten. Zum Glück! Es ist jetzt negatives Eigenkapital.«

»Vielleicht sollten wir wieder Straßenmusik machen? Das haben wir früher nach der Schule ein paarmal gemacht.«

»Das waren gute Zeiten, Jack.«

Jack grinste. Sogar sehr gute. Doch aus einem ganz anderen Grund, als Peter glaubte. »Hör mal, kann ich dir ein Geheimnis anvertrauen? Aber du darfst keinem ein Sterbenswörtchen verraten!«

Peter war fasziniert. Er musste einfach ja sagen, um mehr zu erfahren.

»Es ist verrückt, dass du mich so aus heiterem Himmel angerufen hast«, fuhr Jack fort. »Ich muss nämlich wirklich mit jemandem reden. Glaubst du an die Macht des Zufalls?«

Peter zuckte mit den Achseln.

»Tja, ich hab dir doch erzählt, dass ich Miss Owens getroffen habe. Der Zeitpunkt war echt beschissen. Ich weiß nicht genau, aber ich glaube, ich hatte sowieso schon kalte Füße wegen Aoife, meiner Verlobten. Und dann hab ich mich mit Miss Owens zum Mittagessen verabredet, und um die Wahrheit zu sagen: Wir haben eine gemeinsame Vergangenheit.«

»Was meinst du damit?«

»Es klingt verrückt, aber kurz vor den Abschlussprüfungen war ich bei ihr zu Hause, um mit ihr zu üben. Nur dass die Übungen, die wir gemacht haben, nichts mit Pauken zu tun hatten, wenn du weißt, was ich meine.«

Peters Gesichtszüge entgleisten. »Nein!«

»Doch.« Jacks Miene blieb unbewegt.

»Du Schwerenöter«, grinste Peter. »Du Weiberheld! Warum hast du nie was gesagt?«

»Aus Angst vor Reaktionen wie deiner gerade!«

»Wow! Echt cool!«

»War es auch, aber die Wahrheit ist, dass sie mich in gewisser Weise für die Studentinnen verdorben hat, mit denen ich nach unserer Trennung ausging. Ich konnte ewig keiner Frau mehr vertrauen.«

»Was für eine Nachhilfe! Wenn du was falsch gemacht hast, musstest du es dann ständig wiederholen?«

»Ich hatte gehofft, du könntest das mit dem nötigen Ernst sehen!«, grummelte Jack.

»Tut mir ... leid. Nur ein kleiner Schock. Ich bin sehr neidisch! Kein Wunder, dass du durcheinander bist, nachdem du sie wiedergesehen hast.«

»Total.«

»Und wie ist Aoife so?«

»Sie ist heiß.«

»Ich kotze gleich in mein Bier. Ich hab seit vier Monaten nicht mehr gevögelt. Ich hätte lieber nicht herkommen und mich mit dir treffen sollen.«

»Tut mir leid, Kumpel. Ich sag nur, wie's ist.«

»Tja, ab jetzt hänge ich nur noch mit dir ab.«

Jack lachte. »Ich weiß nicht, was ich tun soll!«

»Kannst du nicht beide vögeln? Ich meine, eine ist eh schon verheiratet, und die andere steht dir bald ständig zur Verfügung.«

Jack drang einfach nicht zu Peter durch. »Vergiss es einfach!«

»Der Gedanke an dich und Miss Owens wird mich heute Nacht nicht schlafen lassen. Ich kann es immer noch nicht fassen, dass du es nie einem von uns erzählt hast.«

»Ich mochte sie wirklich.«

Peter verstummte und trank einen Schluck von seinem Bier. Solche Gespräche führte er sonst nicht mit seinen Kumpels. »Tut mir leid, Jack, aber ich bin kein guter Ratgeber. Ich hatte nie viel Erfolg bei den Frauen. Nicht so wie du.«

Jack war da anderer Meinung. Wenn er wirklich Erfolg bei den Frauen hätte, steckte er jetzt nicht in einer solchen Zwickmühle.

Kapitel 15

Greg stand auf und schüttelte sich den Sand vom Körper. Die Sonne ging unter, und die Wellen peitschten härter ans Ufer des Playa Santa Maria.

»Hunger, eh?«

»Riesenhunger«, antwortete Sophie und betrachtete seinen schlanken, durchtrainierten Körper begehrlich.

»Gut. In einer Stunde treffe ich mich mit einem Regierungsbeamten in einem Restaurant in der Nähe der Plaza de Armas.«

Sophie stützte sich auf die Ellbogen und runzelte die Stirn. Sie war davon ausgegangen, den gut aussehenden Kanadier ganz für sich zu haben. Das passte ihr überhaupt nicht in den Kram.

»Ich muss noch mal zurück ins Hotel, bevor wir zum Abendessen gehen«, murmelte sie.

»Dafür ist nicht genug Zeit. Geh doch zurück in dein Hotel und komm später nach. Du könntest Emma fragen, ob sie mitkommen will, eh?«

Sophie war eingeschnappt. Sie hatte sich den Abend anders vorgestellt. »Wie kommen wir zurück zum Parque Central?«

»Wir können uns ein Taxi nehmen, und ich lasse mich auf dem Weg in der Nähe meines Hotels absetzen. Ich rasiere mich nur schnell und ziehe mich um.«

Sophie zog ihre Klamotten an und packte das kleine Bündel aus Handtüchern und Strandsachen zusammen.

Während der Taxifahrt schwieg sie beleidigt, und als sie Greg an der Ecke zwischen der Plaza de Armas und der Calle Obispo absetzten, brachte sie nur ein aufgesetztes Lächeln zustande.

»Wir sehen uns in einer Stunde. In dem grün gestrichenen Restaurant gleich da drüben ...«

»Okay«, antwortete sie und ließ sich vom Taxi zurück ins Telégrafo bringen.

Überrascht stellte sie fest, dass Emma den ganzen Tag über nicht zurückgekommen war, und fragte sich, wie es ihrer Schwester mit dem Taxifahrer erging. Ihrer Meinung nach waren Kubaner sowieso nur auf Sexabenteuer aus. Wie José in Varadero. Sie konnte nur hoffen, dass ihre naive Schwester nicht auf so einen reinfiel!

Sie sah auf die Uhr. Um ihren Vater anzurufen, war es jetzt zu spät. Daran hätte sie früher denken müssen. Aber bei Louise konnte sie sich noch melden.

Das Freizeichen tutete lauter und langsamer als sonst.

»Hallo?«

»Ach, hallo, Sophie«, wisperte Louise. »Wie spät ist es? Wir sind alle schon im Bett!«

»Hier ist es so gegen halb sechs. Wie geht's Daddy?«

Louise schlüpfte in ihren Morgenmantel und lief hinaus auf den Treppenabsatz, um ihren schlafenden Mann nicht zu wecken.

»Dem geht's gut. Mum ist heute Abend nach Hause gefahren.«

»Das ist bestimmt eine Erleichterung.«

»Ich bin froh, wenn ihr beide wieder zu Hause seid. Es ist anstrengend, die Krankenhausbesuche ganz allein zu stemmen.«

»Wenn ich wieder da bin, hab ich in der Firma viel zu tun.«

»Nun übertreib mal nicht. Immerhin hattest du gerade zehn Tage in der Sonne. Emma gönne ich den Urlaub, aber du verreist doch ständig.«

»Bist du immer noch sauer auf mich?«

»Ich fass es einfach nicht, dass du mit ihr in den Urlaub gefahren bist, nachdem du sie so hintergangen hast.«

»Du musst gerade reden! Du bist auch keine Heilige ...«

»Ich würde meiner Schwester so was nie antun!«

Sophie lachte. »Bleib locker, Louise. Wenn du Dad morgen siehst, richte ihm aus, dass ich angerufen und mich nach ihm erkundigt habe. Ich muss jetzt Schluss machen.«

Sie legte auf, ohne eine Antwort abzuwarten. Louise war so spießig geworden! Sie machte einem nicht gerade Lust auf eine eigene Familie.

Ihr Traum vom idealen Leben mit Paul war geplatzt, aber vielleicht bestand doch noch Hoffnung auf eine bessere Zukunft und auf eine gute Ehe mit einem faszinierenden Mann wie Greg. Sie hatten noch eine gemeinsame Nacht, und die wollte sie nutzen, damit er ihr so verfiel, dass er sie unbedingt wiedersehen wollte.

»Das war ein herrlicher Tag, Felipe«, schwärmte Emma. »Danke, dass Sie mir so viele Sehenswürdigkeiten gezeigt haben.«

»Die Sonne geht langsam unter. Das ist die schönste Zeit in Havanna.«

»Ich habe heute schon zu viel von Ihrer Zeit beansprucht!«

»Ich habe es genossen. Ich möchte Sie an einen ganz besonderen Ort bringen, wo wir uns den Sonnenuntergang ansehen können. Die Habaneros gehen dazu traditionell zur La Cabaña.«

»Beim Castillo del Morro?«

»Ja. Sie kennen sich schon ziemlich gut aus.«

Emma wusste es zu schätzen, ihren ganz privaten Reiseführer zu haben, der noch dazu ein vollendeter Kavalier war. Leider war ihr nicht ganz klar, wie er zu ihr stand. Er war von Natur aus ein zurückhaltender Mensch, doch ihre weibliche Intuition sagte ihr, dass er nicht seit zehn Uhr morgens mit ihr zusammen wäre, wenn er sich nicht zu ihr hingezogen fühlte.

»Danke, dass Sie sich heute Zeit für mich genommen und mir alle Sehenswürdigkeiten gezeigt haben. Allein wäre es nur halb so schön gewesen.«

»Ich fühle mich auch manchmal einsam. Wir könnten etwas essen und danach zur Festung fahren, um uns *el cañonazo* anzusehen.«

»Was ist das?«

»Jeden Abend um neun schlüpfen ein paar Revolutionswächter in die Uniformen englischer Soldaten und schießen aus *el cañón*.«

»Großartig. Klingt, als sollte man das gesehen haben.«

Nachdem sie in einem kleinen *paladar*, das Felipe für das beste hielt, schmackhafte Krebsrollen mit Reis gegessen hatten, fuhren sie an der gewundenen Bucht entlang, um die Stadt von der anderen Seite zu betrachten und sich das Schauspiel *el cañonazo* anzuschauen. Mehrere Touristen und ein paar Einheimische hatten dieselbe Idee und warteten geduldig an einem großen Platz, von dem man einen Panoramablick auf die ganze Stadt hatte. Sie setzten sich auf die alten Mauern aus dem achtzehnten Jahrhundert und beobachteten, wie die Menschenmenge immer größer wurde.

»Gleich ruft der Soldat: ›*Silencio!*‹, damit die Leute wissen, dass die Stadttore für die Nacht geschlossen sind«, flüsterte Felipe Emma ins Ohr.

Wenige Sekunden später war es so weit, und danach

schlossen sich ihm sechs weitere Soldaten an, von denen einer eine Fahne trug und ein anderer einen langsamen, gleichmäßigen Trommelmarsch schlug. Ihre roten Uniformen mit den schwarzen Dreispitzen waren schäbig und sahen ganz anders aus als die, die Emma aus Filmen und Museen kannte.

Der Hauptwächter nahm eine Fackel und zündete hinter der großen schwarzen Kanone eine ganze Fackelreihe an. Die Zeremonie war nur kurz, und als eine Leuchtkugel herauskatapultiert wurde und der Knall in der Bucht widerhallte, jubelten alle.

»So etwas hab ich noch nie gesehen. Das war wirklich großartig. Danke, dass Sie mir das gezeigt haben!«, schwärmte Emma. Als sie sich zu Felipe umdrehte, spiegelte sich das Flackern der Fackeln in seinen Augen.

»Freut mich, dass es Ihnen gefallen hat.« Lächelnd wandte er sich ab, um sich das Ende des Schauspiels anzusehen.

Es war ungeheuer romantisch, dort zu sitzen, während die warme nächtliche Brise sie umschmeichelte. Felipe sah ganz anders aus als am Abend zuvor, als Emma ihn verstohlen von der Seite musterte. Sie konnte nicht sagen, ob er merkte, dass sie ihn beobachtete. Der rebellische Anwalt, der alles hingeschmissen hatte, um Taxi zu fahren. Wie sehr sie sich wünschte, mehr über ihn zu erfahren! Sie wollte ihn besser kennenlernen, hatte aber nur noch wenige Stunden in Havanna. Plötzlich wurde ihr klar, dass sie ihn sehr gern wiedersehen würde. Wäre es nur schon ein paar Monate später! Sie brauchte noch Zeit, um um Paul zu trauern. Und trotzdem, wenn sie mit Felipe zusammen war, wurde ihr warm ums Herz, und sie fühlte sich so viel inspirierter, als sie sich schon lange Zeit vor dem Tod ihres Mannes in ihrer Ehe gefühlt hatte.

Felipe wandte sich wieder zu ihr und sah sie an. »Möchten

Sie jetzt gern Jazz hören? Ich kann Sie mit in einen guten Club nehmen.«

Wie wunderbar er doch ist, dachte Emma. Ein gemütlicher Jazzclub wäre zum Abschluss eines perfekten Tages genau das Richtige.

»Klingt großartig.«

Während der Fahrt zurück um die Bucht und am Malecón entlang fühlte sie sich wie elektrisiert. Mehr Habaneros als sonst säumten die Straßen.

Emma kannte die Gegend schon. »Sind wir in Vedado?«

»Ja. Sie können bald meinen Job übernehmen.«

Emma lachte. Sie wollte versuchen, sich diesen Moment einzuprägen und diese positive Stimmung in ihren Roman einfließen zu lassen.

Felipe bog nach links auf die Calle 23 ab und fuhr jetzt langsamer. In der Nähe einer überwachten Straßenecke stellte er den Buick ab.

Auf den Straßen wimmelte es von Kubanern und Touristen, die loszogen, um das Nachtleben zu genießen.

Felipe führte Emma zu einem Häuschen, das aussah wie eine alte, rot gestrichene Telefonzelle, wie man sie in den achtziger Jahren in London kannte. Dahinter befand sich der Eingang zu einem unterirdischen Club.

»Da wollen wir rein?«

»Ja«, bekräftigte Felipe, der über Emmas erschreckte Miene schmunzeln musste. »Das ist *La Zorra y el Cuervo*, der beste Jazzclub in Havanna.«

Direkt vor der Telefonzelle wartete ein Hüne mit kahlrasiertem Schädel und einer schwarzen Sonnenbrille, der in jeder anderen Stadt für einen Rausschmeißer viel zu gut aussehend und auch zu freundlich gewesen wäre. Er lotste sie in den engen Eingangsbereich und eine Treppe hinab, unter der die höhlenartige Bar versteckt war. Schon lange bevor die beiden den gemütlichen Thekenbereich erreichten, waren ein Saxophon und ein Schlagzeug zu hören. Gemälde und Fotos der vielen Musiker, die schon dort gespielt hatten, zierten die Wände, und im Hintergrund der Bar war das übliche Angebot an alkoholischen Getränken und Rum aufgereiht. In einer riesigen Glasvitrine in der Ecke wurde das erlesenste Sortiment an kubanischen Zigarren dargeboten, und der Qualm derer, die sich an einer Cohiba gütlich taten, zog durch den Raum.

»Was hätten Sie gerne?«, fragte Felipe.

Felipes Freundlichkeit und Großzügigkeit beschämten Emma. Auch wenn er den lukrativsten Job in der Stadt hatte, konnte er selbst mit seinen Trinkgeldern nicht für alles aufkommen, wozu er sie einlud.

»Bitte lassen Sie mich zahlen.«

»Für mich gelten andere Preise. Sie zahlen mehr, weil Sie Touristin sind.«

»Gut, wenn Sie darauf bestehen. Aber dann erlauben Sie mir wenigstens, Sie zu bezahlen. Immerhin haben Sie mich den ganzen Tag herumgefahren und sich hervorragend um mich gekümmert.«

»Ich genieße Ihre Gesellschaft sehr.«

In dem Moment sah Emma ein Schimmern in seinen Augen, das ihr, wie sie vermutete, seine Gefühle für sie bestätigte.

»Setzen Sie sich doch«, bat er.

Emma nahm einen Tisch neben einer Säule, von wo man einen hervorragenden Blick auf die kleine Bühne und das Wandgemälde hinter den Musikern hatte. Sie betrachtete das bunt gemischte Publikum, darunter viele Einheimische. Schon am Abend zuvor war ihr aufgefallen, dass es Kubaner gab, die am liebsten Hemden, Hosen und Baskenmützen in strahlendem Weiß trugen, was einen wunderbaren Kontrast zu ihrer dunklen Haut bildete und sie von den anderen Einheimischen abhob, die sich lieber farbenfroher kleideten.

Felipe stellte zwei Gläser Mojito auf den kleinen runden Tisch, zog einen Stuhl zurück und setzte sich.

»Gefällt es Ihnen hier?«

»Es ist toll! So anders als alles, was ich bisher erlebt habe.«

»Hier spielen exzellente Musiker. Auch Studenten der Musikschule in Habana.«

»Es ist der perfekte Ort, um den Tag zu beenden«, seufzte Emma und prostete ihm zu.

Felipe lächelte. Er hatte den Tag genauso sehr genossen. Es war lange her, seit er so viel Zeit mit einer Frau verbracht hatte, und sie war auch nicht nur irgendeine Frau. Mit ihren schwarzen Haaren und den durchdringend blauen Augen war sie so exotisch und so anders als seine Ex und die meisten Frauen, mit denen er seit seiner Trennung kurze Bettgeschichten gehabt hatte. Plötzlich überkam ihn ein überwältigendes Verlangen, sie zu küssen, doch die Angst, von ihr abgewiesen zu werden, hielt ihn davon ab. Seine Exfrau hatte ihn tief verletzt, und er musste auf der Hut sein, denn die bittere Wahrheit war, dass er Emma nach heute Abend vielleicht nie mehr wiedersehen würde.

Sophie lief leicht verängstigt die Calle Obispo entlang. Sie hätte lieber mit dem Taxi fahren sollen, aber aus irgendeinem Grund hatte sie den Weg von ihrem Hotel zu Gregs viel kürzer in Erinnerung. Aber gestern Abend hatte er sie auch begleitet.

Sie schob sich durch die Menschenansammlung vor einem Café, aus dem Salsa-Musik auf die Straße drang.

In der Ferne entdeckte sie das Restaurant, das Greg ihr gezeigt hatte. Er saß an einem Tisch mit einem Mann in dunkelgrauem Anzug, der viel kleiner war als Greg und dessen Bauch sich über seinen Hosengürtel wölbte. Sein Kopf war kahl rasiert, und er kaute auf einer Cohiba.

Als Sophie zu ihnen trat, erhob sich Greg und stellte sie mit seinem unnachahmlichen Charme seinem Bekannten Don Carlos vor.

»Du siehst schön aus, Sophie!«, schmeichelte Greg ihr.

Gnädig ließ sie sich von ihm auf beide Wangen küssen und setzte sich auf den Stuhl, der seinem am nächsten war. Sie wollte von Don Carlos so viel Abstand halten wie nur möglich. Er war ihr nicht geheuer.

»Ich höre von Señor Adams, Sie sind Irlandesa?«

»Ja.«

»Gefällt Ihnen unser Land?«

»Es ist sehr schön.«

»Was möchten Sie trinken?«

»Ich nehme ein Glas Rotwein. Aus Chile, wenn Sie welchen haben.«

Don Carlos klatschte in die Hände, und ein junger Kellner kam herausgeeilt, dem er schnell und herablassend einen Befehl erteilte.

Sophie wünschte den schrecklichen kleinen Kerl zum Teufel.

Don Carlos führte sein Gespräch mit Greg auf Spanisch fort, und nach fünf Minuten kam sich Sophie geradezu unsichtbar vor. Zu Hause hätte sie sich von niemandem so behandeln lassen. Warum also ließ sie es sich im Urlaub bieten?

Der Kellner kam mit einem Glas Wein zurück und stellte es ihr hin. Sie nippte daran und beschloss, etwas zu unternehmen. Sie zog ihr Handy aus der Tasche und stand auf.

Greg blickte nur kurz hoch. »Wo willst du hin?«

»Ich muss telefonieren.«

Greg wandte sich sofort wieder Don Carlos zu, was Sophie maßlos ärgerte.

Sie wählte Emmas Nummer, bekam aber kein Freizeichen. Sie versuchte es noch mehrmals und fluchte, als ihr dieselbe Stimme auf Spanisch immer wieder sagte, dass die gewählte Nummer nicht erreichbar wäre. Wo steckte Emma bloß?

Als die Band eine Zugabe spielte, hatte Emma drei Mojitos intus. In dem Club ging es zwanglos zu, und es störte niemanden, wenn die Gäste während des Konzerts plauderten.

»Es war wunderschön. Danke, dass Sie mich hergebracht haben.«

»Gern geschehen. Soll ich Sie ins Hotel zurückbringen?«

Emma nickte.

Von den Mojitos hatte sie einen ganz schönen Schwips, und als sie wieder hinaus auf La Rampa traten, stolperte sie.

»Eigentlich bin ich noch gar nicht müde.«

»Wir könnten noch ein bisschen umherfahren – wenn Sie möchten?«

Emma nickte. Auf dem Malecón wimmelte es von jungen Leuten, die Havana Club direkt aus der Flasche tranken. Manche musizierten, und ein älterer Mann hockte mit einer improvisierten Angelrute auf der Mauer. Emma sah auf die Uhr. Sie konnte sich keine andere Stadt auf der Welt vorstellen, in der sich um ein Uhr morgens so viele unterschiedliche Menschen auf der Straße aufhielten.

Es hatte sich beträchtlich abgekühlt, doch mit offenem Verdeck zu fahren war immer noch die angenehmste Art, die Stadt zu erkunden.

»Möchten Sie den Strand sehen?«

»Gern.«

Felipe wendete auf der Straße.

»Dann fahren wir nach Miramar. Dort gibt es viele schöne Häuser. Ich zeige Ihnen, wo die Delfine schwimmen.«

Wie in Vedado verliefen die Straßen kerzengerade, und in dem Nobelviertel standen mehrere Botschaftsvillen, von denen die Fahnen verschiedener Nationen wehten. Die Strandpromenade war zwar nicht so spektakulär wie der kurvenreiche Malecón, dafür aber abgelegener und nicht so überlaufen.

Felipe parkte an einer ruhigen Stelle auf der Avenida 1, von wo man einen wunderbaren Blick auf das Meer hatte und die Brandung ans Ufer krachen hören konnte. Der Mond hing wie eine Scheibe am Himmel und warf Lichttröpfchen auf die Wellen, die wie silberne Bänder wogten.

»Es ist wunderschön hier.«

»Mir gefällt es. Miramar ist anders als der Rest von Habana.«

»Mir wird der Abschied schwerfallen. Aber ich freue mich, meinen Vater wiederzusehen. Hoffentlich geht es ihm gut.«

Felipe klappte das Handschuhfach auf und kramte einen Zettel heraus. Dann notierte er mit einem Bleistiftstummel, den er aus der Seitentasche der Tür holte, seine Telefonnummer und Adresse.

Er reichte Emma den Zettel. »Bitte, können Sie mir aus Ihrem Land schreiben?«

Emma lächelte erfreut. »Natürlich. Haben Sie E-Mail?«

Felipe schüttelte bedauernd den Kopf.

Emma zog eine Visitenkarte aus ihrer Tasche. Vor ein paar Jahren hatte sie sich zweitausend davon drucken lassen und bisher nur fünfzig verteilt.

»Bitte schreiben Sie mir. Ich würde gerne mit Ihnen in Kontakt bleiben. In den letzten Tagen habe ich mehr mit Ihnen geteilt als mit meiner eigenen Familie. Meine Eltern und meine Schwestern würden den Schmerz nicht verstehen, den ich wegen des Selbstmords meines Mannes mit mir herumtrage.«

»Sie dürfen sich keine Vorwürfe machen. Ich habe auch lange die Schuld bei mir gesucht, als meine Frau mich verließ. Sie sind eine gute Frau, Emma, und das Problem lag bei Ihrem Mann.«

Emmas Augen wurden feucht. Sie war ganz überwältigt von den Emotionen, die die wunderschöne Umgebung in ihr auslöste, geradezu berauscht von den drei Mojitos und gerührt von Felipes Empathie.

»Danke«, murmelte sie und lehnte sich auf dem Sitz zurück.

Das Mondlicht fiel auf Felipes Gesicht und auf die Windschutzscheibe.

Er sah Emma an und konnte den Blick nicht von ihrem wenden. Sie offenbarte ihm ihre Seele und den Schmerz, den sie mit sich herumtrug, und er sehnte sich danach, sich zu ihr zu beugen und ihre vom Mondlicht gesprenkelten Lippen zu küssen.

Emma spürte, dass er bis tief in ihr Innerstes blickte, und fühlte sich schutzlos und verletzlich. Sein unbändiges Haar und die dunklen Augenbrauen über den haselnussbraunen Augen waren vom Mondlicht wie verwandelt. Statt des stillen, sanften Mannes, der so freundlich zu ihr gewesen war, sah sie jetzt eine starke Persönlichkeit voller Leidenschaft und Gefühl, und das Verlangen, seine Lippen auf ihren zu spüren, überwältigte sie.

Felipe beugte sich zu ihr, bis sein Gesicht nur noch Zentimeter von Emmas entfernt war. Ihre Blicke verschmolzen, doch beide hatten Angst, den ersten Schritt zu machen.

Und dann geschah es – ihre Lippen berührten sich – in Mondlicht getaucht – der Kuss war magisch.

Im selben Augenblick spürten sie die Liebe und den

Schmerz des anderen. Ihre Lippen verschmolzen für einen Zeitraum, der sich wie Minuten anfühlte, aber nur wenige Sekunden gedauert haben musste.

Plötzlich entzog sich Emma Felipe – und sein attraktives Gesicht wurde vom Bild ihres toten Mannes überschattet. Die Energie, die sie durch den Kuss erlangt hatte, verflog, und zurück blieb eine kalte Leere. Ihr Schmerz entlud sich in dicken Tränen, die ihr über die Wangen kullerten.

Felipe nahm sie in die Arme, damit sie sich an seiner starken Schulter ausweinen konnte. Sein Herz schwankte zwischen ihrem und seinem Schmerz. Er hielt sie lange fest und streichelte ihre Haare und ihr Gesicht, während sie so viel Schmerz herausließ, wie es nur ging.

»Vielleicht kommst du eines Tages wieder?«, flüsterte er ihr ins Ohr.

Emma löste sich nur unwillig aus Felipes Umarmung und setzte sich auf.

»Vielleicht, Felipe. Ich würde liebend gern zurück nach Kuba kommen – um *dich* wiederzusehen. Aber vielleicht wäre es einfacher, wenn du mich in Irland besuchst.«

Felipe lachte.

»Was ist daran so lustig? Ich würde dir gern zeigen, wo ich lebe. Es ist auch eine Insel.«

»Es ist kompliziert, mein Land zu verlassen, und sehr teuer – sogar für einen Taxifahrer.«

Felipe drehte den Schlüssel in der Zündung.

Emma kam sich plötzlich sehr naiv vor und hasste sich für ihre Taktlosigkeit. Sie hatte nur sehr wenig über Kuba und die Einschränkungen erfahren, mit denen die Menschen hier leben mussten.

Schweigend fuhren sie zurück zum Parque Central, und Felipe hielt vor der Tür des Hotel Telégrafo.

»Soll ich dich morgen zum Flughafen bringen?«

Diese schlichte Frage brachte Emma aus dem Konzept. Daran hatte sie überhaupt nicht gedacht. »Ich weiß nicht. Wie ist das geregelt? Organisiert das nicht der Reiseveranstalter?«

Felipe schüttelte den Kopf. Ihr Zögern verletzte ihn. Er musste sich schützen. Er wollte sich nicht verlieben und begab sich auf gefährliches Terrain.

»Vielleicht ist es das Beste, wenn wir uns jetzt verabschieden«, murmelte er.

Emma hatte Schuldgefühle wegen des Kusses, sehnte sich aber danach, Felipe wiederzusehen. Sie stieg aus und blieb neben dem Wagen stehen.

»Vielen Dank für alles, was du für mich getan hast.«

Als sie dort am Straßenrand stand, fühlte sie sich wie ein kleines, verirrtes Mädchen.

»Gern geschehen.« Er nickte ihr freundlich zu. »Ich hatte eine schöne Zeit – ich hoffe, du hast eine gute Heimreise, Emma.«

Damit wandte er sich ab, trat aufs Gaspedal und fädelte sich ohne einen Blick zurück wieder in den Verkehr ein.

Emma war, als nähme er einen Teil von ihr mit. Ihr graute jetzt schon vor dem einsamen Hotelzimmer. Sie sah auf die Uhr. Fast zwei Uhr morgens. In Felipes Gesellschaft war die Zeit wie im Fluge vergangen. Sie betrat das Hotel und nahm die Treppe. Mit jeder Stufe wurde ihr das Herz schwerer, und in ihr tobte das reinste Gefühlschaos. Sie hatte nicht mit Sophie gerechnet, die zusammengerollt im Bett lag und tief und fest schlief. Emma interessierte brennend, was mit Greg vorgefallen war, sie würde sich aber bis morgen gedulden müssen, um es herauszufinden.

Sophie stellte ihr Gepäck so unbeholfen auf das Band am Check-in-Counter, dass Emma es am liebsten gerade gerückt hätte. Aber Sophie war eine erwachsene Frau, und vielleicht war es an der Zeit, dass sie endlich die Verantwortung für sich selbst übernahm.

Emma reichte die Tickets dem Steward der Air France, der ihre Pässe und Dokumente für den Flug kontrollierte.

»*Merci, Mesdames.* Ihr Flug geht von Gate zwei.«

Emma dankte dem Steward lächelnd und folgte Sophie, die schon missmutig davongestapft war.

»Warte doch mal!«, rief sie ihr nach.

Sophie blieb unwillig stehen.

»Sophie, wie soll ich wissen, was los ist, wenn du nicht mit mir sprichst?«

»Ich hab dir doch gesagt, dass ich nicht drüber reden will. Ich will nur einen Saft.«

»Du hättest mit mir zum Frühstück runtergehen sollen.«

»Ich hab doch gesagt, ich war zu mies drauf.«

Sie passierten die Sicherheitskontrolle und liefen weiter zum Duty-free-Shop.

»Das wird ein langer Flug, und wenn du die ganze Zeit schmollen willst, kannst du dich genauso gut woanders hinsetzen.«

»Ist mir längst recht!«, schnauzte Sophie.

Sie gingen an Bord des Fliegers und nahmen schweigend ihre Plätze ein. Sophie verschanzte sich hinter dem Bordmagazin.

Sie waren schon über dem Atlantik, als Emma den Stier bei den Hörnern packte.

»Was war denn mit Greg los?«

»Er war total egoistisch. Er hat sich mit einem unverschämten kleinen Staatsbeamten getroffen, und ich hab mich fast drei Stunden zu Tode gelangweilt. Wo warst du? Ich hab versucht, dich anzurufen.«

»Du hast keinen Zweifel daran gelassen, dass du mich nicht sehen wolltest, bevor wir auf dem Weg zum Flughafen sind.«

»Du warst wahrscheinlich mit diesem Taxifahrer zusammen.«

»Felipe war sehr charmant. Und nenn ihn nicht ›dieser Taxifahrer‹. Er ist übrigens Anwalt.«

Sophie spitzte die Ohren. »Du machst Witze!«

»Was spielt sein Beruf für eine Rolle? Der Tag mit ihm hat Spaß gemacht.«

»Wahrscheinlich ist es an der Zeit, dass du dich neu orientierst. Paul ist tot, und du musst endlich darüber hinwegkommen.«

»Er war mein Mann. Das verstehst du nicht.«

Sophie funkelte Emma wütend an. Was für eine bodenlose Frechheit! Sie setzte sie immer mit so kleinen abfälligen Bemerkungen herab.

»Nur weil du ein paar Jährchen älter bist als ich«, gab sie schroff zurück, »heißt das noch lange nicht, dass du immer alles besser weißt. Ich weiß weit mehr über Verlust, als du dir vorstellen kannst.«

Der Chefsteward teilte Kissen und Decken an die Passagiere aus, die schlafen wollten. Die Stimmen der Schwestern wurden immer aufgeregter und lauter, sodass ihre unmittelbare Umgebung auf sie aufmerksam wurde.

»Was weißt du denn schon über Verlust? Du warst nicht mal auf Grannys Beerdigung, weil du lieber übers Wochenende nach Amsterdam wolltest, um mit deinen Freunden zu kiffen. Das sind die Prioritäten, die du setzt!«

Eine alte Dame drehte sich um, um zu sehen, wer so einen Aufstand machte, aber die zwei stritten trotzdem weiter.

Sophie knipste die Deckenleuchte an. »Sie hat immer gesagt, dass sie Beerdigungen hasst. Mein Flug wäre sonst verfallen, und das Hotel war auch schon bezahlt. Außerdem muss ich mich vor dir nicht rechtfertigen.«

»Du musst dich nie vor irgendwem rechtfertigen! Du rennst nur immer zu Dad, und er gibt immer nach und hilft dir aus der Patsche, egal, was es ist!«

»Ich komme selbst für meinen Lebensunterhalt auf!«

»Wieso hat Dad dann dieses Jahr deine Autoversicherung bezahlt? Mum hat es mir gesagt, also leugne es nicht. Louise und ich haben Familien, um die wir uns kümmern müssen, und du schnorrst immer noch von ihm, was du nur kriegen kannst. Dabei hat er jetzt nur noch seine Rente.«

»Du bist bloß eifersüchtig. Du warst schon immer eifersüchtig auf mich. Und wahrscheinlich aus gutem Grund.«

Emma runzelte die Stirn und schüttelte empört den Kopf. »Nun mach mal halblang! Warum um alles in der Welt sollte ich auf dich eifersüchtig sein?«

»Weil ich jeden Mann haben kann, den ich will.«

Jetzt lächelte Emma mitleidig. »Weil du dir im Urlaub einen Kanadier gekrallt hast? Wahrscheinlich warst du nur scharf auf ihn, weil er zuerst mit mir geflirtet hat – und mit mir Mittag essen war.«

»Aber im Bett war er mit mir!«

»Als wäre das ein Grund, stolz zu sein.«

Sophie lief vor Wut rot an. »Leck mich!«, schrie sie so laut, dass der Steward sich alarmiert umdrehte und nachsah, wer den Lärm veranstaltete.

»Es wird langsam Zeit, dass du erwachsen wirst und dir einen richtigen Mann suchst, mit dem du eine reife Beziehung führen kannst«, gab Emma kühl zurück.

»Aber ich hatte eine reife Beziehung! Eine sehr reale Beziehung, die dauerhaft werden sollte. Was glaubst du, mit wem dein Mann in den drei Jahren vor seinem Tod geschlafen hat?«

Der Flugbegleiter hatte die Schuldigen identifiziert und kam durch den Gang auf die Schwestern zu.

Emmas Augen weiteten sich vor Entsetzen. Sie konnte nicht glauben, was sie da hörte, und fürchtete, sich gleich übergeben zu müssen.

»Sag mir, dass du lügst.«

»Das werde ich nicht. Ich hab mit Paul geschlafen. Wir hatten eine Liebesbeziehung, und er wollte dich verlassen, bevor er den Herzanfall hatte!«

Emma zitterte und brachte keinen Ton mehr heraus.

»Ist alles in Ordnung, Madame?«, erkundigte sich der Steward, der nur allzu gut wusste, dass dem nicht so war.

»Ich will einen anderen Sitzplatz«, forderte Sophie.

»Wir sind heute Abend fast ausgebucht, Madame.«

»Bringen Sie mich einfach nur hier weg!«, zischte Sophie, die aufsprang und nach ihrer Tasche im Gepäckfach griff.

Emma vergrub das Gesicht in den Händen. Sie war zutiefst erschüttert.

»Kommen Sie«, sagte der Flugbegleiter schicksalsergeben und führte Sophie an einen Platz ganz hinten im Flieger.

Emma hyperventilierte und war kurz davor, in eine wahre Tränenflut auszubrechen. Das konnte nicht sein! Wie hatte ihr Mann sie so hintergehen können? Wieso hatte sie nie Verdacht geschöpft, dass er mit einer anderen zusammen war – und dass diese andere ihre Schwester sein könnte? Ihr schwirrte der Kopf. Sie sehnte sich danach, wieder irischen Boden unter den Füßen zu haben. Wieder zu Hause zu sein, wo sie versuchen konnte, diese neue Enthüllung zu verdauen. Doch zunächst einmal brauchte sie einen Brandy, um ihre flatternden Nerven zu beruhigen. Sie suchte nach der Ruftaste und drückte sie.

Kapitel 16

Finn stand neben seiner Tante an der Absperrung im Dubliner Flughafengebäude.

»Ist ihr Flieger schon gelandet?«

Louise sah hinauf zur Anzeigetafel. »Vor fünf Minuten, und sie sollte ungefähr in zwanzig Minuten durch die Kontrolle sein.«

Finn hüpfte voller Vorfreude umher. Louise hatte ihn noch nie so aufgeregt erlebt.

»Möchtest du dich nicht setzen, während wir auf sie warten?«, fragte sie ihn.

Er schüttelte nur den Kopf.

Sophie erschien als Erste. Sie schob einen Gepäckwagen vor sich her, aber Emma war nirgends zu sehen.

Louise stürzte auf sie zu und gab ihr einen Kuss. Sophie drehte den Kopf weg. »Wo ist Emma?«

»Immer noch da drin. Ich fahre auf keinen Fall mit ihr im selben Wagen. Ich kann sie keine Minute länger ertragen. Ich nehme ein Taxi!«

Louises Magen krampfte sich zusammen. Emma und Sophie stritten nur selten, doch wenn es so weit war, hatte es apokalyptische Ausmaße.

»Was ist passiert?«

»Will ich nicht drüber reden. Ich bin weg.«

Sophie stapfte auf der Suche nach einem Taxistand davon und ließ Louise sprachlos und verwirrt zurück.

Als Louise sich umsah, entdeckte sie Emma, die ihren Sohn fest ans Herz drückte. Sie rannte zu ihrer Schwester und umarmte sie stürmisch, als sie Finn endlich losgelassen hatte.

»Emma! Hattest du eine schöne Zeit?«

Emma gab ihrer Schwester einen Schmatzer auf die Wange. Nach ihrer Auseinandersetzung mit Sophie zitterte sie immer noch, war aber bemüht, sich ihre Verzweiflung nicht anmerken zu lassen.

»Louise! Danke, dass du dich so gut um Finn gekümmert hast! Es war herrlich! Wie geht's Dad?«

»Er macht sich gut. Was ist denn mit Sophie?«

»Darüber müssen wir noch sprechen. Aber erst später.« Mit einem Nicken in Finns Richtung gab sie Louise zu verstehen, dass dieses Thema nicht für seine Ohren bestimmt wäre.

»Soll ich euch gleich nach Hause fahren?«

»Gerne. Ich bin total erledigt. Ich hab im Flieger kein Auge zugetan.«

»Mach dir wegen Dad keine Sorgen. Sein Zustand ist stabil, und er hat gesagt, du brauchst vor morgen nicht vorbeizukommen.«

»Ich wette, Sophie will er sehen!«

Louise schwieg. Ihr Vater hatte tatsächlich nach Sophie gefragt, würde sich aber gedulden müssen, bis ihr ein Besuch bei ihm in den Kram passte.

»Ich bin heilfroh, dass du wieder zu Hause bist! Du bist die Einzige, die mit Mum fertig wird. Sie macht ihre Nachbarn wahnsinnig. Du weißt ja, wie anstrengend sie sein kann.«

»Ich ziehe mich nur schnell um, mache noch ein paar Besorgungen, und dann besuche ich sie. Und danach muss ich mit dir reden.«

»Ich hab eine Tüte mit Lebensmitteln für euch im Wagen. Nur Brot, Milch, ein paar Speckscheiben und Obst.«

»Danke, Louise! Das ist wirklich lieb von dir.« Emma war gerührt.

»Wir werden noch eine Weile alle Hände voll zu tun haben. Dad bekommt einen dreifachen Bypass.«

Emma warf ihr einen erschreckten Blick zu. Sie konnte nur hoffen, dass alles gut ginge, wusste aber, dass sie jetzt positiv denken musste. Als älteste Schwester war es ihre Aufgabe, dem Rest der Familie eine Stütze zu sein.

»Scheibenkleister!« Emma stieß einen schweren Seufzer aus. »Wahrscheinlich sollten wir froh sein, dass er keinen Herzinfarkt hatte. Wenigstens ist dieser Eingriff für die Ärzte inzwischen Routine.«

»Meine Sorge gilt nicht Dad.«

»Ich weiß«, antwortete Emma. Mit ihrer Mutter fertig zu werden würde viel schwieriger. Es wäre, als hätte man zwei Lazarusse.

»Finn, mein Schatz«, flötete Louise. »Willst du mit Donal und Matt in den Yachtclub fahren, während ich mit deiner Mum Gran besuche?«

»Okay«, nickte Finn. Jetzt, wo seine Mum wieder daheim war, zog er nur allzu gern wieder mit seinem Cousin los.

»Gut«, murmelte Louise. Sie hatte das schreckliche Gefühl, dass das, was Emma mit ihr besprechen wollte, etwas Ernstes war.

Nachdem sie Finn samt Onkel und Cousin am Yachtclub abgesetzt hatten, fuhr Louise mit Emma nach Raheny.

»Schieß los, ich bin ganz Ohr«, ermutigte sie Emma.

»Sophie hat im Flugzeug etwas zu mir gesagt, und ich weiß nicht so recht, ob sie nur gehässig sein wollte. Aber eigentlich kann sie es nicht erfunden haben.«

Louise machte sich auf alles gefasst. »Erzähl weiter.«

Emma war den Tränen nahe. »Sie behauptet, dass sie mit Paul geschlafen hat. Und nicht nur das ... Dass sie eine Affäre mit ihm hatte.«

Louise hielt den Blick auf die Straße gerichtet. Sie zitterte. Sie hatte immer gehofft, dass Emma es nie erfahren würde.

»Sag doch was!«, flehte Emma.

Louise war hin- und hergerissen. Sollte sie Emma sagen, dass sie es schon wusste? Wohl eher nicht, denn Emma wäre stinksauer, weil sie es ihr verschwiegen hatte.

»Das glaub ich nicht. Bist du sicher, dass sie dich nicht nur provozieren wollte?«

»Warum sollte sie so etwas behaupten?«

»Um dich zu ärgern?«

»Das versucht sie normalerweise anders.«

Als sie an einer roten Ampel hielten, zog Louise die Handbremse an und wandte sich an Emma.

»Ich weiß nicht, was ich sagen soll.«

Emma brach in Tränen aus. »Ich war gerade dabei, mich mit Pauls Tod abzufinden. Ich hatte eine so herrliche Zeit auf Kuba. Ich habe einen fantastischen Mann kennengelernt. Er fährt Taxi und sieht ein bisschen aus wie Che Guevara. Er war so nett zu mir! Er heißt Felipe.«

»Du hattest eine Urlaubsromanze?«, fragte Louise überrascht.

»Einen Kuss in Havanna würde ich nicht gleich als Affäre bezeichnen, aber ich mochte ihn.«

»Und wo war Sophie, wenn du mit Felipe zusammen warst?«

»Sie ist mit einem kanadischen Kunsthändler umhergezogen. Er sah auch fantastisch aus. Ich hab ihn zuerst kennengelernt, doch als Sophie ihn traf, hat sie sofort ein Auge auf ihn geworfen.«

»Sie will immer das, was du hast.«

»Eben. Deshalb glaube ich auch, dass sie vielleicht wirklich eine Affäre mit Paul hatte.«

Louise fuhr weiter. Sie waren jetzt fast in Raheny.

Als sie zum Haus ihrer Eltern kamen, hielt Louise den Wagen an und drehte sich zu Emma.

»Wahrscheinlich erfährst du es nie. Ich meine, Paul ist ja nicht mehr hier, um sich zu verteidigen.«

Emma seufzte. »Das ist mir klar, aber es würde erklären, warum er vor seinem Tod so seltsam war.«

»War er das denn? Das hast du mir nie erzählt.«

Emma hatte das nicht zugeben wollen – weder vor sich selbst noch vor sonst jemandem. »Es ergibt einfach keinen Sinn, warum er noch diesen Urlaub gebucht hat und dann ...« Sie verstummte. Sie konnte nicht weiterreden, ohne weiter ins Detail zu gehen. »Bringen wir es hinter uns! Mum wartet sicher schon.«

Maggie Owens saß mit einer Decke über den Knien im Sessel und bemitleidete sich selbst.

»Mum, wie geht's dir?«, rief Emma und eilte zu ihr, um sie zu umarmen.

»Emma! Ein Glück, dass du wieder da bist. Es war furchtbar! Ich habe eine schlimme Zeit durchgemacht und fürchte mich allein im Haus.«

»Ich mache uns einen Tee«, verkündete Louise, ohne dass ihr jemand zuhörte. Ihre Mutter hätte noch länger bei ihr bleiben können, wenn sie mehr Verständnis für die Kinder aufgebracht hätte. Es war ihre eigene Entscheidung gewesen, wieder nach Hause zu gehen.

»Der Einbruch muss ein furchtbarer Schock für euch gewesen sein«, sagte Emma mitfühlend. »Möchtest du mit zu mir kommen?«

»Vielleicht. Dieses Haus hier ist zu groß, und ich höre nachts Geräusche.«

Louise tat die Teebeutel in die Kanne und suchte ganz hinten im Schrank nach Kaffee für sich selbst.

Sie steckte in der Klemme. Einerseits fand sie, dass sie Emma beichten musste, dass sie von der Affäre gewusst hatte, damit sie es nicht von Sophie erfuhr. Andererseits hatte sie Angst, dass es Emma zu sehr erschüttern würde, dass sie davon gewusst und es für sich behalten hatte.

Es gab keinen Ausweg.

Sophie drehte in ihrem Apartment am Custom House Square die Heizung an. Es war zwar nicht sonderlich kalt, aber sie hatte sich an die Hitze auf Kuba gewöhnt. Sie tat sich selbst schrecklich leid, während sie die Schränke nach Vorräten absuchte. Wenn sie etwas essen wollte, musste sie runter in das italienische Café an der Ecke gehen.

Der Jetlag machte ihr langsam zu schaffen, und morgen musste sie wieder arbeiten. Jetzt, wo ihr bewusst wurde, was sie angerichtet hatte, war ihr geradezu elend zumute. Warum hatte sie Emma bloß von Paul erzählt? Vielleicht hatte sie sich nur nach Respekt für ihren Verlust gesehnt. Stattdessen hatte sie erreicht, dass Emma sie jetzt hasste. Dabei hatte Emma sie früher immer beschützt und sich rührend um sie gekümmert, und zum Dank hatte sie ihre Schwester auf die schlimmste Art verraten, die man sich nur vorstellen konnte.

Sie warf sich in eine Jeans und schnappte sich eine warme Jacke, bevor sie losging, um sich einen Teller Pasta zu genehmigen.

Der Wohnungskomplex am Ufer des Liffey war viel ruhiger als zu der Zeit, als Sophie hier eingezogen war. Viele Apartments standen jetzt leer. Für ihren Geschmack änderte sich alles viel zu schnell, und der wirtschaftliche Abschwung spiegelte sich in ihrem Privatleben wider.

Als ihr Handy klingelte, war sie nicht überrascht, Louises Nummer auf dem Display zu sehen.

»Hallo! Ich hab mich schon gefragt, wann du anrufst.«

»Ist das alles, was du zu deiner Verteidigung zu sagen hast?«

»Fang jetzt bloß nicht so an! Du mit deiner Doppelmoral kotzt mich echt an!«, zischte Sophie, die sehr wohl wusste, dass sie defensiv klang. »Ich habe Paul geliebt! Ich habe auch um ihn getrauert, und es wurde langsam Zeit, dass Emma es erfährt.«

»Und was glaubst du, wie das bei ihr ankommt? Du hast damit nichts erreicht, außer zu zeigen, was für ein gemeines kleines Biest du bist! Dabei hattest du die Chance, das alles zu vermeiden und Emma wenigstens ein paar schöne Erinnerungen an ihren Mann zu lassen.«

»Er war mein Geliebter!«

»Nun mach mal halblang. Das mit dir war ein kleines Abenteuer.«

»Er wollte Emma verlassen! Er hatte vor, *mich* mit nach Kuba zu nehmen, nicht Emma.«

»Mir ist egal, was dieser Scheißkerl vorhatte. Aber Emma ist mir wichtig. Ich weiß nicht, wie du aus der Nummer wieder rauskommen willst! Wunder dich nicht, wenn Emma nie wieder mit dir spricht.«

»Das ist mir egal!« Aber das stimmte nicht.

»Und was ist mit Mum und Dad? Was glaubst du, wie sie das aufnehmen?«

»Von mir erfahren sie es nicht, und ich wette, Emma sagt es ihnen auch nicht.«

Louise hasste es, wenn Sophie recht hatte. Emma würde ihre Eltern unter keinen Umständen aufregen.

»Sieh dich vor, Sophie! Diesmal bist du zu weit gegangen!«

Sophie legte auf. Sie hatte genug von Menschen, die nicht zu ihr standen.

Sie musste an Greg und an ihren Abschied von ihm vor zwei Tagen denken. Er war fantastisch, und sie hatte aufrichtig daran geglaubt, dass sie ihn lieben könnte.

Aber Greg war nicht mal besonders scharf darauf gewesen, ihren letzten Abend in Havanna mit ihr zu verbringen. Er hatte sie gehen lassen, um in aller Ruhe weiter mit dem langweiligen kleinen Kubaner sprechen zu können, und war danach nicht einmal zu ihr ins Hotel gekommen, wie sie es ihm vorgeschlagen hatte. Als er nur einen flüchtigen Blick auf ihre Visitenkarte warf, die sie ihm zum Abschied gab, war sie wütend auf sich selbst. Greg und José: zwei Männer auf Kuba, die sie behandelt hatten, wie sie noch nie behandelt worden war – und sich auch nie wieder behandeln ließe, wenn es nach ihr ginge.

Sie hatte plötzlich Lust, Dublin zu verlassen und etwas ganz Neues auszuprobieren. Vielleicht war das eine Flucht. Aber vielleicht blieb ihr gar keine andere Wahl mehr, wenn Emma das, was sie erfahren hatte, erst einmal richtig verdaut hätte.

Jack mühte sich ab, seinen Artikel noch vor der Deadline um sechs fertig zu kriegen, musste aber ständig an Aoife denken. Nachdem er sich am Abend zuvor mit Peter auf ein Bier getroffen hatte, war ihm klar geworden, dass er sich Louise ein für alle Mal aus dem Kopf schlagen musste. Aber das war leichter gesagt als getan.

Gerry, sein Boss, trat an Jacks Schreibtisch und legte ihm ein Memo hin. »Ich will, dass Sie raus zum Beaumont Hospital fahren und über den MRSA-Bazillus berichten. Können Sie das morgen Vormittag erledigen?«

»Klar.«

»Ich möchte, dass Sie William Fitzmaurice interviewen. Er soll dort für die Hygiene zuständig sein.«

Superspannend ... Jack nickte schicksalsergeben und beugte sich wieder über seinen Laptop.

Ein Icon blinkte auf und signalisierte ihm den Eingang einer E-Mail. Sie war von Aoife.

Ich habe über alles nachgedacht und will dich eine Woche lang nicht sehen oder hören. Bitte melde dich nicht bei mir. Ich rufe dich an, wenn die Woche vorbei ist.

Aoife

Jack war überrascht, wie kühl ihre Nachricht klang. Seines Wissens war sie so noch nie zu jemandem gewesen. Aber er konnte nicht darauf antworten – er musste ihren Wünschen nachkommen. Louise konnte er auch nicht behelligen, denn bei seinem letzten Anruf schien sie viel um die Ohren zu haben. Und seine Familie sollte auch nicht wissen, dass er und Aoife Probleme hatten. Also musste er sich zusammenreißen und sich auf seine Arbeit konzentrieren.

Sophie kam fröhlich in die Firma geschneit. Ihre von der Sonne geküsste Haut verlieh ihr ein strahlendes Aussehen, doch schon nach wenigen Sekunden merkte sie, dass irgendwas nicht stimmte. Geraldine saß nicht wie sonst am Empfang, der Kaffeeautomat an der Wand war ausgestöpselt, und Harry war dabei, alle Papiere und persönlichen Sachen aus seinem Schreibtisch zu räumen. Als Sophie auf ihn zukam, ließ er sich nicht weiter stören.

»Was ist hier los?«, fragte sie entgeistert.

Harry blickte auf. »Sophie! Wie war dein Urlaub?«

»Er war super. Was geht hier ab?«

»Hast du es noch nicht gehört? Wir sind pleite. Rod hat sich mit dem letzten Firmengeld aus dem Staub gemacht. Wir kriegen nicht mal eine Abfindung.«

»Moment mal! Ist das ein Witz?«

»Siehst du mich lachen? Am Donnerstag haben wir alle eine E-Mail bekommen, in der stand, dass es das war. Dass die Firma in Konkurs geht und Rod das Land verlassen hat.«

Sophie eilte in ihr Büro und schaltete ihren Computer ein. Das durfte doch nicht wahr sein! Wie hatte alles so plötzlich zusammenbrechen können? Sie überflog ihre E-Mails und entdeckte die von Rod. Ihr wurde kotzübel, wenn sie daran dachte, wie viele Stunden sie in diese Firma investiert und wie hart sie gearbeitet hatte, um gute Aufträge an Land zu ziehen. Bestellungen, die jetzt nicht mehr eingelöst würden. Sie las ihre restlichen E-Mails, die meisten von verärgerten Ladenbesitzern und Einkäufern. Dann stieß sie auf eine, die sie zweimal hinsehen ließ. Sie war von Greg Adams.

> **Tut mir leid, wie alles gelaufen ist. Aber ich bin der Bürokratie in Kuba auf Gedeih und Verderb ausgeliefert. Hoffe, wir sehen uns in 6 Wochen???**
> **Kuss, Greg**

Die E-Mail zauberte ein Lächeln auf ihr Gesicht, obwohl sie sich selbst dafür hasste, diesem Schlawiner nachzugeben. Aber wie sollte sie in sechs Wochen irgendwo hinreisen? Sie hatte hohe Kreditkartenschulden. Ihre Hypothek war zum Glück nicht ganz so hoch, aber ihren kleinen Mazda-Sportwagen abzubezahlen würde jetzt problematisch. Sie hatte noch nie im Leben ohne eigenes Einkommen dagestanden; sogar als Schülerin hatte sie schon im Pub gejobbt, um sich Schminke und CDs leisten zu können. Sie musste jemandem von den schrecklichen Neuigkeiten erzählen, aber Emma oder Louise hörten ihr im Moment bestimmt nicht zu. Sie stürmte aus dem Büro.

»Tschüs, Sophie!«, rief Harry ihr nach, was sie völlig ignorierte.

Sie rannte die Treppe hinab und stieg in ihren Wagen. Sie würde ins Beaumont Hospital fahren und ihren Vater besuchen. Daddy war bisher immer für sie da gewesen.

Louise ging zur Anmeldung und sprach die Brillenschlange mit dem verkniffenen Gesicht an.

»Entschuldigen Sie, können Sie mir sagen, ob Larry Owens noch auf der Herzstation ist?«

Ohne auch nur aufzublicken, tippte die Frau ein paar Zahlen in den Computer und wartete.

»Er ist in St. Bridget's, beim OP-Informationsgespräch.«

»Danke«, sagte Louise steif. Emma war vorhin schon bei ihm gewesen und hatte ihr versichert, dass ihr Vater in viel besserer Verfassung war.

»Louise?«

Überrascht, ihren Namen zu hören, drehte sie sich um.

Es war Jack, dessen Anblick ihr ein Lächeln aufs Gesicht zauberte.

»Ich hab mich schon gefragt, ob ich dich hier treffe«, meinte er. »Man hat mich hergeschickt, um eine Krankenhausreportage zu schreiben. Hast du Zeit für einen Kaffee?«

»Klar. Wie ist es dir ergangen? Ich hab an dich gedacht.«

»Mir ging's schon mal besser. Erinnerst du dich an Peter Kelly?«

Louise dachte kurz nach. »Der Name kommt mir bekannt vor. War das nicht ein Freund von dir?«

»Ja. Tja, wir haben neulich Abend zusammen ein Bier getrunken, und er hat von dir gesprochen!«

Louise errötete. »Gehen wir in die Kantine.«

»Wie geht's deinem Dad?«

»Ich will gerade zu ihm. Es hat sich herausgestellt, dass der Einbruch vielleicht sogar ein Segen für ihn war. Er benötigt einen dreifachen Bypass und hätte jederzeit tot umfallen können, wenn sie es hier nicht festgestellt hätten.«

»Ist ja schräg.«

Sie liefen weiter den Korridor entlang, bis sie zur Kantine kamen.

Wieder rief jemand nach Louise, und diesmal wusste sie schon, wer es war, bevor sie sich umdrehte.

»Sophie! Willst du zu Dad?«

Sophie schüttelte ihre Lockenpracht. »Ich hatte einen grauenhaften Vormittag. Als ich in die Firma kam, musste ich feststellen, dass ich ohne Arbeit dastehe.« Sie musterte Jack, und Louise sah förmlich, wie ihr Gehirn arbeitete. »Sophie Owens. Ich bin Louises Schwester«, flötete sie mit einem breiten Lächeln.

»Ich bin Jack.«

Sophie legte neugierig den Kopf schief. »Freut mich, Sie kennenzulernen.«

Louise fühlte sich unbehaglich. Das war Sophie auf Männerjagd im Reinformat.

»Was ist denn mit der Firma?«, fragte Louise, obwohl es ihr nach allem, was Sophie Emma angetan hatte, sehr schwerfiel, ihr in die Augen zu sehen.

»Mein Chef hat den Laden letzte Woche dichtgemacht und allen per E-Mail mitgeteilt, dass er das Land verlässt. Es ist surreal. Ich weiß nicht, was ich tun soll. Es sind so viele Menschen arbeitslos.«

»Möchten Sie mitkommen? Wir wollen einen Kaffee trinken«, schlug Jack vor.

»Gerne. Ich könnte einen gebrauchen.«

Louise war sauer. Wie schaffte es Sophie nur, ihr immer alles zu verderben, sogar einen unschuldigen Kaffee mit Jack? Sie sah sofort, dass er sie attraktiv fand. Es schien keine Rolle zu spielen, wo Sophie war, sie hatte einen biologischen Magneten, der die Männer unwiderstehlich anzog. Sie brauchte sich gar nicht zu bemühen, und sie waren hin und weg.

Sie reihten sich in die Schlange ein und warteten.

»Willst du was essen?«, fragte Louise Jack.

»Nein danke.«

»Ich nehme einen Schoko-Muffin«, verkündete Sophie und deutete auf einen Teller oben auf der Theke.

Louise stellte ihn auf ein Tablett und orderte drei Tassen schwarzen Kaffee.

»Organisierst du uns einen Tisch?« Louise fixierte Sophie wütend.

Achselzuckend zog Sophie ab und suchte nach drei freien Plätzen.

Louise lächelte Jack an. »Tut mir leid. Ich hatte gehofft, wir könnten reden.«

»Du hast mir nie gesagt, dass du eine so heiße Schwester hast!«, meinte Jack, dessen Blicke Sophie durch den Raum folgten.

»Sie ist eine tödliche Waffe. Sie macht nur Ärger.«

»Das sehe sogar ich. Aber sie ist fantastisch.«

»Sie zur Schwester zu haben macht echt Spaß!«, witzelte Louise.

Doch Jack war von Sophies Sexappeal völlig hingerissen.

»Bevor wir zu ihr gehen, erzähl mir schnell noch von Aoife«, bat Louise.

»Sie will mich eine Woche lang nicht sehen, und danach ruft sie mich an.«

Louise machte sich Sorgen um Jack. Einerseits fand sie, dass er zu Aoife gehen, sich bei ihr entschuldigen und alles wieder geradebiegen sollte, andererseits wünschte sie, dass er Aoife aufgab und sich wieder in sie verliebte.

»Ich trage das«, bot Jack sich an und nahm das Tablett mit dem Kaffee.

Als sie zu Sophie kamen, strahlte sie und war in schönster Flirtlaune.

»Also Jack, wo arbeiten Sie?«, fragte sie interessiert und biss ein Stück von ihrem Muffin ab.

»Ich bin Journalist bei der *Irish Times*.«

»Die brauchen keine Modedesigner, oder?«

»Mit den Modeseiten kenne ich mich nicht aus. Aber ich könnte Brenda mal fragen. Sie ist die zuständige Moderedakteurin.«

»Würden Sie das für mich tun? Das wäre supernett.« Sophie setzte den waidwunden Blick auf, den Louise schon so oft bei ihr gesehen hatte.

Louise nippte an ihrem Kaffee. Das wäre wieder mal Sophies Glück, nur Stunden nachdem sie ihren alten Job verloren hatte, einen neuen zu ergattern.

»Also, Jack, worüber berichten Sie?«, fragte Sophie.

»Ich muss mit dem Hygienebeauftragten über den MRSA-Bazillus sprechen, der in irischen Krankenhäusern wütet. Als gäbe es nicht schon genug schlechte Nachrichten!«

»Mir war nicht klar, wie schlimm es um meine Firma stand«, sinnierte Sophie. »Ich meine, es kamen Bestellungen rein und wir hatten einen umfangreichen Lagerbestand. Ich frage mich, was jetzt mit den Waren passiert.«

»Erzähl das lieber nicht Daddy, wenn du mit ihm sprichst«,

warnte Louise sie. »Er kriegt in wenigen Stunden eine Vollnarkose, und ich will nicht, dass er sich über irgendwas aufregt. Er ist sowieso schon krank vor Sorge um Mum.«

Sophie verdrehte die Augen. »Mich zu sehen wird ihn aufmuntern. Kannst du mir zwanzig Euro leihen? Auf meinem Konto herrscht Ebbe, und ich will ihm was zu lesen mitbringen.«

Jack zog ein Exemplar der *Irish Times* aus seiner Tasche. »Hier, geben Sie ihm die.«

»Danke«, sagte sie mit einem breiten Grinsen.

Louise kramte einen Zehn-Euro-Schein aus ihrer Handtasche. »Mehr hab ich nicht. Das Kleingeld brauche ich für die Parkgebühr. Gehst du jetzt zu ihm?«

Sophie wurde klar, dass ihre Zeit abgelaufen war, sie wandte sich an Jack. »Es war nett, Sie kennenzulernen. Danke für die Zeitung.«

»Gern geschehen.«

Louise beobachtete, wie ihre Schwester sich durch die Tische schlängelte und die Gelegenheit weidlich ausnutzte, um dabei so mit dem Hintern zu wackeln, dass Jack sie fasziniert anstarrte.

»Sie ist ein echter Knaller!«, murmelte Jack und trank einen Schluck Kaffee.

»Das kannst du laut sagen! Was willst du wegen Aoife unternehmen?«

»Bis sie wieder Kontakt zu mir aufnimmt, sind mir die Hände gebunden.«

»Sei vorsichtig, Jack. Wirf nicht alles weg.«

»Das ist schon eine Ironie des Schicksals, findest du nicht?«

Louise machte einen Schmollmund und nahm ihren Kaffeebecher in die Hand. »Ich will nur nicht dabei zusehen, wie du den Fehler deines Lebens machst.«

»Wäre es denn ein Fehler? Vielleicht passen wir ja gar nicht zusammen, und das Wiedersehen mit dir hat mir geholfen, das zu erkennen.«

Louise war nicht wohl bei Jacks Vergleich. Das hieße nämlich, dass es damals falsch gewesen war, ihre Hochzeit durchzuziehen. Aber ihre drei Kinder waren ihr Beweis genug, dass sie den richtigen Weg eingeschlagen hatte und ihrem Schicksal gefolgt war. Doch das Wiedersehen mit Jack hatte das alles in Frage gestellt, und obwohl sie versuchte, ihn davon zu überzeugen, das Richtige zu tun, war sie selbst nicht überzeugt.

»Sei einfach nur vorsichtig. Tu nichts, was du später bereust.«

Jack senkte den Blick auf seine Tasse. »Was früher war, können wir nicht mehr ändern. Aber unsere Lebenswege haben sich aus irgendeinem Grund wieder gekreuzt.«

Louise sah Jack nachdenklich an. »Ich wünschte nur, ich wüsste, warum!«

Sophie trödelte durch die Korridore und warf im Vorbeigehen einen Blick in jeden Raum. In der Ecke eines Vierbettzimmers entdeckte sie Larry, der mit geschlossenen Augen auf der Seite lag. Auf dem Nachttisch neben seinem Bett stand eine Flasche Lucozade.

Sie trat ein, schnappte sich einen Stuhl und zog ihn zu ihm heran.

Bei dem Gepolter schlug er die Augen auf.

»Sophie, du bist wieder da!«

»Hallo, Daddy, was hast du bloß angestellt, während ich weg war? Junge Kerle zusammengeschlagen, hab ich gehört?«

»Ach, Sophie, es ist so schön, dich zu sehen!«

Sophie beugte sich hinab und küsste ihren Vater auf die

Stirn. »Wann musst du unters Messer? Ich hab gehört, sie machen einen ganz neuen Menschen aus dir!«

»Ich weiß nicht, was die wollen ... Hier laufen eine Menge seltsamer Gestalten rum. Daheim im eigenen Bett wäre ich besser aufgehoben.«

Sein Gesicht war aschfahl, und die feinen Linien unter seinen Augen waren in der kurzen Zeit, die Sophie weg gewesen war, zu Tränensäcken geworden. Wie schütter sein weißes Haar am Oberkopf wurde, war ihr auch noch nie aufgefallen.

»Du wirst schon wieder. War Mum mal hier?«

»Nein. Sie ist zu aufgeregt. Ich mache mir Sorgen um sie. Jetzt muss sie auch noch mit dieser Operation klarkommen.«

»Daddy, du bist es, der mit der Operation klarkommen muss. Mach dir wegen ihr keine Sorgen. Sie wird wie immer Emma durch die Gegend scheuchen.«

»Gott sei Dank seid ihr beide unbeschadet wieder zu Hause!«

»Du musst dich entspannen, Dad. Alles wird gut.«

»Das hoffe ich. Ich hatte noch nie eine Narkose.«

»Wenn du hier wieder rauskommst, bist du ein ganz neuer Mensch. Aber Dad, du wirst nicht glauben, was mir passiert ist. Als ich zurückkam, musste ich feststellen, dass ich arbeitslos bin. Die ganze Firma hat dichtgemacht.«

»Ach, Sophie, das ist ja schrecklich!«

»Ja. Ich kann es nicht fassen.«

»Ich habe bei der Genossenschaftsbank ein bisschen was gespart, wenn du knapp bei Kasse bist. Das Sparbuch liegt in der untersten Schublade in meinem Nachttisch daheim. Deine Mutter weiß nichts davon, aber wenn es hart auf hart kommt und ich nach der Operation nicht wieder aufwache, kriegt ihr den doppelten Betrag ausgezahlt.«

»Sei nicht so, Dad. Natürlich wachst du wieder auf! Ich hab dir doch gesagt, die machen einen neuen Menschen aus dir.«

»Das hoffe ich wirklich, Schatz.«

Zum ersten Mal im Leben sah Sophie echte Furcht in den Augen ihres Vaters.

Kapitel 17

Felipe holte ein frisch verheiratetes Paar vom Flieger aus Paris ab. Er verstaute das Gepäck im Kofferraum seines Wagens. Seit er Emma zwei Abende zuvor kurzerhand vor ihrem Hotel hatte stehen lassen, funktionierte er nur noch. Sie ging ihm einfach nicht mehr aus dem Sinn. Dass ihn jemand so tief berührte, passierte ihm nicht oft, und er wünschte, er hätte sich an ihrem letzten Abend in Havanna nicht so brüsk von ihr verabschiedet. Er hätte durchaus seine Schicht tauschen und sie zum Flughafen bringen können, doch das Risiko, dass sie sich nach ihrem Kuss ihm gegenüber anders verhielte, hatte er nicht eingehen wollen. Dafür quälte er sich nun mit der Frage, ob er sie jemals wiedersehen würde.

Felipe machte sich zu der langen Fahrt nach Varadero auf, während die Flitterwöchner auf dem Rücksitz selbstvergessen knutschten. Im Grunde war er froh, seinen Gedanken nachhängen zu können und zur Abwechslung einmal nicht den Fremdenführer spielen zu müssen.

Er überlegte, ob er Emma schreiben sollte. Ein normaler Brief bräuchte zu lange, aber er hatte keinen Computerzugang mehr und verfügte nicht mal über eine E-Mail-Adresse. Verstohlen tastete er nach seiner Brusttasche. In den letzten zwei Tagen hatte er ihre Visitenkarte auf Schritt und Tritt bei sich getragen. Natürlich konnte er jederzeit versuchen, irgendeine Hotelangestellte dazu zu bringen, für ihn eine E-Mail an sie zu schreiben ... Er dachte da an Dehannys.

Am Hotel hievte er die Koffer aus dem Wagen und übergab sie dem Gepäckträger. Die zwei Verliebten waren so aufeinander fixiert, dass sie es nicht einmal für nötig hielten, sich von ihm zu verabschieden. Erleichtert schloss er den Wagen ab und schlenderte durch die majestätische Lobby des Hotels. Für die offene Treppe, die aus dem hinteren Teil des Empfangsbereichs nach draußen führte, bildeten der Pool und die Gartenanlagen eine fantastische Hintergrundkulisse.

Die Bar, in der Dehannys arbeitete, lag eine ganz schöne Strecke entfernt am Strand. Während er sich auf die Suche nach ihr begab, dachte er die ganze Zeit an Emma.

Dehannys polierte gerade Gläser, als Felipe sie entdeckte.

»*Hola!*«

»Dehannys! Wie geht es dir und deiner Familie?«

»Gut. Und deinem Vater?«

»Dem geht's prima.« Er zögerte. »Dehannys, ich brauche Hilfe und habe dabei an dich gedacht. Darfst du hier im Hotel E-Mails verschicken?«

Dehannys' Miene verriet ihm, dass das nicht gerade unkompliziert wäre. »Ich habe zwar einen Account, aber Diego lässt das Personal nicht in den Computerraum. Er sorgt dafür, dass Estella dort ständig arbeitet, und die verpetzt jeden.«

»Wann hat sie frei?«

»Freitags, glaube ich.«

»Und wer hat dann Dienst?«

»Manchmal Pedro, manchmal Raphael.«

»Okay. Können wir es am Freitag versuchen, wenn ich vorbeikomme?«

»Versuchen können wir es. Wem willst du denn mailen?«

»Der Irin. Emma.«

»Sie ist ein guter Mensch.«

Felipe nickte. Es kam ihm zwar wie ein fruchtloses Unterfangen vor, aber er musste es versuchen. Schließlich hatte er nichts zu verlieren.

Emma klappte ihren Koffer auf und packte ihre Sachen aus. Seit ihrer Heimkehr fand sie zum ersten Mal eine freie Minute Zeit dafür und einen ruhigen Moment, sich mit den Konsequenzen ihres Streits mit Sophie auseinanderzusetzen. Sie wusste nicht, wie sie ihr je wieder in die Augen sehen sollte. Als es an der Tür klingelte, seufzte Emma. Jetzt käme sie wieder nicht dazu, ihre Wäsche zu sortieren.

Draußen stand Louise, ihre Mutter mit einer riesigen Reisetasche im Schlepptau.

»Hallo!«, begrüßte Emma die zwei und drückte ihrer Mutter ein Küsschen auf die Wange.

Mitsamt der Tasche übergab Louise ihr die Verantwortung für ihre Mutter.

»Komm mit rein, Mum, dann machen wir es dir vor dem Fernseher gemütlich«, redete Louise ihr gut zu.

Als Maggie das Haus betrat, sahen Emma und Louise sich vielsagend an. Seit dem Überfall litt Maggie an einem psychosomatischen Hinken.

»Ich stelle inzwischen Teewasser auf«, sagte Emma mit einem Lächeln.

Nachdem Louise es ihrer Mutter bequem gemacht hatte, gesellte sie sich zu Emma in die Küche.

»Wie geht es dir?«

»Ganz gut. Hast du mit Sophie gesprochen?«

»Wir haben telefoniert.«

»Was hat sie gesagt?«

Schwierige Frage. Louise wusste nicht, was sie darauf antworten sollte. »Tja, Reue zeigt sie jedenfalls nicht. Ich glaube eher, sie ist froh, dass sie es dir gesagt hat.«

Emma schnappte fassungslos nach Luft. »Für dich einen Kaffee?«

»Ja, gerne.«

»Ich weiß nicht, wie ich ihr in Zukunft gegenübertreten soll.«

»Ihr müsst das klären. Schließlich könnt ihr euch nicht für den Rest eures Lebens aus dem Weg gehen.«

»Versuchen könnten wir es.«

»Dann erfahren es Mum und Dad.«

»Was die zwei denken, ist mir inzwischen egal. In dieser Familie werden zu viele Probleme unter den Teppich gekehrt. Wir machen das schon ein Leben lang, nur um Mum zu schützen, und decken Sophie damit. Ich hab die Nase voll von der Heuchelei.«

»So einfach ist das nicht«, murmelte Louise und biss sich schuldbewusst auf die Lippe. Immerhin hatte sie selbst ein paar Leichen im Keller.

»Tja, von jetzt an beschütze ich außer Finn niemanden mehr. Von jetzt an tue und lasse ich, was ich will. Paul soll sich zum Teufel scheren – und Sophie genauso! Ich pfeife darauf, ständig Verantwortung für alles zu übernehmen.«

»Tust du nicht! Sonst würdest du Mum nicht bei dir wohnen lassen.«

»Wenn sie Ärger macht, fährt sie sofort wieder nach Hause.«

Louise war völlig entgeistert. Emma war nicht wiederzuerkennen. »Der Typ, den du auf Kuba kennengelernt hast, hat großen Einfluss auf dich!«

Emma nahm ihre Tasse Tee von der Küchentheke. »Ich habe mit der Vergangenheit abgeschlossen. Dieser Urlaub hätte zu keinem besseren Zeitpunkt kommen können. Ich habe jetzt keine Angst mehr.«

»Wovor hattest du denn Angst?«

»Wenn ich's mir recht überlege: vor allem. Du liebe Güte, ich konnte nicht mal ein neues Buch schreiben! Ich war so damit beschäftigt, mein Leben nach den Menschen um mich herum auszurichten, dass ich überhaupt nicht mehr auf meine eigenen Bedürfnisse geachtet habe. Und was Paul betrifft – mir fehlen die Worte, um meine momentanen Gefühle für ihn zu beschreiben.«

Louise erschreckte die neue Emma. Sie war in einer explosiven Stimmung, und von nun an musste Louise ihre Schwester mit Samthandschuhen anfassen.

Nur einen Tag später bekam Louise wieder eine Nachricht von Jack. Sie hatte zwar nicht damit gerechnet, aber überrascht war sie auch nicht.

Kannst du mir die Nummer deiner Schwester geben? J

Am liebsten hätte Louise die SMS ignoriert, aber das wäre kindisch gewesen. Also kam sie Jacks Bitte nach und wartete auf Antwort. Aber es kam keine.

Donal ging wieder an die Arbeit, und in wenigen Tagen waren für die Kinder die Ferien zu Ende. Sie fühlte sich jetzt schon leer. Was sollte sie aus ihrem Leben machen? Sie zog sich ans Klavier zurück und spielte. Wieder Debussy – damit fühlte sie sich sicher. Während sie spielte, unterzog sich ihr Vater einer schweren Operation, und sie hoffte, dass er alles gut überstand. In ihrer Familie fanden so gewaltige Umbrüche statt, dass sie sich Sorgen über die Folgen machte.

Ihr Handy klingelte. Es war der Mensch, mit dem sie auf der ganzen Welt am allerwenigsten sprechen wollte. Aber sie würde Sophie Narrenfreiheit lassen, bis sie wieder zur Vernunft kam.

»Louise?«

»Ja, Sophie?«

»Das errätst du nie! Dieser Freund von dir, Jack, hat mich gerade angerufen. Er ist echt ein toller Typ! Woher kennst du ihn?«

Louise zögerte. »Ach, er hat mal über die Schule geschrieben.«

»Tja, er hat gesagt, die Moderedakteurin braucht jemanden für kleinere Sachen, Styling und so weiter, und morgen hab ich ein Vorstellungsgespräch.«

»Das sind ja tolle Neuigkeiten, Sophie.« Louise gab sich große Mühe, begeistert zu klingen, obwohl sie Sophie auf keinen Fall in Jack Duggans Nähe wissen wollte. Und am selben Arbeitsplatz schon gar nicht.

Sobald Sophie aufgelegt hatte, rief Louise Jack an.

»Hallo, Jack!«

»Louise! Wie geht's?«

»Mir ging's ehrlich gesagt schon mal besser. Hör zu, Jack, ich hoffe, es macht dir nichts aus, wenn ich das sage, aber meine Schwester macht nur Schwierigkeiten. Also sei auf der Hut!«

»Sie macht nur eine Urlaubsvertretung.«

»Ich kenne meine Schwester. Schlag einen großen Bogen um sie.«

Jack passte es nicht, dass Louise ihm Vorschriften machen wollte. Sophie war ihm sympathisch, aber er gab ihr nur eine Chance, weil sie Louises Schwester war.

»Wahrscheinlich sehe ich sie nicht mal. Ich bin sowieso ständig außer Haus.«

»Sie ist gefährlich. Bitte erzähl ihr nie von uns und unserer Vergangenheit.«

»Warum sollte ich?«

»Sei einfach nur vorsichtig.«

»Vergiss es! Ich sehe sie sowieso nicht. Aber wie geht's dir? Wie geht es deinem Vater?«

»Er wird gerade operiert. Ich fahre später zu ihm.«

»Tja, ich hoffe, alles geht gut.«

»Danke. Hast du was von Aoife gehört?«

»Sie hat von einer Woche gesprochen, und ich glaube, sie meint es ernst. Ich treffe mich heute Abend wieder mit Peter.«

»Dann grüß ihn von mir. Oder sag lieber nichts.«

»Mach's gut, Louise.«

»Tschüs, Jack.«

Als er auflegte, war sie traurig. Alles befand sich im Umbruch, und sie fragte sich, welche Überraschungen das Leben als Nächstes für sie bereithielt.

Emma setzte sich an ihren Laptop. Seit Varadero hatte sie kein Wort mehr geschrieben. Doch jetzt, wo sie wieder zu Hause war, hatte sie Lust dazu. Ihre Mutter machte im Gästezimmer ein Nickerchen, und Finn sah sich mit seinem Freund Gavin eine DVD an. Da ihm die Gesellschaft seiner Cousins und Cousinen fehlte, hatte sie Gavin eingeladen, bei ihnen zu übernachten. Ihr war es egal, wenn das ihrer Mutter nicht passte. Das war immer noch ihr Haus, und sie wollte den Bedürfnissen ihres Sohnes ebenso gerecht werden wie denen ihrer Mutter.

Sobald alle versorgt waren, zog sie sich in ihr Arbeitszimmer zurück, wo sie ungestört war. Jetzt, wo sie den Grund für Pauls Selbstmord kannte, fühlte sie sich ganz anders. Natürlich war es nur eine Vermutung, dass Paul sich umgebracht hatte, weil er sich in eine aussichtslose Situation hineinmanövriert hatte, doch sie kannte ihn so gut, dass sie seine Beweggründe jetzt zu verstehen glaubte. Das hatte ihr eine große Last von den Schultern genommen. Die Verantwortung, einen Menschen in den Selbstmord getrieben zu haben, war unerträglich gewesen. Doch jetzt dachte sie ganz anders über Paul und ihre Schwester. Ihre Affäre gehörte der Vergangenheit an, und für sie war es an der Zeit, nach vorn zu blicken.

Bevor sie loslegte, stellte sie sich Felipe mit dem verwuschelten schwarzen Haar und den tief liegenden Augen vor. Ihre gemeinsame Zeit in Havanna wäre vielleicht anders verlaufen, wenn sie damals schon so schlau gewesen wäre wie heute.

An ihrem letzten gemeinsamen Tag hatten Felipes Stärke und Fürsorge sie beeindruckt, und sie spürte die Erinnerung an jenen Kuss im Mondschein noch auf ihren Lippen. Sie kramte den Zettel aus ihrer Handtasche, auf dem er ihr seine Adresse und Telefonnummer notiert hatte. Sie hätte wahnsinnig gern seine Stimme gehört; sein Tonfall, wie er ihren Namen aussprach, klang ihr noch im Ohr.

Stattdessen überflog sie die bereits geschriebenen Kapitel. Ihr Protagonist Martin war ein guter Mensch, dessen Leben ohne sein Zutun einen schwierigen Verlauf genommen hatte. Sie musste seine Lebensumstände ändern, damit er doch noch mit der Frau zusammenkommen konnte, die für ihn bestimmt war. Emma hatte das Gefühl, dass diese Figur das Potenzial hatte, den Verlauf der Handlung zu ändern; nur wie, wusste sie noch nicht so recht. Irgendetwas musste geschehen. Sie brauchte ein Omen, etwas Monumentales, das ihr helfen würde, für ihre Charaktere die richtigen Entscheidungen zu treffen.

Ihr Handy klingelte. Sie suchte hektisch danach, falls es Neuigkeiten über ihren Vater gab.

Es war Louise.

»Emma?«

»Hallo, Louise. Schon was Neues?«

»Gute Nachrichten. Die Operation ist erfolgreich verlaufen, aber er ist noch nicht aus der Narkose aufgewacht.«

»Gott sei Dank. Wann fährst du zu ihm?«

»Ich bin schon in der Klinik, aber sie haben mir gesagt, ich soll nach Hause fahren und morgen früh wiederkommen.«

»Schön.«

»Wie geht's Mum?«

»Liegt mit Kopfschmerzen im Bett.«

»Das war ja klar.«

»Ich will heute Abend ein bisschen schreiben.«

»Freut mich zu hören. Ich ruf dich morgen früh wieder an.«

»Danke, Louise.«

Emma wandte sich wieder ihrem Laptop zu. Sie wollte der Realität entfliehen und sich in ihre eigene imaginäre Welt flüchten, in der Martin, ihr fiktiver Held mit Felipes Gesicht, tun würde, was sie wollte.

Donal kippte seinen Ruhesessel im Wohnzimmer nach hinten und schloss genüsslich die Augen. Jetzt, wo die Kinder im Bett lagen, war es wohltuend still im Haus. Er hoffte, dass Louise bald eintrudelte. Er sah es nicht gern, wenn sie abends allein mit dem Auto unterwegs war. Vorhin hatte sie ihn aus dem Krankenhaus angerufen und ihm mitgeteilt, dass der Zustand ihres Vaters nach der Operation stabil wäre und sie nicht mehr lange wegbliebe.

Er hatte plötzlich Lust auf einen Drink, was völlig untypisch für ihn war, wenn er am nächsten Tag arbeiten musste. Er schlenderte zur Hausbar und holte eine ungeöffnete Flasche Connemara Whiskey heraus, die er von einem Klienten zu Weihnachten bekommen hatte. Als die Glasflasche beim Einschenken klirrend an sein Becherglas stieß, hörte er seine Frau durch die Tür kommen.

»Hallo«, rief sie ihm schon vom Eingang aus zu. »Ich bin völlig fertig! Mixt du mir bitte einen Gin Tonic?«

»Klar«, rief er zurück und drehte den Verschluss von der Ginflasche. Dann nahm er die Flasche mit dem Tonic Water aus der Hausbar und schüttelte sie, um festzustellen, ob noch Kohlensäure drin war. »Wie geht's deinem Dad?«

»Dem geht's gut.«

Louise holte sich in der Küche noch schnell ein Glas, in das sie ein paar Eiswürfel aus dem Gefrierfach plumpsen ließ, bevor sie sich zu ihrem Mann ins Wohnzimmer gesellte.

»Die letzten Tage waren der helle Wahnsinn! Danke für deine Unterstützung.«

»Ich bin schließlich dein Mann.« Er nahm ihr das Glas aus der Hand und füllte es mit Gin auf.

»Ich weiß nicht, wie ich ohne dich klargekommen wäre«, sinnierte sie. »Ich fühle mich zum ersten Mal im Leben wie ein Einzelkind.«

»Dann weißt du ja jetzt, wie es mir ergangen ist!« Er nickte wissend.

»Tut mir leid, wenn ich mit dir geschimpft habe, als du vor dem Tod deiner Mutter so oft zu ihr gefahren bist, um nach ihr zu sehen. Dieses Verantwortungsgefühl war mir bisher fremd. In Krisensituationen ist bis jetzt immer Emma eingesprungen. Zum Glück ist sie wieder zu Hause.«

Donal füllte sein Whiskeyglas auf und ließ sich wieder in seinem Sessel nieder. »Emma hat es ungeheuer schwer gehabt.«

»Ich weiß. Wie sie die letzten Monate überstanden hat, ist mir ein Rätsel.«

»Sie hatte eine große Bürde zu tragen.«

»Wenigstens konntest du ihr mit den Formalitäten und dem Testament helfen.«

Donal holte tief Luft. Dieser Zeitpunkt war genauso passend wie jeder andere, um seiner Frau reinen Wein einzuschenken. Er musste grundsätzlich mehr mit ihr reden und ihr vor allem seine Gefühle klarmachen. Bestimmte Probleme wurden bei ihnen ausgespart, und er wollte aufrichtig zu ihr sein. »Das war nicht alles, was mit der Rolle des Testamentsvollstreckers verbunden war. Wir hatten Glück, dass überhaupt ein Testament existierte, aber es gab Komplikationen, von denen ich dir nie erzählt habe, weil Emma mich angefleht hat, es nicht zu tun.«

Überrascht richtete Louise sich in ihrem Sessel auf. »Was durfte ich denn nicht wissen?«

»Wenn ich es dir jetzt sage, versprich mir bitte, dass du es für dich behältst.«

»Natürlich verspreche ich das.« Sie war sehr ungehalten darüber, dass ihre Schwester ihrem Mann etwas anvertraut hatte und ihr nicht.

»Pauls Tod hatte keine natürliche Ursache.«

»Ich weiß. Er ist an einem Herzanfall gestorben.«

»An einem selbst herbeigeführten Herzanfall.«

»Was soll das heißen?« Louise sperrte überrascht den Mund auf.

»Er wusste, dass er nicht mehr aufwachen würde. Er hat eine Überdosis aus sehr starken Schlaftabletten und Antidepressiva geschluckt, die den Herzanfall ausgelöst haben.«

»Das heißt, er hat sich umgebracht?«

Donal nickte. »Ganz eindeutig ist es nicht. Er könnte auch aus Versehen den Inhalt zweier ganzer Tablettenflaschen genommen haben, aber was meinst du?«

Louise trank einen großen Schluck Gin Tonic. »Ich kann es nicht glauben«, murmelte sie kopfschüttelnd.

»Das Schlimmste für Emma war die Frage nach dem Warum«, erklärte Donal. »Sie hatte furchtbare Schuldgefühle, dass er sich umgebracht hat, um von ihr wegzukommen.«

Louises Gedanken rasten. Fieberhaft setzte sie ihre bruchstückhaften Informationen zusammen und bekam plötzlich Antworten auf alle möglichen Fragen, die nach Pauls Tod unbeantwortet geblieben waren. Das Puzzle war jetzt fast komplett. Das erklärte so einiges über das fehlende Glied in der Kette von Ereignissen, die zu seinem Tod geführt hatten.

»Aber warum hat Emma sich uns nicht anvertraut? Ihrer Familie?«

»Sie hatte Angst, dass die Versicherung bei Selbstmord nicht zahlen würde, und damit hatte sie recht. Ich hab ihr geraten, kein Sterbenswörtchen zu sagen.«

»Ich kann es nicht fassen, dass du mir das erst jetzt erzählst.«

»Die Sache war noch zu frisch. Es war besser so. Ich wollte dich nicht noch zusätzlich damit belasten, auch noch ein Geheimnis bewahren zu müssen.«

Louise plagten Gewissensbisse. Sie selbst war genauso brillant darin, ihrem Mann Geheimnisse vorzuenthalten. Schon seit kurz vor ihrer Hochzeit.

»Du bist auf einmal so still.«

»Ich denke nur über etwas nach.«

»Über den Grund für seinen Selbstmord?«

Louise nickte.

»Darüber habe ich mir auch Gedanken gemacht. Er hatte doch alles! Emma ist eine tolle Frau.«

Louise gefiel es nicht, wenn ihr Mann so über ihre Schwester sprach, weil sie sich dann unzulänglich fühlte. »Nobody's perfect! Ich kenne sie schon viel länger als du.«

»Ich wollte dich damit nicht herabwürdigen! Was geht da ab zwischen euch Schwestern? Ihr kämpft permanent um Aufmerksamkeit. Du bist meine Frau! Immerhin habe ich *dich* geheiratet.«

Louise sprang auf, lief zur Hausbar und füllte ihr Glas auf.

»Tut mir leid. So war das zwischen uns schon immer.«

»Wenn Maggie sich mehr um euch gekümmert hätte, als ihr noch klein wart, statt nur an sich selbst zu denken, würdet ihr nicht ständig miteinander konkurrieren.«

»Das verstehst du nicht. Du bist ein Einzelkind.«

»Ich weiß, aber ich hab drei eigene Kinder, und wir gehen anders mit ihnen um. Sie werden alle gleich behandelt. Glaub nur nicht, dass mir entgeht, wie euer Vater Sophie verhätschelt und was für hohe Anforderungen eure Mutter an Emma und ihre Zeit stellt.«

Louise sprach selten so mit Donal. Normalerweise sparten sie Familienprobleme aus. Sie fragte sich, warum Donal plötzlich so offen zu ihr war. Die Wahrheit aus dem Munde ihres Mannes zu hören schmerzte sie.

»Jetzt, wo wir erwachsen sind, ist es anders. Na ja, wenigstens Emma und ich sind erwachsen.«

»Für deine Familie bist du nie erwachsen. Sobald man wieder zusammen ist, fällt man in dieselben alten Muster zurück.«

Sie wusste nur allzu gut, dass er recht hatte, und beschloss, es mit Fassung zu tragen.

»Ich will nur, dass es Dad wieder gut geht.«

»Ich will nur, dass es uns wieder gut geht.«

Louise erschauderte bei seinen Worten. »Uns geht es doch gut«, wiegelte sie ab.

»Uns geht es schon seit Jahren nicht mehr gut. Ich kann mich nicht daran erinnern, wann es uns zuletzt gut gegangen ist.«

Dieser neue Donal machte Louise schreckliche Angst. »Ich weiß nicht, was du meinst.«

»Kannst du ernsthaft behaupten, dass du glücklich mit mir bist?«

»Aber natürlich! Was willst du damit sagen?«

»Ich dachte, da ich dir ein paar bittere Wahrheiten über deine Schwester gesagt habe, kann ich dir genauso gut auch welche über uns sagen. Fühlst du dich denn nie wie ein Hamster im Rad?«

Louise trank einen großen Schluck aus ihrem Glas. »Ich finde, zwischen uns läuft es gut.«

»Tja, es läuft vielleicht ganz gut, aber wo ist die Lebendigkeit in unserer Beziehung? Früher war es aufregender.«

»Das war, bevor die Kinder das Ruder übernommen haben.«

»Wir können nicht den Kindern die Schuld an allem geben. Versteh mich nicht falsch, wir haben ein schönes Leben, und ich bin glücklich mit dir, aber irgendwie prickelt es nicht mehr zwischen uns, und das hab ich mir nie eingestanden.«

Louise befürchtete, gleich in Tränen auszubrechen. Was sollte das jetzt auf einmal? »Mein Vater liegt im Krankenhaus, und ich hatte ein paar stressige Wochen. Sogar Monate! Das ist nicht der richtige Zeitpunkt, um dieses Thema anzuschneiden.«

»Wenn nicht jetzt, wann dann?«

Louise trank noch einen kräftigen Schluck. Sie wusste keine Antwort, und es machte ihr eine Heidenangst, dass ihr sonst so stiller Ehemann aus heiterem Himmel ein so ernstes Gespräch anfing.

»Ich gehe jetzt ins Bett«, wich sie aus.

»Schön, aber morgen früh müssen wir uns trotzdem mit unserer Beziehung auseinandersetzen, und auch am Morgen danach. Es sei denn, du möchtest deshalb etwas unternehmen?«

Louise antwortete nicht, sondern flüchtete in die Küche und holte sich ein Glas Wasser.

Dann lief sie schnurstracks nach oben, schlüpfte ins Bett und schaltete das Licht aus.

Als sie am nächsten Morgen aufwachte, war Donals Seite des Bettes unberührt. Er hatte im Gästezimmer geschlafen.

Emma wollte die auf Spanisch verfasste E-Mail schon als unerwünschte Werbung löschen, als sie den Betreff Para cliente de Sol Meliá Varadero las. Zuerst dachte sie, sie käme von Dehannys, bis sie den Namen ganz am Ende las und Herzrasen bekam.

> Emma, es tut mir leid, dass ich dich am Tag deiner Abreise nicht mehr gesehen habe. Ich hoffe, du hast deinen Aufenthalt auf Kuba genossen.
> Vielleicht sehe ich dich eines Tages wieder. Es ist nicht leicht für mich, diese Nachricht zu schicken. Dehannys ist auch hier und lässt dich grüßen.
> Dein Freund Felipe

Emma las sich die kurze Nachricht immer wieder durch. Auch ihr tat es leid, dass ihr Abschied so abrupt vonstattengegangen war.

Am liebsten hätte sie sofort mit ihm telefoniert. Sie sah auf die Uhr. In Kuba war es jetzt mitten in der Nacht. Hätte sie nur damals schon den Grund für Pauls Selbstmord gewusst! Es war, als hätte sich für sie ein Schleier gelüftet, seit sie erfahren hatte, was er in den Jahren vor seinem Tod getrieben hatte.

Sie brauchte jemanden zum Reden. Jemanden, der ihr vorurteilsfrei zuhörte. Sie nahm den Telefonhörer in die Hand.

Zwei Stunden später saß sie auf einem Barhocker in der Ely Wine-Bar. Wie vereinbart, kam um Punkt zwölf Donal durch die Tür. Es war eine gute Zeit, um vor dem großen Mittagsansturm noch einen Tisch zu ergattern.

Mit langen Schritten trat er auf sie zu.

Sie hielt ihm die rechte Wange hin, auf die er einen flüchtigen Kuss drückte.

»Wie war dein Urlaub? Du hast Farbe bekommen.«

»Gut. Sogar sehr gut, bis auf die Komplikationen mit Sophie ganz zum Schluss.«

Donal nickte wissend. »Willst du *darüber* mit mir reden?«

»Ach, Donal. Ich bin so durcheinander! Ich muss wirklich mit dir reden. Du bist der einzige normale Mensch, den ich kenne.«

»Ich bin immer für dich da, Emma.«

»Das kommt noch dazu. Du bist mir eher ein Bruder als ein Schwager.«

Donal lächelte. »Das hoffe ich.«

»Tja, bist du bereit?«

»Leg los.«

»Paul hatte eine Affäre mit Sophie. Das ging vor seinem Tod wohl schon eine ganze Weile so.«

»Wirklich?« Es war nicht leicht, Donal zu schockieren, aber das schockte ihn.

»Das sind alles nur Vermutungen, aber ich glaube, sie hat ihn unter Druck gesetzt, mich zu verlassen, und er war viel zu feige.«

»Vielleicht hat er dich auch zu sehr geliebt, um diese Entscheidung zu treffen.«

»Wenn er mich wirklich geliebt hätte, hätte er nicht mit meiner Schwester geschlafen.«

Der Kellner kam mit der Speisekarte.

»Danke«, wimmelte Donal ihn ab. »Geben Sie uns ein paar Minuten.«

Als sich der Kellner diskret verzog, wandte sich Donal wieder an Emma.

»Vielleicht hat er euch beide geliebt.«

»Geht das denn?«, fragte Emma skeptisch. »Ich glaube eher nicht.«

»Ich glaube schon.«

»Tja, was Paul auch empfunden haben mag, ich bin innerlich zerrissen. Ich habe mir monatelang Vorwürfe gemacht, und jetzt bin ich stinkwütend auf ihn, weil er mich betrogen hat.«

»Paul ist tot. Er hatte sein eigenes Kreuz zu tragen. Er muss in ziemlich schlechter Verfassung gewesen sein, um diesen Schritt zu gehen.«

Emma nickte. »Aber warum hatte Sophie ausgerechnet jetzt das Bedürfnis, es mir zu sagen?«

»Um ihr Gewissen zu erleichtern?«

»Manchmal frage ich mich, ob Sophie überhaupt ein Gewissen hat.«

»Tja, vielleicht verstehst du jetzt wenigstens besser, was in Pauls Kopf vor sich ging, bevor er starb.«

»Ich wünschte, es wäre so. Hat er es aus Verzweiflung getan? Oder aus Schuldgefühlen heraus? Vielleicht hatte er nicht den Mut, mich und Finn zu verlassen, liebte Sophie aber so sehr, dass er ohne sie nicht leben konnte?«

Donal wünschte, er hätte Louise nichts von Pauls Selbstmord erzählt. Er konnte nur hoffen, dass sie es für sich behielt. Diese plötzliche Wendung bereitete ihm Unbehagen.

Die Mitglieder der Familie Owens waren so eng miteinander verbunden, dass die Gefahr bestand, dass das ganze komplizierte Gefüge auseinanderbrach.

»Wir erfahren den Grund wahrscheinlich nie, aber das Wichtigste ist doch, dass du dein Leben von jetzt an wieder positiv gestaltest.«

»Trotz des bitteren Endes war die Kuba-Reise eine positive Erfahrung. Ich habe dort sehr liebenswürdige Menschen kennengelernt. Du machst dir keine Vorstellung von der Armut, in der die Menschen dort leben. Ich habe einen Mann kennengelernt, der als Taxifahrer arbeitet und seinen Beruf als Anwalt aufgegeben hat, weil er mehr verdient, wenn er Touristen durch die Gegend kutschiert!«

An der Art, wie Emma von ihrer Urlaubsbekanntschaft sprach, bemerkte Donal, dass sie etwas für diesen Fremden empfand.

»Wie hieß er denn?«

»Felipe. Er hat mir heute sogar eine E-Mail geschrieben.«

»Mochtest du ihn wirklich?«

»Ja, und ich würde ihn sehr gerne wiedersehen.«

»Das wird nicht gerade einfach, wenn das stimmt, was ich darüber gehört habe. Ist Kuba nicht kommunistisch?«

»Sozialistisch. Aber anders als in den Ländern hinter dem Eisernen Vorhang vor 1990. Die Leute dürfen ausreisen, aber es ist teuer und kompliziert. Für ihn im Grunde unerschwinglich.«

»Emma, du spielst doch nicht mit dem Gedanken, diesem Kerl Geld zu schicken, damit er herkommen und dich besuchen kann?«

Emma biss sich auf die Lippe. Da Louise dieselbe Angewohnheit hatte, wusste Donal, dass er ins Schwarze getroffen hatte.

»Emma, das ist keine gute Idee.«

»Und warum nicht? Wir haben uns hervorragend verstanden, und er hat mich überall in Havanna herumgeführt. Es wäre schön, wenn ich mich revanchieren könnte.«

»Wahrscheinlich haben diese Ferienromanze und der kubanische Rum dein Gehirn umnebelt.«

Normalerweise hörte Emma auf Donal. Seine Ratschläge hatten immer Hand und Fuß. »Es ist verrückt, nicht?«, meinte sie. »Ich dachte nur, ich bespreche es kurz mit dir, und ich bin froh darüber. Die Sache mit Sophie musste ich dir auch erzählen.«

»Emma, du wirst lernen müssen, mit dieser Information zu leben und sie für dich zu behalten – wenigstens, solange Maggie und Larry noch am Leben sind.«

»Ich könnte Sophie umbringen. Eigenhändig. Und Paul hat Glück, dass er schon tot ist, denn ihn würde ich auch umbringen.«

Donal legte beruhigend die Hand auf ihre. »Ich sag es nur ungern, aber vielleicht konnte Paul Sophie einfach nicht widerstehen. Immerhin hat sie den typischen Owens-Charme.«

»Danke, Donal«, antwortete sie ironisch. »Mit Charme kenne ich mich nicht aus, aber ich weiß, dass sie jeden rumkriegt, den sie will.« Sie seufzte. »Ich bin immer noch so durcheinander. Ich musste einfach mit dir reden.«

»Tja, ich fühle mich geschmeichelt und freue mich, dass du es mir anvertraut hast. Ich bin immer für dich da, Emma.«

Emma lächelte. »Danke, Donal. Nach dem Essen muss ich meinen Dad besuchen. Er hat zu Louise gesagt, ich könnte mir Zeit lassen, aber Sophie wollte er sofort nach unserer Rückkehr sehen.«

»So sind Familien eben. Man darf es nicht zu persönlich nehmen.«

»Aber das ist genau der Punkt. Wir sind eine Familie, und das macht es sehr persönlich. Und wenn ich Sophie das nächste Mal sehe, kann ich für nichts garantieren.«

Louise machte sich große Sorgen. Donal hatte sehr hart, sogar kalt gewirkt, als er am Abend zuvor mit ihr über ihre Beziehung gesprochen hatte. Dass er recht hatte, machte es noch schwerer für sie. Sie fuhr schnell, den Blick starr auf die Straße gerichtet.

Ihr Handy klingelte, und sie drückte auf den Knopf an ihrem Lenkrad.

»Hallo?«

»Louise, wo steckt Emma? Sie hat gesagt, sie geht nur mal kurz weg, aber das war vor zwei Stunden.«

»Keine Ahnung, Mum. Ich hab heute noch nicht mit ihr gesprochen.«

»Ich habe sie nämlich gebeten, mir auf dem Rückweg den *Independent* mitzubringen.«

»Ich bin auf dem Weg zu Dad. Wenn du willst, rufe ich sie an.«

»Könntest du mir die Zeitung nicht besorgen und sie mir auf dem Weg noch schnell vorbeibringen?«

Louise runzelte unwillig die Stirn. Sutton lag nicht gerade auf ihrem Weg zum Beaumont Hospital. Diese Aktion würde sie eine halbe Stunde kosten, und ihre Nachbarin hütete die Kinder, während sie ihren Vater besuchte.

»Ich stehe sehr unter Zeitdruck, Mum.«

Maggie antwortete nicht. Sie schien völlig vergessen zu haben, wie es war, kleine Kinder zu haben, die versorgt werden mussten.

»Ich rufe Emma an. Ich muss mich wirklich sputen, Mum. Tschüs.«

So lief es im Hause Owens. Aber es sah Emma gar nicht ähnlich, sich vor ihrer Verantwortung zu drücken. Sophie fragte sich, wo sie steckte.

Der Letzte, den Sophie am Ende ihres ersten Arbeitstags im Büro der *Irish Times* traf, war Jack Duggan.

»Hatten Sie schon eine Führung durchs Haus?«

Sophie nickte. »Brenda ist supernett. Sie hat gesagt, sie hat nächste Woche für vier Tage Arbeit für mich.«

»Haben Sie Lust, mit mir einen Kaffee zu trinken? Ich mache gerade eine Pause.«

»Gern.«

Sie bogen um die Ecke und befanden sich auf der Pearse Street.

»Ich geh immer hier rein«, erklärte Jack, als sie zu einem kleinen Café kamen.

Die Tische standen dicht beieinander, und sie nahmen einen in der Ecke am Fenster.

»Was möchten Sie trinken?«

»Schwarzen Kaffee.«

Jack rief die Bedienung und bestellte zwei Tassen Kaffee.

»Es war Glück, dass wir uns im Krankenhaus getroffen haben«, sagte er. »Ich bin immer wieder erstaunt über die Wege des Zufalls.«

Sophie lächelte herablassend. Sie fand das überhaupt nicht seltsam. Bei ihr lief das immer so.

»Wie geht es Ihrem Dad?«

»Dem geht's gut, glaub ich. Ich geh gleich danach zu ihm.« Sophie strich sich verführerisch die Lockenmähne aus dem Nacken und beugte sich über den Tisch zu ihm. »Wo wohnen Sie, Jack?«

»Draußen in Howth.«

»Mir gefällt Howth. Nur schade, dass es so weit vom Zentrum entfernt ist.«

»Das gefällt mir gerade daran.«

»Sie sind viel zu jung, um am Stadtrand festzusitzen.«

»Für wie alt halten Sie mich denn?«

Sophie lehnte sich zurück und musterte ihn von oben bis unten. »Dreiunddreißig?«

»Nahe dran. Ich bin zweiunddreißig. Ich bin älter als Sie, aber ich frage Sie jetzt nicht nach Ihrem Alter.«

Sophie antwortete nicht. Sie war zwei Jahre älter als er, aber so unwichtige Details würde sie ihm nicht auf die Nase binden.

»Wenn Sie Lust haben, noch ein paar andere Mitarbeiter kennenzulernen, wir gehen morgen alle zusammen ins Café en Seine«, informierte sie Jack.

»Klingt gut.«

»Und wo wohnen Sie, Sophie?«

»Ich hab ein Apartment drüben beim Internationalen Finanzzentrum.«

»Das ist praktisch.«

»Für meine Arbeit war es superpraktisch. Aber jetzt muss ich sehen, wie es weitergeht. Brenda sagt, diese Arbeit ist nur befristet.«

»Was Besseres kriegt im Moment kaum jemand in dieser Stadt.«

Die Kellnerin brachte den Kaffee und die Rechnung. Jack griff in seine Tasche und zahlte.

»Danke«, flötete Sophie und trank einen Schluck.

»Sie können ja Louise fragen, ob sie ins Café en Seine mitkommen will.«

»Ich unternehme mit meiner Schwester nie privat etwas, schon gar nicht samstagabends. Sie ist derart auf ihre Familie fixiert, dass es mich auch so schon kirre macht.« Sophie stellte ihre Tasse ab und legte neugierig den Kopf schief. Warum sollte Jack daran interessiert sein, Louise wiederzusehen? Wollte er was von ihr? Dabei war er viel jünger und besser in Form als sie. »Woher kennen Sie Louise eigentlich?«

Kaum hatte er die Worte ausgesprochen, wurde Jack klar, was er angerichtet hatte, und er beeilte sich, den Fehler wieder auszubügeln. »Aus dem West-Wood-Fitness-Center.«

»Ach wirklich?« Das konnte Sophie sich nicht vorstellen. Ihre Schwester hasste Muckibuden.

»Ja. Ich kenne sie noch nicht sehr lange.«

»Okay«, murmelte Sophie mit einem Nicken und nahm ihre Tasse wieder in die Hand. Louise zufolge hatten sie sich bei der Arbeit kennengelernt. Da steckte mehr dahinter. Vielleicht sollte sie der Sache morgen im Café en Seine genauer auf den Grund gehen.

Kapitel 18

Emma hörte sonst immer auf Donal, doch dieses Mal war ihr Bauchgefühl stärker. Sie musste Felipe einfach wiedersehen. Vielleicht war der Ärger mit Sophie daran schuld, aber ihre Inspiration war dahin, und die vielen schönen Erinnerungen an La Finca Vigía und Havanna waren von den Erlebnissen mit Felipe nicht zu trennen. Ihre einzigen Bedenken galten Finn. Sie wusste nicht, wie er es aufnehmen würde, wenn plötzlich ein fremder Mann aus einem fremden Land bei ihnen wohnte, doch diesmal musste sie ihren eigenen Bedürfnissen Vorrang einräumen – ausnahmsweise. Sie hatte sich sogar schon telefonisch bei der kubanischen Botschaft erkundigt, was sie benötigte, um für einen kubanischen Staatsbürger zu bürgen, damit er Urlaub in Irland machen konnte.

Sie klickte auf das Outlook-Express-Symbol, um auf seine E-Mail zu antworten. Sie vermisste Kuba. Es war eine regelrechte Oase. Seit ihrer Rückkehr sah sie sich permanent mit den Forderungen ihrer Mutter und den Bitten von Louise konfrontiert, und sie sehnte sich danach, sich wieder frei zu fühlen.

Lieber Felipe,
ich habe mich sehr über deine E-Mail gefreut. Es klingt vielleicht komisch, aber ich hätte es wirklich gerne, wenn du mich in Dublin besuchen würdest. Bevor ich näher darauf

eingehe: Bitte fühl dich nicht unter Druck gesetzt. Aber du hast dich während meines Kuba-Aufenthaltes so rührend um mich gekümmert, und ich würde mich gerne für deine Gastfreundschaft revanchieren.

Ich weiß nicht, was von deiner Seite aus notwendig ist, aber ich habe die kubanische Botschaft angerufen und erfahren, dass es sich durchaus organisieren lässt. Es dauert nur ein paar Wochen, bis das Visum fertig ist.

Das Wetter in Irland wird jetzt sehr schön, und ich würde dich wirklich gern bald wiedersehen. Wenn du mir per E-Mail antwortest und mir sagst, dass du gerne kommen würdest, kann ich dich anrufen.

Grüß Dehannys von mir und richte ihr aus, dass ich ein Päckchen für ihren Sohn fertig gemacht habe: Schuhe, ein Computerspiel und einen MP3-Player. Ich habe es gestern losgeschickt, habe aber keine Ahnung, wie lange es braucht.

Herzliche Grüße,
Emma

Hoffentlich bekam er die Mail überhaupt. Wenn er auf ihren Vorschlag einginge, würde sie ihn anrufen. Donal oder sonst wem davon zu erzählen war unnötig. Ihre Beziehung zu Felipe war etwas Besonderes.

Larry winkte ihr mit schmerzverzerrtem Gesicht zu.

»Louise!«, ächzte er.

»Geht's dir auch gut, Dad?«

»Warum hat Sophie mich nach der Operation noch nicht besucht?«

Am liebsten hätte Louise gekontert, warum ihre Mutter sich noch nicht hatte blicken lassen. »Ich hab nicht mit ihr gesprochen, Dad. Keine Sorge, es ist nur alles ein bisschen hektisch. Wahrscheinlich holt sie nach ihrer Rückkehr aus Kuba ein bisschen Arbeit nach.«

»Emma war vorhin hier, aber sie ist nicht lange geblieben.«

»Kann ich dir was besorgen?«

»Ich hätte gern eine Autozeitschrift. Wenn ich hier raus bin, will ich mir einen neuen Wagen kaufen.«

»Gute Idee! Dann hast du etwas, worauf du dich freuen kannst.«

»Wie geht es eurer Mutter?«

»Sie wohnt jetzt bei Emma.«

»Ich weiß, aber Emma ist neuerdings so abwesend. So ganz anders als früher. Der Urlaub scheint ihr nicht besonders gutgetan zu haben.«

»Mum möchte aber bei ihr wohnen.«

»Siehst du mal nach ihr?«

Plötzlich hatte Louise genug. »Hör mal, Dad. Findest du nicht, dass Sophie langsam auch mal ein bisschen Verantwortung übernehmen sollte? Ich bin nicht eure einzige Tochter, und ich habe selbst drei Kinder. Emma hat nur eins, und Sophie ist frei wie der Wind. Ich will dich ja nicht aufregen, aber ich bin es leid, dass momentan alles auf meinen Schultern abgeladen wird.«

Larry war völlig entgeistert. Er wusste, dass Louise impulsiv war, aber einen solchen Ausbruch hatte er nicht mehr erlebt, seit sie zwölf gewesen war. »Ich dachte ja nur, weil du nicht arbeitest ...«

»Und ob ich arbeite. Ich bin Hausfrau. Gott, ich habe mein Leben so satt!« Ihr schossen die Tränen in die Augen.

Larry war nicht der Typ, der mit den Gefühlsausbrüchen seiner Töchter gut umgehen konnte. Er hatte schon genug damit zu kämpfen, mit seiner Frau klarzukommen.

»Weiß Donal, dass du so unglücklich bist?«

Louise konnte nicht fassen, dass sie dieses Gespräch mit ihrem Vater führte. Sie hatten einander noch nie das Herz ausgeschüttet. Normalerweise hatte er nur mit Sophie eine solche Vertrauensbasis.

»Donal ist genauso unglücklich. Er hat es mir neulich Abend gesagt, und es geht mir nicht mehr aus dem Kopf.«

»In welcher Beziehung?«

»Wir sind in einen Trott verfallen und tauschen uns nicht so richtig über unsere Gefühle aus.«

Larry verstand genau, was sie meinte. »So ist das eben in einer Ehe. Eure Mutter ist in all den Jahren oft auf mich losgegangen, und ich hielt es für das Beste, es einfach zu ignorieren.«

Louise hatte Mitleid mit ihrem Vater. Sie erinnerte sich noch, welche Probleme ihr Vater oft im Urlaub gehabt hatte, ein anderes Apartment zu organisieren, weil mit dem, das Maggie und er bei der Ankunft zugeteilt bekommen hatten, grundsätzlich immer etwas nicht stimmte. Wenn sie alle gemeinsam essen gingen, fühlte sich Maggie auf dem Platz, den sie sich ausgesucht hatte, niemals wohl, und sie mussten so lange die Plätze tauschen, bis sie endlich zufrieden war.

»Wie bist du die vielen Jahre mit ihr klargekommen?«

»Sie ist halt meine Frau. Man findet sich damit ab.« Larry klang resigniert.

»Ich glaube, damit geben sich Paare heutzutage nicht mehr zufrieden, Dad.«

»Deshalb gibt es auch so viele Scheidungen. Egal, mit wem du zusammen bist, es läuft immer auf dasselbe hinaus. Beziehungen verfallen in ein bestimmtes Muster, und jeder Partner nimmt seine Rolle ein.«

Louise lächelte ihren Vater dankbar an. Er stammte zwar aus einer anderen Generation, aber vielleicht hatte er recht.

»Ich weiß nicht, was ich wegen Donal unternehmen soll. Ich dachte immer, ich wüsste, was in seinem Kopf vor sich geht.«

»Weiß er denn, was in deinem vor sich geht?«

Louise schüttelte mit Nachdruck den Kopf.

»Siehst du! So ist das in den meisten Ehen.«

Louise verstand, was ihr Vater meinte, aber das reichte ihr nicht mehr. Genauso wenig wie Donal.

Dehannys war daran gewöhnt, jede Gelegenheit zu ergreifen, die sich ihr bot. Man musste findig sein, um in dem System zu überleben. Emma hatte ihr versprochen, Kleidung für ihren Sohn zu schicken, und Fernando konnte jede Hilfe gebrauchen – egal von wem.

»Hey, Pedro. Wo arbeitest du heute?«

»Hey, Dehannys. Im Computerraum.« Er schüttelte vielsagend den Kopf. Heute war es ungünstig. Diego hatte Dienst.

»Könntest du mal meinen E-Mail-Account checken und nachsehen, ob ich Nachrichten habe?«

»Klar. Ich sehe, was ich tun kann. Aber wenn ich erwischt werde, muss ich sagen, dass du mich darum gebeten hast.«

»Selbstverständlich.«

»Und was springt für mich dabei raus?«

»Mein Vater hat eine Flasche Rum für dich. Die bringe ich dir morgen mit.«

Pedro nickte zufrieden. Das war das Risiko wert.

Dehannys war an Tauschhandel gewöhnt. Ihre Kollegen machten das alle so, und sie hatte das Glück, dass ihr Vater in der Rumfabrik arbeitete. Ihr Onkel besaß einen Bauernhof und baute Gemüse an, das er auf dem Wochenmarkt verkaufte. Das war eine große Erleichterung für die ganze Familie und ermöglichte es ihrer Mutter, das *paladar* weiter zu betreiben. Doch in diesem Jahr würde alles noch schwieriger als sonst, nachdem die Hurrikans im Land großen Schaden angerichtet hatten. Die Reisrationen pro Kopf waren schon auf monatlich 4 Kilo reduziert worden, und es konnte noch schlimmer werden.

Sie wartete den ganzen Tag geduldig, polierte Gläser und schenkte Getränke ein.

Als Pedro gegen Ende ihrer Schicht mit einem Zettel zu ihr kam, freute sie sich.

»Danke! Das ist wunderbar.«

»Denk an die Flasche Rum. Morgen!«

Dehannys nickte. Sie hatte sich schon neugierig über den Ausdruck gebeugt und bemühte sich, die E-Mail zu verstehen. Jetzt wünschte sie, sie hätte sich in den Englischstunden an der Tourismusschule mehr angestrengt. Die Nachricht war zwar an Felipe gerichtet, doch sie fand die Sätze, die ihr galten.

Sie verstand das englische Wort für »Schuhe«, musste Felipe aber noch fragen, was »parcel« bedeutete. Auch Felipe würde sich wahnsinnig über eine Nachricht von Emma freuen. Sie faltete den Zettel zusammen und versteckte ihn in ihrer Handtasche. Sie würde großen Ärger bekommen, wenn sie dabei erwischt wurde, für private Zwecke E-Mails zu verschicken. Nur bestimmte Berufsgruppen durften ungehindert elektronische Post versenden. Sie fragte sich, wie lange die Schuhe brauchen würden.

Jack stand an der Bar im Café en Seine und sah auf die Uhr. Es war fast zehn.

Als sein Handy in seiner Tasche vibrierte, holte er es heraus, um nachzusehen, von wem die Nachricht war.

Wo bist du? Aoife

Es war ein Schock, ihren Namen zu lesen. Seit er die E-Mail von ihr bekommen hatte, waren fünf Tage vergangen, und er war überrascht und erfreut, dass sie schon vor Ablauf der Woche Kontakt zu ihm aufnahm.

Café en Seine. Bist du in der Stadt? J

Sie antwortete sofort.

In Malahide. Treffen morgen um 4 bei Gibneys?

Jacks Stimmung hob sich.

OK

Er schob das Handy wieder in die Tasche und bestellte sich noch was zu trinken.
Sophie trudelte um halb elf im Café en Seine ein.
Jack entdeckte sie zuerst und schlenderte zu ihr.
»Schön, dass Sie es einrichten konnten.«
Sie musterte seine Kollegen, die in einem Grüppchen an der Bar standen. »Ich dachte, es wäre schön, alle kennenzulernen. Danke für die Einladung.« Sie klimperte mit den Wimpern und setzte den typischen Sophie-Blick auf, der auf Männer eine aufreizende Wirkung hatte.
»Was möchten Sie trinken?«
»Ein Glas Weißwein. Sauvignon Blanc.«
Jack gab dem Barkeeper ein Zeichen und bestellte. Plötzlich tippte ihm jemand auf die Schulter, und Jack drehte sich fragend um.
»Peter!«, rief überrascht aus. »Mit dir hab ich nicht gerechnet.«

»Bei dem Gig, zu dem ich wollte, war es rappelvoll, und die Band war nicht besonders. Als du sagtest, dass du hier bist, dachte ich, ich könnte genauso gut herkommen. Ich wusste ja nicht, dass du Gesellschaft hast.« Peter nickte Sophie zu.

Die warf nur einen kurzen Blick auf seine sommersprossige Haut und sein rötliches Zottelhaar und nickte kühl zurück.

»Äh, Peter, das ist Sophie.«

»Freut mich, Sie kennenzulernen«, sagte Peter und hielt ihr die Hand hin.

Sophie schüttelte sie gleichgültig.

»Was willst du trinken?«, fragte Jack.

»Ein Glas Budweiser.« Peter wandte sich wieder an Sophie und starrte sie an. »Kennen wir uns nicht von irgendwoher?«

Sophie schüttelte den Kopf. »Sie kommen mir nicht bekannt vor.«

»Normalerweise kann ich mir Gesichter gut merken, und an ein so hübsches erinnere ich mich immer. Wo arbeiten Sie?«

»Im Moment gebe ich Styling-Tipps bei der *Times*, aber nur vorübergehend. Vorher war ich in der Kleiderbranche.«

Peter fiel immer noch nicht ein, woher er sie kannte.

»Hier, Kumpel«, sagte Jack und reichte ihm sein Bier.

»Ich arbeite in einem Grafikbüro«, erklärte Peter. »Vielleicht haben wir mal eine Werbekampagne für Ihre Firma gemacht.«

Sophie trank einen großen Schluck Wein. Vielleicht hatte er mal mit Paul zusammengearbeitet. »In welchem denn?«

»Evans Grafik.«

Sophie hob ihr Glas wieder und hätte sich am liebsten dahinter versteckt.

»Mit denen hatten wir nie was zu tun«, sagte sie kurz angebunden.

Doch Peter starrte sie weiterhin an, was Sophie großes Unbehagen bereitete. Sie wusste, dass es nur eine Frage der Zeit wäre, bis ihm einfiel, woher sie sich kannten.

»Gibst du mir mal die Fernbedienung?«, bat Donal.

Louise reichte sie ihm.

»Möchtest du was trinken?«, fragte sie. »Ich gönne mir einen Gin Tonic.«

»Nein, danke.«

»Ich hatte einen furchtbaren Tag.« Louise seufzte.

»Wirklich?«

»Du hast ja keine Ahnung, wie schrecklich ich mich fühle, seit ...«

»... ich dir ein paar bittere Wahrheiten über uns gesagt habe?«

Louise nickte.

»Ich weiß, dass der Zeitpunkt wahrscheinlich nicht der beste ist, jetzt, wo dein Dad im Krankenhaus liegt«, räumte er ein. »Aber irgendwie ist nie der richtige Zeitpunkt.«

»Und daran bin ich genauso schuld wie du. Ich weiß nicht, wann wir aufgehört haben, miteinander zu reden.«

»Ich weiß nicht, wann wir damit angefangen haben.«

»Ich habe Angst.«

»Wovor hast du Angst?«

»Um uns.«

»Ich verlasse dich nicht, Louise. Ich musste es dir nur mal sagen, und neulich Abend kam es eben raus.«

»Was sollen wir bloß tun, Donal?«

Donal drehte den Fernseher lauter und richtete den Blick auf den Bildschirm. Er schüttelte den Kopf und zuckte mit den Schultern.

»Ich weiß es nicht.«

Als Jack aufwachte, lag Sophie warm und nackt neben ihm. Er hasste sich für diesen Fehltritt – ein Rückfall in alte Verhaltensmuster –, aber er hatte nicht anders gekonnt. Die Frau war einfach unwiderstehlich.

Als bei Peter der Groschen gefallen war und er Sophie von einer Party wiedererkannt hatte, auf der sie mit seinem Arbeitskollegen Paul gewesen war, wollte sie plötzlich nicht mehr bleiben. Jack hatte sich gewundert, warum sie sich so seltsam verhielt.

Aber das war jetzt auch egal. Als er mit zu ihr nach Hause gegangen war, hatte er genau gewusst, was passieren würde. Es war allein seine Schuld. Er sah auf die Uhr. Es war fünf Minuten vor zwölf, und gegen vier musste er in Malahide sein.

Sophie streckte sich genüsslich und gähnte laut. Lächelnd sah sie zu Jack auf.

»Morgen.«

»Hallo, Sophie. Was dagegen, wenn ich kurz dusche?«

»Mach nur.« Sie setzte sich im Bett auf und hielt sich schützend das Laken vor die Brüste. Jack war kein Greg Adams und erst recht kein Paul. Sie käme nicht in Versuchung, noch einmal mit ihm zu schlafen.

Jack stieg in die Dusche und schäumte sich die Haare mit Shampoo ein. Er musste Sophies Geruch loswerden. Louise hatte ihn vor Sophie gewarnt. Aber sie war unwiderstehlich.

Er hatte keinen Schimmer, wie er Aoife unter die Augen treten sollte.

»Willst du einen Kaffee?«, rief Sophie ihm zu.

»Ja, gern!«, brüllte er zurück.

Er zog sich rasch an und checkte schnell sein Handy, bevor sie ins Schlafzimmer zurückkam.

Du Schwerenöter!!! Peter

Hastig löschte Jack die Nachricht. Genau so etwas sollte Aoife nicht sehen.

Sophie stellte zwei Becher mit Kaffee auf den Tisch und zog ihm einen Stuhl heran.

»Danke«, sagte Jack, nahm den Kaffeebecher und trank ein paar Schlucke. »Ich muss mich sputen.«

Sophie zwirbelte eine Locke um ihren Zeigefinger. »Wir sehen uns auf der Arbeit. Wir können so tun, als sei das nie passiert.«

Jack seufzte erleichtert und wünschte sofort, es nicht ganz so laut getan zu haben. »Ja, gut. Es war eine schöne Nacht.«

»Hatte schon bessere!«, sagte Sophie augenzwinkernd.

Er spürte, wie er rot anlief, aber er hatte es verdient. »Okay. Wir sehen uns am Montag.«

»Bis dann«, sagte sie und stand nicht mal auf, um ihn zur Tür zu bringen. Er wusste ja, wo es rausging.

»Soll ich dich mal zu Dad mitnehmen?«

Leise stöhnend drehte sich Maggie im Bett auf die andere Seite. »Ist es schon Morgen?«

»Ja, Mum«, antwortete Emma. »Ich will heute so früh wie möglich zu ihm, weil ich später schreiben will.«

»Aber heute ist Sonntag.«

»Das macht für mich keinen Unterschied.«

»Ich glaube nicht, dass mir Krankenhäuser guttun.«

»Krankenhäuser tun niemandem gut, Mutter, aber Dad ist jetzt seit über einer Woche dort. Willst du ihn nicht sehen?«

Maggie zuckte zusammen. »Mir geht es nicht besonders nach dem furchtbaren Schock mit den Einbrechern. Ich dachte, wenn mich jemand versteht, dann du.«

»Ich verstehe dich sehr gut, aber Dad ist derjenige, der eine Herzoperation hatte, und nicht du. Komm doch nur dies eine Mal mit, Mum! Ende nächster Woche kommt er nach Hause.«

»Und dann muss ich mich ganz allein um ihn kümmern!«

Emma verdrehte die Augen. Ihre Mutter musste nie etwas ganz allein tun, weil grundsätzlich sie und Louise alles ausbaden mussten. Aber sie hatte es satt, ihre Mutter ständig bei Laune zu halten. Jahrelang hatte sie sich ihre Mätzchen bieten lassen, doch sie war nicht mehr bereit, das weiter mitzumachen.

Aoife saß im kleinen Nebenzimmer des Pubs auf einem Barhocker am Kamin. Sie sah schön aus, und Jack spürte seine Schuld wie eine schwere Last.

»Hallo.«

»Hallo«, begrüßte sie ihn lächelnd. »Ich hab's nicht lange ohne Kontakt zu dir ausgehalten, was?«

Jack setzte sich neben sie. »Ich bin froh darüber.«

»Wie läuft's auf der Arbeit?«

»Ganz gut. Die alte Leier!«

Eine dicke Träne rollte ihr über die Wange.

Sein Herz hämmerte. Er hasste es, sie so zu sehen.

»Ich hab dich so vermisst«, gestand sie. »Ich habe uns vermisst. Ach, Jack, es war so schwer!«

Jack legte tröstend den Arm um sie. »Du hast mir auch gefehlt.«

»Was sollen wir nur tun?«

Jack küsste sie auf die Wange und sehnte sich danach, sie fest in den Arm zu nehmen.

»Ich wollte diese Trennung nicht. Ich weiß, dass ich mit dir zusammen sein will.«

»Aber mit dem Heiraten willst du noch warten?«

Jack zuckte ratlos mit den Achseln. »Ich weiß nicht. Lass uns das in Ruhe besprechen.«

»Mir ist die Hochzeit inzwischen egal. Ich hab dich nur so sehr vermisst.«

»Wenn du willst, gehen wir nach Hause.«

Aoife nickte. »Ja, gern.«

In der Hoffnung, Dehannys zu sehen, schaute Felipe in der Port Royal Bar vorbei. Er sehnte sich nach der Zeit zurück, als er in seiner Funktion als Anwalt noch über einen Computer und eine E-Mail-Adresse verfügt hatte. Beides hatte er für harte Devisen aufgegeben – eine Entscheidung, die er bisher noch nicht bereut hatte. Andererseits: Wäre er nicht Taxifahrer geworden, hätte er Emma niemals getroffen. Es kam ihm töricht und kindisch vor, an diese Frau zu denken, die so weit weg von ihm, am anderen Ende des Atlantiks, lebte und mit der er nur unter Schwierigkeiten kommunizieren konnte – vom Führen einer irgendwie gearteten Beziehung ganz zu schweigen.

Er entdeckte Dehannys, die gerade ein Paar an einem Tisch bediente. Als sie ihn sah, winkte sie ihm freudig zu.

An ihrer Miene erkannte er, dass sie ihm etwas zeigen wollte.

»Komm mit nach hinten.« Sie bedeutete ihm, mit in die Personalunterkünfte zu kommen.

Dort kramte sie den Zettel aus ihrer Handtasche, den sie am Tag zuvor von Pedro bekommen hatte.

»Verstehst du das?«, fragte sie ihn erwartungsvoll.

Felipe las eifrig. Ein Lächeln huschte über sein Gesicht.

»Was hat Emma vor?«, fragte Dehannys.

»Sie hat ein Päckchen für dich losgeschickt, mit Schuhen, einem Computerspiel und einem MP3-Player für deinen Sohn, mit dem er Musik hören kann.«

Dehannys zitterte vor Freude. »Das sind gute Nachrichten, Felipe!«

»Ja, und sie möchte, dass ich sie in Irland besuche.«

»Oh, fantastisch! Fährst du?«

Felipe zuckte mit den Achseln. »Ich weiß nicht, ob es geht. Ich hoffe es.«

»Das wäre ein tolles Abenteuer.«

»Wer hat dir das ausgedruckt, Dehannys?«

»Pedro.«

»Kann er für uns zurückschreiben?«

»Ich weiß nicht, wann er wieder in der richtigen Schicht eingeteilt ist.«

Felipe kratzte sich ratlos am Kopf. »Ich muss mir wohl einen anderen Kontakt suchen.«

»Hattest du in deiner Zeit als Anwalt keinen Freund, der noch Zugang zu einem Computer hat?«

Felipe konnte nicht fassen, dass ihm das nicht schon früher eingefallen war. Er schloss Dehannys in die Arme und drückte sie fest.

»Klar, mein Freund Miguel. Soll ich Emma etwas von dir ausrichten?«

»Sag ihr, ich danke ihr sehr, und Fernando und ich umarmen und küssen sie.«

Felipe konnte es kaum erwarten, seine neuen Kunden abzuholen und nach Havanna zu bringen. Diesmal war es ein unverschämtes französisches Paar, aber Felipe machte sich nichts daraus. Als er die zwei im Foyer des Hotel Nacional ablieferte, war ihm auch das schnuppe. Er wollte nur so schnell wie möglich zu Miguel, der ihm noch einen Riesengefallen schuldete. Er hatte sich mit Mühe und Not durchs Studium gekämpft und hätte sein Examen ohne Felipes Hilfe niemals geschafft. Das Mindeste, was er für ihn tun konnte, war, als Mittelsmann zwischen ihm und Emma zu fungieren.

Miguels Büro lag in einer Seitenstraße von La Rampa. Felipe stellte das Taxi ab und nahm immer zwei Stufen auf einmal, als er die Treppe zu den schwach beleuchteten Räumen hinaufstieg. Miguels Sekretärin saß an einem mit Papierstapeln übersäten Schreibtisch.

»*Hola!* Ist Señor Estefan da?«

»*Sí.*« Sie nickte und deutete auf eine Tür.

Miguel war rundlich mit einer kahlen Stelle mitten im schwarzen Haar. Beim Anblick seines alten Freundes sprang er auf.

»Felipe Blanco García, wie schön, dich zu sehen, mein Freund!« Er umarmte ihn herzlich.

»Ich freue mich auch!«, erwiderte Felipe.

»Wie geht es dir jetzt, wo du die vielen CUC verdienst, von denen wir anderen nur träumen können?«

Felipe lachte. »Den ganzen Tag Touristen durch die Gegend zu fahren ist kein Zuckerschlecken!«

»Es ist heiß heute. Willst du was trinken?«

»Vielleicht einen Kaffee.«

»Also, mein Freund, was führt dich zu mir? Es muss jetzt drei Jahre her sein, seit du zuletzt hier warst.«

Felipe zögerte. Er wusste, dass das, worum er bitten wollte, illegal war. Aber darauf konnte er keine Rücksicht nehmen.

»Ich möchte dich um einen Gefallen bitten.«

»Ah! Ich bekomme meine Freunde nur zu Gesicht, wenn sie etwas von mir wollen.« Miguel lachte gutmütig.

»Hast du noch einen Internetzugang?«, fragte Felipe. »Ich muss eine E-Mail versenden.«

»Mein Computer ist eine Katastrophe. Er stürzt zweimal pro Tag ab. Aber klar, ich habe ein E-Mail-Programm. Willst du es benutzen?«

»Ja. Ich habe eine Frau aus Europa kennengelernt, und sie

will Kontakt zu mir aufnehmen. Darf ich dazu deine Adresse benutzen?«

»Mach nur. Du hast Glück, eine Frau mit Geld zu haben!«

Mehr Informationen wollte Felipe nicht preisgeben. Er vertraute Miguel zwar, aber es war immer besser, so wenig wie möglich zu erzählen – selbst seinen Freunden. In Kuba hatten die Wände Ohren.

Miguel verließ den Raum, um etwas mit seiner Sekretärin zu besprechen, sodass Felipe in Ruhe an Emma schreiben konnte.

Felipe ließ den Blick über die Bücherreihe über seinem Kopf schweifen. Der ganze Mist, den er an der Uni hatte lesen müssen. Am Ende des Regals stand ein kleines Englisch-Spanisch-Wörterbuch. Er nahm es herunter, falls er irgendetwas nachschlagen musste.

Liebe Emma,
ich habe mich über deine E-Mail gefreut. Diese Adresse gehört meinem Freund; es ist okay, an ihn zu schreiben, wenn du willst. Ich habe viel an dich gedacht, seit du aus Kuba weg bist. Ich wünschte, wir hätten mehr Zeit gehabt. Es gibt so viel in meinem Land, was ich dir gern zeigen würde. Ich hoffe, dass wir uns eines Tages wiedersehen. Mein Land zu verlassen ist nicht leicht. Wenn du mir sagen kannst, was das Visum und der Flug kosten, kann ich sehen, ob ich vielleicht ausreisen kann.

Ich hoffe, du schreibst mir bald wieder. Deine Briefe bedeuten mir viel.

Liebe Grüße von Dehannys, ihrer Familie und ihrem Sohn.
Dein Freund
Felipe

Felipe ging zurück zum Empfang, wo Miguel mit seiner Sekretärin flirtete.

»Was weißt du über Visumanträge? Während unserer Studienzeit wurde grundsätzlich davon abgeraten.«

Miguel zuckte mit den Achseln. »Da hat sich nichts geändert, mein Freund.«

Emma prüfte sorgfältig ihren E-Mail-Eingang und klickte rasch die Nachricht eines gewissen Miguel Estefan an. Der Betreff lautete *Von Felipe*, und mehr brauchte sie nicht zu wissen.

Während sie die E-Mail las, hatte sie Schmetterlinge im Bauch. Am Ton seiner Nachricht konnte sie seine Schwierigkeiten, das Land zu verlassen und an das Geld dafür zu kommen, erahnen, doch sie hoffte, dass ihn das nicht von seiner Irland-Reise abhalten würde.

Kapitel 19

Jack war überglücklich, als er mit Aoife in den Armen aufwachte. Die vergangenen drei Wochen waren wunderschön gewesen; es war wie damals, als sie noch ganz frisch verliebt und verrückt nacheinander gewesen waren.

»Tut mir leid, wenn ich dir wehgetan habe«, murmelte er.

Aoife sah Jack lächelnd in die Augen. Sie verstanden sich auch ohne Worte, und sie fühlte sich in ihrer Beziehung wieder genauso sicher und geborgen wie früher.

»Jammerschade, dass ich jetzt zur Arbeit muss«, seufzte er.

»Ich muss auch gleich los, aber wir können ja heute Abend früh ins Bett gehen«, neckte sie ihn.

Jack sprang als Erster unter die Dusche, während Aoife verschlafen in die Küche schlurfte, um den Wasserkocher anzustellen und Weißbrot in den Toaster zu stecken.

Jacks Handy piepste.

»Eine SMS für dich, Jack!«

Doch das Wasser in der Dusche rauschte so laut, dass Jack sie nicht hörte.

Aoife nahm das Handy in die Hand, drückte aus Versehen auf den grünen Knopf, und die Nachricht blinkte auf.

Sie kam von einer Frau namens Louise.

Kann ich dich heute sehen? Louise

Die Nachricht an sich hatte nichts Unheilvolles. Noch vor Wochen wäre Aoife davon ausgegangen, dass sie von einer Arbeitskollegin war. Doch inzwischen hatte sie das unbehagliche Gefühl, Jack doch nicht so gut zu kennen, wie sie geglaubt hatte. Als Jack aus der Dusche kam, stellte sie ihm eine Tasse Kaffee und eine Scheibe Toast hin.

»Du hast eine SMS von Louise bekommen. Sie will dich sehen.«

Jack reagierte anders als erhofft. Er wirkte geschockt und fragte in anklagendem Ton: »Liest du meine Nachrichten?«

»Ich wollte dir das Handy nur ins Bad bringen. Warum hast du ein Problem damit, wenn ich deine Nachrichten lese? Ich bin deine Verlobte! Du solltest keine Nachrichten bekommen, die ich nicht sehen darf!«

»So hab ich das nicht gemeint. Aber ich würde nie dein Handy kontrollieren.«

»Ich hab dich nicht kontrolliert! Ich bin nur aus Versehen auf den Knopf gekommen. Was regst du dich so auf? *Sollte* ich dich denn kontrollieren?«

Jetzt saß Jack in der Falle. »Natürlich nicht. Das ist ganz harmlos. Louise ist meine alte Musiklehrerin, die wir mal am Pier getroffen haben, weißt du noch?«

»Und warum will sie dich sehen?«

»Ich hab ihrer Schwester einen Job besorgt. Wahrscheinlich hat es was damit zu tun.«

»Da ist doch nichts dabei. Warum darf ich davon nichts wissen?«

»Es ist nur ... Nichts ... Gar nichts.«

Aoife beschloss, die Sache auf sich beruhen zu lassen, aber die SMS hatte die Atmosphäre verändert.

»Ich dusche jetzt«, sagte sie kühl. »Ich darf nicht zu spät kommen.«

Jack sah auf sein Handy. Er hatte weder mit Louise Owens noch mit ihrer Schwester noch etwas am Hut. Jetzt, wo er wieder mit Aoife zusammen war, wollte er alles in seiner Macht Stehende tun, um ihre Beziehung zu kitten. Wenn sie wollte, würde er sie sogar im Juli heiraten. Er wollte kein Risiko eingehen, sie noch einmal zu verlieren. Also rief er seine Kontaktliste auf, suchte nach Louises Nummer und drückte auf »Löschen«.

Die Zivis hievten Larry in den Rollstuhl.

»Alles in Ordnung, Dad?«, fragte Louise.

»Ich brauche keinen Rollstuhl. Ich kann laufen!«

Larry Owens hatte drei Wochen in einer Reha-Klinik verbracht, weil es Maggie überfordert hätte, ihren Mann nach der Operation zu Hause wieder aufzupäppeln. Emma und Louise waren sich einig gewesen, dass es das Beste für alle wäre, auch wenn es für sie ein beträchtliches Maß an Rumfahrerei bedeutete. Aber das hätte es sowieso.

Emma schnappte sich die Rollstuhlgriffe. »Wir schaffen das schon allein«, versicherte sie den hilfsbereiten Männern. »Wir bringen den Stuhl wieder zurück.«

Emma schob ihren Vater, während Louise seine Taschen zum Wagen trug. Sie öffneten ihm die Beifahrertür und bugsierten ihn mit vereinten Kräften auf den Sitz. Dann half Emma ihm beim Anschnallen, während Louise wie versprochen den Rollstuhl zurückbrachte.

Als Louise wieder herauskam, gab Emma ihr ein Zeichen, ihr beim Einladen der Taschen in den Kofferraum zu helfen. In Wahrheit wollte sie nur kurz allein mit ihr sprechen.

»Und was hat Donal sonst noch gesagt?«, flüsterte Emma.

»Seit den Gesprächen, von denen ich dir erzählt habe, nur sehr wenig«, antwortete Louise leise. »Ich fasse es nicht, dass er ausgerechnet jetzt damit anfängt, wo Dad so krank ist und Mum verrücktspielt.«

»Tja, ihr müsst das klären. Lass es nicht noch länger schleifen. Ich habe das Schweigen zwischen Paul und mir ignoriert, und er ist prompt losgezogen und hat eine Affäre angefangen.«

Louise lachte.

»Was ist daran so lustig?«

»Ich glaube nicht, dass Donal der Typ für eine Affäre ist. Du etwa?«

»Er ist immerhin ein Mann.«

»Das klingt sehr zynisch, Emma.«

»Ich weiß. Tut mir leid. Ich bin nur immer noch so wütend auf Paul und Sophie. Zum Glück geht sie mir aus dem Weg. Ich könnte sie umbringen.«

»Irgendwann müsst ihr euch wieder gegenübertreten. Soll ich die Vermittlerin spielen?«

»Ich habe ihr nichts zu sagen«, beharrte Emma.

»Ich hab in letzter Zeit auch nicht viel von ihr mitgekriegt«, berichtete Louise. »Sie hat eine befristete Stelle bei der *Irish Times*.«

»Das wird ihr nicht schmecken. Wer kommt dann für ihre Ausgeherei auf?«

»Keine Ahnung. Sie erzählt mir nicht viel, weil sie weiß, dass wir zwei in Kontakt sind.«

»Wir sollten jetzt lieber einsteigen. Dad wird sonst unruhig so ganz allein.«

Die Fahrt von Clontarf nach Raheny war nur kurz, und die drei plauderten unbeschwert, bis sie die Tore zu 42 Foxfield erreichten.

Mit quietschenden Bremsen brachte Emma den Wagen zum Stehen. Auf ihrem Gesicht breitete sich Entsetzen aus, und sie brachte keinen Ton mehr heraus.

Als Louise aus dem Fenster sah, wusste sie auch, warum: In der Einfahrt parkte Sophies Wagen. Geistesgegenwärtig sprang Louise aus dem Auto und öffnete ihrem Vater die Tür.

»Komm, Dad, ich bring dich rein. Emma braucht nicht noch länger zu bleiben. Ich hab heute Nachmittag nichts vor.«

Emma zitterte und schluckte heftig.

»Ich bin doch kein Invalide!«, protestierte Larry. »Keine Ahnung, warum sie bei meiner Entlassung auf den verdammten Rollstuhl bestanden haben. Ich kann laufen.«

Louise nahm ihren Vater unbeirrt beim Arm.

»Allein komm ich viel besser zurecht«, murrte er und zog ein finsteres Gesicht. Doch als er den Wagen seiner Tochter in der Einfahrt sah, hellte sich seine Miene auf. »Sophie ist hier! Wusstet ihr, dass sie kommt, um mich zu Hause willkommen zu heißen?«

Armer Dad, dachte Louise. Wann wacht er endlich auf? Wahrscheinlich nie – wie die meisten Männer, deren Weg Sophie kreuzte.

»Ich muss los«, behauptete Emma und stieg aus dem Wagen, um die Taschen ihres Vaters aus dem Kofferraum zu holen. »Kannst du Dad halten, Louise?«

»Aber deine Mutter will dich bestimmt sehen!«, rief Larry vorwurfsvoll.

»Sie hat mich in den letzten drei Wochen ständig gesehen, Dad. Es ist an der Zeit, dass du sie mal ganz für dich allein hast.«

Diese Bemerkung erschreckte Larry regelrecht. Er hatte noch nie erlebt, dass Emma so respektlos über ihre Mutter sprach.

»Lass Emma ruhig fahren, Dad, sie hat viel um die Ohren«, beschwichtigte Louise ihn und zwinkerte Emma verschwörerisch zu, als diese wieder in den Wagen stieg, blinkte und langsam davonfuhr.

Erschöpft fragte sich Louise, wie oft sie die Fehde zwischen ihren Schwestern noch vor ihren Eltern decken müsste.

Emma hatte sich keine Vorstellung von den Formalitäten gemacht, die erforderlich waren, um an ein Visum für einen kubanischen Staatsbürger zu kommen. Aber es war eine Herausforderung für sie. Sie freute sich auf die E-Mails von Señor Miguel Estefan, die sie etwa jeden zweiten Tag bekam. Jedes Mal, wenn sie mit Felipe korrespondierte, hatte sie das Gefühl, ihrem Wiedersehen einen Schritt näher gekommen zu sein. Sie brauchte seinen Pass, um ihn abstempeln zu lassen, und da Dehannys das Päckchen für ihren Sohn noch nicht erhalten hatte, wusste Emma, dass die ganze Prozedur noch viel langsamer vonstattenginge als ursprünglich gedacht.

Deshalb hatte Felipe seinen Pass einer Kanadierin anvertraut, die ihm hoch und heilig versprochen hatte, ihn auf der Post aufzugeben, sobald sie in Toronto war. Emma fand, dass er damit ein schreckliches Risiko einging, doch als der Pass bei ihr ankam, wurde ihr klar, dass sie durch diesen Trick bis zu zwei Wochen gewonnen hatten. Auch die Kosten erwiesen sich als viel höher als erwartet. Bislang waren über 180 Euro an Kosten und Gebühren zusammengekommen, und das allein in Irland. Auf kubanischer Seite musste Felipe 15 CUC hinblättern, was für die meisten Kubaner ein guter Monatslohn war. Ihren Anwalt hatte sie noch nicht konsultiert: Felipe benötigte ein Einladungsschreiben, um beweisen zu können, dass sie tatsächlich befreundet waren und dass ihre Beziehung nicht nur eine Finte war, die Felipe dabei helfen sollte, aus dem Land zu fliehen. Außerdem musste sie auch finanziell und juristisch für ihn bürgen, falls er während seines Besuches bei ihr in Schwierigkeiten geriet.

Manchmal wünschte sie sich sehnlichst, Donal um Hilfe bitten zu können. Er käme wunderbar mit den vielen Formalitäten und Details zurecht, aber er sollte nichts von ihren Plänen erfahren. Louise hatte sie zu Stillschweigen verpflichtet. Falls etwas schieflief, sollte niemand davon wissen. Falls Felipe doch nicht käme, wenn sie das Visum endlich in den Händen hielten, wollte sie nicht dumm dastehen. Aber während die Wochen ins Land zogen, wuchs ihre Sehnsucht, Felipe zu sehen, immer mehr. Sie hatten jetzt schon vier Mal telefoniert, und wenn sie wollte, konnte sie seinen Akzent jederzeit aus ihrem Gedächtnis abrufen.

Dehannys war sehr aufgeregt, als das große braune Paket aus Irland bei ihr eintrudelte. Ungeduldig entwirrte sie die Kordel und zog das Klebeband ab, das nur noch lose festgepappt war, weil sich schon jemand daran zu schaffen gemacht hatte.

Ein weißer Laufschuh in Größe 34 war das Erste, was sie aus dem Karton hervorzauberte. Als sie auch den zweiten fand, atmete sie erleichtert auf. Shorts mit Blumenmuster, wie amerikanische Surfer sie trugen, kamen als Nächstes zum Vorschein. Die würde Fernando mit Begeisterung tragen. Es folgte ein Trikot des FC Barcelona für den großen Fußballfan. Nach dem Computerspiel suchte sie leider vergebens, aber ganz unten im Paket fanden sich noch Make-up und eine Schachtel mit Modeschmuck. Der MP3-Player war sicher im Schuh versteckt, und als Dehannys noch weitere Kleidungsstücke aus weichen Stoffen entdeckte, die Fernando hervorragend stehen würden, dankte sie ihrem Schöpfer. Das Spiel wäre zwar schön für ihren Jungen gewesen, doch stattdessen konnte nun der Sprössling eines Beamten oder eines Postboten seinen Spaß damit haben.

Hoffentlich käme Felipe bald mal wieder vorbei. Sie wollte Emma von Herzen danken. Sie würde ihr ein paar Kunstgegenstände aus Kuba kaufen und sie ihm als Mitbringsel für sie mitgeben. Er hatte ein Riesenglück, diese Chance zu bekommen, in ein fremdes Land zu reisen und zu sehen, wie die Menschen dort lebten. Sie selbst konnte nur davon träumen.

Die Atmosphäre im Hause Scott wurde mit jedem Tag angespannter, und Louise fürchtete, dass es bald zur Explosion käme. Jack hatte schon seit drei Wochen nicht mehr auf ihre Textnachrichten geantwortet. Sie verstand nicht, warum er sie so ignorierte, aber wenn sie ihn anriefe, müsste er ja mit ihr sprechen. Da sie eine Geheimnummer hatten, die nicht übertragen wurde, benutzte sie ihr Festnetztelefon.

Er ging prompt ran.

»Hallo, Jack, hier ist Louise.«

»Hallo, Louise«, antwortete er, und sie hörte die Nervosität in seiner Stimme. »Wie geht's dir?«

»Mir geht's gut. Ich bin heute in der Stadt und habe mich gefragt, ob du Lust hast, mit mir einen Kaffee zu trinken.«

Schweigen. Dann sagte er: »Okay, wie wär's gegen elf? Kennst du das Café an der Ecke Pearse Street?«

»Ja. Großartig. Bis dann.«

Er war kurz angebunden gewesen, aber vielleicht lag das daran, dass er bei der Arbeit war.

Sie stieg in die DART-Bahn und zählte die Haltestellen. Ihr schwirrte der Kopf.

Warum traf sie sich überhaupt mit ihm? Lag es nur daran, dass sie ihr Ego aufpäppeln wollte? Donal war so unnahbar, seit er ihr sein Herz ausgeschüttet hatte – ein schrecklich widersprüchliches Verhalten.

Als sie ankam, war es fünf Minuten vor elf, und sie bestellte sich einen Caffè Latte und setzte sich ans Fenster. Das Café war menschenleer, was die bedrohlich zunehmende Arbeitslosigkeit im Land widerspiegelte.

Jack trat um Punkt elf Uhr durch die Tür. Er war ungekämmt und unrasiert, was seine Attraktivität aber nur noch steigerte.

»Louise«, begrüßte er sie förmlich.

»Hallo, Jack.« Sie lächelte ihn unbeschwert an.

Er machte die Kellnerin mit einem Nicken auf sich aufmerksam und bestellte sich einen Caffè americano.

»Also, Louise, was kann ich für dich tun?«

Seine Stimme klang ernst und vernünftig – ganz anders als sonst, wenn er mit ihr sprach. Das brachte sie völlig aus dem Konzept.

»Ich hab mich gefragt, wie es dir so ergeht, und ...« Sie kam sich zwar blöd vor, aber sie musste es einfach wissen. »Und warum du meine Nachrichten ignorierst.«

Jack rutschte unbehaglich auf dem Stuhl hin und her. Er wollte sie nicht mit der Wahrheit konfrontieren, aber vielleicht gab es keine andere Möglichkeit, ihr zu erklären, warum er sie nicht wiedersehen konnte.

»Louise, es war schön, dich wieder zu treffen, und ich gebe zu, dass ich oft an unsere schöne gemeinsame Zeit zurückdenke, besonders an unsere gemeinsame Liebe zur Musik.«

Louise nickte. »Die Musik hat mir gefehlt, und ich habe sogar eine Weile wieder gespielt ... Bevor mein Vater überfallen und dann operiert wurde.«

»Das ist auch ein Grund, warum ich mich nicht gemeldet habe. Du hast selbst gesagt, dass du viel um die Ohren hast.«

Das stimmte. Louise hatte keinen Zweifel daran gelassen, dass sie unter Druck stand.

»Ich weiß. Aber ich hatte eine schlimme Zeit und brauchte jemanden zum Reden.«

Jack hatte Mitleid mit ihr. Er war jetzt ein ganz anderer Mensch als am Ende ihrer Affäre.

»Aber es gibt noch einen Grund ...«, begann er.

Louise hing wie gebannt an seinen Lippen.

»Ich wollte es dir nicht erzählen, aber es erklärt vielleicht, warum ich mich von dir fernhalten muss ...«

»Was meinst du?«

Jacks Miene war so schuldbewusst, dass es ihm unmöglich war, einen Rückzieher zu machen.

»Vielleicht war es doch keine so gute Idee, miteinander befreundet zu sein. Ich habe während meiner Trennung von Aoife einen schrecklichen Fehler gemacht. Ich ...« Er zögerte. »Ich hab mit Sophie geschlafen.«

Nach Louises Gesicht zu urteilen, war sie kurz vorm Explodieren.

»Ich hab dich von Anfang an gewarnt, Sophie diesen Job zu besorgen.« Louise zitterte.

Ihm blieb nur der Versuch, sie zu beschwichtigen.

»Hör zu, ich hab einen Fehler gemacht – eine Nacht mit Sophie –, aber am nächsten Tag habe ich mich wieder mit Aoife versöhnt. Es ist sehr wichtig, dass das unter uns bleibt.« Er bereute sein Geständnis jetzt schon.

Louise schluckte. Sie wusste nicht, ob sie weinen oder sich übergeben sollte. Diesmal war Sophie zu weit gegangen. Sie verspürte den dringenden Wunsch, sie mit bloßen Händen zu erwürgen, wenn sie ihr begegnete.

Jack war erleichtert, als die Kellnerin mit seinem Americano kam und eine kurze Ablenkung bot.

»Danke«, murmelte er und trank einen Schluck.

Als die Bedienung wieder verschwand, herrschte angespanntes Schweigen. Louise war so geschockt, dass es ihr die Sprache verschlagen hatte. Deshalb sprach Jack zuerst.

»Es war nur eine Nacht. Es hatte nichts zu bedeuten.«

»Warum?«

»Was meinst du mit warum? Deine Schwester ist sehr attraktiv.«

Louise schloss die Augen und schüttelte den Kopf. »Ich kann nicht glauben, dass du mir das angetan hast.«

»Dir? Das ist echt stark. Du bist schon seit Jahren verheiratet und warst es schon fast, als wir unsere Affäre hatten.«

»Aber sie ist meine Schwester!«

»Das mag ein Schock für dich sein, aber es spielt keine Rolle, wessen Schwester sie ist. Aoife ist meine Verlobte, und sie ist der Mensch, der mir am wichtigsten ist.«

Louise zitterte. Sie konnte Emmas Wut auf ihre kleine Schwester jetzt sehr gut nachvollziehen.

»Das hat sie mit Absicht getan!«

»Sie weiß nicht mal, dass wir zusammen waren. Ich habe ihr gesagt, dass ich dich im Fitness-Studio kennengelernt habe.«

Louise schüttelte ungläubig den Kopf. »Guter Witz, Jack. Als hätte ich in meinem Leben je einen Fuß in eine Muckibude gesetzt.«

»Sie denkt sich nichts dabei. Sie denkt nicht an dich, an mich oder an sonst irgendwen, sondern nur an sich.«

»Da muss ich dir allerdings Recht geben. Aber Jack, wie konntest du nur?«

»Es ist einfach passiert. Eine echtes Debakel.«

»Ich hoffe, Aoife erfährt nie davon.«

»Brenda zieht nach Großbritannien, und in zwei Wochen

wird ein ganz neues Team eingesetzt. Sophie weiß noch nichts davon, aber ihre Zeit bei der Zeitung ist abgelaufen.«

Das war für Louise nur ein schwacher Trost. Sie hatte große Lust, ihrer Schwester so richtig einen reinzuwürgen, durfte ihr aber nicht mal sagen, wie verletzt sie war.

»Tut mir leid, wenn ich dir wehgetan habe, aber du hattest recht. Ich war damals nur ein alberner Junge, und durch das Wiedersehen mit dir ist mir das klar geworden. Dass ich Aoife fast verloren hätte, hat mir meine Gefühle sogar noch mehr verdeutlicht. Ich liebe sie. Ich habe nie einen Menschen mehr geliebt, und ich werde alles dafür tun, um sie glücklich zu machen.«

Louise riss sich zusammen. Das war nicht das, was sie hatte hören wollen. Eigentlich hatte sie gehofft, dass ihr das Gespräch mit Jack neuen Auftrieb gäbe. Stattdessen war ihr Selbstwertgefühl jetzt am Boden. Er hatte ihre Affäre als lächerliche Phase auf dem Weg zum Erwachsenwerden herabgewürdigt, sodass ihre große Liebe zu ihm jetzt nur noch eine Illusion war. Am liebsten hätte sie geweint, aber sie beherrschte sich.

»Jetzt verstehst du sicher auch, warum ich deine Nummer gelöscht und nicht auf deine Nachrichten geantwortet habe. Ich halte es für das Beste, wenn wir keinen Kontakt mehr haben. Du nicht?«

Er klang eiskalt. Es war ihm gelungen, ihr noch einen Tritt zu versetzen, als sie schon am Boden lag.

»Ich gehe jetzt wohl besser.« Er legte einen Fünf-Euro-Schein auf den Tisch. »Das ist für den Kaffee.«

Er erhob sich und hielt ihr zum Abschied die Hand hin. »Danke, dass du es so gut aufnimmst. Ich wusste, dass du es verstehst.«

Er sprach mit ihr wie ein Staubsaugervertreter.

Louise schüttelte mechanisch seine Hand und sah ihm wie betäubt nach, als er durch die Tür verschwand. Sie hätte ihn niemals anrufen sollen. Dass Jack mit Sophie geschlafen hatte, hätte sie lieber nie erfahren, doch jetzt musste sie mit dem Wissen weiterleben.

Alle außer ihr schienen die Liebe zu finden und sich ein neues Leben aufzubauen. Sogar Emma bekäme schon bald Besuch von ihrem kubanischen Freund, ungeachtet des riesigen Aufwands an Formalitäten und Behördenkram, der noch zu erledigen war. Traurig lief sie zur Bahnstation Tara Street.

Minuten später wünschte sie, sich an einem ungestörteren Ort zu befinden als in einem überfüllten grünen Zug. Sie kam sich so töricht vor! Vierzehn Jahre lang hatte sie zärtliche Gefühle für Jack gehegt und sie mit den schönen Erinnerungen an ihre gemeinsame Zeit gehütet wie einen Schatz. Sie hatte Jack regelrecht vergöttert. Das heute war viel schlimmer als damals im Quay West Café, als er ihr vorgeworfen hatte, ihm das Herz gebrochen zu haben. Jetzt hatte sie überhaupt keinen Platz mehr in seinem Leben, und in all den Jahren, in denen sie sich lieber auf ihre Ehe und ihre Beziehung zu Donal hätte konzentrieren sollen, hatte sie so viele Gefühle vergeudet. Sie hatte ihre Beziehungsprobleme so lange schleifen lassen, dass sie und Donal jetzt kurz vor der Trennung standen und sie Gefahr lief, allein zurückzubleiben, ohne jemanden, der sie liebte.

Als der Zug in Killester hielt, stieg sie aus. Ihr war klar geworden, dass sie noch nicht nach Hause wollte. Sie musste erst mit Emma reden.

Emma war frustriert. Die Prozedur, die erforderlich war, um an ein Visum zu kommen, war die reinste Schikane. Nach jedem Erfolg kam eine noch größere Hürde, die genommen werden musste. Jetzt wusste sie, wie sich Artus auf der Suche nach dem Heiligen Gral gefühlt haben musste.

Das Klingeln an der Tür ließ sie zusammenzucken. Als sich die Silhouette ihrer Schwester in der Scheibe abzeichnete, öffnete sie rasch. Louises rot geweinte Augen waren das Erste, was ihr auffiel.

»Louise, alles in Ordnung?«

»Dieses verdammte Miststück!«, schluchzte sie.

»Komm, setz dich zu mir in die Küche«, sagte Emma erschrocken und folgte ihrer Schwester, die wütend durch den Flur vor ihr herstapfte. Sie schaltete den Wasserkocher an. »Was hat sie jetzt wieder ausgefressen?« Es musste um Sophie gehen. Niemand sonst konnte sie beide so aus der Fassung bringen.

»Sie hat mit Jack geschlafen.«

»Was?« Emma war aufrichtig schockiert. »Wann?«

»Vor ein paar Wochen.«

»Wow. Sie kommt ganz schön rum«, meinte sie bitter. »Wie hat sie das hingekriegt?«

»Er ist nicht ins Detail gegangen. Ich hab mich eben mit ihm auf einen Kaffee in der Stadt getroffen, und da hat er es mir erzählt. Und ab jetzt will er weder mit mir noch mit Sophie noch was zu tun haben. Er will nur die Sache mit seiner Verlobten wieder in Ordnung bringen.«

Emma löffelte Kaffee in einen Becher und tat einen Teebeutel in einen anderen. »Es ist doch gut, dass er die Sache mit seiner Verlobten in Ordnung bringen will, oder?«

»Vermutlich ja. Mir war nur nicht klar, wie ich mich dabei fühlen würde. Vor ein paar Wochen wollte er noch eine Affäre mit mir anfangen.«

Emma goss kochendes Wasser in die Becher. »Das wäre dumm gewesen.«

Louise kam sich plötzlich sehr töricht vor. Natürlich hatte ihre große Schwester recht, und ihr wurde klar, wie lächerlich sie sich gemacht hatte. Was musste Jack nur von ihr denken, dass sie derart um seine Aufmerksamkeit buhlte?

»Ich weiß, dass es dumm gewesen wäre. Aber es war schön, mal wieder zu spüren, dass mich jemand begehrt.«

»Donal liebt dich. Er ist dein Mann. Wenigstens hat er nicht in der Gegend rumgevögelt wie Paul.«

Louise nahm ihren Becher Kaffee von Emma entgegen und nippte daran. »Du hast natürlich recht. Ich kann nur den Gedanken an Sophie und ihn nicht ertragen. Ich könnte sie umbringen.«

Emma setzte sich Louise gegenüber. Sie wusste genau, wie ihre Schwester sich fühlte. »Du wirst drüber hinwegkommen, Louise. Diese Jack-Duggan-Sache muss endlich aufhören. All die Jahre hast du dich für nichts und wieder nichts gequält.«

»Warum muss sie unsere Schwester sein?«

»Keine Ahnung. Auf alle Fälle hat sie das Talent, unseren Männern den Kopf zu verdrehen – selbst wenn sie es selbst gar nicht merkt.«

»Sie wird bald arbeitslos, sagt Jack, aber nächste Woche kriegt sie Besuch von diesem Kanadier.«

Emma setzte sich auf. »Greg?«

»Genau der. Den sie in Kuba kennengelernt hat.«

Emma nahm ihren Becher und führte ihn an die Lippen. Die Leichtigkeit, mit der Sophie alles in den Schoß fiel, machte sie rasend. Greg sah fantastisch aus, war reich und kam zu ihr nach Dublin, während es immer noch nicht sicher war, dass Felipe aus Kuba herauskam, um sie zu besuchen.

Kapitel 20

Fast sechs Wochen. Bist du bereit für mich? Kuss, G

Sophie war mehr als bereit für Greg. Ihr Liebesleben war mau, seit sie für die *Irish Times* arbeitete. Seine E-Mail kam genau zum richtigen Zeitpunkt.

Hallo, Greg,
wo steigst du ab? Ruf mich doch diese Woche an, dann können wir was vereinbaren.
    Küsse, Sophie

Schon wenige Stunden später antwortete er.

Ich wohne in einem Hotel namens Merrion. Hast du schon mal was davon gehört? Es gehört einem guten Freund von mir, einem Kunstsammler, und er hat gesagt, ich soll mal vorbeischauen, wenn ich in der Stadt bin. Ich freue mich schon darauf, Dublin wiederzusehen. Mein Freund sagt, es hat sich verändert. Mein Flieger landet am Donnerstag um acht Uhr morgens. Ich rufe dich an, wenn ich im Hotel bin.
    Kuss, G

Sophie war aufgeregt. Sie sehnte sich danach, Greg wiederzusehen und sich von einem Mann geliebt zu fühlen. Seit ihrer Rückkehr aus Kuba vermisste sie Paul mehr denn je. Ihr war auch nicht klar gewesen, wie leer ihr Leben ohne Emma wäre. In Dublin hatte sich eine Menge verändert, und sie wusste nicht, ob sie es ertragen konnte. Da kam ihr die Ablenkung durch Greg gerade recht, und vielleicht konnte aus ihrer Affäre sogar etwas Dauerhafteres werden. Sie selbst war jedenfalls bereit für eine feste Beziehung. Es war das, was sie und Paul im Sinn gehabt hatten.

Felipe verlor langsam die Geduld mit dem System. Die Regierung wollte Beweise für seine Beziehung zu Emma, aber sie hatten nur das Foto, das sie mit dem Handy am Hafen von Cojímar aufgenommen hatten. Er konnte den Behörden schlecht sagen, dass sie sich nur einmal geküsst hatten. Allein die Hoffnung, die schöne, dunkelhaarige Frau mit der blassen Haut wiederzusehen, ließ ihn durchhalten. Er fragte sich, wie es sich woanders auf der Welt lebte, wo die Menschen frei von Einschränkungen reisen durften und keine Angst zu haben brauchten, dass ihre Nachbarn sie bespitzelten.

Der Portier begrüßte Sophie auf der Steintreppe des diskreten Hotels mit der außergewöhnlichen georgianischen Fassade.
»Guten Morgen, Madam.«
»Morgen.«
Auf dem Weg durch die Rezeption zum Salon ließ Sophie den Blick über die fantastischen Gemälde von Jack B. Yeats schweifen. Das Merrion Hotel erinnerte sie eher an ein herrschaftliches Anwesen als an ein öffentliches Hotel. Das Kaminfeuer sah zwar einladend aus, war aber jetzt im Frühsommer zu warm.

Greg saß auf einem der Sofas und las die *Herald Tribune*. Er sah noch besser aus als in ihrer Erinnerung.

Als hätte er ihre Gegenwart gespürt, hob Greg den Kopf. Beim Anblick ihrer lockigen Mähne, die seit ihrer gemeinsamen Zeit in Havanna noch länger geworden war, stand er auf und eilte ihr entgegen.

»Sophie aus Irland! Wie geht es dir?«

Er sprach jedes Wort so überdeutlich aus, dass Sophie das kanadische Näseln nicht wahrnahm, an das sie sich erinnerte.

»Schön, dich zu sehen, Greg«, antwortete sie lächelnd, als er sich vorbeugte und ihr mit seinen großen weichen Lippen einen Kuss auf den Mund drückte. »Wie war die Reise?«

»Sehr gut! Du siehst schön aus.«

Sophie lächelte zufrieden. Sie hatte eine Stunde lang hin und her überlegt, was sie anziehen sollte, und sich für ein leichtes türkisblaues Sommerkleid und Killer-Heels entschieden.

»Mein Freund verwöhnt mich. Er hat mir das Penthouse gegeben. Angeblich steigt dort Bruce Springsteen immer ab, ich befinde mich also in guter Gesellschaft, eh?«

»Er wohnt hier wirklich immer, wie viele andere Promis auch.«

»Mein Freund hat ganz schön tiefgestapelt und behauptet, er besäße da ein kleines Hotel in Irland. Umso beeindruckter bin ich natürlich.«

»Wie ist das Penthouse denn?«

Sophie interessierte sich einen Dreck für Innenausstattung, doch nachdem sie Greg wiedergesehen hatte, sehnte sie sich danach, ihn ganz für sich allein zu haben.

»Ich zeig's dir«, verkündete Greg, holte seinen Zimmerschlüssel aus der Tasche und warf ihn in die Luft. »Zum Fahrstuhl geht's hier lang.«

Sie schlenderten durch einen Glasgang, der durch die perfekt gepflegte Gartenanlage zum angebauten Gebäudeflügel führte.

Als sich die Fahrstuhltüren schlossen, steckte Greg den Schlüssel in das Schloss über dem Knopf für die oberste Etage und drehte ihn.

»Beeindruckend«, sagte Sophie bewundernd.

»Mir gefällt die Penthouse-Etage. Da ist man ungestört.«

Die Fahrstuhltüren öffneten sich und ließen strahlendes Licht herein. Von hier oben blickte man auf die benachbarten Dächer.

»Es ist gleich hier«, meinte Greg und steckte einen anderen Schlüssel in die Tür direkt neben ihnen.

Er hielt ihr galant die Tür auf, und sie betrat den Empfangsbereich, der mit herrlichen klassizistischen Möbeln und Drucken mit Rennpferdmotiven ausgestattet war. »Soll ich dich rumführen?«

»Ich würde lieber was trinken.«

Greg grinste. »Hier entlang«, sagte er und führte sie ins Wohnzimmer mit einer luxuriösen Couch und einem gewaltigen Entertainment-System. »Ich hol dir was aus der Küche. Die Empfangsdame hat gesagt, dies seien die am wenigsten genutzten Geräte in der ganzen Stadt.«

Sophie folgte ihm in die Küche, von wo man einen spektakulären Ausblick auf die Dächer von Dublin hatte.

»Tee, Kaffee oder lieber was Stärkeres, eh?«

»Wasser mit Kohlensäure reicht.«

»Gibt es auch. Und sie haben uns Teegebäck dagelassen«, verkündete Greg und hob einen großen Teller mit bunten, appetitlichen Leckereien hoch.

»Danke, mir reicht ein Glas Wasser.«

»Wie ist es dir ergangen, Sophie aus Irland?«

Obwohl Sophie es verabscheute, wenn er sie so nannte, grinste sie. »Es ging mir schon mal besser. Du weißt ja, dass ich nach dem Urlaub arbeitslos geworden bin. Tja, es scheint, als würde mich die Zeitung, bei der ich inzwischen gejobbt habe, auch nicht mehr brauchen. Also stehe ich wieder ohne Arbeit da.«

Greg schenkte ihr ein Glas Wasser aus einer Flasche Ballygowan ein. »Ich dachte, du wolltest deine eigene Modefirma gründen. Was ist mit deiner Idee, Strickwaren zu recyceln?«

Sophie nickte. Dieses Projekt sollte sie näher prüfen, doch aufgrund der Erkrankung ihres Vaters und der offenen Feindseligkeit zwischen ihr und Emma hatte sie in letzter Zeit nicht mehr so viel Selbstdisziplin gehabt wie sonst. »Darüber muss ich mich erst noch schlaumachen. Aber ich weiß nicht, ob es in Irland überhaupt noch Leute gibt, die genug Geld haben, um sich exklusive Strickmode zu leisten.«

»Es gibt immer Leute, die Geld haben, auch wenn sie es in Zeiten der Rezession irgendwo horten. Aber vergiss den irischen Markt. Da draußen ist der Weltmarkt!«

»Und eine noch größere Rezession.«

»So darfst du nicht denken. Während der letzten großen Weltwirtschaftskrise in den dreißiger Jahren haben die Künstler trotzdem gemalt, und damals entstanden ein paar der größten Kunstwerke der Moderne. Selbst in der Modebranche. Denk nur an Chanel!«

Natürlich hatte er recht. Doch in letzter Zeit war für sie alles so schwierig gewesen.

»Ab Montag kümmere ich mich darum«, versprach sie. »Wie lange bleibst du?«

»Ich fliege am Dienstagmorgen zurück. Am Montag treffe ich mich mit einem Kunsthändler, aber bis dahin habe ich Zeit, die Sehenswürdigkeiten von Dublin zu genießen – wenn du sie mir zeigen willst?«

Und ob Sophie das wollte. Sie sehnte sich nach den dekadenten Freuden, wie sie sie mit Paul genossen hatte.

Jack wollte möglichst gut aussehen, wenn er sich in einer halben Stunde mit Aoifes Eltern im Cellar Restaurant traf. Deshalb trottete er mit seiner Tasche, in der er ein sauberes Ersatzhemd und ein Deodorant verstaut hatte, in die Toilette seines Bürogebäudes. Er hasste die Familientreffen der Cullens. Er wusste, dass Eileen und Harry Cullen ihre Tochter für viel zu gut für ihn hielten, und sie würden die Gelegenheit nutzen, um ein paar spitze Bemerkungen über ihn fallen zu lassen. Erst recht seit ihrer kurzen Trennung.

Jack fuhr sich mit den Fingern durch die Haare und bemerkte bei dem künstlichen Licht vereinzelte graue. Er musste endlich erwachsen werden. Die Sache mit Louise und ihrer Schwester war ihm eine Warnung gewesen und hatte ihm die Augen dafür geöffnet, was er fast verloren hätte.

Er verabschiedete sich von seinen Kollegen und trat hinaus auf die Pearse Street. Von hier aus war es nur ein kurzer Fußmarsch zum Merrion Square und zum Merrion Hotel.

Sophie ließ sich von Greg Champagner nachfüllen. Die Sonne stand zwar noch hoch am Himmel, aber es wurde langsam Abend.

»Ist der Whirlpool nicht fantastisch!«, rief Sophie begeistert und nippte an ihrem Glas. In blubbernd heißem Wasser auf der Dachterrasse zu liegen war ganz nach Sophies Geschmack – erst recht mit einem attraktiven, dunkelhäutigen Mann, der sie mit Champagner verwöhnte.

»Dublin ist cool!«

»Dabei hast du noch nicht mal den Fuß vors Hotel gesetzt!«, zog Sophie ihn kichernd auf. Der Alkohol stieg ihr sofort in den Kopf.

»Bist du hungrig?«

»Ich bin am Verhungern. Wie wär's mit Zimmerservice?«

»Wollen wir nicht das Restaurant unten ausprobieren?«

Sophie sah ihn verlegen an. »Ich will nicht aus dem Whirlpool steigen.« Er sollte nicht merken, wie beschwipst sie schon war.

»Wenn du möchtest, steigen wir nach dem Abendessen wieder rein. Du willst doch nicht schrumpeln wie eine Rosine, eh?«

Da musste Sophie ihm zustimmen. Sie waren schon über eine Stunde im Pool, doch mit zahlreichen Gläsern Champagner war es ihr nur wie Minuten vorgekommen.

»Okay. Ich zieh mich nur schnell an«, murmelte sie, nahm von Greg einen Bademantel entgegen und stieg unsicher aus dem Whirlpool. Sie schlang den Bademantel um ihren nassen Körper. »Es dauert nur zwei Minuten.« Als sie es ins Schlafzimmer geschafft hatte, wo ihre Klamotten verstreut lagen, drehte sich alles. Sie klaubte ihren BH vom Boden und bekam den Verschluss nicht zu. Sie war noch betrunkener, als sie im Whirlpool befürchtet hatte.

Derweil trat Greg ans Geländer und sah hinab auf den tadellos gepflegten Garten. Rechts von ihm erhob sich die Kuppel des Regierungsgebäudes. Es war ein schöner Beginn des Wochenendes.

Emma stellte Finns Abendessen auf den Küchentisch.

»Danke, Mum.«

Sie hatte sich daran gewöhnt, gemeinsam mit ihm zu essen, und jetzt, wo ihre Mutter wieder zu Hause war, genoss sie es umso mehr. Vielleicht war es an der Zeit, Finn auf einen möglichen Besuch aus Kuba vorzubereiten.

Jetzt, wo sie Felipes Pass mit dem Nachweis, dass sie sich kannten, und einen Internationalen Bankscheck an die irische Botschaft in Mexiko geschickt hatte, würde es nicht mehr lange dauern, bis sie den Termin für seinen Besuch festlegen konnten. Emma wollte für seinen Flug aufkommen, wusste aber nicht, wie sie es Felipe beibringen sollte, ohne seinen Stolz zu verletzen. Bisher kamen sie auf vierhundert Euro, was für ihn viele Monatsgehälter waren. Doch was er in Havanna für sie ausgegeben hatte, war anteilsmäßig viel mehr als diese Flugkosten. Mit jedem Tag, der verging, war sie sich sicherer, dass sie ihn unbedingt sehen wollte. Ihr fehlten Zweisamkeit und Intimität. Es war lange her, seit sie mit einem Mann geschlafen hatte, und selbst mit Paul waren die Abstände dazwischen zu lang gewesen. Sie wollte sich wieder jung und lebendig fühlen wie damals, als sie zum ersten Mal verliebt gewesen war.

Es war höchste Zeit, es Finn zu sagen. Lächelnd sah sie zu, wie er tüchtig zulangte und das Brathähnchen samt dem Berg aus Kartoffelpüree dezimierte. Seit dem Tod seines Vaters war ihr Sohn viel reifer geworden. Er hatte die Rolle des Mannes im Haus übernommen und stellte sogar unaufgefordert den Mülleimer raus.

»Übrigens, Finn«, begann sie vorsichtig, »in Kuba habe ich mich mit jemandem angefreundet, der uns vielleicht eine Weile besucht. Ist das für dich in Ordnung?«

Finn zuckte mit den Achseln. »Klar. Schlimmer als Granny kann sie ja nicht sein.«

»Ähm, es ist keine Frau. Es ist ein Mann.«

Erneutes Achselzucken. »Wenn er hier nur Urlaub macht, ist es okay. Wie lange bleibt er denn?«

»Das steht noch nicht fest. Ich weiß nicht mal sicher, ob er überhaupt kommt. Er muss erst sein Visum bekommen.«

»Was ist das?«

»Eine Erlaubnis, sein Land zu verlassen und nach Irland einzureisen. Weißt du noch, als ich dich um dein altes FC-

Barcelona-Fußballtrikot für den kleinen kubanischen Jungen gebeten habe? Tja, die Menschen dort sind sehr arm, und es ist schwer für sie, gewisse Dinge zu tun, die wir für selbstverständlich halten.«

»Klingt komisch.« Er beugte sich wieder über sein Essen. »Ich wollte gleich Gavin abholen. Darf ich?«

»Du kannst bis neun draußen bleiben, aber dann geht's schleunigst ins Bett. Du hast morgen Schule.«

Finn nickte und trank einen Schluck Milch aus seinem Glas.

»Danke, Mum«, sagte er, nahm seinen Teller und stellte ihn in die Spüle.

Als er zur Hintertür hinausrannte, wurde Emma klar, dass er bald ganz aus dem Haus wäre. Ein Teenager, bevor sie sich's versah, und so in Anspruch genommen von seinen Aktivitäten, dass er nur noch wenig Raum für sie hätte. Es war richtig von ihr, Felipe zu sich einzuladen. Was machte es schon, wenn es bei einer Urlaubsaffäre bliebe? Aber es könnte auch der richtige Moment für sie sein, sich ein neues Leben aufzubauen. Das musste sie tun, denn wenn sie es jetzt nicht tat, würde sie eines Tages allein dastehen.

Jack kam zu früh. Er stieg die Stufen zum Merrion Hotel hinauf und betrat das Cellar Restaurant. Es war dezent und geschmackvoll eingerichtet; das Weiß der gewölbten Steindecken und der Steinwände setzte sich in den gestärkten weißen Tischdecken fort. Um die Tische, deren Mitte je eine einzelne Rose in einer Vase zierte, waren antike cremefarbene Polsterstühle gruppiert.

Harry und Eileen Cullen reservierten immer den Tisch in der Ecke. Der Oberkellner begrüßte Jack, bot ihm an, ihm seine Tasche abzunehmen, und führte ihn zu seinem Platz.

Er hatte Lust auf ein Bierchen, doch das gefiele Aoifes Eltern nicht, also würde er dieses kleine Opfer bringen und darauf verzichten. Er war heilfroh, Aoife zurückzuhaben, und wollte alles tun, um sie glücklich zu machen. Dieses Abendessen war trotzdem wieder so eine Farce. Morgen sollten die offiziellen Hochzeitseinladungen versandt werden; alles lief nach den Wünschen von Aoifes Eltern.

Er sah auf die Uhr. Aoife hatte einen Auftrag in Dun Laoghaire, der aber inzwischen beendet sein müsste. Plötzlich sah er sie in einem knallorangen Etuikleid, das inmitten der vielen Weißtöne hervorstach wie ein Leuchtfeuer. Er eilte zu ihr und küsste sie auf die Lippen.

»Danke, dass du früher kommst!«, raunte sie ihm zu.

»Sind deine Eltern auch schon da?«

»Dad sucht noch einen Parkplatz«, sagte sie grinsend und nahm auf dem Weg zum Ecktisch seine Hand.

»Wirf schon mal einen Blick auf die Karte. Bevor deine Eltern hier sind, wollte ich noch keinen Wein bestellen.«

»Gute Idee. Du weißt ja, wie Dad ist, wenn es um seine Trauben geht!«

Sie lächelten sich verschwörerisch an und beugten sich über den Tisch zueinander. Jack hatte nur Augen für seine Verlobte.

»Jack! Was machst du denn hier?«

Jack, der die Stimme nicht erkannte, blickte überrascht auf.

Vor ihm stand Sophie und schüttelte ihre Lockenpracht.

Jack musterte den großen, dunkelhäutigen Mann an ihrer Seite, der ein ganzes Stück älter zu sein schien als seine Begleiterin.

»Äh, hallo, Sophie.« Jack war so überrumpelt, dass er ins Stottern kam. Er besann sich gerade noch rechtzeitig auf seine Manieren, bevor Aoife Verdacht schöpfen konnte. »Das ist Aoife.«

Aoife streckte ihr die Hand hin und lächelte breit. »Ich bin Jacks Verlobte.«

Sophie ignorierte Aoife, warf den Kopf in den Nacken und stieß ein kleines Lachen aus. »Das ging aber schnell, Jack. In den paar Wochen, seit wir zusammen waren, hast du dich verlobt?« Hätte sie nicht eine Flasche Champagner auf nüchternen Magen getrunken, hätte sie es vielleicht nicht ganz so lustig gefunden – oder wäre so vernünftig gewesen, den Mund zu halten.

»Komm, Sophie, unser Tisch ist da drüben«, griff Greg ein, packte Sophie am Ellbogen und lotste sie an einen anderen Tisch.

»Tschüs, Jack! Ich hoffe, ihr werdet sehr glücklich!«, rief Sophie und lachte wieder.

Aoife hatte entsetzt die Augen aufgerissen und zitterte am ganzen Körper. »Was meint sie mit *seit wir zusammen waren*? Bitte sag mir, dass du nicht mit dieser Frau zusammen warst.« Tränen schossen ihr in die Augen, und sie beherrschte sich nur mit Mühe.

»Aoife, ich kann das erklären.«

»Sag mir, dass du nicht mit dieser Frau im Bett warst!« Ihre Stimme war jetzt sehr aufgebracht, und obwohl Greg drei Tische entfernt saß, verstand er jedes Wort.

Jack schluckte heftig. Er konnte Aoife nicht anlügen. Er musste ihr die Wahrheit sagen. Schließlich hatte es nichts zu bedeuten.

»Es war ein schrecklicher Fehler. Das ist passiert, als du gesagt hast, dass wir uns eine Woche trennen sollen.«

»Das war keine richtige Trennung. Es war als kurze Auszeit gedacht – und nicht als Gelegenheit, in der Gegend rumzuvögeln. Außerdem war es nicht mal eine Woche!«

Jacks Mund wurde trocken. »Tut mir leid, Aoife. Ich war

verletzt und durcheinander, aber seit wir wieder zusammen sind, lief es doch großartig!«

»Aber wir waren nie getrennt! Ich hab jedenfalls nicht mit anderen Typen geschlafen!«

Ihre Stimme war jetzt noch durchdringender, sodass selbst der Oberkellner an seinem Empfangspult nervös wurde. Ein solches Verhalten wurde nicht geduldet.

»Tut mir leid. Es war unnötig, dass du davon erfährst.«

»Ach, jetzt bin ich auch noch schuld, weil ich es herausgefunden habe? Vielleicht ist es sogar gut, dass wir deine kleine Freundin hier getroffen haben. Besser, ich erfahre es jetzt als erst nach der Hochzeit. Irische Scheidungen sind wirklich unschön.«

»Bitte, Aoife! Das ist doch unnötig. Ehrlich, ich kann es dir erklären. Gehen wir nach Hause und reden darüber.«

Aoife schrie jetzt fast. »Da gibt es nichts zu erklären.«

Plötzlich standen Harry Cullen und seine Frau neben ihnen.

»Was ist hier los?«, fragte Eileen Cullen energisch.

»Bringt mich nach Hause«, rief Aoife aufgebracht, sprang auf und schnappte sich ihre Handtasche vom Tisch. »Über die Einladungen brauchen wir nicht mehr zu reden, weil es keine Hochzeit geben wird!«

Aoife rannte ihren Vater fast um und stürzte aus dem Kellerrestaurant.

Harry hinderte Jack daran, ihr nachzulaufen, während seine Frau ihrer Tochter folgte, um sie zu trösten.

»Warum ist meine Tochter so aufgelöst?«

»Das ist alles nur ein Missverständnis!«

Harry packte Jack am Hemdkragen. »Wenn du meiner Tochter auf irgendeine Weise wehgetan hast, halt dich so weit wie möglich von mir fern! Ich kenne viele Leute in dieser

Stadt. Vergiss nicht, wie du an den Job bei der *Times* gekommen bist!« Er ließ Jack los, schubste ihn zurück auf seinen Stuhl, machte auf dem Absatz kehrt und rauschte davon.

Jack rappelte sich wieder auf und warf einen Blick zu Greg und Sophie, die lachend aus einem frisch eingeschenkten Glas Champagner trank. Mit einer Stinkwut im Bauch trat er an ihren Tisch und fixierte Sophie wütend.

»Ich habe dir zu einem Job verholfen, und das ist dein Dank dafür? Deine Schwester hat recht: Du bist gefährlich, Sophie Owens!«

»Nun bleiben Sie mal locker, Jack«, parierte Greg kühl. »Trinken Sie was mit uns, eh?«

»Nein, danke. Auf Nimmerwiedersehen, Sophie!«

Als er weg war, musterte Greg Sophie neugierig, die an ihrem Champagnerglas nippte und von dem ganzen Bohei unbeeindruckt schien.

»Macht es dir Spaß, im Leben anderer Unruhe zu stiften?«, fragte Greg sie mit einem Lächeln.

»Die reagieren einfach alle über«, seufzte sie.

»Möglich. Aber vielleicht bist du auch ein böses Mädchen!«

Sophie zuckte gleichgültig mit den Achseln. Sie war vom Champagner so beduselt, dass sie nur noch wenig Kontrolle über die Worte hatte, die aus ihrem Mund sprudelten. »Ich muss an mich selbst denken. Normalerweise wäre ich jetzt schon mit Paul zusammengezogen.«

»Aber er war der Mann deiner Schwester, eh?«

»Er war zwar ihr Mann, aber mein Seelenverwandter.«

Greg fragte sich, ob sie sich da nichts vormachte. Emma war auch eine atemberaubende Frau, und obwohl er Paul niemals kennenlernen würde, vermutete er, dass er in beide verliebt gewesen war. Es war das Beste, das Thema zu wechseln.

»Lass uns den morgigen Tag planen. Ich würde Emma gern wiedersehen!«

Sophie verdrehte die Augen. »Emma ist momentan der letzte Mensch, den ich sehen will. Wir hatten schon seit unserer Rückkehr aus Kuba keinen Kontakt mehr.«

»Warum?«

»Ich ... Ich ... Ich ... ähm!« Sie wollte nicht wie ein totales Miststück rüberkommen. Nachdem sie heute Abend schon eine Beziehung zerstört hatte, wollte sie Greg nicht auch noch auf die Nase binden, dass sie Emma von ihrer Affäre mit Paul erzählt hatte. »Das ist eine lange Geschichte. Hast du Lust, nach dem Abendessen ins O'Donoghue's zu gehen? Das ist ein typisch irisches Pub und liegt in der Baggot Street, gleich an der Ecke.«

Greg trank einen Schluck aus seinem Glas. Sophie verheimlichte ihm etwas, aber ihm war das egal. Er war geschäftlich in Dublin und vertrieb sich nur die Zeit mit ihr.

Louise stopfte die Wäsche in die Waschmaschine und drehte am Einstellrad. Sie hasste es, wenn die Hausarbeit bis zum Abend liegen blieb. Seit ihr Traum von Jack Duggan geplatzt war, kam ihr Leben ihr so leer vor. Sie musste jetzt ihr Leben weiterleben, und zwar mit einem Mann, der sich nicht mehr besonders für sie zu interessieren schien.

Sie schnappte sich ihre Autoschlüssel und fuhr nach Foxfield, um vor dem Einkaufen noch bei ihren Eltern nach dem Rechten zu sehen. Seit Emma völlig darauf fixiert war, ihren Kubaner nach Irland zu kriegen, überließ sie die Verantwortung für ihre Eltern nur allzu gern Louise. Und von Sophie war in der Hinsicht natürlich gar keine Hilfe zu erwarten.

Louise parkte und wühlte in ihrer Tasche nach den Hausschlüsseln. Seit dem Überfall gingen ihre Eltern nur noch ungern an die Tür, sodass sie sich jetzt selbst aufschließen musste.

Als Erstes ging sie ins Wohnzimmer, aus dem der Fernseher dröhnte.

Dort saß Larry mit einer Zeitung im Schoß und der Lesebrille auf der Nase.

»Hallo, Dad.«

»Louise! Ich hab dich gar nicht kommen hören!«

»Ist Mum da?«

»Nein, die ist einkaufen. Ich bin froh, dass du vorbeikommst. Ich wollte mit dir über ihren Geburtstag reden.«

Louise überlegte. »Wie alt wird sie denn?«

»Sie wird siebzig. Ich finde, wir sollten etwas Schönes für sie organisieren. Besonders nach allem, was sie durchgemacht hat.«

»Mir war nicht klar, dass sie schon siebzig wird. Tja, bis zum zwanzigsten Juni bleiben uns noch vier Wochen.«

»Glaubst du, sie würde gern auswärts essen?«, fragte Larry.

Louise zog die Augenbrauen hoch. »Wir könnten es doch auch hier im Haus machen.«

»Du kennst doch deine Mutter. Sie will hier kein Durcheinander. Ginge es nicht bei euch?«

Louise überlegte. »Emmas Haus ist größer, und sie hat nur Finn.«

»Fragst du Emma, was sie davon hält?«

Plötzlich wurde Louise klar, dass Emma und Sophie sich zu diesem Anlass im selben Raum aufhalten mussten, und sie geriet in Panik.

»Überlass das nur mir, Dad. Ich überlege mir was und sag dir Bescheid.«

»Wir müssen uns sputen. Wir könnten auch im Clontarf Castle Hotel einen Saal mieten und eine große Party feiern, zu der wir auch alle Verwandten und Nachbarn einladen können.«

Wenn die Gästeschar groß genug wäre, wäre es einfacher, Sophie und Emma voneinander fernzuhalten. Seit ihrer Aussprache mit Jack hatte sie Sophie nicht mehr gesehen, und sie fragte sich, wie sie selbst den Anblick ihrer kleinen Schwester ertragen würde.

»Ich rufe im Clontarf Castle Hotel an und erkundige mich, was sie uns anbieten können. Wenn du möchtest, können wir aber auch den Yachtclub nutzen.«

»Darauf bin ich gar nicht gekommen. Frag doch da mal nach.«

»Ich fahre jetzt zu Tesco. Soll ich dir was mitbringen?«

»Nein, danke. Ich rufe dich morgen an, um zu hören, was du in Erfahrung gebracht hast.«

Den Kopf voller Sorgen verließ Louise das Haus wieder durch die Haustür.

Greg schlenderte mit solchem Selbstbewusstsein und einer solchen Unbeschwertheit die Grafton Street entlang, dass sich die Leute nach ihm umdrehten.

Sophie freute sich über die Reaktionen, die der attraktive Kanadier auslöste, und war stolz wie Oskar, die Frau an seiner Seite zu sein.

»Hat es dir gestern Abend bei O'Donoghue's gefallen?«, fragte sie.

»Die Musik war toll und das Guinness auch.«

»Möchtest du heute Mittag noch ein anderes Pub ausprobieren?«

Greg zuckte gleichgültig mit den Achseln. »Wohnt Emma in der Nähe der Innenstadt?«

»Sie wohnt draußen in Sutton. Das ist kilometerweit entfernt. Du tätest besser daran, in der Nähe des Zentrums zu bleiben, wo richtig was los ist.«

»Wie du meinst.«

Sophie lotste ihn durch das Royal-Hibernian-Way-Shoppingcenter auf die Dawson Street.

»Ich kenne da ein gutes Lokal. Es wird dir gefallen.«

Im Marco Pierre White Steakhouse nahmen sie einen Ecktisch, und Sophie beobachtete zufrieden, wie sich alle nach ihrem attraktiven Begleiter umdrehten.

Ihr Handy klingelte, doch als Louises Name aufblinkte, schaltete sie es kurzerhand aus. Sie wollte für den Rest des Wochenendes nicht gestört werden.

Louise war auf dem Weg zu Emma. Es wunderte sie nicht, dass Sophie ihren Anruf einfach weggedrückt hatte. Sie wusste, dass sie ihren kanadischen Besucher übers Wochenende ganz für sich haben wollte.

Freudestrahlend öffnete Emma die Tür.

»Da ist aber jemand glücklich!« Louise war froh, ihre Schwester so zu sehen.

»Sieht so aus, als hätte die irische Botschaft Felipes Visumsantrag genehmigt.«

»Das freut mich sehr für dich. Seit wann weißt du es?«

»Felipe hat gestern Abend angerufen. Er bekam die Bestätigung per Post. Aber es ist noch nicht alles in trockenen Tüchern. Er braucht noch ein paar Stempel von den dortigen Behörden.«

Louise folgte ihrer Schwester in die Küche. Dass sie so gute Laune hatte, würde es ihr leichter machen, ihr die schlechten Neuigkeiten beizubringen.

»Ich freue mich, dass es vorangeht. Weißt du schon, wann er kommt?«

»Ich hab im Internet nach Flügen gesucht, und bei Virgin Atlantic gibt es echte Schnäppchen mit Zwischenlandung in Heathrow. Ich hab ein Sonderangebot für den sechzehnten Juni ergattert, also drück uns die Daumen, dass bis dahin alle Formalitäten erledigt sind.«

»Das ist toll. Ich komme gerade von Dad, und er hat mich daran erinnert, dass Mum bald Geburtstag hat.«

»Aber erst nächsten Monat.«

»Schon, aber es ist ihr siebzigster.«

»O Gott! Ich hab total vergessen, dass es ein runder ist.«

»Eben. Und er will, dass wir eine Party für sie organisieren.«

»Du machst Witze!«

Emma setzte sich an den Küchentisch und vergrub das Gesicht in den Händen. »Ich glaub nicht, dass ich es ertrage, unsere kleine Schwester zu sehen. Und die Party müssten wir alle zusammen organisieren.«

»Es fällt auch noch genau in die Zeit, wenn dein Freund zu Besuch ist.«

»Verdammt. Ich glaube nicht, dass ich den Flug noch umbuchen kann. Es war ein Angebot.«

»Vielleicht wäre es ja auch ganz schön für ihn, mal eine irische Party mitzuerleben.«

»Wo will Dad sie denn abhalten?«

»Zuerst wollte er es bei uns zu Hause machen, und dann hat er das Clontarf Castle Hotel vorgeschlagen, aber der Yachtclub wäre preiswerter.«

»Gott, ich glaub nicht, dass ich das packe.«

»Emma, mir graut bei der Vorstellung genauso. Aber mit etwas Glück kommen eine Menge Leute, und wir müssen den ganzen Abend nicht mit Sophie reden.«

»Es stresst mich, dass Felipe auch noch mittendrin sein wird.«

»Aber er wird dich ablenken.«

Emma nickte nachdenklich. »Vielleicht hast du recht. Besprichst du das mit Sophie?«

»Ich werde es versuchen, ohne sie dabei vollzukotzen. Dieses Wochenende ist sie mit ihrem Kanadier beschäftigt, deshalb rufe ich sie am Montag an. Donal und ich gehen morgen Abend mit den Harleys im Yachtclub essen, da kann ich mich gleich nach dem Catering für den Zwanzigsten erkundigen.«

»Danke, Louise. Du bist ein Schatz!«

Louise lächelte. Für dieses Familienfest nahm sie Emma die Verantwortung ab, und das gab ihr ein gutes Gefühl. Genau das brauchte sie dringend, da sie nach dem Gespräch mit Jack völlig down gewesen war.

Kapitel 21

Greg langweilte sich. Er wollte mehr von Dublin sehen als nur das Penthouse von innen, aber Sophie war entschlossen, ihn so lange wie möglich im Bett zu halten.

»Wir könnten einen Ausflug ans Meer machen.«

Sophie hatte das Gefühl, sich für Greg richtig ins Zeug legen zu müssen. Ihre übliche Nummer zog bei ihm nicht. Also musste sie auf alles eingehen, was er vorschlug.

»Okay. Wir bestellen uns ein Taxi. Ich fahre mit dir nach Howth.«

Sie duschten und zogen sich eilig an. Die Frühstückssachen auf dem großen Tisch im Wohnzimmer ließen sie einfach stehen. Sophie schnappte sich Tasche und Mantel und lief auf dem Weg zum Fahrstuhl vor ihm her.

»Wie lange brauchen wir nach Howth?«, fragte er.

»Bei leichtem Verkehr etwa eine Stunde. Wir könnten auch den Zug nehmen, dann ginge es wahrscheinlich schneller.«

Greg lächelte. »Dann machen wir das.«

Sie bestiegen einen grünen Zug mit der Zielangabe »Howth« über dem Fahrerfenster und nahmen ein Abteil in der Ecke eines Waggons.

Sophie kuschelte sich an ihn. Sie wünschte sich von Herzen, dass dieser Mann sich in sie verliebte, doch obwohl sie viel Spaß miteinander hatten, hatte sie nicht das Gefühl, an ihn heranzukommen, und es war frustrierend, emotional auf Abstand gehalten zu werden.

Als der Zug in Sutton hielt, kamen die Inseln Lambay und Ireland's Eye in Sicht.

»Hier ist es sehr schön.«

»Ist es wohl«, räumte Sophie ein.

»Wohnt Emma nicht in Sutton?«

»Ja. Wir sind jetzt schon fast in Howth.«

Greg gab es auf, nach Emma zu fragen. Er hatte auf ein Wiedersehen gehofft, und er fand es jammerschade, den weiten Weg hierher umsonst gemacht zu haben.

Emma sah auf die Uhr. Sie war so in Felipes E-Mails vertieft gewesen, dass sie fast vergessen hätte, Finn abzuholen, der in Howth ein Hurling-Match bestritt. Normalerweise wäre sie als Zuschauerin dabei gewesen, aber vor Felipes Besuch hatte sie noch so viel wie möglich schreiben wollen. Doch alles, was sie zustande gebracht hatte, waren an die vierzig Worte und eine Menge Träumereien.

Sie schnappte sich ihre Tasche und die Autoschlüssel und sprang in ihren grünen Mini. Die Sonne schien, und es war warm genug, um das Verdeck zu öffnen. Sie war in Hochstimmung, als sie den Hügel hinauffuhr, am Friedhof vorbei und weiter nach oben bis zum Gipfel, wo der Ausblick über die Bucht von Dublin unübertroffen war.

Sie hatte Riesenglück, in einer so schönen Stadt zu leben. Sie bog zum GAA-Club ab, wo die Zuschauer jubelnd am Spielfeldrand standen, und hatte schreckliche Gewissensbisse, als die Menschenmenge der Heimmannschaft für ihren spektakulären Sieg applaudierte.

Finn entdeckte ihr auffälliges kleines Kabrio und kam mit strahlendem Gesicht zu ihr gerannt.

»Hallo, Mum! Wir haben gewonnen, und ich hab drei Punkte gemacht!«

»Tolle Leistung, Schatz! Das ist super.«

»Können wir uns auf dem Heimweg bei Anne's ein Eis holen?«

»Klar«, lächelte sie. Finn aß nichts lieber als ein 99 Cone, eine Vanillekugel samt Schokostäbchen in einer Waffeltüte, und heute war ein herrlicher Tag, um an den Strand zu gehen und sich eins zu genehmigen.

Emma parkte vor dem Pierhouse Pub und schickte Finn zu Anne's, während sie Einheimischen und Touristen dabei zusah, wie sie über den östlichen Pier zum Leuchtturm schlenderten. Hier ließ es sich gut leben. Sie spazierte auch oft über den Pier und genoss den faszinierenden Anblick der Muster, die die Masten der Yachten im Hafen kreierten, und der bunten Fischerboote, die die Mauer des westlichen Piers säumten.

Sie war wieder mit sich im Reinen. Obwohl sie immer noch an Paul dachte, war es ihr gelungen, ihre Gefühle unter Kontrolle zu bekommen und die ganze bedauerliche Episode, die zu seinem noch bedauerlicheren Tod geführt hatte, nüchtern zu betrachten. Immerhin hatte sie noch Finn und ihre Gesundheit, und im Gegensatz zu vielen Menschen, die mit riesigen Hypotheken und Schulden belastet waren, konnte sie den Unterhalt für sich und ihren Sohn mühelos bestreiten.

Finn kam freudestrahlend aus dem Laden und leckte schon gierig an einer der zwei Rieseneistüten.

»Danke, Finn«, schmunzelte Emma und nahm ihr Eis samt Wechselgeld entgegen, während er sich wieder auf den Beifahrersitz setzte.

»Ich finde es geil, wenn wir das Verdeck aufmachen können, Mum.«

»Ich auch, Schatz. Schade, dass wir nicht jeden Tag so schönes Wetter haben.«

Sie fädelte sich wieder in den Verkehr ein und fuhr langsam an der Strandpromenade entlang.

»Sieh mal, da ist Sophie!«, rief Finn aus.

Emma blickte irritiert in die Richtung, in die ihr Sohn zeigte, und erschreckte sich so, als sie Sophie mit Greg an ihrer Seite sah, dass sie ins Schlingern geriet.

Ein entgegenkommender Landrover musste ihr ausweichen und raste in einen Fiesta, der am Straßenrand parkte.

Emma schrie vor Entsetzen über den Fast-Zusammenstoß mit einem so großen Fahrzeug auf.

»Mum! Der hätte uns um die Ecke bringen können!«

Emma hielt auf dem Bürgersteig und riss sich zusammen.

»Wir müssen die Gardaí rufen. Das war meine Schuld.«

Obwohl sich der Verkehr an der gesamten Promenade staute, schlenderten Greg und Sophie unbekümmert weiter. Sie hatten gar nicht mitbekommen, dass sie der Grund für den Unfall waren.

Jack versuchte, Aoife zu erreichen, doch der Anruf ging wieder direkt zur Voicemail. Der katastrophale Zwischenfall mit Sophie im Cellar Restaurant war jetzt zwei Tage und zwei nicht enden wollende Nächte her, und es war unfassbar für ihn, wie alles so schnell den Bach hatte runtergehen können.

Als sein Handy klingelte, ging er sofort ran, weil er hoffte, dass es Aoife wäre.

»Jack, hier ist Eileen. Aoifes Mutter.«

»Ach, hallo, Eileen.«

»Ich stehe unten vor der Tür. Lässt du mich rein? Aoife hat mich gebeten, ihre Sachen abzuholen.«

»Ich drücke auf den Summer«, krächzte Jack, der plötzlich einen Kloß im Hals hatte. Abgesehen von ihrem Mann war Eileen der letzte Mensch, mit dem er sprechen wollte.

Mit düsterer Miene und einem leeren Koffer stand sie vor der Wohnungstür.

Jack nahm Eileen den Koffer ab und folgte ihr, als sie an ihm vorbei das kleine Apartment stürmte.

»Ist das das Schlafzimmer?«, fragte sie angewidert, als sie die Tür gleich links aufriss.

Auf dem Bett türmten sich die Klamotten. Aoifes Sachen waren achtlos auf die kleine Frisierkommode geworfen und quollen aus den halb geöffneten Schränken.

»Soll ich dir helfen?«

»Ich glaube nicht, dass es Aoife recht wäre, wenn du ihre Kleider oder persönlichen Gegenstände anfasst, und ich als Mutter habe ganz sicher was dagegen!«

Jack wich zurück in die kleine Küche und drückte sich unbehaglich hinter der Theke herum, während die Frau, die um ein Haar seine Schwiegermutter geworden wäre, alle Spuren der Frau, die er liebte, aus ihrem Schlafzimmer tilgte.

Triumphal wie ein Gladiator und schwer mit Beute beladen kam sie wieder herausmarschiert.

»Ich soll dich von Aoife fragen, wann du nächste Woche nicht zu Hause bist, damit sie ihre Bilder und andere Deko-Gegenstände abholen kann.«

»Am Montag bin ich nicht da.«

»Schön. Ich kann nicht behaupten, dass ich glücklich über diese Sache bin, Jack, aber ich bin heilfroh, dass meine Tochter dich nicht heiratet.«

Jack sah Eileen ausdruckslos an. Er wollte etwas entgegnen, aber ihm fehlten die Worte. Er war selbst schuld.

»Richte Aoife aus, dass ich sie liebe.«

Eileen lächelte ironisch und schüttelte den Kopf. »Du machst wohl Witze. Du weißt nicht mal, was das heißt.« Damit stapfte sie hinaus zum Fahrstuhl und zerrte den Koffer hinter sich her.

Jack warf sich zitternd auf die Couch. Zum ersten Mal seit vielen Jahren hätte er am liebsten geweint wie damals als kleiner Junge. Er wünschte sich, dass seine Mutter ihn tröstete und ihm versicherte, dass alles wieder gut würde. Doch er wusste, dass das, was er getan hatte, nicht wiedergutzumachen war.

Finn rief seine Tante an. »Louise, Mum und ich hatten einen Autounfall. Es war zwar kein Zusammenstoß, aber ein Jeep musste uns ausweichen und ist in ein geparktes Auto gerast.«

»Geht es euch gut?« Louises Stimme klang vor Sorge ganz schrill.

»Ja, wir sind okay.«

»Wo seid ihr?«

»In Howth. Wir haben Sophie gesehen, und da ist Mum ins Schlingern geraten. Sie zittert und will nicht weiterfahren.«

»Wo genau seid ihr?«

»Vor dem Casa Pasta.«

»Donal ist im Yachtclub und arbeitet auf dem Boot. Bleibt, wo ihr seid. Ich bitte ihn, euch zu Hilfe zu kommen.«

»Danke, Louise.«

Seit jenem Morgen, als sie seinen Vater reglos im Bett gefunden hatten, hatte Finn seine Mutter nicht mehr so aufgelöst erlebt. Der Fahrer des Landrover diskutierte mit dem Besitzer des Fiesta, der gerade dazugekommen war. Er schien wütend zu sein und zeigte mit dem Finger auf den Mini.

Jetzt, wo sie begriff, was geschehen war, starrte Emma wie in Trance auf das Lenkrad. Um ein Haar hätte sie sich selbst und ihren Sohn umgebracht. Sie hob den Kopf und warf einen Blick auf Finn, der sichtlich mitgenommen war.

»Ist alles in Ordnung?«

»Mir geht's gut. Wir hatten Glück. Geht es dir auch gut?«

Ein Schatten fiel über den Wagen. Es war die hoch aufragende Gestalt eines Mannes, der kurz vorm Explodieren war.

»Sie sollten besser aufpassen, wo Sie hinfahren! Das hätte ins Auge gehen können! Sie haben verdammtes Glück, dass niemand in dem Wagen saß, in den ich gefahren bin.«

Emma blickte auf zu dem Mann Mitte fünfzig, dessen bulliger Figur man ansah, dass er den angenehmen Dingen des Lebens ein bisschen zu sehr zugeneigt war.

»Es ... es ... es tut mir leid. Ich habe Sie nicht kommen sehen.«

»Tja, Sie sollten auf die verdammte Straße achten!«

Finn fühlte sich unbehaglich. Er wollte seine Mutter beschützen, aber der Mann war so groß und stark, dass er Angst vor ihm hatte.

»Was ist hier los?«, fragte eine Stimme. Es war Donal.

Der Autofahrer drehte sich um und musterte ihn.

»Kennen Sie diese Frau?«

»Sie ist meine Schwägerin.«

»Tja, man sollte ihr den Führerschein abnehmen. Sie ist fast frontal in mich reingefahren. Ich musste ausweichen und bin in den Wagen dort drüben gerast. Wer kommt für den Schaden auf?«

»Ich«, versicherte Emma kleinlaut.

Finn war froh, seine Mutter sprechen zu hören.

»Nun mal langsam, Emma. Erst müssen wir genau herausfinden, was passiert ist.« Donals Beschützerinstinkt war geweckt, und obwohl er den Standpunkt des Autofahrers verstand, galt seine Hauptsorge seiner Schwägerin.

»Schon gut. Ich hab nicht auf die Straße geachtet.«

»Sehen Sie!«, knurrte der Landrover-Fahrer unnachgiebig.

»Geben Sie mir Ihren Namen und Ihre Adresse, dann sorge ich dafür, dass das ordnungsgemäß geregelt wird«, versprach Donal und holte einen Kugelschreiber und seine Brieftasche aus seiner Tasche.

»Ich hätte auch gern die Nummer und die Adresse der Dame – und Angaben über ihre Versicherung.«

Endlich kam die Gardaí und begann, den sich stauenden Verkehr umzuleiten. Einer der Polizisten wandte sich an den Fahrer des Jeeps und bat ihn, den Wagen wegzufahren. Da niemand verletzt worden war, galt es, den Weg freizumachen, damit die Leute weiterfahren konnten.

Donal reichte Finn einen Fünf-Euro-Schein. »Lauf rüber zu Beshoff's und hol dir eine Tüte Pommes!«

Verdutzt nahm Finn das Geld und stieg aus.

Donal setzte sich auf seinen Platz neben Emma und legte beruhigend den Arm um ihre Schulter.

»Alles in Ordnung?«

Emma nickte. »Du bist genau zum richtigen Zeitpunkt gekommen. Ich glaube nicht, dass ich mit dem Kerl allein fertig geworden wäre.«

»Hauptsache, dir geht's gut. Was ist passiert?«

»Ich bin hier entlanggefahren und hab mein Eis gegessen, als Finn plötzlich rief, dass er Sophie gesehen hätte. Ich hab nicht mehr auf die Straße geachtet und muss auf den Mittelstreifen gekommen sein, und der Jeepfahrer ist in das geparkte Auto gefahren.«

»Hat Sophie dich gesehen?«

Emma schüttelte den Kopf.

»Diese Frau stiftet sogar Unruhe, ohne es zu wollen!«, murmelte Donal kopfschüttelnd.

»Das war allein meine Schuld.«

Donal küsste Emma auf die Stirn. »Es ist alles wieder gut. Rutsch rüber auf den Beifahrersitz. Wenn Finn mit seinen Pommes kommt, fahre ich euch nach Hause.«

»Danke, Donal. Du bist so gut zu mir.«

Donal lächelte traurig. Bei Emma spürte er immer, wie sehr sie ihn schätzte. Jammerschade, dass es bei seiner Frau nie so war.

»Hast du Lust auf einen Kaffee?«, fragte Sophie. »An der Strandpromenade gibt es ein süßes kleines Café namens Il Panorama. Da gibt es den besten Cappuccino in ganz Dublin.«

»Klingt gut. Wir könnten dort auch was essen.«

»Wie gefällt dir Howth?«

»Es ist sehr hübsch. Aber die Iren fahren wie die Henker. Hast du den Zusammenstoß eben mitbekommen?«

Sophie zuckte gleichgültig mit den Achseln. »Ich hab nichts gesehen.«

»Segelst du eigentlich?«

»Meine Schwester Louise und ihr Mann haben ein Boot im Yachthafen, aber ich fahre nie mit. Ich bleibe lieber in der Stadt. Da ist mehr los. Komm, wir überqueren die Straße gleich hier. Der Verkehr steht still.«

Sie öffneten die Tür zu dem kleinen, einladenden Café, in dem die Gäste auf Barhockern an der Theke und an Fenstertischen saßen. Hinten an der Wand entdeckte Sophie zwei freie Hocker und beeilte sich, sie mit Beschlag zu belegen.

»Was möchten Sie?«, fragte der Italiener hinter der Theke freundlich.

»Ich hätte gern die Melbourne-Panini und einen Cappuccino.«

Greg bestellte das Gleiche, stieg auf den Hocker neben Sophie und lächelte sie an.

»Nun, Sophie, was hast du für Pläne, wenn dein Vertrag bei der Zeitung ausläuft?«

»Ich werde versuchen, wieder einen Job als Designerin zu kriegen.«

»Warum gründest du nicht dein eigenes Modelabel, eh?«

»Diese Rezession ist schlimmer, als ich dachte. Ich halte das für keinen guten Zeitpunkt.«

Gregs Handy piepste. Er holte es hervor und las die Nachricht.

»Alles in Ordnung?«, fragte Sophie.

»Das war der Kunsthändler. Er will sich schon morgen mit mir treffen. Sagt, er hat am Montag in London zu tun. Es könnte sich für mich lohnen, mich ihm anzuschließen.«

Die Augen vor Enttäuschung aufgerissen, sah Sophie zu ihm auf. »Das heißt, du reist einen Tag früher ab?«

Greg schüttelte den Kopf. »Nein. Zwei Tage.«

Sophie musste den Atem anhalten, um ihren Ärger zu unterdrücken.

»Wir haben uns doch gut amüsiert, Sophie aus Irland, eh?«

Sophie nickte, während der freundliche Italiener ihre Cappuccinos brachte. Sie musste sich zusammenreißen. Ihr Erfolg bei den Männern verließ sie, und dieser fantastische Mann war nicht mal halb so sehr an ihr interessiert wie sie an ihm.

Louise hatte sich ihr braunes Haar glatt föhnen lassen. Wenn es der Frisör machte, glänzte es immer viel schöner. Sie wollte so gut wie möglich aussehen. Der Yachtclub war ein schönes Lokal, und sie hätte sich auf den Abend dort freuen sollen, doch sie kam sich oft deplatziert vor, wenn das Gespräch auf Renntaktiken kam und die Männer in Segeljargon verfielen.

»Bist du fertig?«, fragte Donal.

Louise drehte sich zu ihm um und hoffte, dass die Tat mächtiger wirkte als das Wort.

»Du siehst wunderschön aus.«

»Danke«, murmelte sie. Das war seit zwei Wochen die positivste Reaktion ihres Ehemannes auf sie.

Als sie in seinem bequemen und zweckmäßigen Volvo die Küstenstraße entlangfuhren, sprachen sie über belanglose Dinge, die die Kinder und das Haus betrafen.

»Dad will zu Mums siebzigstem Geburtstag im Juni eine Party geben.«

Donal nickte. »Sehr schön. Und wo?«

»Ich hab den Yachtclub vorgeschlagen.«

»Das ist ein nettes Lokal, und sie werden sich über die Buchung freuen.«

»Ganz meine Meinung. Emma bringt ihren kubanischen Freund mit. Das gibt dem Abend ganz bestimmt mehr Würze.«

Donal musste an einer Ampel halten und trat heftiger auf die Bremse als sonst. »Sie holt den Kerl doch nicht etwa ins Land? Er ist bestimmt nur auf eine Möglichkeit aus, aus Kuba rauszukommen. Sie lädt sich damit alle möglichen Probleme auf. Ich dachte wirklich, sie hätte mehr Verstand.«

»Immer mit der Ruhe, Donal. Was geht uns das an? Sie ist erwachsen, und ihr Privatleben ist ihre Sache.«

»Sie ist eine verletzliche Frau, die erst vor einem knappen Jahr ihren Mann verloren hat. Wenn wir uns nicht um sie kümmern, wer dann? Denk nur an den Schlamassel mit dem Jeepfahrer, in den sie heute geraten ist!«

Die Reaktion ihres Mannes beunruhigte Louise. »Das geht uns nichts an. Du hast getan, was du konntest.«

»Sie hat doch nur uns, und Sophie hat ihr so viel Kummer bereitet. Zuerst die Affäre, und dann hat sie es ihr auch noch ins Gesicht gesagt, nachdem sie sie zu dem Kuba-Urlaub eingeladen hat.«

Louise starrte ihren Mann mit offenem Mund an. »Du weißt von der Affäre zwischen Sophie und Paul?«

»Emma hat es mir erzählt.«

»Wann?«

»Das spielt keine Rolle. Du wusstest offensichtlich auch davon, hieltest deine Schwester und mich aber nicht für würdig genug, es uns anzuvertrauen!«

Louise holte tief Luft. Es war besser, wenn sie jetzt nichts sagte. Emma musste sich seit ihrer Rückkehr aus Kuba mit ihrem Mann getroffen und sich ihm anvertraut haben. Sie war stinksauer.

Den Rest der Strecke legten sie schweigend zurück, bis Donal in einer Lücke vor dem Club parkte. Er schloss den Wagen ab, und sie liefen mit ernsten Mienen zur Tür.

Louise begriff nicht, was aus ihrer einst so soliden Ehe geworden war. Als sie die Stufen zur Bar hinaufstiegen, kämpfte sie mit den Tränen. Im Eingang bog sie nach rechts zur Toilette ab und ließ ihren Mann allein weitergehen. Sie musste sich einen Spiegel suchen, um ihr Make-up aufzufrischen und die Verzweiflung zu kaschieren, die in ihr brodelte. Sie atmete mehrmals tief durch und wandte sich zur Tür.

Als sie hinausgehen wollte, betrat Judy Harley die Damentoilette.

»Hallo, Louise. Wie geht es deinem Vater? Kevin hat mir erzählt, was passiert ist.«

»Es geht ihm wieder besser, danke.«

Judy sah aus wie ein Star und trug eine feuerrote Designerbluse. »Das ist schön. Ich war so besorgt, als du unsere letzte kleine Soiree abgesagt hast. Deine armen Eltern! Es klang alles so furchtbar!«

Sie begaben sich in die Bar, wo Donal und Kevin schon mit ihren Guinness-Gläsern standen. Louise fragte sich, wie es so weit hatte kommen können, dass ihr einst so liebevoller Ehemann sich mehr um ihre Schwester sorgte als um sie.

Sophie rappelte sich auf, um ans Telefon zu gehen. Bisher waren ihr Montage nie verhasst gewesen. Am Abend zuvor war Greg mit einem Küsschen auf ihre Wange und mit einem Augenzwinkern zum Flughafen verschwunden, ohne ein Sterbenswörtchen davon zu sagen, dass er sich bei ihr melden würde, ganz zu schweigen davon, dass er sie wiedersehen wollte. Egal, wer der Anrufer war, er sollte lieber gute Nachrichten haben, sonst würde sie gleich wieder auflegen.
»Sophie, ich bin's!«
»Was willst du, Louise?«
»Ich freue mich auch, von dir zu hören!«
»Ich hatte ein schreckliches Wochenende, und Brenda von der *Irish Times* hat mir eine SMS geschickt, dass sie mich nicht mehr braucht.«
»Ich dachte, du hättest Besuch von deinem fantastischen Kanadier?«
»Er ist früher abgereist. Und er ist weder fantastisch noch mein Kanadier!«
»Na schön. Wir müssen über Mums Geburtstag sprechen. Sie wird dieses Jahr siebzig. Wir geben im Yachtclub eine Party für sie.«
»Wann wollt ihr das machen?«
»Am zwanzigsten Juni – am eigentlichen Geburtstag.«
»Kommt Emma auch?«
»Natürlich! Und glaub nicht, dass sie glücklicher darüber ist, den Abend mit dir verbringen zu müssen!«
Sophie zuckte zusammen. »Ich komme nicht.«

»O doch! Und noch mehr als das, du wirst mir bei der Organisation helfen! Jetzt kannst du dich nicht mal mehr mit deiner Arbeit rausreden.«

»Warum veranstalten wir diese Farce?«

»Daddy wünscht sich das für sie. Es ist das Mindeste, was wir für ihn tun können.«

»Ich rede es ihm wieder aus.«

»Du tust nichts dergleichen. Ich habe eine Gästeliste erstellt, und du machst die Kalligraphie auf den Einladungen. Das kannst du schließlich gut.«

Sophie schmollte.

»Du kommst heute Nachmittag bei mir vorbei und hilfst mir dabei«, fuhr Louise unbeirrt fort.

Sophie wusste, dass Widerspruch zwecklos war. »Um wie viel Uhr?«

»Nach halb drei. Ich muss erst noch die Kinder von der Schule abholen.«

»Okay!« Sophie knallte den Hörer auf.

Frustriert vergrub sie ihr Gesicht im Kissen. Sie hasste ihre Schwestern und hatte auch für ihre Mutter nicht viel übrig. Sie hasste ihren Chef, weil er einfach abgehauen war und sie jetzt ohne Arbeit dastand. Und sie hasste Greg. Im Moment hasste sie die ganze Welt. Sie beschloss, auf dem Weg zu Louise bei ihrem Hausarzt vorbeizufahren. Sie brauchte Hilfe, um die nächsten Tage zu überstehen, und erst recht die Zeit bis zur Geburtstagsparty ihrer Mutter.

Als sie die Praxis betrat, war Doctor Lowe gerade zu einem Hausbesuch unterwegs und wurde von einem Kollegen vertreten, der neu in der Gegend war. Sophie wusste, was sie wollte: etwas zur Entspannung. Etwas, das ihr helfen würde, mit allem zurechtzukommen. Sie nahm gegenüber dem attraktiven Inder Platz, der sofort auf Sophies hübsches Gesicht hereinfiel.

Sie nahm kein Blatt vor den Mund und erzählte ihm, wie schrecklich ihr Chef sie enttäuscht hatte, dass sie in ihrem neuen Job nicht mehr als eine Lückenbüßerin war und dass sie etwas brauchte, um ihr Selbstvertrauen zurückzugewinnen. Der Arzt war nicht bereit, ihr Xanax zu verschreiben, aber Sophie war wild entschlossen. Sie hatte es schon einmal genommen und gute Erfahrungen damit gemacht. Und ehe er sich's versah, hatte er ihr das gewünschte Rezept ausgestellt. Dr. Lowe war ja schon leicht rumzukriegen, aber dieser Typ hier war ein noch leichteres Opfer. Wenigstens hatte sie ihre Wirkung auf Männer nicht ganz eingebüßt.

Die Taste ihres Laptops klapperte, als Emma voller Stolz den Punkt tippte. Wenn sie in dem Tempo weiterarbeitete, wäre der Roman noch vor Felipes Ankunft fertig. Als ihr Telefon klingelte, wusste sie instinktiv, dass er es war.

»Hallo?«

»Hallo, Emma! Wie geht es dir?«

Es knackte in der Leitung.

»Felipe! Hast du gute Nachrichten wegen des Visums?«

»Ich muss ... das Büro ...«

Sie wurden unterbrochen. Das passierte oft, wenn er anrief. Kubaner bekamen nur wenig für ihr Geld, wenn sie ins Ausland telefonierten.

Sie rief ihn zurück, und er ging schnell ran. Die Leitung war zwar etwas besser, knackte aber immer noch.

»Wollen Sie noch mehr Geld von dir?«

»Jetzt, wo ich das Flugticket habe, ist es okay.«

»Hast du es dir ausgedruckt? Das ist gut.«

Felipe wollte selbst für den Flug aufkommen und hatte einer Buchung durch Emma nur unter der Bedingung zugestimmt, dass er ihr das Geld zurückzahlte, sobald er in Irland war.

»Mein Freund Miguel hat seinen Drucker wieder in Gang gekriegt, deshalb muss ich mir jetzt auf der Stelle alles ausdrucken, was ich brauche.«

»Genau! Bevor er wieder streikt!«

Sie lachten zusammen.

»Wie geht es Dehannys?«

»Gut. Sie wünschte, sie könnte auch nach Irland reisen.«

Emma hatte Schmetterlinge im Bauch. Mit ihm über die Reise zu reden bedeutete, dass der Traum bald wahr wurde.

»Ich würde sie auch gern wiedersehen, aber ich bin froh, dich bald ganz für mich allein zu haben!«

»Vielleicht küssen wir uns noch einmal wie damals in Havanna?«

Ihr Herz schlug schneller. »Seit ich weggefahren bin, denke ich an nichts anderes mehr.«

»Ich auch.«

Plötzlich war die Leitung tot. An diese Unterbrechungen war sie gewöhnt, aber es spielte keine Rolle. Ein paar Worte von Felipe waren besser als ein langatmiges Gespräch mit jemand anderem. Auch die Entfernung war nicht wichtig. Emma war drauf und dran, sich zu verlieben.

Louise öffnete die Tür.

»Es ist halb vier. Was hast du den ganzen Tag getrieben?«

»Das geht dich nichts an«, schnauzte Sophie ihre Schwester an und stapfte in die Küche, wo sie sich missmutig an den Tisch setzte. »Okay, zeig mir, was ich machen soll. Ich hab nicht den ganzen Tag Zeit.«

Louise kam gleich zur Sache, reichte Sophie eine Liste und einen goldenen Kalligraphiestift und knallte ihr einen Stapel Einladungen hin.

»Warum hast du denn solche Dinger gekauft? Da muss

man so viel ausfüllen. Du hättest sie schon mit allen Details drucken lassen sollen, dann hätte ich nur die Umschläge beschriften müssen.«

»So viel Zeit haben wir nicht. Es sind nicht mal mehr vier Wochen, und einige davon gehen nach England und in die USA.«

»Du glaubst doch nicht, dass ihr Bruder Chris aus Chicago kommt?«

»Er muss auf alle Fälle eine Einladung bekommen. Und Dad hat gesagt, wir sollen auch Alice einladen. Mach keine große Sache draus. Ich stelle den Wasserkessel an. Willst du einen Kaffee?«

»Was glaubst du, wie Mum reagiert, wenn ihre Schwester nach all den Jahren im Yachtclub aufkreuzt?«

Louise zuckte mit den Achseln. Sie hatte vor der Begegnung zwischen ihrer Mutter und ihrer Tante genauso viel Angst wie vor dem unvermeidbaren Treffen zwischen Sophie und Emma.

»Tun wir einfach, worum wir gebeten werden.«

»Das wird ein Fiasko!«

Louise wollte ihr nicht zustimmen, aber sie hatte ein mulmiges Gefühl. Es lag durchaus im Bereich des Möglichen, dass zwei Generationen sich befehdender Schwestern das Fest im Yachtclub von Howth sprengten.

Sophie grummelte mürrisch vor sich hin, nahm die erste Karte vom Stapel und begann widerwillig, sie zu beschriften.

Kapitel 22

Jack betrat Harry Byrnes, wo er sich mit Peter treffen wollte. Das kam einer Selbsthilfegruppe so nahe, wie er es verkraften konnte. Er bestellte sich ein Bier und nahm es mit in die Ecke, die Peter mit Beschlag belegt hatte.

»Alles klar, Jack?«

»Auch noch ein Glas, Peter?«

»Geht nicht. Ich hab den Wagen dabei. Kann heut Abend nicht lange bleiben. Hab ein Date.«

»Wer ist denn die Glückliche?«

»Eine Kollegin. Heißes Gerät. Nicht zu glauben, dass sie ja gesagt hat.«

»Immerhin hast du Arbeit! In den Straßen von Dublin macht dich das zur Ausnahmeerscheinung!«

Peter nickte. »Wir hatten 'ne Menge zu tun. Haben sogar 'nen neuen Kundenstamm. Viele Unternehmen sind auf der Suche nach kreativer Werbung. Du ahnst gar nicht, wie viele Fastfood-Läden zu uns kommen.«

»Du hast echt Glück. Ich hab Angst, dass Aoifes Dad meinem Boss steckt, dass er mich als Nächsten auf die Straße setzen soll.«

»Das bringt er doch nicht, oder?«

Jack schüttelte ratlos den Kopf. »Ich hab seit zweieinhalb Wochen nichts mehr von Aoife gehört. Es ist echt übel, Mann.«

»Tja, bleib dran. Sie überlegt es sich bestimmt wieder anders.«

»Deine Zuversicht hätte ich gern.«

»Was hast du jetzt vor, Mann?«

»Keine Ahnung. Ich kann mir nicht vorstellen, mit einer anderen zusammen zu sein. Ich dachte wirklich, sie wäre die Richtige.«

Peter trank einen Schluck aus seinem halb leeren Glas. »Du musst dich um sie bemühen. Weißt du, wo sie ist?«

Jack zuckte mit den Achseln. »Bei ihren Eltern vermutlich.«

»Dann fahr hin und kämpfe um sie.«

Jack trank einen Schluck Bier und behielt eine kleine Schaumschicht auf der Oberlippe zurück.

»Ihr Vater hat gesagt, dann bringt er mich um.«

»Klar. Was hast du anderes erwartet?«

Jack nickte. »Ich könnte mit der DART-Bahn rausfahren.«

»Nichts wie ran! Was du heute kannst besorgen ...«

Jack wusste, dass Peter recht hatte.

»Ich kann dich gleich an der DART-Station Clontarf Road absetzen«, schlug Peter vor.

»Danke, Kumpel.«

Jack war sich nicht sicher, ob er das Richtige tat, aber er musste etwas unternehmen.

Die DART-Bahn fuhr in Malahide ein, und Jack fragte sich, ob er genug Mumm hätte, es durchzuziehen. Es war nur ein kurzer Fußmarsch durch das Seebad. Aoifes Eltern wohnten in einem der schönsten Häuser an der Grove Road. Er fragte sich immer wieder, was schlimmstenfalls passieren könnte: dass Harry Cullen ihn zu Brei schlug, und vielleicht hätte er es sogar verdient. Aoife würde ihm dadurch zwar nicht verzeihen, aber er würde sich rehabilitiert fühlen.

Es war ein herrlicher Abend, und die Sonne stand noch am Himmel. Der Strand wäre perfekt für einen romantischen

Spaziergang. Er versuchte, positiv zu denken, und stellte sich vor, dass Aoife einwilligen würde, bei Sonnenuntergang mit ihm durch den Sand zu schlendern. Das wäre das positivste Resultat. Er musste es wenigstens versuchen. In seiner Wohnung in Howth zu hocken und seine Wunden zu lecken würde ihm jedenfalls nicht dabei helfen, sie zurückzugewinnen.

Es war eine sehr gepflegte Gegend, eine der privilegiertesten Adressen in Dublin, mit riesigen Toren und Säulen an den Eingängen und mit Formschnittgehölzen in den Gärten hinter frisch gestrichenen Mauern. Und Aoife war eine ganz besondere Frau, die ihr Leben lang wie eine Prinzessin behandelt worden war. Er konnte es Harry und Eileen nicht verübeln, dass sie ihn so hassten.

Etwa auf der Hälfte der von Bäumen gesäumten Straße blieb er stehen, gerade als das elektronisch gesteuerte Tor vor dem Haus von Aoifes Eltern aufglitt. Am liebsten hätte er sich hinter einem Baum versteckt, aber er wollte nicht herumschleichen wie ein Einbrecher. Er hörte knirschende Schritte auf der geschotterten Einfahrt, ein Lachen und Aoifes unverkennbare Stimme. Jacks Herz machte einen Satz, und er lief weiter. Das war perfektes Timing! Er würde sie zu Gesicht bekommen, ohne ihren Eltern gegenübertreten zu müssen.

Aoife trug ein knallrosa Kleid mit hübschen Riemchensandalen und über dem Arm eine weiße Strickjacke. Ihr blondes Haar glänzte seidig. Aber es war nicht ihr umwerfendes Aussehen, das Jack die Sprache verschlug, sondern der große dunkelhaarige Mann, der ihr den Arm um die Taille gelegt hatte. Er sah aus wie ein Model aus dem Armani-Katalog, und Jack wünschte, sich wenigstens rasiert zu haben.

Als Aoife klar wurde, wer da auf dem Bürgersteig vor ihr stand, geriet sie ins Stolpern.

»Jack, was machst du denn hier?«

»Ich ... ich ... ich wollte dich sehen.«

Das Armani-Model begriff schnell, wer der verlotterte Typ war, der gute fünfzehn Zentimeter weniger maß als er.

»Ich bin Karl«, sagte er gönnerhaft und hielt ihm die Hand hin.

Jack blickte entgeistert auf die Hand, sah Aoife an und wich zurück.

Aoife stand wie angewurzelt auf dem Bürgersteig. Sie zitterte am ganzen Leib und duldete es, dass Karl ihr beschützend den Arm um die Schulter legte.

Jack machte auf dem Absatz kehrt und rannte davon, wie ein Kind, das vom Nachbarn beim Äpfelklauen erwischt worden war. Bis zum Bahnhof blickte er kein einziges Mal zurück, und als der erste grüne Zug einfuhr, sprang er hinein, setzte sich in die Ecke des Waggons und vergrub das Gesicht in den Händen. In seinem ganzen Leben hatte er sich noch nie so schrecklich gefühlt.

Sophie öffnete ihren Schrank, um sich ihre Garderobe für heute zurechtzulegen. Das war knifflig, wenn man eigentlich nirgends hinmusste. Die Mehrzahl ihrer Klamotten war stinklangweilig, und sie würde sie nie wieder anziehen.

Greg war vor zwei Wochen nach London geflogen und hatte ihr nicht mal per SMS mitgeteilt, ob er die Zeit mit ihr genossen hatte oder nicht. Ihr war hundeelend zumute.

Geld, um sich ein schickes Kleid für die dämliche Geburtstagsparty ihrer Mutter zu kaufen, hatte sie auch nicht. Sie suchte die Kleidungsstücke heraus, die sie nie wieder anziehen würde, und pfefferte sie auf den Boden. Als der Schrank immer leerer und der Haufen auf dem Boden immer größer wurde, begab sie sich daran, die Kleider zu zerreißen, bis von einigen nur noch Fetzen übrig waren.

Laut schluchzend warf sie sich aufs Bett. Sie hatte sich noch nie so leidgetan. Was war nur aus ihrem Leben geworden? Noch vor einem Jahr war sie der Inbegriff von Erfolg gewesen, mit einem vollen Bankkonto, einem aufwändigen Lebensstil, einem wunderbaren Liebhaber und einer Karriere, von der die meisten nur träumen konnten.

Jetzt besaß sie nur noch ein Apartment, das sie sich nicht leisten konnte, einen Sportwagen, für den sie kein Benzin hatte, und keinen Mann mehr, der sie liebte. Sie fragte sich, seit wann alles so aus dem Ruder gelaufen war.

Sie setzte sich auf, schnappte sich eine schicke graue Arbeitshose und riss sie in Streifen. Leider war der Stoff so sorgfältig zugeschnitten und vernäht, dass es mit bloßen Händen kaum zu schaffen war.

Also nahm sie die Zähne zu Hilfe, um die Nähte aufzubekommen, und die Füße, um den Stoff festzuhalten. Als die Hose zerfetzt war, fühlte sie sich etwas besser. Sie war ein Symbol für ihr altes Leben, das sie hatte hinter sich lassen müssen. Vor ihrer Haustür vollzogen sich Umwälzungen so verheerenden Ausmaßes, dass ihr unbedeutendes persönliches Schicksal sich nicht groß von dem der vielen Tausend unterschied, die sich jetzt in die Reihen der Arbeitslosen einreihten.

Immerhin würde sie nie ganz mittellos oder ohne Dach über dem Kopf dastehen, da sie jederzeit zurück nach Foxfield ziehen konnte. Doch die Vorstellung, auf so engem Raum mit ihrer Mutter zusammenzuleben, behagte ihr ganz und gar nicht.

Sophie hatte Muffensausen. Sie vermisste Emma und die Geborgenheit, die sie als Kind bei ihrer großen Schwester gefunden hatte, die immer für sie da gewesen und für sie eingetreten war, ob auf dem Spielplatz oder in den Straßen von Foxfield. Diese Brücke hatte sie hinter sich abgebrochen. Und in einer Woche musste sie ihr und dem Rest ihrer Familie auf der Party ihrer Mutter gegenübertreten.

Sie nahm die rosafarbene Kaschmirstrickjacke aus ihrer Zeit mit Paul in die Hand und hielt sich den weichen Stoff an die Wange. Wenn sie die trug, hatte er ihr sanft den Arm gestreichelt und seine Wange an ihre Schulter geschmiegt. Sie hatten so viel Schönes miteinander erlebt. Sie hatte Emma nicht wehtun wollen, als sie ihr von Paul erzählte. Alles, was sie gewollt hatte, war Respekt dafür, dass sie ihn auch geliebt hatte. Sie hielt die Strickjacke von sich weg und betrachtete sie kritisch. Dann riss sie wütend die Ärmel ab und trennte die Wollfäden auf. Wenn sie alle Kleider auf dem Stapel zerriss, wäre sie wenigstens für den Rest des Tages beschäftigt.

Kapitel 23

Um sich noch einmal zu vergewissern, sah Emma auf dem Kalender nach, der neben dem Kühlschrank hing. Tatsächlich, heute war der sechzehnte Juni! Sie knipste den Wasserkessel an und steckte Weißbrot in den Toaster. Es war Viertel nach acht, und Finn musste bald aufstehen, wenn er nicht zu spät zum Golfcamp kommen wollte.

Sie rief durchs Treppenhaus nach ihm, worauf er etwas Unverständliches zurückgrunzte. In nur zwei Stunden wäre sie am Dubliner Flughafen und sähe endlich Felipe wieder. Sie fragte sich, ob sie ihn gleich wiedererkennen würde. Da sie lediglich das eine Foto von ihm hatte, erinnerte sie sich nur noch undeutlich an sein Gesicht.

In den Wochen vor seinem Besuch hatte sie ihn per E-Mail und Telefon besser kennengelernt. Eine horrende Telefonrechnung war die Folge, aber das war es ihr wert gewesen. Sie hatte viel über ihn erfahren. Allein die Erlangung des Visums war schon ein Abenteuer gewesen, und wie bei den meisten Staaten, egal, wie idealistisch sie nach außen hin wirken mochten, hatte sich herausgestellt, dass auch die Regierung in Kuba auf harte Devisen angewiesen war.

Verschlafen kam Finn in die Küche geschlurft.

»Möchtest du Toast, Schatz?«

»Nein, danke. Ich mach mir ein Müsli.«

Mühelos langte er in den obersten Schrank, wo Emma früher die Süßigkeiten vor ihm versteckt hatte.

»Denk dran, heute kommt unser Besuch aus Kuba.«

»Ja, das hast du mir die Woche bestimmt schon zehn Mal gesagt.«

Emma angelte die Milch aus dem Kühlschrank und stellte sie auf den Tisch.

»Er ist nur ein Gast – ein Freund.«

»Hör zu, Mum, das ist okay. Ich hab sowieso was vor. Gavin hat mich gefragt, ob ich heute Abend mit ihm Tennis spiele, dann seid ihr mich los.«

»Das ist nicht nötig. Ich will, dass du ihn kennenlernst.«

»Er ist *dein* Freund, und Louise hat gesagt, wenn ich will, kann ich bei ihnen schlafen.«

»Es wäre schön, wenn du heute Abend mit uns isst.«

»Ich esse bei Gavin, und er hat gesagt, dass ich bei ihm schlafen kann, wenn es dir recht ist.«

Jetzt verabredete sich ihr Sohn schon eigenständig zum Übernachten. Was war aus ihrem kleinen Jungen geworden? Seit seinem zehnten Geburtstag vor einer Woche verhielt er sich wie ein richtiger Teenager.

»Aber ich möchte, dass du Felipe kennenlernst.«

»Ich seh ihn ja dann morgen.«

Finn stand auf und räumte seine Müslischale in die Spülmaschine. Dann schlenderte er lässig zu seiner Mutter und gab ihr einen Kuss auf die Wange.

»Bleib cool.«

Emma war sprachlos. Sie nahm ihre Autoschlüssel und ihre Sachen und folgte Finn mit seiner Golftasche zum Wagen.

Mit einem dumpfen Geräusch setzten die Räder des Flugzeugs auf der Landebahn am Dubliner Flughafen auf. »*Fáilte romhaibh, a chairde, go Baile Átha Cliath*«, sagte der Chefsteward.

Felipe hörte zum ersten Mal Irisch. Als das Flugzeug sich im Anflug befand, waren die Felder unter ihnen unendlich grün gewesen, und die Häuser und Gebäude waren im Vergleich zu Havanna sehr übersichtlich angeordnet und blitzsauber.

Die Passagiere hatten es eilig, den Flieger zu verlassen, und das Klicken der sich öffnenden Sicherheitsgurte klang wie eine Reihe umfallender Dominosteine.

Felipe ließ der Frau den Vortritt, die während des einstündigen Fluges von London Heathrow stumm hinter ihm gesessen hatte, und danach schoben sich die Leute aus den umliegenden Sitzreihen zum Ausgang.

Er langte ins Gepäckfach und zog die abgenutzte schwarze Tasche heraus, in der sich seine Wertsachen befanden.

Als er die Flugzeugtreppe hinabstieg, fiel ihm als Erstes die Kälte auf. Er wunderte sich, dass die meisten seiner Mitpassagiere es nicht zu merken schienen. Es war auf keinen Fall wärmer als achtzehn Grad. Emma hatte ihm versichert, dass das Wetter schön war und es in nächster Zeit nicht regnen würde. Er holte seinen Pullover aus der Tasche und zog ihn sich über den Kopf. Dann begab er sich mit Pass und Bordkarte in der Hand zum Terminal. Sie hätten ihn fast nicht aus Havanna ausreisen lassen. Das irische Visum bestand aus einem einfachen Stempel auf der letzten Seite seines Passes, ohne ein Foto als Identifikationsmöglichkeit, und Felipe hätte dem mürrischen Kerl am Ausreiseschalter fast ein saftiges Schmiergeld zahlen müssen. Zum Glück hatte ihn ein Kollege abgelöst, der Felipe nur wenige Minuten vor dem Start des Flugzeugs zur Abflughalle durchgelassen hatte.

Doch an solche Unannehmlichkeiten war Felipe gewöhnt, und als er sich seine gut gekleideten Mitreisenden aus London ansah, erkannte er, dass ihnen sein Lebensstil so fremd war, als stammte er von einem anderen Planeten. Aber Felipe war das egal. Wenn er erst mal bei der Gepäckausgabe war, würde es nur noch Minuten dauern, bis er Emma wiedersah.

Emma stand an der roten Seilabsperrung, die die Ankommenden von den Wartenden trennte. Ihr Mund war ganz trocken, und ihr Herz schlug schneller. Der Flieger war vor zwanzig Minuten gelandet. Falls Felipes Gepäck aufgehalten würde, könnte sie hier noch weitere zwanzig stehen. Ihre Handflächen waren feucht, und sie war vor Aufregung ganz atemlos.

Plötzlich sah sie ihn. Er trug eine Reisetasche über der linken Schulter und in der rechten Hand eine schäbige Tragetasche. Seine Haare waren um einiges kürzer, sodass er mehr einem Dichter ähnelte als einem Rebellen, und die dunklen Augen unter den dunklen Augenbrauen suchten nervös die Ankunftshalle ab.

Am liebsten wäre sie auf ihn zugestürmt, um ihn zu umarmen, doch die Menschen um sie herum versperrten den Weg.

Als er sie in der Menge erblickte, lächelte er. Sie trug ein Kleid mit rosa Streifen, das ihren Hals und ihre Schultern wunderbar zur Geltung brachte. Ihr schwarzes Haar war zu einem lockeren Pferdeschwanz zusammengebunden, und ihre Sonnenbrille hatte sie hochgeschoben.

Sie winkte und lief mit schnellen Schritten auf ihn zu, bis sie unmittelbar voreinander standen. Dann fiel sie ihm um den Hals und drückte ihn fest.

Er ließ seine Tasche fallen und erwiderte die Umarmung.

»Du hast es geschafft!«, juchzte Emma und sah ihn liebevoll an.

»Ja. Danke, Emma!«

Sie konnten den Blick nicht voneinander wenden. Die

Wiedersehensfreude war so überwältigend, dass es ihnen vorerst reichte, sich nur anzuschauen.

»Komm«, sagte Emma und hakte sich bei ihm unter. »Heute ist ein schöner Tag. Erzähl mir von deiner Reise. Ist alles gut gegangen?«

Wie zwei aufgeregte Teenager, die sich in ein großes Abenteuer stürzen, traten sie in den Sonnenschein hinaus und unterhielten sich die ganze Zeit, während Emma den grünen Mini über die M1 und die M50 steuerte.

»Die Straßen sind sehr gut.«

»Es würde dir das Leben in Kuba erleichtern, wenn ihr Autobahnen hättet wie wir.«

»Und dieses Land ist so sauber!«

Emma zuckte mit den Achseln. »Jetzt ja, aber das war nicht immer so.«

»Es ist erstaunlich!«

»Bist du sehr müde?«

»Nein, ich habe im Flugzeug viel geschlafen.«

Stolz fuhr Emma in die Einfahrt ihres bescheidenen zweistöckigen Bungalows und sah, dass Felipe staunte.

»Du hast aber ein großes Haus, Emma! Nur für dich und deinen Sohn?«

Vor ihrer Kuba-Reise hatte Emma vieles für selbstverständlich gehalten, doch jetzt wusste sie den Komfort, an den sie gewöhnt war, zu schätzen.

»Ja, Felipe, nur für uns beide.«

Sie stellte den Wagen ab und beobachtete amüsiert, wie er alles bestaunte.

Er folgte ihr in die Küche, wo sie den Wasserkocher anschaltete.

»Möchtest du einen Kaffee?«

»Gern.«

Emma war darauf eingestellt. Sie wusste noch, wie viel Kaffee er in der kurzen Zeit, in der sie zusammen gewesen waren, getrunken hatte.

»Wo ist denn dein Junge?«

»Ach, der ist beim Golfunterricht.«

»Hoffentlich störe ich ihn nicht.«

»Natürlich nicht, Felipe. Er freut sich schon, dich kennenzulernen«, schwindelte sie so überzeugend wie möglich. »Du triffst ihn heute Abend. Aber heute Nachmittag zeige ich dir erst mal die Gegend. Da ist ein wirklich schönes Pub namens Summit Inn, und heute ist das Wetter perfekt, um draußen zu sitzen und den lieben Gott einen guten Mann sein zu lassen.«

Felipe zuckte mit den Achseln. »Das wäre schön. Ich würde gerne mit dir rumfahren, aber dürfte ich erst schnell duschen?«

»Natürlich! Wie unhöflich von mir. Ich zeige dir das Bad, während das Kaffeewasser heiß wird.«

Sie führte ihn nach oben. »Das hier ist mein Zimmer«, erklärte sie, als sie am ersten Raum auf der linken Seite vorbeikamen. Sie blieben kurz auf dem Treppenabsatz stehen. Über die Schlafarrangements hatten sie noch nicht gesprochen, aber beide ahnten, dass sie später gemeinsam bei ihr landen würden.

Emma holte ein sauberes Handtuch aus dem Wäscheschrank und reichte es Felipe.

»Bitte schön. Das Bad ist gleich da drüben. Ich warte so lange unten.«

»Danke«, antwortete er, und wieder sahen sie sich intensiv an.

Die Aufregung des Wiedersehens überwältigte Felipe. Er sehnte sich danach, sie an Ort und Stelle in die Arme zu nehmen, wie er es sich in Kuba erträumt hatte. Aber wenn es so weit war, sollte alles perfekt sein. Schließlich war sie Witwe und musste mit Respekt behandelt werden.

Emma lächelte ihn an und ging wieder nach unten. Kurze Zeit später gesellte sich Felipe, der in einem frischen schwarzen T-Shirt und einer Jeans zum Anbeißen aussah, zu ihr.

Nach dem Kaffee sprangen sie wieder in den Wagen, und während sie die Carrickbrack Road entlangrauschten, erteilte Emma ihm eine Erdkundelektion über die Umgebung. Sie zeigte ihm die Dubliner Berge und wies ihn auf die Charakteristika der Dubliner Bucht hin.

Felipe hörte aufmerksam zu und sah sich alles an. Sie lebten in noch unterschiedlicheren Welten, als er es sich je hätte träumen lassen.

Vor dem Summit Inn parkte Emma am Straßenrand und stieg aus.

»Was möchtest du trinken? Willst du mal ein Guinness probieren?«

Felipe nickte. »Ja, sehr gern.«

Die Holzbänke und Tische vor dem Pub waren nur zur Hälfte besetzt, und davor hatte es sich ein Hund gemütlich gemacht.

Drinnen war das Pub ziemlich leer, aber in der Ecke brannte ein Torffeuer, und am entgegengesetzten Ende standen ein Billardtisch und eine Jukebox.

»Ein Glas Bulmers und ein Guinness«, bat Emma und beobachtete, wie die russische Barkellnerin die Zapfanlage bediente. »Möchtest du etwas essen, Felipe? Hier gibt's gute Steak-Sandwiches.«

Allein schon bei dem Wort »Steak« lief Felipe das Wasser im Mund zusammen. In Kuba gab es nur selten Rindfleisch, und eine Kuh zu töten stand unter Strafe. Dafür konnte man länger ins Gefängnis wandern als für einen Mord.

Er nickte.

»Und dazu noch zwei Steak-Sandwiches«, fuhr Emma fort, nahm ihr Glas Apfelwein und bedeutete Felipe, ihr zu folgen.

Sie machten es sich draußen an einem Tisch gemütlich, der ihnen über die Wipfel des nördlichen County Dublin hinweg einen atemberaubenden Blick bot.

»Prost«, sagte Emma und stieß feierlich mit ihm an. »Ich hoffe, Dublin gefällt dir.«

Felipe nahm sein Bierglas, trank einen Schluck und sah sie über die cremig weiße Blume hinweg intensiv an.

»Ich glaube, es gefällt mir sogar sehr.«

Hoffentlich sagte er das auch noch in ein paar Tagen, wenn sie ihn zur Geburtstagsparty ihrer Mutter im Yachtclub von Howth mitgeschleppt hatte.

Nach der Arbeit kam Donal zur Haustür hereingestürmt und knallte seine Tasche im Flur auf den Boden.

An dem dumpfen Geräusch merkte Louise, dass etwas nicht stimmte.

Er kam zu ihr in die Küche, wo sie gerade Möhren schnippelte.

»Was ist los?«

Donal lief achtlos an ihr vorbei und schaltete den Wasserkocher an. »Seit dieser SMS von dir hab ich schon den ganzen Tag schlechte Laune.«

»Ich weiß, dass es lästig ist, aber ich dachte nicht, dass du was dagegen hast, wenn Alice und Dick bei uns übernachten. Das hat dir doch noch nie was ausgemacht.«

»Deine Mutter hat schon seit Jahren kein Wort mehr mit ihrer Schwester gesprochen. Haben wir mit der Fehde zwischen Sophie und Emma auf der Party deiner Mum nicht schon genug Schwierigkeiten am Hals? Aber vielleicht bin ich es auch einfach nur leid, deinen Schwestern immer aus der Patsche zu helfen. Warum können sie nicht bei Emma wohnen? Ihr Haus hat vier Schlafzimmer, von denen sie nur zwei benutzt.«

»Du weißt genau, warum! Weil Emma Besuch von ihrem Freund aus Kuba hat.«

»Immer bleibt alles an uns hängen! Dabei läuft es bei uns in letzter Zeit nicht besonders gut!«

Donals Ton machte ihr Angst. »Dann frag ich eben Sophie, ob sie bei ihr bleiben können«, murmelte sie.

»Deine Tante wird nicht in der Stadt wohnen wollen.«

»Tja, wir werden sehen. Tut mir leid, dass diese Party so viele Umstände macht. Ich bin auch nicht gerade begeistert davon.«

Donal kniff verärgert die Augen zusammen. »Ich ziehe mich nur schnell um. Ich bleibe nicht zum Essen.«

»Wo willst du hin?«

»Kevin will mit dem Boot raus – es ist ein so herrlicher Abend.«

Louise knallte das Messer auf das Hackbrett. Donal war nicht mehr derselbe. Ein mulmiges Gefühl in der Magengegend sagte ihr, dass nicht ihre Tante der Grund für Donals schlechte Laune war, sondern der Zustand ihrer Ehe. Er hatte ihre Probleme zwar beim Namen genannt, doch sie hatten nichts dagegen unternommen. Sie hätte es nicht so weit kommen lassen dürfen. Früher hatte sie sich immer bei Emma aussprechen können, wenn sie Hilfe brauchte, aber die lebte seit ihrer Rückkehr aus Kuba in ihrer eigenen Welt. Sie musste ihre Ehe retten – sie wusste nur nicht, wie sie es anstellen sollte.

Emma führte Felipe von der Strand Road am Martello-Turm vorbei, der wie so viele andere an der irischen Küste während der napoleonischen Ära gebaut worden war. Der Weg, auf dem sie marschierten, war von Spaziergängern und Kindern getrampelt worden, die wussten, dass man auf den umliegenden Wiesen wunderbar spielen konnte.

Felipe gewöhnte sich langsam an das Klima und fühlte sich bei dem kühlen Seewind wohl, der über die Dubliner Bucht landwärts wehte. Wie zwei nervöse Teenager setzten sie sich und sahen zu, wie die Stena-Seacat-Fähre durch die Mündung der Bucht jagte und weiter zum Liffey fuhr. Es war schön, zusammen zu sein. Zwei Menschen, die noch kein Liebespaar waren – jedenfalls noch nicht!

Felipe hatte viele Nächte schweißgebadet im Bett gelegen, wenn er an Emma dachte und sich vorstellte, wie es sich anfühlen würde, mit ihr zu schlafen. Doch jetzt, wo sie ihm so nahe war, dass er ihr Parfüm riechen konnte, war er fast gelähmt vor Angst, dass es ihn überwältigen würde, die schöne Frau, von der er so lange geträumt hatte, zu berühren, und dass es seine Illusionen von ihr zerstören würde.

Doch bis jetzt genügte es ihnen, einfach nur zusammen zu sein.

Wieder zu Hause, nippte er an einem Glas Rioja, während sie das Gemüse schälte und schnippelte. Er bot ihr seine Hilfe an, doch sie wollte nichts davon hören. Stattdessen musste er die Nachos mit Guacamole probieren, die sie schon vor seiner Ankunft vorbereitet hatte.

Er genoss es, ihr bei der Arbeit zuzusehen, und achtete darauf, nicht zu viel zu trinken, obwohl der Rioja einer der besten Weine war, die er je gekostet hatte.

Endlich war das Essen fertig.

»Lass mich dir wenigstens damit helfen«, bat Felipe und

nahm Emma die zwei Teller mit Hähnchenfleisch und frisch gekochtem Gemüse ab.

»Danke«, sagte sie mit einem Lächeln, das sein Herz zum Schmelzen brachte.

Sie setzten sich an den Küchentisch und stießen an. Im letzten Tageslicht, das durchs Fenster fiel, sah Felipe feurig und attraktiv aus. Emma registrierte jede Bewegung, die er mit Messer und Gabel machte, und genoss die Vertrautheit zwischen ihnen. Sie fühlte sich so anders als in den letzten Jahren mit Paul – Paul, der sie belogen und betrogen und mit riesigen Schuldgefühlen zurückgelassen hatte. Jetzt drängte sich ihr die Frage auf, ob sie in der Lage wäre, diesem neuen Mann in ihrem Leben rückhaltlos zu vertrauen.

»Das war ausgezeichnet, Emma. Du bist eine exzellente Köchin.« Er legte seine Hand auf ihre.

»Wollen wir rüber ins Wohnzimmer gehen?«, fragte sie.

Er antwortete ihr mit einer Sehnsucht im Blick, die mehr sagte als Worte.

Sie waren jetzt seit fast zwölf Stunden zusammen.

»Machen wir noch eine auf?«, schlug sie vor.

Lächelnd zuckte Felipe mit den Achseln. »Du bestimmst, wo es langgeht.«

Das hätte Paul in einer Million Jahre nicht zu ihr gesagt, und es klang befreiend.

Emma nahm den Korkenzieher und eine neue Flasche Wein mit ins Wohnzimmer. Sie saßen dicht beieinander auf dem cremefarbenen Ledersofa, tranken Rotwein und lauschten den Klängen kubanischer Gitarrenmusik von einer CD, die Felipe ihr geschenkt hatte. Als er spontan den Arm um ihre Schultern legte, zitterte sie vor Aufregung. All die Mühen und Anstrengungen, die sie in die Organisation der Reise gesteckt hatten, waren es wert gewesen. Genau das hatte sie vermisst; genau das war es, was sie in ihrem Leben brauchte.

»Danke, Felipe«, seufzte sie.

»Wofür?«

»Du hast ja keine Ahnung, wie sehr du mir geholfen hast. In Kuba hast du mir die Augen dafür geöffnet, dass es für mich eine Zukunft gibt. Ich hatte damals nicht den Mumm, darauf einzugehen, aber jetzt bin ich dazu bereit.«

»Was hat sich für dich verändert?«

»Auf dem Heimflug hat Sophie mir etwas erzählt. Etwas, das ich nur sehr ungern hören wollte.«

Felipe blieb stumm und überließ es Emma, es ihm anzuvertrauen, wenn sie wollte.

»Das hat meine Einstellung zum Leben verändert. Mir ist jetzt klar, dass meine Ehe mit Paul eine Lüge war. Ich dachte, wir wären glücklich miteinander. Wir haben gut zusammengepasst, aber er hat wohl etwas anderes gebraucht als mich – oder eher jemand anders.«

Felipe hielt sich immer noch zurück. Er war hier, um ihr zuzuhören.

»Anscheinend hatte er vor seinem Selbstmord drei Jahre lang eine Affäre mit Sophie.«

Felipe war sichtlich schockiert.

»Was denkst du?«, fragte sie.

»Das hört niemand gern. Ich weiß nicht, was ich dazu sagen soll, Emma. Das ist eine Sache zwischen dir und deiner Schwester.«

»Ich fühle mich so zerrissen. Ich habe mich so lange mit der Frage gequält, warum er sich umgebracht hat, und diese neue Erkenntnis ist sehr verletzend. Ich will nicht der Grund für seinen Selbstmord gewesen sein. War er so darauf bedacht, seine Untreue zu verbergen, dass er zu so etwas fähig gewesen wäre?«

»Dein Mann hatte ein Problem. Er hat sich umgebracht, weil er nicht glücklich mit sich selbst war.«

»Ich hätte auf dich hören sollen. Aber jetzt, wo ich weiß, was in seinem Leben nicht stimmte, ist für mich alles klarer. Ich verstehe jetzt, warum er so durcheinander war. Aber Sophie werde ich nie vergeben können. Seiner eigenen Schwester so etwas anzutun!«

Felipe streichelte sanft ihre Wange. »Sei nicht so! Das ist nicht die wahre Emma.«

»Ich kann nicht gegen meine Wut auf sie an.«

»Halt dich nicht daran fest, das macht dich nur unglücklich. Aber jetzt bist du frei, ja?«

Emma nickte. Sie liebte es, seine warmen Finger an ihrer Wange zu spüren.

»Ich denke ja.«

»Gut«, murmelte Felipe, beugte sich vor und legte die Lippen sanft auf ihre.

Es fühlte sich so wunderbar an wie damals, im Mondschein am Strand von Miramar.

Beim Aufwachen wurde Emma bewusst, dass sie zum ersten Mal seit Pauls Tod nicht allein im Bett lag. Sie warf einen Blick auf Felipes markantes Gesicht. Er schlief tief und fest. So glücklich und geborgen hatte sie sich seit langem nicht mehr gefühlt.

Das Telefon auf ihrem Nachttisch klingelte.

»Hallo?«

»Emma, ich bin's!«

»Hallo, Louise«, seufzte Emma. Louise wusste genau, dass es Felipes erste Nacht bei ihr war, und Emma konnte nicht fassen, dass sie so früh bei ihr anrief.

»Hör zu, Tante Alice kommt zu Mums Party her.«

»Du machst Witze! Hast du sie eingeladen?«

»Das musste ich! Ich dachte nicht, dass sie kommen würde.«

»Und Dick?«

»Der kommt auch mit.«

»Weiß Dad davon?«

»Ich hab ihm die Gästeliste gezeigt, aber du kennst ihn ja. Ich bezweifele, dass er sie sich überhaupt durchgelesen hat. Ich wollte nicht, dass Tante Alice Wind von der Party bekommt und sich ausgeschlossen fühlt. Sie hat noch Kontakt zu Chris in Chicago.«

»Kommt er denn?«

»Nein. Sagt, es sei ihm zu kurzfristig.«

»Wann kommt sie denn hier an?«

»Am Freitag. Sie hat mich gefragt, ob sie bei uns schlafen dürfen. Ich hab ihr gesagt, ich mache ihnen ein Bett im Spielzimmer zurecht.«

»Das hat ihr sicher nicht geschmeckt.«

»Natürlich nicht. Aber das ist mir egal. Ich hab auch so schon genug Probleme. Donal ist am Ausflippen, weil sie hier wohnen. Und unsere kleine Schwester ist mal wieder unauffindbar.«

Felipe rührte sich. Er schlug die Augen auf und sah Emma an.

»Hör zu, Louise, ich muss Schluss machen«, sagte Emma hastig. »Ich ruf dich später an.«

Emma legte auf und rutschte im Bett weiter nach unten.

Felipe sagte nichts, sondern legte nur die Handfläche an ihre Wange und streichelte sie sanft. Dann beugte er sich vor und küsste sie auf die Lippen.

Ihre Münder verschmolzen, und sie machten dort weiter, wo sie in der Nacht zuvor aufgehört hatten.

Endlich ging Sophie ans Telefon.

»Wo warst du?«, fragte Louise genervt. »Ich versuche schon seit Tagen, dich zu erreichen!«

»Hallo! Ich hab gearbeitet.«

»Du hast einen Job?«

»Nein, ich designe meine eigenen Sachen.«

»Du warst die ganze Zeit über zu Hause?«

»Was soll das Theater?«

»Dir ist schon klar, dass morgen Abend die Party ist?«

Sophie war eingeschnappt. »Na klar! Aber das ist morgen und nicht heute Abend.«

»Was ist mit den Vorbereitungen?«

»Du hast doch gesagt, der Yachtclub übernimmt das Catering.«

»Schon, aber uns bleiben noch die Deko, die Speisekarten und so weiter.«

»Entspann dich! Du machst dir und allen anderen gern mehr Stress als nötig.«

»Es ist nicht nur das. Alice und Dick kommen her und wollen bei uns wohnen.«

»Und?«

»Tja, ich hatte gehofft, sie könnten zu dir kommen.«

»Mein Apartment ist zu klein!«

»Aber du wohnst dort ganz allein. Wir sind zu fünft, und Finn will auch noch hier schlafen, jetzt wo Felipe da ist.«

»Unser Schwesterherz hat ihren Kerl also wirklich hergekriegt!« Sophie konnte ihren Sarkasmus nicht verbergen. Erst hatte sie Emma darum beneidet, dass sie im Gegensatz zu ihr offen trauern durfte, und jetzt ging es ihr gegen den Strich, wie leicht sich Emma umorientierte.

»Ja, und da du die Einzige bist, die ihn kennt, kannst du morgen Abend wenigstens höflich zu ihm sein.«

»Mit ihm hab ich kein Problem, aber erwarte nicht von mir, dass ich mit Emma rede.«

»Benimm dich lieber! Ich will keine unschönen Szenen. Das ist Dads großer Abend für Mum, und er will alles perfekt haben.«

»Wann soll ich da sein?«, erkundigte sich Sophie mit einem Seufzer.

Emma und Felipe fuhren in die Dubliner Innenstadt. Es war der Tag vor der Party, und Felipe hatte vor, sich neue Klamotten zu kaufen.

Seine Blicke verrieten Erstaunen und Verwunderung, als er sich in den vielen Geschäften in der Grafton Street umsah. Da er an diese Art von Einkauf nicht gewöhnt war, wollte er so schnell wie möglich das Gewühl in den Läden hinter sich lassen und zu Mittag essen, sobald er ein Hemd und eine Chinohose erstanden hatte. Emma nahm ihn mit zu Beweley's.

Die Kellnerin eilte zu ihnen und drückte Emma die Karte in die Hand.

Emma überflog sie. »Einen Caffè americano und einen Tee. Was möchtest du essen, Felipe?«

»Danke, ich habe keinen Hunger.«

»Danke«, sagte Emma und gab die Karte zurück.

Emma vermutete, dass es für Felipe akzeptabel war, bei ihr zu Hause zu essen, er aber nur schwer damit zurechtkäme, wenn sie in Restaurants oder Cafés bezahlte.

»Ich habe ein Geschenk für deine Mutter mitgebracht. Einen aus Holz geschnitzten Delfin.«

»Du hättest ihr nichts zu kaufen brauchen. Sie rechnet nicht damit.«

»Ich hab auch was für dich.« Felipe griff in seine Tasche

und holte eine kleine, mit Samt bezogene Schachtel heraus. Als er sie öffnete, kam ein feines Goldkettchen mit einem perlenbesetzten Anhänger zum Vorschein. »Eigentlich wollte ich es dir gestern schon geben, aber jetzt finde ich es passender.«

Emma legte den Anhänger auf ihren Handrücken. »Er ist wunderschön!«

»Die Kette ist – wie sagt man? *Antigua?*«

»Antik. Sie ist sehr schön.« Sie fragte sich, welche Geschichten die Kette erzählen könnte. Wo sie schon überall gewesen war und was für Männer sie früher schon ihrer Liebsten zum Geschenk gemacht hatten. Sie legte sie an und drückte sie glücklich an ihre Brust. »Danke! Ich finde sie wunderbar!«

»Weißt du, Emma, als ich Kuba verlassen habe, wusste ich nicht, wie schwierig es für mich wäre, so viele Sachen zu sehen, die man kaufen kann. Die Menschen in diesem Land besitzen so viel.«

Emma wusste nicht so recht, was sie darauf antworten sollte. Sie besaßen wirklich viel, aber viele von ihnen wussten es nicht zu schätzen. Und die Epoche des keltischen Tigers hatte gezeigt, dass materieller Reichtum das Land und seine Menschen keineswegs glücklicher gemacht hatte. Wenn überhaupt, hatte es sie eher noch unglücklicher gemacht – vor allem, seit es mit der Wirtschaft wieder bergab ging.

»Für dich mag es so aussehen«, entgegnete sie schließlich. »Aber wir machen gerade eine Rezession durch, und viele Menschen haben es nicht mehr so leicht.«

»Du hast einen kleinen Eindruck vom Leben in Kuba bekommen, Emma. Wenn meine Landsleute nur einen Bruchteil der Dinge besäßen, die ihr in Irland habt, wären sie überglücklich.«

Emma lächelte. »Geld allein macht nicht glücklich. Die Iren hat es jedenfalls nicht glücklich gemacht. Die Menschen in deinem Land haben ihre Musik, und sie tanzen besser als überall sonst auf der Welt, wo ich bisher war.«

Wie am Abend zuvor nahm Felipe ihre Hand in seine. »Musik ist wichtig, schöne Dinge sind wichtig, aber am allerwichtigsten ist die Liebe. Findest du nicht?«

Emma errötete. Natürlich! Sie war das Einzige, was zählte, und nach den letzten vierundzwanzig Stunden mit Felipe fiel ihr langsam wieder ein, wie sich das anfühlte.

Kapitel 24

»Wie sehe ich aus?«

Louise drehte sich einmal um die eigene Achse, um sich in ihrem elegant schwingenden schwarzen Chiffonkleid mit Herzausschnitt bewundern zu lassen.

»Sehr hübsch!« Donal nickte anerkennend und zog den Knoten seiner Yachtclub-Krawatte unter dem Hemdkragen fest.

»Louise, hast du ein Bügeleisen?«, rief eine schrille Stimme aus dem Flur.

Donal drehte sich zu seiner Frau um und sah sie vielsagend an. Obwohl ihre Tante erst seit drei Stunden im Haus war, hatte sie es schon fertiggebracht, die Kinder total aus dem Rhythmus zu bringen und die Ordnung im Haus auf den Kopf zu stellen.

»Sie ist genau wie deine Mutter – und das will was heißen!«, murrte er.

»Pschscht! Sie wird dich noch hören.«

»Ist mir egal!«

Louise rannte raus auf den Treppenabsatz. »Ich erledige das für dich. Wozu brauchst du es?«

»Dicks Hemd ist im Koffer ganz knitterig geworden!« Alice reichte ihr den Stein des Anstoßes mit einem Lächeln.

»Danke, Schätzchen. Du bist immer so gefällig. Ich hoffe, deine Mutter weiß es zu schätzen, dich unmittelbar vor der Haustür zu haben.«

Louise wunderte es nicht, dass die beiden Töchter von Alice nach Australien ausgewandert waren, noch bevor sie zwanzig waren.

Felipe kam frisch geduscht aus dem Bad und huschte über den Flur ins Gästezimmer.

Emma erhaschte einen Blick auf ihn und warf ihm eine Kusshand zu. Da Finn wieder zu Hause war, mussten sie heute in getrennten Schlafzimmern nächtigen.

»Bist du so weit?«, rief sie nach Finn.

Der Junge trat aus seinem Zimmer und fühlte sich in dem Hemd mit dem gestärkten Kragen und den cremefarbenen Chinos sichtlich unwohl.

»Muss ich so rumlaufen?«

»Deine Cousins ziehen sich heute auch alle schick an. Wenn wir erst mal da sind, wird es dir gefallen.« Sie versuchte, überzeugend zu klingen, doch insgeheim graute ihr vor dem Abend. Sie hatte schon lange nicht mehr mit Sophie gesprochen und fragte sich, wie ihre Reaktion auf sie ausfallen würde. Felipe hätte zu keinem besseren Zeitpunkt kommen können. Er war mehr als nur eine Ablenkung für sie. Er war ihr eine Stütze, und sie nahm jede Hilfe an, die sie kriegen konnte, um den Abend durchzustehen.

Sophie entschied sich für das kurze rote Jackie-O-Etuikleid, das von dem Gemetzel an ihrer Garderobe vor ein paar Tagen verschont geblieben war. Das musste reichen. Sie ließ ihre Haare an der Luft trocknen, damit ihre Locken besonders schön wurden.

Sie wollte nicht als Erste dort eintrudeln, aber wenn sie nicht um Viertel vor acht da wäre, würde ihr Vater ihr nie verzeihen.

Larry hielt seiner Frau die Fahrertür auf.

Als Maggie einstieg, sah sie aus wie eine elegante, ältere Version von Sophie. Trotz ihrer siebzig Jahre ließ sie sich noch rotblonde Strähnen färben, was an ihr durchaus stilvoll wirkte. Sie trug ein silberfarbenes Kleid mit Riemchensandalen, in denen selbst Frauen, die halb so alt waren wie sie, nur mit Schwierigkeiten hätten laufen können.

»Wo fahren wir noch mal hin?«, fragte sie beim Einsteigen.

»Ins Aqua. Das ist das Restaurant am Ende des Piers.«

»Na ja, das ist wenigstens ein nettes Lokal. Ich war sehr verletzt, als heute Morgen keins der Mädchen vorbeigekommen ist, um mir zu gratulieren.«

»Sie haben eben viel um die Ohren, Liebes«, beschwichtigte Larry sie, der auf der Beifahrerseite einstieg. »Aber wir treffen sie ja später in Howth.«

»Emma hat mich nicht mal angerufen.«

»Sie hat doch den Kubaner zu Besuch.«

»Ich weiß nicht, was in sie gefahren ist. Das Trauerjahr ist noch nicht einmal vorbei.«

»Heute ist eben alles anders«, erklärte Larry und schnallte sich an, während seine bessere Hälfte den Motor startete.

»Allerdings«, sagte Maggie verschnupft. »Und Dankbarkeit kann man in unserem Alter auch nicht mehr erwarten.«

»Ich weiß, Liebes!«

Larry legte Musik auf, um seine Göttergattin auf dem Weg nach Howth abzulenken.

»Donal hat gesagt, wir treffen uns vorher noch kurz im Yachtclub, um auf dich anzustoßen«, verkündete er.

»Warum müssen wir da noch extra hin? Das könnten wir doch auch im Restaurant.«

»Aber sie wollen sich dort mit uns treffen.«

»Ich dachte, das wäre *mein* Geburtstag.«

Maggie fuhr zum West Pier und bog am Parkplatz rechts ab. Als sie hielt, erklang das laute Brummen eines Sportwagens, und Sophies Wagen erschien neben ihnen.

Sophie stieg aus und aktivierte die Alarmanlage.

»Hallo, Mum! Herzlichen Glückwunsch zum Geburtstag!«

»Danke, Liebes«, antwortete Maggie. »Ich finde es furchtbar lästig, erst noch hierher entführt zu werden.«

Sophie ignorierte die Bemerkung und umarmte ihre Mutter. Dann lief sie ihren Eltern voraus in den Yachtclub.

»Sie kommen!«, warnte Louise Emma, die sofort zum DJ eilte und ihn bat, die Musik auszuschalten. Das Licht wurde gedämpft, und die gut fünfzig Gäste warteten schweigend.

Als Erstes erschien Sophie, die sich prompt böse Blicke von Louise einhandelte.

»Du kommst zu spät!«, formte Louise mit den Lippen.

Dann kamen Maggie und Larry.

»*Überraschung!*«, riefen die Gäste im Chor.

Der DJ spielte »Happy Birthday«, und alle sangen mit, während Maggie Owens dastand und übers ganze Gesicht strahlte.

Emma bewunderte den Weitblick ihres Vaters. Das war genau das Richtige für Maggie, die es liebte, im Mittelpunkt zu stehen. Emma stand dicht bei Felipe, sah zu und fragte sich, ob Sophie sie schon entdeckt hatte. Als ihre Blicke sich trafen, wurde Emma von ihren Gefühlen überwältigt. Ihre Schwester hatte sie aufs Übelste hintergangen und sehr verletzt.

Sophie wandte sich ab und schnappte sich ein Glas Champagner vom Tablett auf der Theke.

Die koketten Blicke, die sie durch den Raum warf, provozierten Emma umso mehr.

»Darf ich dir ein Glas Champagner bringen?«

Emma richtete ihre Aufmerksamkeit auf den attraktiven

Mann an ihrer Seite. »Danke, Felipe, das wäre nett. Ich gehe jetzt besser rüber zu Mum.«

Emma steuerte auf ihre Mutter zu, die von ihren Bridge-Freundinnen umringt war.

»Herzlichen Glückwunsch, Mum!«

Maggie umarmte ihre Tochter. »Danke, Liebling. Das hab ich sicher dir zu verdanken.«

»Eigentlich war es Dads Idee, Mum! Louise hat mit der Organisation die meiste Arbeit gehabt. Ich will mich nicht mit fremden Federn schmücken.«

»Ah!«, rief Maggie aus, als eine ihrer Nachbarinnen zu ihr geeilt kam, um ihr als Nächste mit einem Küsschen zu gratulieren.

Auf dem Weg zurück zu Felipe wich Emma Sophie aus und lief ihrer Tante Alice in die Arme.

»Emma, stell mir doch mal deinen attraktiven jungen Mann vor. Du hast ja keine Zeit verschwendet, dir einen prächtigen Burschen zu angeln!«, schwärmte Alice mit ihrem kultivierten englischen Akzent, der jede Spur ihrer Herkunft aus der Navan Road kaschierte.

»Komm mit und lern ihn kennen.«

»Woher kommt er?«

»Aus Kuba.«

»Meine Güte, heutzutage kommen Menschen aus aller Welt nach Irland!«

»Er lebt nicht hier, Alice. Er macht nur Urlaub.«

Felipe erwartete sie schon mit zwei Gläsern Champagner, von denen er eines Emma reichte und das andere galant der Dame in ihrer Begleitung anbot.

»Felipe, das ist meine Tante Alice. Sie lebt in England.«

»Erfreut, Ihre Bekanntschaft zu machen«, sagte er höflich und hielt ihr die Hand hin.

»Und woher kennen Sie Emma?«, quetschte sie ihn aus, während sie seine Hand nahm.

»Aus Kuba.«

»Wann warst du noch mal dort?«, fragte Alice bei Emma nach.

»In den Osterferien.«

»Wie herrlich! Da wollte ich auch schon immer mal hin!«

»Hast du schon mit Mum gesprochen, Alice?«

Alice nippte an ihrem Champagner. »Das heb ich mir lieber für später auf. Ich halte mich bedeckt, während die Massen sie bewundern.«

Ihr scharfer Unterton machte Emma Angst. Warum hatte Alice nach so vielen Jahren des Schweigens beschlossen, den ersten Schritt zu machen und herzukommen, um ihrer Mutter von Angesicht zu Angesicht gegenüberzutreten? Maggie hatte ihren Töchtern nie erzählt, warum sie sich zerstritten hatten.

»Es gefällt mir nicht, wie du Emma ansiehst. Denk dran, das ist Mums Party, und ich will nicht, dass du eine unschöne Szene provozierst«, sagte Louise nervös.

»Sei unbesorgt, ich bleibe sowieso nicht lange.«

»Du bleibst bis zum Schluss und hilfst mir beim Aufräumen!«

Seufzend trank Sophie einen Schluck Champagner. »Das Durchschnittsalter in diesem Raum beträgt achtzig Jahre. Selbst die Kinder können es nicht heben.«

»Das sind Mums Freunde. Find dich heute Abend einfach damit ab, okay?«

Sophie ließ die Blicke durch den Raum schweifen. Als sie in der Ecke einen attraktiven Mann entdeckte, musste sie zweimal hinsehen, bevor sie Felipe erkannte. Sein neuer kurzer Haarschnitt und die schicken Klamotten standen ihm. Und tanzen konnte er auch, soweit sie sich erinnerte.

Sie ließ Louise einfach stehen, schlenderte zum DJ und nahm ein paar CDs in die Hand.

»Haben Sie auch was aus dem einundzwanzigsten Jahrhundert?«

»Hey, das ist die Musik, die ich spielen sollte. Aus den 50ern und 60ern.«

»Tja, dieser Frank-Sinatra-Song stammt definitiv aus den 40ern. Können Sie nicht ein bisschen mehr Leben in die Bude bringen?«

»Ich spiele nur, was mit mir abgesprochen wurde.«

»Tja, vergessen Sie meine Schwester. Die hat sowieso keinen Geschmack. Wie wär's mit Latin Music? Salsa oder so?«

Der DJ zuckte mit den Achseln, spielte ein Stück mit schnellerem Tempo und drehte die Musik lauter. Sophie nahm Felipe ins Visier und steuerte zielstrebig auf ihn zu. Auf der Hälfte der Strecke fing Louise sie ab.

»Wag es nicht, dich Emmas Freund zu nähern!«

»Ich will ihn nur begrüßen.«

»Du hast schon genug Schaden angerichtet!«

»Tja, Emma würde es sicher brennend interessieren, dass du von meiner Affäre mit Paul wusstest und ihr nie was davon gesagt hast!«

Louise sah sie fassungslos an. »Wie tief kannst du eigentlich noch sinken, Sophie? Ich glaube langsam, dass du aus nichts als Arglist bestehst.«

»Ihr seid doch die mit den Problemen! Ihr zwei dürft mit Jammermienen rumlaufen und eure Herzen auf der Zunge tragen. Was ist mit dem Schmerz, den ich durchgemacht habe? Mir fehlt Paul schließlich auch – und anscheinend mehr als Emma!«

Zu Louises Erleichterung trat Larry auf sie zu und nahm seine jüngste Tochter bei der Hand.

»Tanzt du mit deinem alten Dad?«

Sophie konnte ihm keinen Korb geben, weil er ihr in den kommenden Tagen aus der Patsche helfen musste. Auf ihrem Konto herrschte Ebbe, und ihr Kreditkartenlimit war ausgereizt. Aber dass sie diesen Monat auch ihre Hypothekenrate nicht beglichen hatte, traute sie sich nicht, ihm zu beichten.

Felipe griff nach Emmas Hand, um sie aufzuhalten, bevor sie wieder abschwirrte, um mit den Gästen zu reden.

»Können wir kurz nach draußen gehen?«

»Natürlich. Entschuldige, wenn ich dich vernachlässigt habe.«

Sie ließ sich von ihm durch die Glastüren auf den Balkon lotsen, wo der Blick auf den Hafen und auf Ireland's Eye fantastisch war. Im Westen ging die Sonne unter und warf rosa Schatten auf die weißen Segelboote im Yachthafen.

»Du lebst in einem herrlichen Land.«

»Finde ich auch. Ich gehe oft morgens am Pier spazieren, um den Kopf freizubekommen.«

»In Havanna ist es jetzt sehr heiß. Die Luft in Irland ist so schön klar und kalt.«

»Jetzt ist Sommer. Im Winter wird es noch viel kälter.«

Felipe wirkte entsetzt.

»Du musst mal im tiefsten Winter herkommen! Diesen Februar hatten wir in Howth zum ersten Mal seit sieben Jahren Schnee!«

»Ich würde gerne mal Schnee sehen.«

Emma blickte nach Westen zur Sonne, die sich jetzt in eine große rote Kugel verwandelte und hinter den Restaurants und den Fischläden am West Pier versank.

»Die Sonne spiegelt sich in deinen Augen«, sagte Felipe mit einem Lächeln und streichelte ihre Wange. »Emma ...«

»Felipe, wie schön, Sie wiederzusehen!«

Felipe ließ jäh die Hand sinken und wich zurück.

Zwischen ihnen stand Sophie und wedelte mit ihrem Champagnerglas.

»Ich dachte, du wärst so vernünftig, dich heute Abend von mir fernzuhalten!« Emma starrte sie wütend an.

»Mit dir rede ich nicht!«, gab Sophie trotzig zurück.

»Aber ich mit dir! Warum gehst du nicht zu Alice und bespaßt sie?«

»Manche Menschen sind so nachtragend! Finden Sie nicht, Felipe? Sie können die Vergangenheit einfach nicht ruhen lassen.«

Felipe versteckte sich hinter seinem Glas und trank einen Schluck.

»Entschuldige uns, Felipe«, sagte Emma schroff, packte ihre jüngste Schwester grob am Ellbogen und zerrte sie zum hinteren Ende des Clubs, wo die Partygäste sie nicht sehen konnten. »Falls es dir nicht aufgefallen ist, ich bin dir in letzter Zeit aus dem Weg gegangen, weil ich deinen Anblick nicht ertragen kann, aber weißt du, mir ist inzwischen klar geworden, dass du mir einen Gefallen getan hast. Mein Ehemann, dein reizender Liebhaber, war total verkorkst!«

»Er war ein wunderbarer Mann, und alles wäre so viel schöner, wenn er dich verlassen hätte, wie er es vorhatte, und sich mit mir ein neues Leben aufgebaut hätte!«

Emma hatte die Nase voll. Sophie musste die Wahrheit erfahren.

»Du naives kleines Miststück!«

Sophie schnappte nach Luft, holte aus und schlug Emma ins Gesicht.

»Fühlst du dich jetzt besser?«, fragte Emma sarkastisch.

Sophie sah sie wütend an. »Wenn hier irgendwer ein Miststück ist, dann du. Nur merkt es leider keiner. Ich weiß, dass du dich aufführst wie eine Femme fatale, aber deinen Mann hast du gelangweilt!«

»Wenigstens bin ich nicht für seinen Tod verantwortlich! Das ist ganz allein deine Schuld!«

Sophie runzelte die Stirn. »Wovon sprichst du?«

»Paul ist keines natürlichen Todes gestorben. Er hat Selbstmord begangen.«

Sophie sperrte ungläubig den Mund auf und machte große Augen. »Paul hatte einen Herzanfall.«

»Ja, weil er zu viele Tabletten geschluckt hat. Paul hat sich umgebracht, weil du ihn unter Druck gesetzt hast, mich zu verlassen. Offenbar wollte er mich nicht verletzen, also hat er sich umgebracht. Das war der einzige Ausweg, den er aus der Situation gesehen hat, in die du ihn getrieben hast.«

»Du lügst!«

»Tut die Wahrheit weh, Sophie? Du warst dein Leben lang ein verwöhntes Gör! Es wird langsam Zeit, erwachsen zu werden und deinen eigenen Mist auszubaden. Du lebst in einer Traumwelt, weil du von klein auf in Watte gepackt wurdest. Aber weißt du was, Schwesterchen? Es ist Zeit aufzuwachen!«

Sie hörten Schritte, starrten sich aber weiter wütend an.

»Was macht ihr zwei denn hier? Dad sucht euch, weil ihr die Torte reinbringen sollt.« Als Louise die Mienen ihrer Schwestern sah, hätte sie sich am liebsten aus dem Staub gemacht.

»Ich hab Sophie nur eine kleine Lektion erteilt. Stimmt's, Sophie?«

»Kommt jetzt«, drängte Louise sie. »Konntet ihr damit nicht bis nach der Party warten?«

Sophies Augen füllten sich mit Tränen. »Als wärst du so verdammt perfekt! Du wusstest von Paul und mir und hast es Emma nie gesagt! Da, Emma! Wie gefällt dir das? Vertraust du Louise jetzt immer noch? Sie gibt sich solche Mühe, so zu sein wie du! Vielleicht langweilt sie ihren Mann auch zu Tode!« Damit machte sie auf dem Absatz kehrt und floh über die Treppe zum Tor hinter dem Haus.

»Wo will sie denn hin?«

Emma schüttelte ratlos den Kopf. »Keine Ahnung!«

»Was hast du ihr gesagt?«

»Die Wahrheit über Paul.«

Louise schnappte nach Luft.

Emma starrte sie anklagend an. »Und du wusstest es die ganze Zeit?«

Louise schüttelte den Kopf. »Emma, es tut mir so leid, dass ich nichts gesagt habe. Aber ich wollte nicht, dass die Familie auseinanderbricht ...«

»So wie jetzt?«

»Ich fand nicht, dass es was bringen würde.«

»Auch nicht nach seinem Tod?«

»Danach schon gar nicht. Ich dachte nicht, dass es dir in deinem Schmerz helfen würde. Glaub mir, Emma, hätte ich auch nur eine Sekunde lang geglaubt, dass es dir eine Hilfe gewesen wäre, hätte ich es dir gesagt.«

Emma seufzte laut. »Und ich hab geglaubt, gerade dir könnte ich vertrauen.«

»Bitte verzeih mir. Ich wollte nur dein Bestes.«

Emma war nach der Auseinandersetzung mit Sophie erschöpft, und rückblickend war Louises Geheimnis nicht mehr von Bedeutung.

»Bringen wir nur den heutigen Abend hinter uns, ja?«

»Was machen wir mit der Torte?«

»Sag Dad, er soll sich noch ein Weilchen gedulden. Ich brauche was zu trinken und eine Auszeit. Mir ist eine große Last genommen.«

»Vielleicht kann Paul jetzt seinen Frieden finden.«

»Vielleicht können wir das jetzt alle. Ich muss mein Leben weiterleben, Louise.«

»Das müssen wir alle.«

Louise und Emma gingen zur Tanzfläche, wo die Partygäste zu *Can You Feel It?* von den Jackson Five schwoften.

»Sind das Mum und Alice, die da zusammen tanzen und lachen?«, fragte Louise ungläubig.

»Ich glaube ja«, sagte Emma und schüttelte erstaunt den Kopf.

Felipe gesellte sich zu ihnen und legte beruhigend den Arm um Emma. Er gab ihr einen Kuss auf die Wange, die Sophie noch vor Minuten malträtiert hatte.

»Alles in Ordnung?«, fragte er besorgt.

»Jetzt schon.«

Sophie stürzte aus dem Yachtclub und über den Bürgersteig zum Kinderspielplatz. Sie war vor Tränen fast blind und schluchzte so laut, dass ein Paar, das seinen Hund auf der Promenade spazieren führte, stehen blieb und nachfragte, ob es ihr gut ginge. Sie wimmelte sie ab und setzte sich auf eine Schaukel, um sich auszuruhen. Inzwischen verfärbte sich der Himmel tiefblau, und im Osten zeigten sich ein paar Sterne.

Sie hielt sich an den Schaukelketten fest und stieß sich mit den Füßen ab. Während sie vor- und zurückschwang, versuchte sie zu vergessen, wie erbärmlich sie sich fühlte. Wie hatte Paul Selbstmord begehen können, obwohl sie ihn so liebte? Sie hatte geglaubt, ihre Liebe sei alles, was ein Mann brauchte. Dass sie jeden haben konnte, den sie wollte. Doch dass Greg Dublin verlassen hatte, ohne noch einmal Kontakt zu ihr aufzunehmen, zeigte ihr, dass im Leben vielleicht doch nicht immer alles nach ihrer Nase lief. Dabei war es schon schlimm genug, arbeitslos zu sein und kein Geld zu haben. Sie zitterte, während sie über ihr Leben nachgrübelte. Als ihr Blick auf Beshoff's Pommesbude auf der anderen Straßenseite fiel, verspürte sie den Wunsch nach einer Tasse Kaffee. Sie musste sich zusammenreißen. Fröstelnd umschlang sie ihren Körper mit ihren nackten, mit Gänsehaut überzogenen Armen.

Die Schlange war kurz, und Sophie stellte sich hinter einem jungen Pärchen von zwölf oder dreizehn Jahren an, dessen offensichtliche Zuneigung Sophie weiter zittern ließ. Der Kunde ganz vorn in der Schlange nahm seine braune Essenstüte und wandte sich zum Gehen. Nach zwei Schritten fiel sein Blick auf die Frau im roten Kleid.

»Sophie?«

»Jack! Was tust du denn hier?«

»Ich wohne hier ganz in der Nähe. Und was machst du hier?«

»Ich bin auf der Geburtstagsparty meiner Mum drüben im Yachtclub.«

Die Bedienung rief Sophie zu: »Was darf's sein?«

»Nur einen Kaffee, bitte.«

»Und warum bestellst du dir dann hier einen Kaffee?«

»Ich hatte einen kleinen Streit ...«

Jack zog eine Augenbraue hoch. Nach dem Zwischenfall mit Aoife war er immer noch wütend auf Sophie, aber sie sah bemitleidenswert aus. Er hätte sie einfach stehen lassen können, doch seine Neugier siegte.

»Mit wem hast du dich denn diesmal gestritten?«

»Mit Emma. Aber es ist alles meine Schuld.«

Die Bedienung stellte ihr einen Styroporbecher auf die Theke. »Das macht zwei Euro.«

Sophie ließ ihr Handtäschchen von der Schulter gleiten und ließ es aufschnappen.

»Ich übernehme das«, sagte Jack galant und griff tief in die Hosentasche seiner Jeans.

Sophie bedankte sich bei ihm und nahm den Becher von der Theke. »Ich war drüben auf dem Spielplatz.« Jack schien ein anständiger Kerl zu sein, und sie hatte ihm übel mitgespielt.

»Willst du da wieder hin?«, fragte er.

Sophie nickte und lief los. Ohne so genau zu wissen, warum, folgte Jack ihr. Seit Aoife weg war, langweilte er sich abends.

»Hast du Lust, deine Pommes mit mir auf dem Spielplatz zu essen?«

»Klar. Warum nicht?«

»Es tut mir echt leid, Jack. Ich war ein richtiges Miststück neulich Abend im Merrion Hotel.«

»Ich habe mich auch nicht gerade mit Ruhm bekleckert. Ich hätte nicht mit dir schlafen dürfen, obwohl ich noch mit Aoife zusammen war. Ich hab in den letzten Wochen viel nachgedacht und bin zu dem Schluss gekommen, dass ich jetzt die Suppe auslöffeln muss, die ich mir selbst eingebrockt habe.«

Sophie holte tief Luft. Genau das hatte sie noch nie gemusst. Bei ihr hatte sich immer alles wie von selbst gefügt. »Ich wollte dir und Aoife nicht wehtun. Ich hab mir nichts dabei gedacht. Ich hatte viel getrunken. Ist jetzt alles wieder gut?«

Jack schüttelte den Kopf. »Sie hat einen anderen.«

»Das ging ja flott!«

Jack nickte. »Fand ich auch. Vielleicht bin ich einfach nicht für die Ehe geschaffen.«

»Ich weiß, was du meinst. Ich wohl auch nicht. Was hast du jetzt vor?«

»Ich hab meinen Job bei der *Times* verloren und geh zurück nach New York.«

»Ich wünschte, das könnte ich auch«, seufzte Sophie und meinte es todernst.

»Dort ist es anders als hier. Ich brauche Abstand von Aoife. Ich kann den Gedanken nicht ertragen, dass sie mit einem anderen zusammen ist.«

»War sie die Richtige für dich?«

»Ich hab es wenigstens geglaubt. Aber dann hab ich deine Schwester Louise wiedergetroffen und war total durcheinander.«

Fragend legte Sophie den Kopf schief. »Was meinst du?«

»Ich war ihr letzter Seitensprung vor der Hochzeit.«

»Du und Louise hattet mal was miteinander?«

Jack nickte. »Kurz vor ihrer Heirat.«

Sophie war geschockt – und sie war nicht so leicht zu schocken.

»Ich fass es nicht. Du musst noch sehr jung gewesen sein.«

»Louise war meine Lehrerin. Aber wir haben gewartet, bis ich mit der Schule fertig war.«

»Ist es nicht eine Ironie des Schicksals, dass ich jetzt dein letzter Seitensprung vor der Hochzeit war?«

Jack stieß ein ironisches Lachen aus. »So hab ich es noch nicht gesehen, aber es stimmt. Nur mit unterschiedlichen Resultaten. Ich hab meine Hochzeit nicht durchgezogen. Glaubst du, dass Louise mit Donal den Richtigen gefunden hat?«

Sophie warf den Kopf in den Nacken und lachte. »O Gott, unbedingt! Sie sind wie füreinander geschaffen, aber ich weiß nicht, ob es ihnen überhaupt klar ist. Wahrscheinlich merken sie es erst, wenn einer von ihnen stirbt.«

»Das klingt sehr makaber.«

»So sind manche Paare eben. Erst wenn sie einander verlieren, wissen sie zu schätzen, was sie aneinander hatten, doch dann ist es zu spät.«

Jack steckte sich eine Fritte in den Mund. Er kam sich vor wie ein Zehnjähriger, während er dort auf dem verlassenen Spielplatz auf einer Schaukel saß.

»Ich bin froh, dass ich dich getroffen habe«, murmelte Sophie und starrte ins Leere. »Weißt du, ich glaube, du musst dich um Aoife bemühen. Gib nicht auf!«

»Damit du dich wieder besser fühlst?«

Vielleicht war das der Grund. Sophie hatte eine Spur der Verwüstung hinterlassen und stand jetzt ganz allein da, ohne Job und mit nichts, worauf sie sich freuen konnte.

»Ja! Unbedingt! Du musst deine Verlobte für mich zurückgewinnen!« Sie lachte. »Aoife ist mir eigentlich egal, aber du bist nicht übel. Hör zu, ich muss zurück zu dieser Party. Danke für den Kaffee.«

»Gern geschehen! Und danke für den Rat. Grüß Louise von mir.«

Sophie lief zurück zum Yachtclub und warf ab und zu einen Blick zurück zu dem Mann auf der Schaukel. Die Sache mit Paul und Emma war nicht wiedergutzumachen, aber Jack konnte seine Probleme vielleicht noch lösen. Als sie zur Tür des Clubs kam, brachte sie es nicht über sich hineinzugehen. Ihr Blick fiel auf ihren Wagen. Sie war nüchtern genug, um zu fahren. Das war ihre Chance, sich schnellstens aus dem Staub zu machen. Plötzlich fiel ihr ein, dass sie zwar ihre Handtasche hatte, ihre Autoschlüssel aber noch in ihrem Mantel steckten. Sie stahl sich die Treppe hinauf, und als ein paar Freundinnen ihrer Mutter aus dem Bridge-Club von der Garderobe kamen, hielten sie ihr die Tür auf.

»Die Musik ist viel zu laut! Mit dreißig wirst du taub sein, meine Liebe.«

Sophie antwortete nicht und schnappte sich schnell ihren Mantel. Wenn sie sich sputete, konnte sie entkommen, bevor noch andere Gäste herauskamen.

»Wo ist Sophie?«, fragte Larry energisch.

»Keine Ahnung, Dad.« Louise war langsam auch besorgt.

»Es wird Zeit, die Kerzen anzuzünden. Es ist schon halb zwölf! Viele werden bald nach Hause gehen wollen.«

»Ich hole Emma.«

»Und Sophie ...«

Louise entdeckte Emma und Felipe auf dem Balkon und trat zu ihnen hinaus.

»Dad will, dass wir langsam in die Gänge kommen. Irgendeine Spur von Sophie?«

Emma seufzte. »Ich ziehe jetzt nicht los, um sie zu suchen. Holen wir die Torte einfach ohne sie rein.«

Louise gab das Zeichen, das Licht zu dämpfen, und schob den Serviertisch mit der Torte in den Raum. Als die Melodie von »Happy Birthday« erklang, sangen alle mit.

Maggie errötete unter ihrem Make-up und klimperte mit den Wimpern. Dann blies sie mit viel Gefühl die Kerzen aus.

Larry nahm das Mikrofon und räusperte sich, während die Musik erstarb.

»Ich danke euch allen, dass ihr heute Abend hierhergekommen seid, um dieses besondere Ereignis mit mir, meiner wunderschönen Frau und meinen Töchtern zu begehen.«

Alle im Raum jubelten. Dass Sophie fehlte, schien niemandem aufzufallen.

»Ich habe großes Glück. Es bedurfte erst einer lebensbedrohlichen Herzoperation, um mir darüber klar zu werden. In den vielen Stunden, die ich im Beaumont Hospital gelegen habe und dachte, dass ich nie wieder rauskomme, hat mich eins zum Durchhalten motiviert: dass Maggie zu Hause auf mich gewartet hat. Sie ist mir immer eine fantastische Ehefrau und den Kindern eine wunderbare Mutter gewesen, und dies ist eine großartige Gelegenheit, ihr zu sagen, wie sehr wir sie lieben.«

Jubel brach aus, und Louise zog Emma beiseite.

»Was machen wir jetzt?«

»Wir sagen einfach gar nichts und hoffen, dass es keinem auffällt. Verdammt, dafür könnte es zu spät sein. Alice treibt ihr Unwesen mit einem Fotoapparat.«

»Emma, wo ist Sophie? Ich will ein Foto von eurer Mutter mit euch drei Mädels machen.«

»Ich glaub, sie ist draußen, um frische Luft zu schnappen«, sagte Louise höflich und nahm ihrer Tante die Kamera aus der Hand. »Geh doch mal rüber zu Mum, dann fotografiere ich euch zwei.«

Alice kam Louises Vorschlag nach und hakte sich bei Maggie ein.

»Bitte recht freundlich!«, rief Louise, während die Kamera blitzte.

Maggie saugte die Aufmerksamkeit ihrer Freunde, die sie umringten, begierig in sich auf. Ihr war Sophies Abwesenheit gar nicht aufgefallen, und Louise fragte sich, warum sie sich deshalb Sorgen gemacht hatte. Sie sollte ihre Mutter besser kennen.

Sophie heizte durch die Stadt, als wäre der Teufel hinter ihr her. Sie sehnte sich danach, sich einfach ins Bett zu legen und sich die Decke über die Ohren zu ziehen. Ihr war schleierhaft, warum Paul eine Überdosis genommen hatte. Vielleicht war es ein Versehen gewesen, und er hatte sich gar nicht umbringen wollen. Er hatte doch so viel gehabt, wofür es sich zu leben gelohnt hätte. So viel, worauf er sich hätte freuen können.

An der Polizeistation von Clontarf bog sie ab. Tränen trübten ihren Blick, sodass sie fast über den Bürgersteig bretterte.

So spät am Abend noch durch East Wall zu fahren war nicht gerade angenehm. Sophie bog am Seabank House Pub ab, wo sich eine Gang aus Jugendlichen versammelt hatte. Von ihr unbemerkt, fing der Wagen an zu tuckern. Erst als sie über die Gewölbebrücke fuhr und auf der anderen Seite wieder herabrollte, fiel ihr auf, dass der Motor nicht mehr lief. Der kleine Mazda MX-5 schaffte es bis zur New Wapping Street, bevor er stehen blieb. Sophie sah aufs Armaturenbrett: Die Benzinuhr zeigte einen leeren Tank an. Hier in der Nähe gab es nirgends eine Tankstelle. Es gefiel ihr nicht, ihren schicken kleinen Wagen die ganze Nacht auf der Straße stehen zu lassen, aber sie hatte keine Wahl. Ihr Leben lag in Scherben. Nervös schloss sie den Wagen ab und lief weiter zur Sheriff Street. Sie wühlte in ihrer Handtasche, wie viel Geld sie dabeihatte. Zwanzig Euro. Das war immerhin etwas, und sie hoffte, dass bald ein Taxi vorbeikäme. Und wenn nicht, wären es nur noch wenige Minuten Fußweg bis nach Hause. Es war totenstill, und sie war schon oft nachts zu Fuß nach Hause gegangen, aber normalerweise von der Südseite des Liffey aus und immer unter hellen Straßenlaternen. Das hier war keine Gegend, in der eine junge Frau allein unterwegs sein sollte, und Sophie wusste es nur allzu gut.

Hinter ihr erklangen Schritte. Als sie sich umdrehte, sah sie einen jungen Mann mit einer Kapuzenjacke, Sneakers und Baggy Jeans.

»Hey! Bock auf Stoff?«, schrie er sie an.

Es bestand kein Grund, so zu schreien. Er lief direkt neben ihr. Aber er hatte gesehen, wie sie ihre Handtasche öffnete, und brauchte dringend Geld.

Sophie sah sich hilfesuchend um. Auf der Straße war sonst niemand.

»Ob du Bock auf Stoff hast!«

Sophie hatte Angst, mit dem ungepflegten Jugendlichen zu sprechen, traute sich aber auch nicht, ihn zu ignorieren.

»Ich hab nicht viel Geld dabei.«

»Das ist geiler Stoff! Aber du bist 'n steiler Zahn. Ich geb ihn dir für 'n Zwanni.«

Sophie sah ihn nervös an. »Was ist das?«

»Hilft dir beim Einpennen. Beim Chillen.«

Sophie öffnete ihre Tasche und reichte ihm die zwanzig Euro. Vielleicht ließe er sie dann in Ruhe.

Der Jugendliche grinste zufrieden und warf ihr ein kleines Pillenfläschchen zu.

»War 'ne Freude, mit dir Geschäfte zu machen!« Und zu Sophies großer Erleichterung verschwand er in einer Nebenstraße.

Sie beschleunigte ihre Schritte und war bald in der Lower Mayor Street. Nur noch wenige Minuten, dann wäre sie am Custom House Square und in ihrem gemütlichen Apartment. Sie hielt ihren Schlüssel bereit und rannte die letzten paar Stufen zu ihrer Wohnung. Noch nie war sie so froh gewesen, zu Hause zu sein. Das war einer der schlimmsten Abende ihres Lebens, nur vergleichbar mit der Nacht, nachdem sie von Pauls Tod erfahren hatte.

Als Maggie Owens Larry zuwinkte, wusste er, dass es Zeit war, Schluss zu machen. Sie war müde, genau wie die meisten Partygäste. Sie entdeckte Louise in der Ecke und rief sie zu sich.

»Wo ist Sophie?«

»Ich glaube, sie ist nach Hause gegangen, Mum.«

»Ich möchte mich bei euch allen bedanken! Ich hatte einen fantastischen Abend.«

»Das ist schön. Haben wir alle eingeladen, die du dabeihaben wolltest?«

»Ja, und sogar jemanden, den ich nicht dabeihaben wollte, aber jetzt bin ich froh darüber.«

»Ach, du meinst Alice?«

»Ich freue mich, dass sie hier ist. Das war sicher Emmas Idee.«

»Nein, Mum«, seufzte Louise. »Es war Dads.«

Maggie schlüpfte in ihren Mantel und hängte sich ihre Handtasche über den Arm. Sie war jetzt wieder supersachlich, und es war, als hätte die Party nie stattgefunden.

»Ich bin froh, dass ich die Gelegenheit hatte, etwas mit ihr zu klären. Wo ist euer Vater? Ich will nach Hause.«

Kapitel 25

Jack konnte nicht schlafen. Sophies Worte klangen ihm noch im Ohr. Er wollte das Land nicht verlassen, ohne sich von Aoife zu verabschieden. Also setzte er sich an seinen Laptop und schrieb ihr eine E-Mail. Er musste sich richtig ins Zeug legen.

> Liebe Aoife,
> ich würde es dir nicht verübeln, wenn du das löschst, aber ich wüsste es wirklich zu schätzen, wenn du es liest. Ich habe mich entschlossen, Dublin den Rücken zu kehren. Ich sehe hier für mich keine Zukunft mehr. Es ist unerträglich für mich, dass du mir so nahe bist und doch nicht bei mir. Ich habe dir Unrecht getan, und du hast etwas Besseres verdient. Ich werde dir nicht vorgaukeln, dass es mir egal war, dich mit dem anderen Mann zu sehen, aber wenn er dich glücklich macht und gut zu dir ist, wünsche ich euch alles Gute.
>
> Mein Flug ist für Mittwoch gebucht, und wenn du dir vorstellen kannst, dich vorher noch einmal mit mir zu treffen, wäre das mehr, als ich zu hoffen wage. Danke, dass du bis hierher gelesen hast. Wenn du bis an diese Stelle gekommen bist: Ich hoffe, dein Leben wird so schön, wie du es verdienst.
> In Liebe
> Jack

Am liebsten hätte er neben seinen Namen ein paar Küsse gesetzt, aber das wäre nun doch zu viel des Guten gewesen.

Sophie goss sich eine großzügige Menge Wodka ein und ließ ein paar Eiswürfel hineinplumpsen. Sie füllte das Glas mit Orangensaft auf, nahm es mit ins Schlafzimmer und verband ihren iPod mit den Lautsprechern. Dann legte sie sich aufs Bett, schloss die Augen und ließ dem Schmerz und dem Ärger freien Lauf, die sich seit der Party in ihr aufgestaut hatten. Sie hatte gehofft, sich danach besser zu fühlen, doch je schneller sie den Wodka trank, desto schlechter ging es ihr.

Sie tapste in ihre winzige Küche und suchte nach etwas Essbarem, hatte aber nur noch ein paar weich gewordene Kekse im Schrank. Die letzte Dose Bohnen hatte sie sich schon gestern aufgewärmt. Traurig dachte sie an früher, als sie und Paul sich oft von *Il Fornaio* ein köstliches Pastagericht oder eine Pizza hatten kommen lassen. Er hatte sie immer in so wunderschöne Lokale ausgeführt. Was sollte jetzt aus ihr werden? Sie steckte sich einen Keks in den Mund und spuckte ihn angewidert in die Spüle. Danach ging sie ins Bad und begann, sich abzuschminken. Schwarze Mascara-Schlieren verunstalteten ihre Wangen. Der Augen-Make-up-Entferner stand ganz hinten im Schränkchen – gleich neben den Xanax-Tabletten, die sie inzwischen nicht mehr nahm. Sie holte die Flasche heraus und schüttelte sie. Es waren noch zehn Tabletten drin. Gleich daneben lag eine volle Schachtel Paracetamol. Zusammen mit dem Zeugs, das sie vorhin dem Typen auf der Straße abgekauft hatte, ergäbe das einen tödlichen Cocktail. Der Wodka machte sie unbesonnen, und die Wut über den Streit mit Emma brodelte in ihr. Sie schnappte sich beide Schachteln und nahm sie mit. Die Abschminkerei war nicht mehr nötig. Wo sie hinging, brauchte sie nicht gut auszusehen.

Zurück im Schlafzimmer, kramte sie das Fotoalbum heraus, das sie von sich und Paul angelegt hatte. Darin fanden sich die glücklichsten Momente ihres Lebens. Jetzt konnte sie wieder glücklich sein und für immer bei Paul sein. Sie füllte ihr Glas mit Saft auf. Sie würde eine Menge davon brauchen.

Felipe küsste Emma wach.

»Guten Morgen«, murmelte sie mit einem zufriedenen Lächeln. »Danke für gestern Abend.«

»Es war schön, deine Familie kennenzulernen.«

Emma seufzte. »Sie sind schrecklich, was?«

Felipe legte zärtlich die Hand an ihre Wange. »Es war eine schöne Party.«

»Lass uns den Tag heute ganz allein verbringen. Ich bin froh, dass Finn nach der Party bei Louise und Donal übernachten wollte.«

»Hoffentlich lag das nicht an mir.«

»Natürlich nicht. Er ist in einem schwierigen Alter.«

»Es ist schwer für ihn.«

Emma sah Felipe tief in die Augen. Was für einen wunderbar sensiblen Mann sie sich geangelt hatte!

»Das ist zwar Finns Zuhause«, erklärte sie, »aber wir haben nur diese wenigen gemeinsamen Wochen. Wenn er älter ist, wird er es verstehen.«

»Aber er braucht dich jetzt.«

Emma hasste es, wenn er so vernünftig war. Natürlich hatte er recht. Wie rücksichtsvoll er war! »Aber Felipe! Ich brauche *dich*!«

Das ließ er sich nicht zweimal sagen. Er beugte sich vor und küsste sie noch einmal.

Als Louise endlich wach wurde, war Donal schon längst aufgestanden und fertig angezogen. Ihr brummte der Schädel, und sie wünschte, sie hätte nicht so viel getrunken.

»Wohin gehst du?«

»Segeln!«

»Ich dachte, ihr segelt jetzt sonntags!«

»Sie haben eine neue Samstagsserie eingeführt.«

»Wir verbringen immer weniger Zeit miteinander. Man könnte meinen, wir gehen uns aus dem Weg!«

Donal warf seiner Frau einen genervten Blick zu. »Aber ich war gestern den ganzen Abend mit dir zusammen.«

»Wenn du nicht gerade Emma und Felipe mit bösen Blicken durchbohrt hast!«

»Wach endlich auf, Louise! Ich mache mir Sorgen um Emma. Bei dir klingt es so, als hätte ich eine Schwäche für sie.«

»Und, ist es so?«

Donal zerrte seine Fleecejacke aus dem Schrank. »Das werde ich mit keiner Antwort würdigen.«

Doch Louise war verunsichert und schlug mit der Faust auf ihr Kissen. Donal war Emma ein guter Schwager und mehr nicht. Warum also gab sie solche Dummheiten von sich, wenn sie verletzt war? Erst als die Haustür zuknallte, wagte sie sich nach unten in die Küche.

Dort saß Alice in einem von Louises Morgenmänteln. Sie trank eine Tasse Tee und schmierte sich gerade Butter auf ihren Toast.

»Ich wusste nicht, dass du schon auf bist«, wunderte sich Louise. »Sonst hätte ich dir Frühstück gemacht.«

»Ist schon in Ordnung, Liebes. Ich hoffe, es stört dich nicht, dass ich mich selbst bedient habe.«

Louise lief zum Wasserkessel und drückte auf den Knopf. Ihre Tante strahlte und sah anders aus als sonst – glücklicher.

»Hat es dir gestern Abend gefallen?«, fragte Louise.

»Es war eine wunderschöne Party. Glaubst du, dein Vater war zufrieden?«

»Ich denke schon. Schließlich hat er gesehen, wie glücklich Mum war, und das war alles, was er wollte.«

»Maggie war immer schon ein Glückspilz. Sie hat sich den besten Mann geangelt!«

»Lass das nur Dick nicht hören!«

»Er weiß das. Ich sage es ihm ständig. Du hast genauso viel Glück.«

Die Bemerkung überraschte Louise. »Das sehe ich aber anders! Sophie hat viel mehr Glück.«

»Aber Sophie hat keinen zuverlässigen Partner an ihrer Seite. Larry hat Maggie immer geliebt – über alles.«

»Als Kinder haben wir das für selbstverständlich gehalten und geglaubt, dass alle Eltern so sind.« Sie sah ihre Tante an. »Ich bin froh, dass du dich wieder so gut mit Mum verstehst.«

»Ich hatte Angst herzukommen, das muss ich zugeben. Aber jetzt bin ich froh darüber. Wir werden alle nicht jünger, und es könnte die letzte Gelegenheit gewesen sein, Frieden zu schließen.«

»Entschuldige die Frage, aber weshalb habt ihr euch zerstritten?«

Alice schüttelte ungläubig den Kopf. »Im Nachhinein war es ziemlich albern, aber so ist das wohl bei Familienfehden. Sie entzünden sich meist an Kleinigkeiten. Es war, als wir einmal im Sommer zusammen in Cornwall Urlaub gemacht haben. Erinnerst du dich daran?«

»Ja. Damals war es so heiß, dass wir jeden Tag am Strand waren.«

»Ihr Kinder hattet eine tolle Zeit. Unsere beiden Familien hatten eine Menge Spaß – bis zum vorletzten Abend. Wir Erwachsenen hatten zu viel getrunken, und dein Vater und ich waren als Letzte noch auf. Es war alles ganz unschuldig. Er hat mich umarmt und mir gesagt, was für eine tolle Schwägerin ich sei. Wir haben bloß rumgealbert. Doch als deine Mutter in die Küche runterkam und uns so sah, hat sie es falsch aufgefasst.«

»Deshalb mussten wir also einen Tag früher abreisen!«

»Ich fürchte, ja. Als ich Dick am nächsten Tag davon erzählte, hat er nur gelacht. Aber deine Mutter war verärgert und hat mir seitdem nicht mal mehr Weihnachtskarten geschickt.«

Louise lachte leise in sich hinein. Das war ihr neu. »Was für eine Zeitverschwendung!«

»Finde ich auch, aber so ticken Familien eben. Es war gut, dass ich wenigstens zu euch Mädchen Kontakt hatte. Emma war wunderbar und wollte immer vermitteln, aber eure Mum wollte nichts davon wissen.«

»Typisch Emma! Aber sie hat sich verändert.«

»Kann man ihr das verübeln? In so jungen Jahren den Ehemann zu verlieren muss eine traumatische Erfahrung gewesen sein. Ich glaube, eurer Mutter hat das auch zu denken gegeben. Ihr ist klar geworden, dass wir alle sterblich sind.«

»Hast du heute schon was vor?«

»Ich gehe mit deiner Mutter in die Stadt zum Shoppen. Wir wollen verlorene Zeit nachholen.«

»Klingt gut.« Louise wünschte, etwas für ihre Schwestern tun zu können. Aber die Fehde zwischen Emma und Sophie war viel ernster als die zwischen ihrer Mutter und ihrer Tante, und die hatte fast dreißig Jahre gedauert.

Aoife stiegen Tränen in die Augen, als sie die E-Mail las. Er wollte also weglaufen. Ihr ging es nicht gut, seit sie wieder bei ihren Eltern wohnte. Sie behandelten sie wie ein kleines Mädchen. In letzter Zeit hatte sie oft an all die wunderschönen Vormittage gedacht, die sie mit Jack in Greenwich Village verbracht hatte. Sie hatten ein ideales Leben geführt. Warum hatten sie es zerstört, indem sie nach Dublin zurückgekehrt waren und versucht hatten, so zu leben wie ihre Eltern?

Karl war wahnsinnig eitel und derart von seiner Karriere besessen, dass er sie als Trophäe ansah. Sie verabscheute es auch, wie er sich bei ihrem Vater einschleimte. Wäre sie doch nur in New York geblieben! Sie wusste nicht mehr, wo ihr der Kopf stand. Als sie Jack zusammen mit Karl vor dem Haus getroffen hatte, hatte sie das tief erschüttert, und sie wäre ihm am liebsten nachgerannt. Aber zu Jack zurückzugehen hieße, sich von ihren Eltern abzuwenden, und das brachte sie nicht fertig. Aber kurz treffen konnte sie sich doch mit ihm. Wenn sie ihren Eltern nichts davon erzählte, wäre es doch in Ordnung.

Aoife musste raus aus Malahide – dessen war sie sich sicher. Aber konnte sie Jack je wieder vertrauen? Sie wusste es nicht, aber genauso wenig konnte sie den Gedanken ertragen, ohne ihn zu leben. Also klickte sie auf »Antworten« und schrieb zurück.

Emma und Felipe nahmen die Küstenstraße, die um Clontarf herumführte. Die Sonne strahlte vom Himmel, und Emma freute sich darauf, Felipe die Stadt zu zeigen und gemütlich mit ihm in den Cafés zu sitzen.

Bei der Polizeiwache bog sie nach links ab und fuhr durch den Stadtteil East Wall ins Zentrum.

Als sie die New Wapping Street entlangfuhren, fiel ihnen ein demoliertes Auto auf, und schon nach wenigen Sekunden wurde Emma klar, wem es gehörte.

»Ich glaube, das ist Sophies Wagen!«
»Sitzt noch jemand drin?«
»Sieht nicht so aus. Es wundert mich, dass es noch nicht

als Verkehrshindernis abgeschleppt wurde. Hoffentlich ist ihr nichts passiert!«

»Du musst sie anrufen.«

Emma war besorgt. Sie hatte Sophie nicht mehr gesehen, seit sie die Party nach dem Streit fluchtartig verlassen hatte. »Ich rufe Louise an.«

Louise ging nur widerwillig ans Telefon, weil sie ihr Gespräch mit Alice nicht unterbrechen wollte. Es war spannend, so viel über ihre Mutter zu erfahren.

»Louise, Emma hier. Wie lautet Sophies Autokennzeichen?«

»04D 2 irgendwas ...«

»Ich glaube, es wurde gestohlen.«

Louise schluckte. »Was soll das heißen? Was ist passiert? Wo bist du?«

»Ich bin auf einer dieser kleinen Straßen in East Wall, die alle gleich aussehen. Sophies Wagen steht hier. Ich habe dahinter gehalten, und es sitzt niemand drin.«

Felipe stieg aus und lief um Sophies Wagen herum. Die Beifahrerseite war eingetreten, doch ansonsten schien nichts kaputt zu sein. Sein Versuch, die Tür zu öffnen, scheiterte daran, dass sie verschlossen war.

»Ich hab sie nicht mehr gesehen, seit sie gestern von der Party weggerannt ist«, sagte Louise zu Emma.

»Ich hab keine Lust, mit ihr zu reden, aber wenn ihr Auto gestohlen wurde, sollte sie wissen, wo es ist.«

»Dann schreib 'ne SMS.«

»Ich frage Dad.«

»Er wird erschöpft sein. Lass nur! Ich rufe sie an.«

Felipe öffnete die Beifahrertür und setzte sich wieder neben Emma.

»Es ist abgeschlossen, aber jemand hat es mutwillig beschädigt«, berichtete er.

Emma nickte. »Hör zu, Louise. Felipe sagt, jemand hat es mutwillig beschädigt, aber es ist abgeschlossen. Also kann es nicht gestohlen worden sein.«

»Wo wolltet ihr denn hin?«

»Ich bin mit Felipe auf dem Weg in die Stadt.«

»Ich rufe sie an«, versprach Louise seufzend, »und melde mich wieder bei dir.«

Als Emma auflegte, plagten sie Schuldgefühle. In letzter Zeit hatte sie Louise alle unangenehmen Aufgaben aufgehalst, während sie eine traumhafte Zeit mit ihrem kubanischen Freund verlebte.

»Warum rufst du Sophie nicht selbst an?«, fragte Felipe.

»Felipe! Du warst doch gestern Abend dabei! Du weißt über einiges Bescheid, was Sophie sich so geleistet hat.«

»Ja, aber sie ist deine Schwester.«

»Das entschuldigt ihr Verhalten nicht.«

Felipe wandte sich ab und behielt seine Meinung für sich.

Schweigend fuhr Emma weiter am Kai entlang; links von ihnen floss der Liffey. Sie fühlte sich schlecht, weil sie so wenig Anteilnahme zeigte. Felipe hatte so viel Mitgefühl, während sie sich von ihrem Stolz und ihren verletzten Gefühlen leiten ließ. Ihr Handy klingelte.

»Ich erreiche sie weder auf dem Handy noch auf dem Festnetz. Wo seid ihr jetzt?«

»Wir sind gleich beim Internationalen Finanzzentrum.«

»Dann seid ihr fast bei ihr. Seht doch mal nach ihr!«

»Ich glaube nicht, dass ich ihren Anblick ertragen kann.«

»Tja, ich bin in Clontarf und habe Besuch. Bitte, Emma!«

Emma warf Felipe einen Blick zu. Seine Miene war unergründlich, aber sie konnte seine Gedanken lesen.

»Okay. Ich rufe dich an, wenn ich da war.«

Emma bog an den Kaianlagen scharf nach rechts ab und fuhr auf den Parkplatz des Internationalen Finanzzentrums. Aller Wahrscheinlichkeit nach würde Sophie ihren Kater auskurieren oder einfach nur schmollen, nachdem sie von der Party abgehauen war. Sie parkte und führte Felipe auf die Lower Mayor Street.

»Hier ist es sehr schön.« Felipe machte große Augen, als er die schicken kleinen Cafés und andere Symbole der coolen städtischen Lebensart sah. »Sophie lebt in einem schönen Viertel.«

Als Emma an die Mietshäuser und den Gestank in Havanna zurückdachte, fühlte sie sich schrecklich. Was musste Felipe von dem Theater halten, das ihre Familie veranstaltete? Dehannys und ihre Familie standen sich so nahe und waren so herzlich und gastfreundlich, obwohl sie so wenig besaßen. In Irland hingegen, wo so viele ein komfortables und geordnetes Leben führten und materiell abgesichert waren, zankten und stritten sie sinnlos.

Emma und Felipe erreichten die Tür von Sophies Wohnblock. Zum Glück verließ gerade ein junger Mann das Haus und hielt ihnen die Tür auf.

»Sie wohnt im zweiten Stock«, informierte Emma Felipe und nahm seine Hand.

Emma schellte und hörte es drinnen klingeln. Nach ein paar Sekunden klingelte sie erneut. Immer noch keine Reaktion.

»Wahrscheinlich ist sie nur kurz weggegangen«, spekulierte sie.

Felipe sah Emma skeptisch an. Er hatte das Gefühl, dass etwas Schlimmes passiert war, und Emma ging es genauso. »Versuch es noch einmal.«

Emma klingelte Sturm und klopfte laut. Die Tür der Nachbarwohnung wurde aufgerissen.

»Hey! Geht's auch etwas leiser? Es ist Samstag!« Die Nachbarin, die aussah, als hätte sie in der Nacht zuvor heftig gefeiert, hielt sich ihren Morgenmantel vorne zu und fasste sich an den Kopf, als hätte sie Schmerzen.

»Verzeihung! Aber wissen Sie, ob Sophie zu Hause ist?«

Die Frau, die Emma auf Anfang zwanzig schätzte, zuckte mit den Achseln. »Ich habe den Wohnungsschlüssel, wenn Sie selbst nachsehen wollen. Wir bewahren sie füreinander auf. Ich schließe mich immer aus.«

»Danke«, sagte Emma und folgte der Frau in einen verdreckten Flur, in dem Bierdosen und Gläser herumlagen. Die Wohnung hatte einmal dem höchsten Standard entsprochen, war inzwischen aber heruntergekommen.

»Bitte schön«, murmelte die Frau und reichte Emma einen vereinzelten Schlüssel.

Als Emma aufschloss, brannte in allen Zimmern Licht. Schon bevor sie das Schlafzimmer betrat, wusste sie, dass etwas Schreckliches passiert war. Mit einem Glas Orangensaft am Bett und immer noch in dem roten Kleid vom Abend zuvor lag Sophie leblos auf der Bettdecke.

Felipe stürzte zu ihr, um sie wachzurütteln, doch sie rührte sich nicht. Er versuchte vergeblich, ihren Puls zu fühlen.

»Ruf den Notarzt.«

Emma stand da wie angewurzelt. Es war genau wie im letzten August. Sie brachte es nicht fertig, Sophie zu berühren, um festzustellen, ob sie schon kalt war, weil sie sich nur allzu lebhaft daran erinnerte, wie klamm sich Pauls Haut angefühlt hatte.

»Schnell, Emma!«, beschwor Felipe sie.

Emma holte ihr Handy heraus und wählte 999.

»Notrufzentrale. Wie kann ich Ihnen helfen?«

»Einen Krankenwagen. Custom House Square.«

Felipe war kein Experte, aber er versuchte jetzt entschlossener, Sophie wachzurütteln. Sie zeigte keine Reaktion, aber da sich ihre Stirn noch lauwarm anfühlte, gab er die Hoffnung nicht auf.

»Nimm ihre Hand und sprich mit ihr. Sie muss vertraute Stimmen hören!«, drängte er sie.

Emma setzte sich zu Sophie ans Bett. Wie konnte sie das jetzt fertigbringen? Sie nahm Sophies kalte Hand in ihre und drückte sie fest.

»Sophie! Bleib bei uns! Geh nicht! Atmet sie?«

»Ja.«

Emma war hundeelend. Die Sekunden zogen sich wie Minuten, und sie war überzeugt, dass das Leben aus Sophies Körper schwand. »Bitte Sophie, bleib bei uns!«

»Was sind das für Medikamente? Neben dem Bett?«

Emma warf einen Blick auf zwei Tablettenflaschen und eine Schachtel Paracetamol.

Es klingelte.

»In der Küche«, wies sie Felipe an. »Da ist ein Knopf an der Tür. Lass sie rein.«

Felipe kam ihrer Bitte nach, während Emma weiter die Hand ihrer Schwester hielt.

Die Krankenwagenbesatzung eilte herbei und begann sofort mit der Wiederbelebung.

»Was hat sie genommen?«, wollte einer wissen.

Emma reichte ihm die Medikamente.

»Wir brauchen eine Polizei-Eskorte«, sagte der Notarzt, der Sophie reanimierte, eindringlich zu den Sanitätern.

Sie hoben Sophie auf eine Tragbahre und legten ihr einen Ambu-Beutel an, um sie mit Sauerstoff zu versorgen.

»Wird sie wieder gesund?«, fragte Emma.

»Wir tun, was wir können. Fahren Sie im Krankenwagen mit?«

»Natürlich.«

Felipe ging zu Emma und drückte beruhigend ihre Hand. Wenigstens musste sie diesmal nicht allein mit in die Klinik fahren.

»Ich bin in fünf Minuten dort«, versicherte Louise und legte auf.

»Ist alles in Ordnung?«, fragte Alice.

»Es ist Sophie! Sie hat eine Überdosis genommen. Emma ist mit ihr in die Uniklinik gefahren.«

»Ach du liebe Güte! Das ist ja schrecklich!«

»Könntest du auf die Kinder aufpassen, Alice?«

»Aber natürlich. Soll ich Maggie anrufen?«

»Nein! Tu erst mal gar nichts.«

»Ich finde aber doch«, entgegnete Alice ernst. »Ihr Mädchen könnt eure Mutter nicht ein Leben lang beschützen. Sie ist siebzig und kein kleines Kind.«

Louise seufzte. »Na gut, dann ruf sie an und sag es ihr, aber ich fahre auf dem schnellsten Weg ins Krankenhaus.«

Louise rannte mit ihrer Handtasche und den Autoschlüsseln nach draußen. Ihr Herz hämmerte. Sie konnte sich so lebhaft vorstellen, wie Sophie bewusstlos dalag, dass sie die Tränen unterdrücken musste. Jetzt bereute sie es, so hart zu ihr gewesen zu sein. Vielleicht war ihre Verzweiflung nach Pauls Tod echt gewesen. Sie hatten offensichtlich alle mit Problemen zu kämpfen, und diesmal könnte es zu spät sein, das wieder in Ordnung zu bringen.

Jack hatte nicht viel zu packen. Er wollte nur ein paar Fotos und Andenken an Aoife mitnehmen. Er konnte kaum glauben, dass er schon bald wieder in New York wäre. Den Großteil des Krempels auf seinem Schreibtisch beförderte er in den Mülleimer. Sein Laptop zeigte ihm zwei eingegangene Nachrichten an. Er sah zweimal hin, als er entdeckte, dass eine von Aoife war.

> Lieber Jack,
> es tut mir leid, wie es zwischen uns geendet hat. Ich glaube, du tust das Richtige. Du passt besser nach New York als nach Dublin. Es ist lieb von dir, mir Bescheid zu sagen, dass du weggehst. Wenn du möchtest, können wir uns am Dienstagnachmittag in Howth treffen. Ich möchte mich von dir verabschieden.
> Aoife

Jack schluckte. Er hatte einen Kloß im Hals. Er wollte sie unbedingt wiedersehen – selbst wenn es nur war, um sich von ihr zu verabschieden.

Er antwortete ihr sofort. Er würde die Stunden bis Dienstag zählen.

Louise rannte an der Aufnahme vorbei und bog nach links ab, wie Emma es ihr gesagt hatte. Der Gestank von Reinigungs- und Desinfektionsmitteln tat ihrem Kater nicht gerade gut. Sie wünschte, Donal wäre bei ihr. Er bewältigte solche Krisen immer mit Bravour.

Ganz am Ende des Korridors stand Emma mit Felipe, der tröstend den Arm um sie gelegt hatte.

»Was ist los?«, fragte sie, als sie näher kam.

»Sie pumpen ihr den Magen aus.«

»Ach, Gott sei Dank, dass sie noch lebt!«

»Gerade noch so«, murmelte Emma.

»Ich hole dir einen Tee, Emma«, sagte Felipe. »Möchtest du auch einen, Louise?«

»Nein danke, Felipe.«

Louise ließ sich auf einen Stuhl vor dem OP sinken. »Nicht zu glauben, dass sie das getan hat.«

Emma setzte sich zu ihr und starrte ins Leere. Es war unfassbar für sie, dass sie schon wieder in der Notaufnahme gelandet war, diesmal mit ihrer Schwester. Sie war vor Schmerz wie betäubt.

»Vielleicht wollte sie mit einer dramatischen Romeo-und-Julia-Attitüde Selbstmord begehen«, spekulierte sie.

»Glaubst du?«

»Immerhin haben wir ihr nicht geglaubt, als sie behauptet hat, Paul geliebt zu haben. Vielleicht hat sie das wirklich getan und wollte es uns beweisen.«

»Gott, und wenn wir sie nicht gefunden hätten?«

»Ich glaube nicht, dass sie ganz bei Verstand war, als sie das getan hat. Du etwa?«

Louise schüttelte den Kopf. »Was hat sie genommen?«

»Am Bett lagen zwei leere Pillenflaschen und eine Schachtel Paracetamol.«

Eine Ärztin kam durch die OP-Türen und nahm ihre Maske ab.

»Sind Sie Sophie Owens' Schwestern?«

»Ja«, sagten sie im Chor.

»Es ist uns gelungen, ihr fast alles aus dem Magen zu pumpen – Xanax und ein starkes Beruhigungsmittel –, aber den echten Schaden hat das Paracetamol angerichtet. Sie hat Glück, dass Sie sie noch rechtzeitig gefunden haben, aber ihre Leber ist in einem ziemlich schlechten Zustand.«

»Was heißt das?« Emma fühlte sich schrecklich wegen ihrer sarkastischen Bemerkung von eben.

»Das heißt, dass sie zum Überleben vielleicht eine Lebertransplantation braucht. Es ist ein gefährliches Verfahren, und es ist äußerst schwierig, einen Spender zu finden.«

Louise schrie entsetzt auf und brach in Tränen aus.

Emma legte den Arm um ihre Schwester und konnte immer noch nicht fassen, welche Schicksalsschläge ihre Familie in letzter Zeit verkraften musste.

»Dürfen wir zu ihr?«, schluchzte Louise.

»Nur kurz. Es wird ihr guttun, vertraute Stimmen zu hören. Sie ist immer noch ohne Bewusstsein, aber wir hoffen, dass sie bald zu sich kommt.«

Kapitel 26

Larry lief unruhig in der Küche auf und ab. Als es klingelte, eilte er zur Tür.

Draußen stand Alice.

»Ich bin so schnell gekommen wie möglich. Eine Nachbarin passt auf die Kinder auf.«

»Sie ist da drin.« Er deutete zum Wohnzimmer.

»Alles in Ordnung?«

»Mir geht's gut. Ich will ins Krankenhaus zu meinen Töchtern.«

»Darfst du denn schon fahren?«

Nach der Bypass-Operation hatte Larry zwar noch keine Entwarnung von seinem Chirurgen, doch das war ihm egal. Er musste zu Sophie. Er schnappte sich seine Autoschlüssel, gab Maggie einen Kuss und verschwand durch die Tür.

Bei Alice' Anblick brach Maggie in Tränen aus.

Alice setzte sich zu ihrer Schwester auf die Couch und legte tröstend den Arm um sie.

»Na, na – sie wird schon wieder.«

»Was in Gottes Namen hat sie sich dabei gedacht? Sie ist zu verwöhnt! Daran ist Larry schuld. Er hat sie immer zu sehr verhätschelt. Weil sie das Nesthäkchen ist.«

»Niemand ist schuld. Lass uns beten, dass sie wieder gesund wird.«

»Warum passieren uns so viele schreckliche Dinge? Zuerst Emmas Mann, dann der Überfall und jetzt auch noch das ... Wir sind gute Menschen. Womit haben wir das verdient?«

Alice stand auf. Sie wusste keine Antwort darauf, fragte sich aber, ob sich da ein Muster erkennen ließ.

»Jetzt mach ich dir erst mal eine schöne Tasse Tee, und danach sieht die Welt schon wieder ganz anders aus.«

Maggie antwortete nicht. Sie schluchzte in ihr Kleenex-Tuch. Noch gestern Abend war alles perfekt gewesen, und jetzt war alles zerstört, und sie verstand nicht, warum.

Larry zitterte vor Anstrengung, als er versuchte, den Wagen rückwärts in eine schmale Parklücke an der Eccles Street zu zwängen. Sein Brustkorb schmerzte noch von der Operation, aber er musste zu Sophie.

Als sein Handy klingelte, war Louise dran, die ihn zur richtigen Station lotste.

»Dad, bist du schon hier?«

»Ich bin jetzt im Flur.«

»Gut. Ich halte Ausschau nach dir.«

Nachdem Larry diverse Flure abgeklappert hatte, war er erschöpft und erleichtert, Louise von weitem zu sehen.

Sie eilte ihm entgegen, um ihm über den Gang in das Zimmer zu helfen, in dem Sophie an komplizierten Apparaturen hing. So schwer es für sie auch sein mochte, Sophie so zu sehen, für ihren Vater musste es noch viel schlimmer sein.

»Wo ist Emma?«, fragte Larry.

»Sie ist vor ein paar Minuten gegangen.«

»Natürlich. Sie hat ja ihren Freund zu Besuch.«

»Das ist nicht der Grund. Aber bevor Sophie wieder zu sich kommt, können wir nichts für sie tun.«

Larry schüttelte fassungslos den Kopf. »Was kann so schlimm gewesen sein, dass sie sich das angetan hat?«

Louise brachte es nicht übers Herz, es ihm zu sagen, und es stand ihr auch nicht zu. Das war eine Sache zwischen Emma, Sophie und Paul. Wenn ihre Eltern davon wüssten, wäre niemandem geholfen, und Larry wäre so empört über Sophie, dass ihre Beziehung daran zerbrechen würde. Louise war plötzlich froh, die mittlere Schwester zu sein. Sie hatte nichts zu verbergen – jetzt nicht mehr.

Felipe und Emma saßen schweigend auf dem Rücksitz des Taxis, dessen Fahrer sie auf dem Parkplatz des Internationalen Finanzzentrums absetzte.

»Möchtest du eine Kleinigkeit zu Mittag essen?«, fragte Felipe.

Emma schüttelte den Kopf. »Mir ist der Appetit vergangen.«

Als sie auf die Uhr sah, war es zwei, und Felipe kam bestimmt fast um vor Hunger.

»Tja, vielleicht sollten wir wirklich einen Happen essen. Wir können in ein Restaurant ein Stück weiter in diese Richtung gehen. Da gibt es gute Mittagsgerichte.«

Im Harbourmaster war es an Wochentagen meist voll, aber heute war Samstag, und sie waren spät dran. Deshalb hatten sie die freie Auswahl und suchten sich einen Tisch mit Blick auf den Kanal.

»Was musst du bloß von den Iren halten, Felipe!«

Felipe lächelte. »Die Menschen sind überall gleich. Ihnen sind dieselben Dinge wichtig. Ihre Familie, ihre Kinder, ihre Gesundheit und ihr Glück.«

»Aber Familien wie meine gibt es nicht viele!«

»So anders seid ihr gar nicht. In Kuba gibt es viele ähnliche Fälle. Wir genießen zwar nicht so viele Freiheiten und haben nicht so viel Geld, aber wir kämpfen mit denselben Problemen.«

»Tut mir leid, dass du ausgerechnet jetzt hier sein musstest, wo meine Familie so viele davon hat.«

Felipe legte seine Hand auf ihre. »Ich bin froh, dass ich jetzt in Irland bin. Ich wollte deine Familie sehen. Ich will sie kennenlernen.«

»Tja, gesehen hast du sie ja jetzt – ganz ungeschminkt!«

Felipe sah sie fragend an.

»Das heißt, mit all ihren Fehlern«, erklärte sie. »Ich bin auch froh, dass du jetzt hier bist. Deine Unterstützung hat mir sehr gutgetan, und wenn wir nicht in die Stadt gefahren wären, hätte ich nie bei Sophie nach dem Rechten gesehen. Dass wir sie rechtzeitig gefunden haben, hat sie dir zu verdanken.«

»Ich hoffe sehr, dass sie sich noch bei mir bedanken wird!«

Emma lächelte. »Ich hoffe auch, dass sie wieder zu sich kommt und sich bei dir bedanken kann.«

»Aber du musst mir versprechen, deiner Schwester zu verzeihen. Heute hast du sie angefleht, am Leben zu bleiben, und jetzt musst du ihr eine gute Schwester sein.«

»Felipe, das ist vielleicht zu viel verlangt.«

»Bitte! Tu es für mich. Wir beide haben einander. Wir haben großes Glück.«

Da musste Emma ihm zustimmen. Das hatten sie wirklich.

Donal stand im Yachthafen, als er sein Handy piepsen hörte. Er wühlte in seinem Seesack und holte es heraus.

> **Sophie in Uniklinik. Überdosis. Kannst du kommen & auf Kinder aufpassen? Louise**

Donal musste sich die Nachricht noch ein zweites Mal durchlesen. Es fiel ihm schwer, die wenigen Worte zu verarbeiten, die so viel beinhalteten.

»Trinken wir noch ein Bier, Donal?«, fragte Kevin ihn mit breitem Grinsen. Sie waren heute als Erste ins Ziel gekommen – ein großartiger Start der Serie.

»Ich kann nicht. Probleme daheim.«

»Gott, außer dir kenne ich niemanden, der am Wochenende so oft seine Kinder hütet, obwohl er die ganze Woche schuftet!«

»Es ist ein Notfall. Wir sehen uns am Dienstag.«

»Na schön. Ich hoffe, es kommt alles in Ordnung.« Details interessierten Kevin sowieso nicht.

Donal wählte Louises Nummer. Die SMS hatte sie ihm vor drei Stunden geschickt.

»Hallo, Louise?«

»Donal! Gott sei Dank, da bist du ja!«

»Was ist passiert?«

»Sophie ist ohne Bewusstsein und wird in der Uniklinik künstlich beatmet, nachdem sie gestern Abend nach der Party eine Überdosis genommen hat.«

Donal antwortete nicht.

»Was ist?«, fragte Louise.

»Ich habe mich schon länger gefragt, wann so etwas passiert. Ich hatte schon die ganze Woche ein schlechtes Gefühl.«

»Warum hast du mir nichts gesagt?«

»Weil du bei der kleinsten Kleinigkeit überreagierst. Es musste ja irgendwann zu einem Riesenkrach kommen. Mir war klar, dass wir die Party nicht ohne Streit überstehen würden.«

»Kommst du nach Hause und passt auf die Kinder auf?«

»Ich bin schon unterwegs.«

»Alice hat sich um sie gekümmert, aber jetzt sind sie bei der Nachbarin, weil Alice Mum Beistand leisten muss.«

»Ich finde, deine Mutter gehört ins Krankenhaus ans Bett ihrer Tochter. Wo ist dein Dad?«

»Hier bei mir.«

Donal seufzte. »Der Mann hat eine schwere Herzoperation hinter sich. Das ist zu viel für ihn.«

»Ich weiß. Aber du kennst doch Mum.«

Und ob er das tat. Er musste ihre Macken erdulden wie ein Sohn. »Bleib so lange da, wie du willst, ich regle das«, versprach er grimmig.

An der S-Kurve in Raheny bog er rechts ab. Er wollte nicht direkt nach Hause. Stattdessen fuhr er nach Foxfield in die Einfahrt der Owens. Er lief zur Tür und klingelte Sturm.

Alice machte ihm auf.

»Kann ich mit Maggie sprechen?«

»Sie ist völlig aufgelöst.«

Donal ließ sie einfach stehen und stürmte in die Küche, wo seine Schwiegermutter wie ein Häufchen Elend saß. Was er jetzt tat, war völlig untypisch für ihn, aber jemand musste es ja tun.

»Donal, ich bin so froh, dass du da bist. Ich habe ein paar Besorgungen nötig.«

»Ich bin nicht gekommen, um für dich Besorgungen zu machen, Maggie. Ich bin hier, um dich ins Krankenhaus mitzunehmen. Alice, kommst du wieder mit zu unseren Kindern?«

Er sprach mit solcher Gelassenheit und Autorität, dass Alice nicht zu widersprechen wagte.

»Ich bin zu fertig, um da hinzugehen!«, schluchzte Maggie.

»Wenn Sophie es nicht übersteht, wirst du es immer bereuen. Aber noch wichtiger ist, dass sie dich vielleicht braucht, um durchzukommen. Sie muss die Stimme ihrer Mutter hören.«

»Ich könnte Louise anrufen und durchs Telefon mit ihr sprechen.«

Donal sah sie strafend an. Sie hatte ihn noch nie so erlebt.

»Ich hole nur meinen Mantel«, gab sie kleinlaut nach.

Donal brachte sie zum Wagen und half ihr beim Anschnallen.

Alice setzte sich hinten rein und wurde ohne viel Federlesens in Clontarf abgesetzt, während Donal und Maggie schweigend weiter in die Universitätsklinik fuhren.

Als sie am Empfang waren, rief Donal Louise an.

Louise war erleichtert, Donal zu sehen. Ihr Streit heute Morgen hatte ihr zu schaffen gemacht. Als sie sah, wen er im Schlepptau hatte, war sie fassungslos.

»Mum, du bist mitgekommen!«

Maggie sah zuerst Donal, dann ihre Tochter an. »Das ist doch selbstverständlich! Wo ist sie?«

Louise warf Donal einen fragenden Blick zu, aber er verzog keine Miene. Er hatte sich fest vorgenommen, Maggie dazu zu zwingen, ihren Teil an der Verantwortung für ihre Familie zu übernehmen. Der Druck, der über die Jahre auf Larry gelastet hatte, hatte sich in einem Herzleiden manifestiert, von dem er nicht einmal etwas gewusst hatte. Es war höchste Zeit, dass Maggie der Tatsache ins Auge sah, dass sie drei Töchter großgezogen hatte, deren Verhalten sie immer noch beeinflussen konnte. Emma hatte erst neue Wege gehen müssen, damit sich auch die anderen änderten. Wenn Sophie je erwachsen werden sollte, musste ihre Mutter ihre Vorbildfunktion erfüllen, und auch Larry musste sich ändern.

Vielleicht hoffte Donal, wenn er die anderen Mitglieder des Owens-Clans veränderte, könnte er damit seiner Frau helfen und sie von ein paar ihrer Unsicherheiten kurieren.

Als Larry Maggie über den Korridor auf sich zukommen sah, humpelte er ihr freudestrahlend entgegen.

Sobald sie vor ihm stand, legte er den Arm um sie.

»Wie hast du sie dazu gebracht herzukommen?«, fragte Louise Donal entgeistert.

»Ich hab ihr gesagt, sie soll sich in den Wagen setzen und sich anschnallen.«

Louise schüttelte fassungslos den Kopf. »Ich kann nicht glauben, dass du das getan hast.«

»Sie ist schrecklich verwöhnt. Larry tut mir leid.«

»Hast du Angst, dass wir in dreißig Jahren auch so sind?«

Donal schüttelte den Kopf. »Das werden wir nicht.«

Der Brustton der Überzeugung, in dem er das sagte, gefiel Louise nicht. »Was meinst du damit?«

»Wir müssen uns ändern, Louise. Ich weiß zwar nicht, wie wir es anstellen sollen, und vielleicht brauchen wir dazu eine Paartherapie, aber du warst in unserer Ehe nicht glücklich und ich in letzter Zeit auch nicht. Wir müssen reden.« Er seufzte. »Aber sag mir: Wie lautet Sophies Prognose?«

»Sie hat einen schweren Leberschaden und braucht eventuell eine Transplantation.«

Donal presste ernst die Lippen zusammen. »Diese Frau steuert schon länger auf eine Katastrophe zu. Sie ist ein Produkt der Dekadenz, die wir in den letzten Jahren erlebt haben. Ihre Affäre mit Paul war der Gipfel. Ich weiß nicht, wie Emma ihr das je verzeihen kann.«

»Die Ärztin hat gesagt, wenn Emma nicht rechtzeitig vorbeigekommen wäre, wäre sie schon tot.«

»Warum war sie dort?«, fragte Donal aufrichtig verblüfft.

»Das ist eine lange Geschichte. Sophie hat ihren Wagen mitten auf der Straße stehen lassen, und Emma hat ihn entdeckt. Ich erzähle es dir auf dem Weg nach unten. Sehen wir mal nach Mum und Dad.«

Maggie zitterte und schluchzte in ihr Taschentuch. »Es ist mir unbegreiflich, wie unser kleines Mädchen sich so etwas antun konnte.«

Larrys Stimme klang erstickt, sodass er kaum antworten konnte. »Sie erinnert mich so sehr an dich.«

»An mich?«

»Ja. Du hattest in ihrem Alter genau die gleiche Frisur und hast dieselbe Selbstsicherheit ausgestrahlt. Kein Wunder, dass ich sie so verwöhnt habe.«

»Sie war so ein hübsches kleines Mädchen. Sie hat immer heller gestrahlt als die anderen und hatte so viel Talent. Warum hat sie das getan?«

»Vielleicht weiß Emma etwas?«, mutmaßte Larry.

»Emma ist völlig von diesem Ausländer in Beschlag genommen. Ich weiß nicht, was in sie gefahren ist.«

»Vielleicht hat sie es satt, immer die brave Tochter zu sein.«

Maggie nickte nachdenklich.

»Vielleicht.«

»Aber Louise war in letzter Zeit wunderbar.«

»Ja.«

»Die Ärztin war vor wenigen Minuten da und hat gesagt, dass Sophie eine Lebertransplantation braucht.«

»O Gott! Was hat sie genommen?«

»Paracetamol. In großen Mengen richtet es anscheinend mehr Schaden an als harte Drogen.«

Maggie schlug entsetzt die Hand vor den Mund. »Ach Larry, das ist alles unsere Schuld!«

Larry widersprach nicht. Auch er fühlte sich schuldig.

Emma schaute mit Felipe bei Louise in Clontarf vorbei.

»Alice, du warst großartig«, sagte sie. »Wir konnten ja nicht ahnen, dass wir so viel Hilfe brauchen würden.«

Ihre Tante lächelte. »Ich bin froh, dass ich euch helfen konnte. Ich genieße die Zeit sogar. Bei meinen eigenen Enkeln in Australien kann ich von Glück sagen, wenn ich sie alle Jubeljahre mal sehe.«

Emma sah ihre Tante jetzt mit anderen Augen. Die Versöhnung zwischen ihr und ihrer Mutter war das bestmögliche Resultat der Geburtstagsparty. Könnte sie sich doch auch mit ihrer Schwester versöhnen! Aber sie hatte Schlimmeres zu vergeben.

»Ich nehme jetzt Finn mit nach Hause, wenn es dir recht ist.«

»Er spielt im Garten Fußball.«

»Kann ich noch was für euch tun?«

»Überhaupt nichts. Ich glaube, Dick lässt mit den Jungs seine eigene Jugend wieder aufleben. Falls wir hier noch länger festsitzen, finden wir bestimmt genug in der Tiefkühltruhe, um uns alle mit Essen zu versorgen.«

Emma küsste ihre Tante auf die Wange.

»Genießen Sie Ihre restliche Zeit in Irland«, sagte Alice zu Felipe.

Felipe lächelte höflich und ging mit Finn zum Wagen.

Als er außer Hörweite war, raunte Alice ihrer Nichte zu: »Er ist ein Prachtkerl! An deiner Stelle würde ich ihn gut festhalten.«

Emma folgte ihrem Sohn und Felipe nach draußen zum Mini, wo Finn mit schöner Selbstverständlichkeit an der Beifahrertür stand und fest damit rechnete, vorne sitzen zu dürfen.

»Lässt du heute mal Felipe nach vorn, Liebling? Er hat längere Beine.«

Finn sah Felipe finster an und stieg widerwillig hinten ein.

Das machte Felipe nicht gerade zuversichtlich. Er erinnerte sich nur noch allzu gut daran, wie er sich nach der Trennung seiner Eltern gefühlt hatte, als seine Mutter einen neuen Partner fand. Es musste bedrohlich für den Jungen sein, so plötzlich den Vater zu verlieren und seine Mutter mit einem neuen Mann zu sehen.

»Spielst du gerne Fußball?«

»Ich mach viele Sportarten gern«, antwortete Finn schroff.

»Vielleicht können wir bei euch ein bisschen kicken?«

Finn zuckte gleichgültig mit den Achseln. Das machte er sonst nur bei Donal oder bei Freunden. Sein Vater war kein Sportler gewesen.

»Okay.«

Kurze Zeit später sah Emma erleichtert zu, wie Finn und Felipe im Garten Elfmeter schossen. Die beiden waren so ins Spiel vertieft, dass sie sie gar nicht wahrnahmen, als sie zufrieden in der Hintertür stand, während sie eine Kanne Tee ziehen ließ.

An jenem Abend wollte Finn nicht mehr bei Gavin oder Louise übernachten, und Felipe schlief nicht im Gästezimmer.

»Ich bin froh, dass Sophie zu sich gekommen ist, als deine Eltern bei ihr waren«, sagte Donal und reichte seiner Frau einen Gin Tonic.

»Es war wunderbar von dir, Mum dazu zu zwingen. Das war genau das Richtige.«

Donal lächelte. »Manchmal muss man auf sein Bauchgefühl hören, auch wenn man weiß, dass es die anderen um einen herum kränken wird.«

»Meinst du damit auch uns?«

Donal zuckte mit den Achseln. »Das mit der Paartherapie war ernst gemeint, Louise.«

Louise nickte. »Ich komme mit, wenn du es willst.«

Donal ließ sich in seinem Sessel nieder und stellte sein Glas mit Kilbeggan Whiskey auf dem kleinen Beistelltischchen ab. »Ich finde nur, dass wir glücklicher sein könnten. Als du neulich wieder Klavier gespielt hast, hast du so ausgeglichen gewirkt.«

Louise nickte. Nach dem Wiedersehen mit Jack war sie überglücklich gewesen, aber ihr war relativ schnell klar geworden, dass sie eigentlich gar nicht ihn zurückwollte, sondern die Lust und die Leidenschaft, die er einst in ihr geweckt hatte. Das Klavierspiel hatte ihr dabei geholfen und sie daran erinnert, wie sehr ihr das Unterrichten fehlte. »Donal, ich habe überlegt, ob ich zurück an die Schule gehe.«

»Das ist keine schlechte Idee, aber du musst ja nicht unbedingt an der Schule unterrichten. Warum gibst du nicht einfach hier im Haus Musikstunden? Hier in der Gegend gibt es ja nun wirklich Kinder genug.«

Nachdenklich trank Louise einen Schluck. »Das ließe sich besser mit unserem Privatleben vereinbaren.«

»Die Kinder werden langsam pflegeleichter. Das hast du selbst gesagt, und du würdest etwas tun, das dir Spaß macht.«

Louise nickte. »Tut mir leid, wenn ich anstrengend war. Wir haben in den letzten Monaten eine Menge durchgemacht.«

»Das ist nur ein Vorschlag. Ich möchte, dass wir uns wieder näherkommen, und weiß nicht, wie wir es anstellen sollen.«

»Für den Anfang könntest du schon mal zu mir rüberkommen und dich neben mich auf die Couch setzen.«

Donal ging sofort auf ihr Angebot ein und brachte sein Glas gleich mit.

»Weißt du was, es ist großartig! Alice und Dick übernachten in Foxfield, deine Eltern verhalten sich wie Eltern, und deine Mutter führt sich nicht mehr auf wie ein verwöhntes Kind. Vielleicht hat Sophie uns allen einen Gefallen getan.«

Das sah Louise anders, aber sie wollte Frieden um jeden Preis. Noch war Sophie nicht über den Berg.

»Weißt du, als du heute nicht da warst, hab ich mich so verloren gefühlt. Bei Familienkatastrophen warst du sonst immer für mich da. Ich brauche dich wirklich.«

»Gut!«, murmelte Donal, nahm seiner Frau ihr Glas aus der Hand und stellte es auf den Boden neben seins. Er legte ihr den Arm um die Schulter und beugte sich zu ihr. »Und jetzt zeig mir, wie sehr du mich brauchst!«

Genau so wünschte sich Louise ihren Mann. Als seine Lippen näher kamen, lächelte sie, und als sie ihre berührten, dachte sie weder an Jack noch an ihre Familie oder an sonst irgendwen.

Kapitel 27

Emma zitterte vor Aufregung, als sie über den langen Korridor zur Station St. Teresa lief. Sophies Zustand war über Nacht stabil gewesen, und ihr Vater hatte ihr versichert, dass Sophie ihre große Schwester unbedingt sehen wollte. Zum Glück war Felipe an ihrer Seite und hatte beruhigend den Arm um sie gelegt.

»Ich weiß nicht, was ich ihr sagen soll«, presste sie mit bebender Stimme hervor.

»Wenn du sie siehst, findest du schon die richtigen Worte.«

»Ich bin heilfroh, dass du bei mir bist.«

Felipe blieb stehen und sah sie mit seinen verträumten haselnussbraunen Augen liebevoll an. »Ich auch.« Dann beugte er sich zu ihr und küsste sie sanft auf die Lippen. Das gab ihr die Kraft, ihrer Schwester gegenüberzutreten.

An der Tür zur Station zögerte Felipe. »Soll ich so lange hier warten?«

Emma nickte. »Ich spreche erst kurz allein mit ihr.«

Sophie döste. Ihre einst so rosigen Wangen waren eingefallen. Emma betrachtete ihre Schwester, die an zahlreichen Apparaturen hing. So verletzlich hatte sie sie seit ihrer Kindheit nicht mehr erlebt. Langsam trat sie ans Bett und setzte sich.

Sophie schlug die Augen auf.

Emma sah Schmerz und Trauer darin. Ihr war hundeelend, aber sie brachte es nicht über sich, sie zu umarmen.

Sophies Lippen öffneten sich, aber sie lächelte nicht. »Emma!«

»Schon gut, Sophie, du brauchst nicht zu reden.«

Eine Träne glitt an Sophies Nase herab und kullerte über ihre Wange. »Es tut mir leid.«

»Jetzt ist nicht die Zeit, um sich aufzuregen«, ermahnte Emma sie sanft.

»Es war schrecklich. Mir ging es so miserabel.« Sophies Tränen flossen jetzt in Strömen. »Danke, dass du mich besuchen kommst.«

»Du wirst wieder gesund«, redete Emma beruhigend auf sie ein.

»Wo ist Felipe?«

»Draußen.«

»Er ist ein guter Mann, Emma. Ich bin froh, dass du ihn gefunden hast.«

»Danke. Und du findest auch jemanden.«

Obwohl sie sich da nicht so sicher war, brachte Sophie ein Lächeln zustande. »Ich wünschte, ich hätte deinen Optimismus, Emma.«

»Du darfst nicht aufgeben.«

»So wie Paul?«, fragte Sophie und zuckte zusammen. Der Name ihres toten Geliebten durchbohrte ihr Herz wie ein spitzer Pfeil.

»Ich will nicht über ihn reden.« Emmas Züge verhärteten sich. »Konzentrier dich jetzt auf dich selbst und aufs Gesundwerden.«

Damit erhob sie sich und entfernte sich vom Bett. Für heute hatten sie genug geredet.

»Gehst du?«

Emma nickte.

»Kommst du wieder?«, fragte Sophie mit bittendem Blick.

»Ja.«

Mehr konnte Emma ihr nicht versprechen. Es hatte sie

große Überwindung gekostet, ihre kleine Schwester zu besuchen, und die Begegnung hatte viele schmerzliche Gefühle in ihr aufgewühlt.

Sophie hob schwach die Hand und winkte Emma nach. Sobald ihre Schwester das Zimmer verlassen hatte, wurde sie von Reue übermannt. Nicht nur wegen des irreparablen Schadens, den sie ihrem einst so guten Verhältnis zugefügt hatte, sondern auch wegen der Spur der Verwüstung, die sie bis zu ihrem vierunddreißigsten Lebensjahr hinterlassen hatte. Da die Aussichten, bald einen Organspender zu finden, äußerst gering waren, stand zu befürchten, dass sie ihren fünfunddreißigsten Geburtstag nicht mehr erlebte. Sie schluchzte hemmungslos. So fühlten sich Einsamkeit und Hoffnungslosigkeit an, und sie fand, dass sie beides verdient hatte.

Ein langer, gefühlvoller Kuss von Donal weckte Louise.

»Guten Morgen«, murmelte sie und grinste wie ein Honigkuchenpferd. Nach der umwerfenden Liebesnacht, die sie hinter sich hatten, fühlte sie sich wie berauscht. So leidenschaftlich war Donal nicht mehr gewesen, seit er zu Beginn ihrer Beziehung versucht hatte, sie in Amsterdam im Fahrstuhl zu nehmen. Jetzt stand ihm dasselbe überwältigende Verlangen ins Gesicht geschrieben, und es war, als wären die Belastungen der letzten fünfzehn Jahre vergessen.

»Ich hatte schon Angst, dass wir die Kinder wecken.«

Louises Augen wurden vor Rührung ganz feucht. »Ich bin wahnsinnig froh, dass wir uns noch so lieben können wie früher. Ich glaube sogar, dass wir noch leidenschaftlicher sind als damals.«

Donal küsste sie auf die Nase. »Ich auch. Aber wir müssen noch viel an uns arbeiten.« Er atmete tief durch und setzte sich im Bett auf. »Louise, ich muss dir was sagen. Bislang habe ich keinen Sinn darin gesehen, aber wenn wir unsere Ehe jetzt auf die Reihe kriegen wollen, kann ich nicht mehr schweigen.«

Louise war wie betäubt. Sie hatte keine Ahnung, was jetzt kam.

»Es ist lange her, und du weißt, dass ich keinen Sinn darin sehe, an der Vergangenheit festzuhalten, aber ich habe die Augen vor etwas verschlossen, das ich eines Abends während unserer Verlobungszeit gesehen habe. Ich hatte solche Angst, dich zu verlieren, dass ich dich nicht damit konfrontiert habe.«

»Was denn?« Louise hatte Panik davor, was er als Nächstes sagen würde.

»Ich habe es jahrelang verdrängt, aber jetzt, wo wir einen Neuanfang wagen, muss ich es dir sagen. Eines Abends bin ich bei euch in Clontarf vorbeigekommen, und da hast du am Tor gestanden und einen Jungen geküsst. Er war noch sehr jung. Er hätte ein Schüler von dir sein können. Ich hab ihn nie wieder gesehen, aber ich hatte Angst, dich darauf anzusprechen. Du schienst wegen der Hochzeit sehr nervös zu sein, und ich dachte, du hättest sowieso schon kalte Füße.«

Aus Louises Gesicht war alle Farbe gewichen. Sie hatte Angst, sich gleich zu übergeben.

»Ich weiß nicht, was ich sagen soll«, flüsterte sie.

Donal schloss die Augen. »Du brauchst nichts zu sagen. Du sollst nur wissen, dass ich solche Angst hatte, dich zu verlieren, dass ich fünfzehn Jahre geschwiegen habe. Aber jetzt muss ich reinen Tisch machen. Ich will dich nicht um jeden Preis. Wenn diese Ehe funktionieren soll, müssen wir immer ehrlich zueinander sein. Ich will dich ganz und gar. Für den Rest unseres Lebens.«

»Das will ich auch!«, erklärte Louise, die innerlich zitterte.

»Gut. Ich wollte nur, dass du das weißt.«

»Und was jetzt?«

»Jetzt fangen wir von vorn an. Das ist unser Neuanfang, okay?«

Louise nickte, während Donal sich zu ihr beugte und seine Lippen fest auf ihre drückte.

Er schmeckte so süß, so gut. Donal war der einzige Mann für sie, und sie bereute zutiefst, dass sie so lange gebraucht hatte, um das zu begreifen. Ab jetzt würde sie alle Erinnerungen an Jack unter Vergangenheit abbuchen. Sie musste im Hier und Jetzt leben, mit dem Mann, mit dem sie den Rest ihres Lebens verbringen wollte.

Jacks Herz raste. Er hatte das alles schon einmal mit Aoife durchexerziert und sich alles wieder entgleiten lassen. Das war seine allerletzte Chance. Wie am Tag zuvor telefonisch vereinbart, wartete er am West Pier am Denkmal auf sie. Das Geräusch der DART-Bahn, die über die Gleise rollte und in Howth in die Station einfuhr, ließ sein Herz noch schneller schlagen. Aoife war am Telefon sehr wortkarg gewesen, und er hatte Angst davor, sich zu große Hoffnungen zu machen.

Als Aoifes hochgewachsene, elegante Gestalt in Sicht kam, bekam er das große Zittern. Sie trug ein hübsches rosafarbenes Kleid mit einer langen weißen Strickjacke darüber und wirkte wie ein Engel, als sie über den Rasen auf ihn zukam. Das war der entscheidende Moment in seinem Leben, und den wollte er nicht vermasseln.

»Jack«, begrüßte Aoife ihn lächelnd, als sie nahe genug bei ihm war, um ihm ins Gesicht zu sehen.

»Danke, dass du gekommen bist. Gehen wir ein Stück?«

Aoife nickte. Sie liefen mit Bedacht los und fühlten sich unbehaglich, weil sie sich nicht wie früher einen Begrüßungskuss gegeben hatten.

»Wie ist es dir ergangen?«, fragte er im Plauderton.

»Gut«, antwortete sie. »Ich habe einen neuen Vertrag. Zwar nur für kurze Zeit, aber die zahlen richtig gut.«

»Du hast großes Talent. Du wirst nie Probleme haben, Arbeit zu finden.«

»Wann hast du dich entschieden, zurück nach New York zu gehen?«

»Dass ich arbeitslos wurde, hat mir die Entscheidung abgenommen.«

»Ist mein Vater dafür verantwortlich?«

Jack schüttelte den Kopf. »Es ist unwichtig, wer daran schuld ist. Sie haben sowieso Leute entlassen.«

»Hast du schon was in Aussicht?«

»Bisher noch nicht.«

Die Möwen schrien am Himmel, als sie an den Restaurants und an Doran's Fischgeschäft vorbeischlenderten. Die Sonne stand hoch am Himmel, und das Meer war tiefblau. Es war eine schöne Umgebung für zwei Menschen, die allein sein wollten.

»Freust du dich darauf zurückzugehen?«, fragte sie.

»Ich denke schon. Ich halte es hier nicht mehr aus …« Er verstummte. Er wollte nicht zu schnell zu ernst rüberkommen. »Ich denke, es ist das Beste, Distanz zu dir zu haben. Der Gedanke, dass du mir so nahe bist und ich nicht bei dir sein kann, ist für mich nur schwer zu ertragen.«

Jack blieb stehen, drehte sich zu ihr und sah sie an.

Aoife konnte die Tränen nicht mehr zurückhalten, die sich den ganzen Weg hierher in der DART-Bahn in ihr angestaut hatten.

Jack wusste nicht, wie er reagieren sollte. Am liebsten hätte er sie berührt, aber er hatte Angst davor. »Nicht weinen.«

»Ich bin so unglücklich, Jack!«

»Ich auch. Ich kann dir nicht sagen, wie leid es mir tut.«

»Ich bin sauer auf dich, Jack. Warum musstest du das tun?« Sie versetzte ihm ein paar kraftlose Schläge auf die Brust.

»Nur zu, ich hab es verdient, Aoife. Es tut mir wahnsinnig leid! Aber ich wollte dir unbedingt persönlich sagen, dass ich weggehe und wie leid mir das alles tut.«

Aoife schloss die Augen, um die Tränen zurückzuhalten.

Jack packte ihre geballten Fäuste und zog sie an seine Brust. Dann beugte er sich vor und küsste sie sanft auf die Stirn.

Sie schluchzte laut auf und ließ den Kopf an seine Schulter sinken, während ihr Körper kraftlos gegen ihn sank.

»Aoife, warum sind wir getrennt? Liebst du mich noch?«

Sie hob den Kopf. »Natürlich! Ich habe dich immer geliebt. Vom ersten Augenblick an.«

»Dann komm mit mir! Lass uns zurück nach New York gehen. Wir brauchen doch nur uns.«

Aoife senkte den Blick. »Die Idee, nach Irland zurückzukommen, war nicht so toll, wie ich dachte. In New York hatten wir alles, um glücklich zu sein.«

»Allerdings. Und das könnten wir wieder haben ... Aber was ist mit deinen Eltern?«

Aoife schluckte ihre Tränen herunter.

»Ich kann mein Leben nicht nach den Regeln meiner Eltern leben. Ich muss tun, was ich will. Ich habe mich wirklich bemüht, es ihnen recht zu machen, aber es ist nicht das Richtige für mich.«

Jack konnte seine Gefühle nicht mehr unter Kontrolle halten und umarmte sie so fest, dass er Angst hatte, sie zu zerquetschen. Er ließ sie wieder los und sah ihr in die Augen.

»Was ist mit deinem Freund?«

»Mit dem ist Schluss. Er war nur eine Notlösung. Ich wollte immer nur dich, Jack.«

Wieder umarmte er sie und drückte sie fest.

»Kommst du mit mir nach Hause? Gehst du mit mir zurück nach New York?«

»Ja.« Sie legte den Kopf auf seine Schulter, und er schlang den Arm um ihre Taille.

An den Fischerbooten und den Seehunden vorbei liefen sie langsam weiter. Keiner von ihnen sprach. Was gesagt werden musste, war gesagt.

Louise schaute auf eine Tasse Tee bei Emma vorbei. Sie wusste, dass Emma allein war, da Felipe seinen letzten Sonntag in Dublin mit Finn bei einem Hurling-Match im Croke-Park-Stadion verbrachte. Louise klingelte an der Tür und wartete. Die Emma, die ihr heute öffnete, war eine ganz andere als die, die ihr vor Monaten aufgemacht hatte, als sie nach dem Wiedersehen mit Jack Duggan völlig aufgelöst bei ihr hereingeschneit war. Seitdem war so viel passiert, dass auch Louise sich wie ein völlig anderer Mensch fühlte.

»Hey, ich wusste nicht, wann genau du vorbeikommen wolltest!« Emma begrüßte ihre Schwester herzlich mit einem Kuss. »Ich schreibe gerade den Roman zu Ende.«

»Ich fasse es nicht! Und das, obwohl Felipe zu Besuch ist! Gut gemacht.«

»Er holt wirklich das Beste aus mir heraus. Warst du schon in der Klinik?«

Louise nickte. »Sophie sieht gut aus, Em.«

Emma folgte ihrer Schwester in die Küche, wo sie sich an den Tisch setzten.

»Ich hoffe wirklich, dass sie einen Spender für sie finden«, sagte Emma. »Ich kann den Gedanken nicht ertragen, wie hilflos sie dort liegt.«

»Soll ich uns Wasser heiß machen?«

»Ach, entschuldige!« Emma sprang auf. »Ich bin total zerstreut. Felipe wird mir fehlen. Und Finn wird ihn auch vermissen. Dass wieder ein Mann im Haus ist, hat ihn regelrecht aufblühen lassen, auch wenn es nur ein paar Wochen waren.«

Sie schaltete den Wasserkocher an und setzte sich wieder.

»Was glaubst du, wie sich deine Beziehung zu Felipe weiterentwickelt?«, fragte Louise.

»Um ehrlich zu sein, war das die schönste und zugleich die schrecklichste Zeit meines Lebens. Vor der Kuba-Reise hatte ich nur meine Trauer im Kopf. Kein Wunder, dass ich nicht schreiben konnte. Aber Felipe hat meine Sicht auf die Welt verändert. Er hat mich gelehrt, in der Gegenwart zu leben, und es ist merkwürdig, aber wenn man das tut, fällt es einem leichter, Vergangenes zu vergeben.«

Louise nickte. »Das stimmt allerdings. Das habe ich am eigenen Leib erfahren.«

»Ja, wie läuft's denn bei euch? Wie geht es dir? Was von Jack gehört?«

»Er hat mir eine SMS geschickt, dass er mit Aoife zurück nach New York geht.«

»Das ist doch positiv, oder?«

Louise nickte. »Jack wird auf der anderen Seite des großen Teichs glücklicher sein. Er ist ein zu großer Individualist, um sich mit einem Spießerleben in einem Dubliner Vorort zufriedenzugeben.«

Emma sah ihre Schwester prüfend an. »Und wie stehst du zu deinem Spießerleben?«

Emmas Frage war so scharfsinnig, dass Louise die dramatischen Entwicklungen in ihrer Ehe nicht für sich behalten konnte. »Donal und ich fangen nächste Woche mit einer Paartherapie an.«

»Großartig! Das hilft euch bestimmt.«

»Es ist seltsam, aber jetzt, wo wir wissen, dass wir an unserer Beziehung arbeiten müssen, haben wir jeden Abend geredet. Und nicht nur das!«

Emma grinste ihre Schwester an. »Ich freue mich sehr für euch. Ich hatte gehofft, dass du eines Tages erkennst, was für einen tollen Mann du hast, Louise.«

»Du kennst mich eben besser als ich mich selbst!«, sagte Louise lächelnd.

Emma stand auf, um den Tee zuzubereiten. Für die beiden älteren Owens-Schwestern entwickelte sich alles zum Positiven.

»Du hast gesagt, Sophie sah heute gut aus?«

»Sie hat im Bett gesessen und …« Louise zögerte. »Sie hat viel über euch beide gesprochen, als ihr noch Kinder wart.«

Emma goss das Wasser in die Teekanne und tat den Deckel drauf. »Ich habe in den letzten Tagen viel nachgedacht und verstehe jetzt, warum sie die Affäre mit Paul hatte.«

Louise nickte. »Das tun wir alle.«

»Sie wollte beachtet werden. Sie muss eben immer im Mittelpunkt stehen.«

»Sie ist einfach ein verwöhntes kleines Miststück!«

»Wir haben sie alle verhätschelt. Aber es ist nicht nur das. Sophie war nie so richtig glücklich. Stets unersättlich und auf der Suche nach dem nächsten Nervenkitzel. Diese Tortur bringt sie auf schreckliche Art und Weise auf den Boden der Tatsachen zurück.«

»Tja, ich finde, sie sieht inzwischen wirklich gut aus, aber nicht nur das. Sie ist guter Dinge und so ausgeglichen wie noch nie.«

Emma stellte die Teekanne und zwei Becher auf den Tisch. »Vielleicht musste sie diese Tortur durchmachen, um zu erkennen, wie ungeheuerlich sie sich verhalten hat.«

»Und was empfindest du jetzt für sie?«, fragte Louise, während sie den Tee einschenkte.

»Ich bin traurig, dass es so weit kommen musste. Dieses Leberversagen hat sie selbst verschuldet. Aber ich hoffe, dass die Krankheit ihre Rettung ist und ihr hilft, ein besseres Selbstgefühl zu entwickeln.«

»Genug philosophiert, Emma! Hast du vielleicht ein paar Kekse dazu?«

Emma lächelte. Sie verspürte eine große innere Gelassenheit. Felipe hatte ihr geholfen, ihre wahren Bedürfnisse zu erkennen und zu sich selbst zu finden.

»Sind Jaffa Cakes genehm?«

Louise nickte.

»Dann hole ich sie.«

Emma reichte Felipe ein großes braunes Paket mit Geschenken für Dehannys und Fernando.

»Danke für die wunderschöne Zeit, Emma.«

»Ich fasse es nicht, dass du schon abreist. Die Zeit ist wie im Flug vergangen. Ich weiß nicht, wie ich ohne dich klarkommen soll.«

Felipe nickte. »Ich werde dich auch vermissen, aber du bist stark, Emma. Und ich bin nicht weit weg. Du besuchst mich bald.«

»Versprochen. Ich freue mich jetzt schon.«

Die vergangenen drei Wochen hatten ihnen gezeigt, wie unterschiedlich ihre Lebensumstände waren – zwei Welten, die viel mehr voneinander trennte als nur der Atlantik.

»Vielleicht ist Reisen für mich schon bald unkomplizierter«, sagte Felipe.

»Wenn das Regime endet, wird ein großer Bedarf an Anwälten entstehen.«

Felipe nickte. Doch wie so viele andere glaubte er nicht, dass das bald geschehen würde.

»An dem Tag werde ich glücklich sein«, murmelte er.

»Danke für deine Hilfe.«

»Sophie ist deine Schwester. Sie braucht jetzt deine Unterstützung.«

»Ich weiß. Es wird nicht einfach für sie.«

Felipe umarmte Emma und drückte sie fest.

»Ich liebe dich.«

Emma ging das Herz auf. Er hatte sich sein Geständnis bis zur letzten Minute aufgehoben, doch tief in ihrer Seele wusste sie es schon.

»Und ich liebe …«

Er legte den Finger auf ihre Lippen. »Ich weiß.«

Larry nahm den Anruf entgegen.

»Mr Owens?«

»Ja.«

»Ich habe eine gute Nachricht.«

Wenn Larry Owens eines brauchte, dann gute Nachrichten.

»Ihre Tochter Sophie – alles deutet darauf hin, dass ihre Leber sich erholt. Wir glauben, dass sie vielleicht doch keine Lebertransplantation braucht.«

Larry brach in Tränen aus. Die beiden letzten Wochen waren grauenvoll gewesen. Maggie und er hatten Sophie jeden Tag besucht und waren bis spät in die Nacht bei ihr geblieben.

»Geht es Ihnen gut, Mr Owens?«

»Ja, danke, Herr Doktor.«

»Es tut mir leid, dass ich Sie heute nicht mehr angetroffen habe, aber wir konnten die abschließende Prognose eben erst stellen. Wir dachten, Sie würden es gern so schnell wie möglich erfahren.«

Maggie kam im Morgenmantel zu ihm in den Flur gestürzt. Sie war ungeschminkt und ihre sonst so schicke Frisur plattgedrückt.

»Was ist los? Alles in Ordnung mit Sophie?«

Larry legte auf und umarmte seine Frau.

»Sie ist über den Berg. Sie braucht keine Transplantation.«

Nun brach auch Maggie in Tränen aus. Schluchzend vergrub sie das Gesicht in den Händen.

»Dem Herrgott sei Dank!«

»Jetzt wird alles gut. Ich spüre es«, versicherte Larry ihr, und sie glaubte ihm.

Emma graute davor, ins Krankenhaus zu fahren, aber nicht so sehr wie neulich. Während sich Sophies Leber regeneriert hatte, war auch der Schmerz in Emmas Seele geheilt, den sie seit dem Verrat durch ihre Schwester mit sich herumgetragen hatte.

Inzwischen konnte sich Sophie im Bett aufsetzen, und ihre Wangen hatten wieder eine gesunde Farbe.

Als Emma den Raum betrat, spürte sie Erleichterung und Wärme zwischen sich und ihrer Schwester.

Als sie sich zu ihr ans Bett setzte, reichte Sophie ihr die Hand. Emma umfasste sie mit beiden Händen.

»Gute Nachrichten, Sophie.«

Sophie nickte. »Ich habe großes Glück.«

Emma lächelte. »Du hast in den letzten Wochen viel durchgemacht.«

»Ich hatte viel Zeit zum Nachdenken, während ich hier lag.« Eine Träne kullerte ihr übers Gesicht. »Ich war abscheulich, Emma. Wie kannst du mir das je verzeihen?«

»Lass es gut sein. Wir müssen jetzt nach vorne blicken.«

»Du hast mir gefehlt«, gestand Sophie.

Nun war es an Emma, eine Träne zu vergießen. Ihre kleine Schwester hatte ihr auch gefehlt – die, mit der sie als Kind so liebevoll gespielt hatte.

»Wir müssen die Vergangenheit hinter uns lassen«, sagte sie sanft. »Aber leicht wird das nicht.«

Sophie nickte bedächtig. »Ich weiß. Aber ich spüre, dass ich es kann. Ich habe mich verändert.«

»Wir haben uns alle verändert. Und Paul soll in Frieden ruhen.«

Sophie fiel ein Stein vom Herzen. Sie hatte eine wunderbare Schwester! Was sie ihr angetan hatte, war so entsetzlich, dass es fast ihre ganze Familie zerstört hätte. In den letzten Tagen hatte sie sich gewünscht, tot zu sein, aber jetzt, mit der Aussicht auf vollständige Genesung und Vergebung vonseiten ihrer Schwester, hatte sie das Gefühl, ein besserer Mensch werden zu können.

»Hallo, Mädels!«, rief Louise, als sie hereinkam.

Emma drehte sich zu ihr um, während Louise zu ihnen trat und sich an den Bettrand setzte – zwischen ihre Schwestern.

Lächelnd blickte Louise auf die verschränkten Hände der beiden. Genau wie ihre Schwestern hatte sie in den letzten Monaten eine schmerzliche Entwicklung durchmachen müssen, um ihre Vergangenheit und ihre Zukunft miteinander in Einklang bringen zu können. Die drei waren nicht nur von Geburt an durch Blutsbande miteinander verknüpft, sondern auch spirituell verbunden und eine Konstante im Leben der anderen. Sie hatten gemeinsam den Rubikon überschritten.

Emma sah Louise an. »Woran denkst du?«

»Ich mache es wie du, Schwesterherz. Ich philosophiere.«

Emma lachte. »Bin ich wirklich so eine Nervensäge?«

»Du bist die Älteste. Das ist deine Aufgabe!«, mischte sich Sophie ein.

»Und du bist das verwöhnte Gör?«, funkte Louise dazwischen und sah Sophie an.

Die drei lachten lauthals. Obwohl jede von ihnen in der Familie eine bestimmte Rolle einnahm, waren sie sich noch nie so einig gewesen wie in jenem Moment.

»Los, Emma, nun mal Butter bei die Fische. Wie ist Felipe im Bett?«, fragte Sophie frech.

Emma warf ihr einen warnenden Blick zu, doch dann umspielte ein Lächeln ihre Mundwinkel.

»Eins kann ich dir sagen, süßes kleines Schwesterchen. Das wirst *du* niemals rausfinden!«

Epilog

EIN JAHR SPÄTER

Emma schlüpfte durch die Türen von La Terraza nach draußen, weil sie eine Weile allein sein und ungestört die wunderschöne Spiegelung des Mondlichts auf dem ruhigen Wasser betrachten wollte. Es war der schönste Abend ihres Lebens – das perfekte Ende eines noch perfekteren Tages. Als zwei kräftige Arme ihre Taille umfassten, wusste sie, auch ohne sich umzudrehen, wem sie gehörten.

»*Ahora ya eres mi mujer.* Bist du glücklich?«, flüsterte er ihr ins Ohr.

Sie lehnte sich an den Körper des wunderbaren Mannes, den sie von nun an ihren Ehemann nannte.

»Ja«, antwortete sie, den Blick fest auf das flimmernde Spiegelbild des Mondes auf dem Wasser gerichtet.

»Als du damals zum ersten Mal hier in Cojímar warst, hab ich dir doch gesagt, dass es Glück bringt, eine Hochzeit zu sehen.«

Emma drehte sich zu Felipe um und drückte ihm einen warmen, sanften Kuss auf die Lippen.

»Es war wunderbar. Wir haben großes Glück. Vielen Dank, dass du das organisiert hast. Bis ins kleinste Detail war es schöner, als ich es mir je erträumt hätte.«

Und so war es auch. Von der Zeremonie am Strand bis zum perfekten Empfang im La Terraza. Tropische Blumen schmückten die Mahagonibar, und auf den Tischen mit den hübschen karierten Decken wurde eine Fülle an köstlichen Meeresfrüchten und exotischen Kreationen dargeboten, die selbst in den besten Dubliner Restaurants schwer zu finden wären.

Trompeten- und Saxophonklänge wehten durch die weit geöffneten Fenster zu ihnen auf den Balkon. Sie drehten sich um und beobachteten durch die Fenster die vielen glücklichen Hochzeitsgäste, die um die Bar herum Salsa tanzten. Emma lächelte ihrer Mutter und Tante Alice zu, die sich in einer Ecke angeregt unterhielten und verlorene Zeit nachholten. An der Bar saß Sophie und trank mit einem attraktiven jungen Kubaner einen Mojito. Nach der Tortur, die sie durchgemacht hatte, hatte sich Emma aufopfernd um Sophie gekümmert, die sich jetzt von einer ganz anderen Seite zeigte. Und dann waren da noch Louise und Donal, die sehr intim und erotisch miteinander tanzten, wie sie es noch nie gesehen hatte. Jack Duggan war zum perfekten Zeitpunkt wieder in Louises Leben aufgetaucht, aber Emma war froh, dass er inzwischen in New York lebte.

Sie war nicht so naiv, vorbehaltlos an ein Happy End zu glauben. Ihr Leben zwischen Havanna und Dublin würde nicht leicht werden, aber es war eine Entscheidung, die sie hatte treffen müssen, um den Mann sehen zu können, auf den sie ihr Leben lang gewartet hatte. Jetzt waren sie ein Paar, und sie war überglücklich.

ENDE

Danksagung

Dies ist wie immer das Schwierigste am Bücherschreiben. Es gibt so viele Menschen, denen ich zu Dank verpflichtet bin, dass es viel zu viele Seiten in Anspruch nähme, sie alle unterzubringen. Deshalb nur ein Riesendank an meine Freunde, und falls ich in diesen wenigen Absätzen jemanden ausgelassen habe, bin ich euch trotzdem sehr verbunden und habe keinen vergessen, der mir auf der Reise zu diesem meinem dritten Buch geholfen hat.

An den Menschen, der mir mehr geholfen hat, als man es sich vorstellen kann: Danke, Gaye Shortland, meine FGE (wir beide wissen, wofür das steht!). Ein Dank auch an Paula und Sarah, Kieran, David und alle anderen bei Poolbeg. Die Zusammenarbeit mit euch war wunderbar, und ich freue mich auf die nächsten drei Romane!

Vielen Dank auch an meine Leserinnen Clodagh Hoey und Suzanne Barry, die schon seit meinen ersten schriftstellerischen Versuchen für mich da sind. Ebenso an meine neuen Leserinnen, die den Text mit so viel Geduld und Sorgfalt unter die Lupe genommen haben: Maressa O'Brien-Raleigh, Tryphavana Cross, Suzie Murphy und viele andere. Ihr habt keine Ahnung, wie wichtig euer Beitrag für dieses Buch war.

Ein Dankeschön auch an Emma Heatherington und meine Facebook-Freunde, deren unermüdliche Unterstützung und Ermutigung online mir eine große Hilfe ist – mit euch fühle ich mich am Laptop nie allein!

Danke auch an Rachel Targett und Susan O'Conor für eure Ideen und Einblicke in das schwierige Verhältnis zwischen Schwestern und an meine kubanischen Freunde, vor allem an Dehannys, die mir viel über ihr Land erzählt und mir während der Recherchen für dieses Buch unschätzbar wichtige Einblicke gewährt haben.

Danke an alle Engel in meinem Leben – ganz besonders an die lebenden: Angela, Joy und Philip.

An Juliet Bressan, die mich, schon seit wir uns kennen, auf dieser Achterbahnfahrt begleitet und ohne die ich verloren wäre. Ein Dankeschön für deine Geduld, deinen Humor, dein Verständnis und dafür, dass du dir klaglos mein Geschimpfe anhörst.

Mein Dank gilt auch meinen Eltern Pauline und Jim Walsh, die mich an meinem vierzigsten Geburtstag nach Kuba geschickt haben; ihr verwöhnt mich, und ich kann mich glücklich schätzen, euch zu haben. Ich danke euch auch für die vielen anderen Gaben und Talente, die ihr mir zum Geschenk gemacht habt.

Ich danke Brian, dass er meine Hand gehalten hat, als wir durch die Straßen Havannas schlenderten, und für die vielen anderen Abenteuer, die wir als Ehepaar gemeinsam erleben durften.

Und zum Schluss noch ein Dank an Nicole und Mark, weil ihr so wunderbar, wunderhübsch und inspirierend seid. Ich bin überglücklich, eure Mami zu sein.

Ein Haus an den Klippen, eine schicksalhafte Liebe und ein Mädchen auf der Suche nach seiner Mutter ...

„Eine bezaubernde und geheimnisvolle Geschichte über Liebe, Verlust und die Kraft der Hoffnung."
Candis

Lucinda Riley
Das MÄDCHEN auf den Klippen
Roman

GOLDMANN

448 Seiten
ISBN 978-3-442-47789-0

www.goldmann-verlag.de
www.facebook.com/goldmannverlag

GOLDMANN
Lesen erleben

Ein Mops, zwei Frauen und jede Menge Liebeschaos!

CARIN MÜLLER
MICHA GOEBIG

Mopsküsse

Roman

GOLDMANN

„Witzig, charmant und sexy."
Life & Style weekly

288 Seiten
ISBN 978-3-442-46951-2

www.goldmann-verlag.de
www.facebook.com/goldmannverlag

(G) **GOLDMANN**
Lesen erleben

Um die ganze Welt des
GOLDMANN Verlages
kennenzulernen, besuchen Sie uns doch
im Internet unter:

www.goldmann-verlag.de

Dort können Sie
nach weiteren interessanten Büchern *stöbern*,
Näheres über unsere *Autoren* erfahren,
in *Leseproben* blättern, alle *Termine* zu Lesungen und
Events finden und den *Newsletter* mit interessanten
Neuigkeiten, Gewinnspielen etc. abonnieren.

Ein *Gesamtverzeichnis* aller Goldmann Bücher finden
Sie dort ebenfalls.

Sehen Sie sich auch unsere *Videos* auf YouTube an und
werden Sie ein *Facebook*-Fan des Goldmann Verlags!

www.goldmann-verlag.de
www.facebook.com/goldmannverlag

GOLDMANN
Lesen erleben